호모 아만스,
치유를 위한
문학 · 사회심리학

호모 아만스,
치유를 위한
문학 · 사회심리학

필자 박설호

울력

한국출판문화산업진흥원의 출판콘텐츠 창작자금을 지원받아 제작되었습니다.

호모 아만스, 치유를 위한 문학 사회심리학

지은이 | 박설호
펴낸이 | 강동호
펴낸곳 | 도서출판 울력
1판 1쇄 | 2017년 9월 15일
등록번호 | 제25100-2002-000004호(2002. 12. 03)
주소 | 서울시 구로구 고척로12길 57-10 (오류동)
전화 | 02-2614-4054
팩스 | 02-2614-4055
E-mail | ulyuck@hanmail.net
가격 | 19,000원

ISBN | 979-11-85136-36-3 03800

이 도서의 국립중앙도서관 출판예정도서목록(CIP)은
서지정보유통지원시스템 홈페이지(http://seoji.nl.go.kr)와
국가자료공동목록시스템(http://www.nl.go.kr/kolisnet)에서 이용하실 수 있습니다.
(CIP제어번호: CIP2017021797)

차례

1
서문

구분 없는 인간형으로서의 호모 아만스

분노, 미움, 비애, 공포 등으로 인하여 고통을 당하는 자가 인간 동물이다. 물론 영원한 사랑이라는 허상을 끝없이 추종하며 살아가지만, 우리는 사랑으로써 심리적 아픔을 치유 받고, 삶의 즐거움을 느끼기도 한다.

(필자)

한국 사회의 관습, 도덕 그리고 법에서 나타나는 장단점은 무엇인가? 그것은 유교의 질서에 근거한 가부장적 씨족주의와 관계된다. 가족에 대한 애틋한 정이 장점이라면, 이로 인해 타인과 이방인에게 선을 분명히 긋는 태도는 단점이다. 바로 여기서 생겨나게 되는 성향은 한편으로는 타인의 행복한 사랑에 대한 질투심이며, 다른 한편으로는 성 소수자들에 대한 배타적 거부감이다.

(필자)

1. 들어가는 말: 친애하는 S, 당신을 위해서 다시 책을 간행하게 되었습니다. 본서의 집필 계기는 두 가지로 요약됩니다. 첫째로, 본서는 문학과 사회심리학이라는 학문적 폐쇄주의의 차단을 극복하려는 의도에서 출현한 것입니다. 예컨대 고대의 계층 사회에서 유래한 "모두에게 자신의 것을(suum cuique)" 행하게 하라는 슬로건은 플라톤의 『국가』에 기술되어 있는데, 민초들로 하여금 체제 옹호적인 시각을 견지하게 하기 위해서 만들어 낸 것이었습니다. 이러한 관섬은 20세기 전반기에 일본의 식민지였던 한반도에도 그대로 유효했습니다. 사람들이 자신의 생업에 몰두하는 동안, 권력자는 힘들이지 않고 자신의 권력을 행사할 수 있(었)으니까요. 송충이는 솔잎을 먹고 살듯이, 학자들 역시 자신에게 주어진 개별 영역만 다루었습니다. 문학사회학, 문학 심리학의 연구가 제대로 진척되지 않은 까닭은 그 때문일 것입니다. 그렇지만 이제 중요한 것은 학문과 학문 사이의 문제점 내지 관련성을 따지는 일입니다. 어쩌면 이러한 학제적인 연구를 통하여 더 나은 결론을 도출해 낼 수 있습니다. 문학·사회심리학 속에서의 논의 사항들은 인간의 제반 사랑의 문제 그리고 심리적 갈등 등을 해결할 수 있는 직간접적인 단초를 제공해 주기에 충분합니다.

둘째로, 본서는 서양의 심리학 이론을 수용하기 위해서 집필된 것은 아닙니다. 왜냐하면 연구 내용을 수동적으로 정리하는 일보다 더 중요한 것은 연구 의향을 추적하는 일이기 때문입니다. 가령 필자는 논의의 과정에서 무엇보다도 다음과 같은 물음에 관심을 기울였습니다. 즉, 21세기 초 남한 사회의 관습, 도덕 그리고 법적 토대가 20세기의 서양에서 도출해 낸 제반 심리학의 제반 결론 내지 문제점들과 비교할 때 얼마나 커다란 간극을 드러내고 있는가 하는 물음 말입니다. 이와 관련하여 필자는 다음과 같은 문제를 제기하려고 합니다. 만일 과거에 출현한 제반 사회심리학적 연구 결과가 남한 사회의 사회적 도덕 내지 강제적 성 윤리와 커다란 괴리감을 지니고 있다면, 그것은 과연 무엇이며, 하자로 드러나는 사항은 어떠한 것이 있는가?

2. 21세기 한국 사회와 사회심리학 이론: 자고로 모든 이론은 자구적으로, 혹은 텍스트의 문맥만으로 수동적으로 수용될 수는 없습니다. 왜냐하면 그것들은 이른바 텍스트라는 주어진 한계를 넘어서서 제각기 주어진 현실과의 맥락에서 파생된 것이기 때문입니다. 그렇기에 우리는 텍스트를 포괄하는 차이점, 다시 말해서 서로 다른 문화권에서 파생되는 여러 가지 이질적 특성들을 면밀히 고려하지 않으면 안 될 것입니다. 만약 과거 서양에서 출현한 심리학의 이론을 "지금 여기," 다시 말해 21세기 초의 남한의 현실에 대입하려고 할 때, 우리는 ─ 굳이 한스 게오르크 가다머(Hans Georg Gadamer)의 해석학 이론 그리고 한스 페르메어(Hans J. Vermeer)의 번역 이론, 「문화적 이전으로서의 번역(Übersetzen als kultureller Transfer)」(1986)을 인용하지 않더라도 ─ 무언가 작위적이며, 핀트가 어긋나 있다는 것을 분명하게 간파할 수 있습니다.

분명한 것은 이론을 출현하게 한 현실적 토대가 이론을 수용하려는 우리의 현실적 토대와 일치되지 않는다는 사실입니다. 특히 다른 문화권에서 살아가는 사람들에게는 이론에 대한 이해 자체보다 문화적 차이로 인해 어쩔 수 없이 드러나게 되는 이론에 대한 복합적 오해가 오히려 더 중요하게 부각될 수밖에 없습니다. 그렇기에 과거의 서양의 이론을 아무런 비판적·해석학적 "체"로 거르지 않고 이론의 내용 자체만을 지금 여기에 막연히 소개하는 태도는 처음부터 문제의 소지를 안고 있습니다. 어차피 하나의 이론은 주어진 두 개의 이질적 문화권이라는 현실적 맥락을 전제로 할 때 전달될 수 있습니다. 이와 관련하여 우리는 어쩌면 이질적인 문화권 사이를 연결하는 "해석학적 가교"를 미리 설치해야 할지 모릅니다. 필자는 과거 유럽과 미국에서 파생된 정신분석학의 이론들을 다루되, 현재 남한의 관습, 도덕 그리고 법의 토대에 어떻게 관련될 수 있는가 하는 물음을 염두에 두려고 합니다.

   3. 본서의 집필 의도: 상기한 사항과 관련하여 본서의 집필 의도는 세 가지 사항으로 요약할 수 있습니다. 첫째로, 본서는 문학과 사회심리학 사이에 도사린 벽을 허물면서, 호모 아만스의 사랑과 성과 관련된 심리 이론 및 실제 삶에 있어서의 사회심리학적 문제점 등을 천착하려고 합니다. 이를 위해서는 프로이트 이후의 제반 (사회)심리학의 이론 속에 도사린 특성과 하자 등을 요약 정리하는 게 급선무입니다. 특히 이 문제가 무엇보다도 학제적 차원에서 다루어져야 하는 까닭은 인간의 사랑의 성에 관한 제반 문제점들이 하나의 폐쇄적 학문 영역 속에서 다루어질 수만은 없기 때문입니다. 둘째로, 본서는 사랑의 결핍 내지는 왜곡 현상이 여러 가지 다양한 왜곡된 행동 양상을 낳고 심리적 갈등을 불러일으킨다는 것을 명확히 하려고 합니다. 이에 관한 예는 실제 현실에서 그리고 임상 치료의 과정에서 수없이 드러난 바 있습니다. 셋째로, 본서는 사람들로 하여금 자연스러운 사랑의 삶을 누리지 못하게 하는 일부의 특정한 사회적 편견, 강제적 성 윤리 내지 이데올로기 등의 본질을 지적하려고 합니다.

   그렇다고 필자가 시민사회의 강제적 성 윤리를 아무런 조건 없이 배격하는 것은 아닙니다. 이와 관련하여 "모든 화간(和姦)은 사랑을 전제로 할 경우에는 죄악으로 규정될 수 없다"라는 게일 루빈(Gayle Rubin)의 입장이라든가, "보수주의자들은 섹스를 오로지 사랑의 수단으로만 이해한다"는 러셀 바노이(Russell Vannoy) 등의 비판에 아무런 조건 없이 동의할 수는 없습니다. 왜냐하면 한 인간이 사회의 규범을 무시한 채 자기 중심적으로 행동하면, 주위 사람들은 그로 인하여 크고 작은 심리적 · 사회적 피해나 상처를 입을 수 있기 때문입니다. 그렇기에 본서가 사랑과 성에 관한 문제에 있어서 우직하게 "자유냐? 질서냐?"라는 물음 가운데 하나를 선택하려는 것은 아닙니다. 다만 우리가 깊이 숙고해야 하는 것은 다음과 같은 두 가지 사항입니다. 첫째로, 인간은 원하든 원하지 않든 간에 주어진 사회적 관습의 영향을 받고 살아갑니다. 둘째로, 어떤 특정한 관습이 처음부터 인간 동물의 자유를 완강하게 가로막는 편견으로 판명된다면, 그리하여 주어진 여건 속에서 수정이 불가능할 경우에 우리는 이러한 편견을 거부하고 차단시켜야 합니다.

  역사적으로 인간 동물은 언제나 주어진 특정한 사회의 관습, 도덕 그리고 법으로부터 영향을 받고 살아왔습니다. 문제는 지금까지의 주어진 관습, 도덕 그리고 법 가운데에 부분적으로 하자들이 도사리고 있다는 사실입니다. 사회, 윤리의 역사를 고찰할 때, 인간은 금기와 터부를 조금씩 축소시키면서, 지상의 행복을 누리기 위한 자유의 영역을 서서히 넓혀 왔습니다. 역사는 관습, 도덕 그리고 법을 무조건 추종하다가, 심리적 질병에 시달리는 자들이 속출하였고, 사회적으로는 권위에 맹종하는 수많은 비민주적 인간형이 양산되었음을 우리에게 가르쳐 줍니다. 문제는 다음과 같습니다. 사랑과 성에 관한 한 하나의 척도만을 용인하고, 이에 어긋나는 모든 사랑의 패턴을 부정적으로 평가하는 식의 일도양단하는 태도는 그 자체 엄청난 편견과 부작용을 낳게 됩니다. 사랑의 삶에 있어서 남녀의 역할을 구분하는 보수적 가부장주의 그리고 혼인을 전제로 하지 않는 성을 무조건 금기로 규정하는 강제적 성도덕 등은 — 적어도 21세기의 유럽 사회에서는 — 더 이상 유효하지 않습니다. 인종, 나이, 성별 그리고 신앙 등을 이유로 개별 인간의 모든 자기 결정권을 제한하고 차단하는 것은 전근대적인 처사로 밝혀졌습니다. 나아가 동성애와 트랜스젠더들에 대한 부정적 반응 내지 선입견을 고려할 때, 우리는 얼마나 주어진 질서에 근거한 편견 내지 우상에 사로잡혀 살아가는가를 알 수 있습니다. 요약하건대, 본서는 문학 치료와 결부된 사회심리학의 제반 문제점 등을 지적함으로써, 독자로 하여금 21세기 한국 사회에 퍼져 있는 관습, 도덕 그리고 법 등에 도사린 부분적 하자를 유추하도록 의도할 뿐입니다.

4. 사랑에 과도한 의미를 부여하려는 것은 아니다: 상기한 사항과 관련하여 "호모 아만스"라는 개념을 이해할 필요가 있습니다. 그것은 자구적 의미로 "사랑하는 인간"으로 번역될 수 있습니다. 그런데 주어진 현실에서 인간 동물을 힘들게 하는 정서들 가운데에는 가령 분노, 미움, 비애, 공포가 있습니다. 그럴 때마다 우리의 몸은 움직이는 시한폭탄으로 반응합니다. 분노는 급기야 광기의 폭력을 부추기고, 미움과 질투의 감정은 때로는 히스테리라는 왜곡된 행동 양상을 드러내게 합니다. 비애는 극도의 우울과 좌절을 맛보게 하고, 두려움은 우리의 신경을 극도로 자극하여 불안 심리와 강박증에서 헤어나지 못하도록 작용합니다. 이와 관련하여 때로는 우리의 심리적 아픔을 치유해 주고 우리의 삶을 즐거움으로 치장해 주는 것은 사랑의 정서입니다. 여기서 필자가 알랭 바디우 (Alain Badiou)가 『사랑의 예찬(L'eloge de l'amour)』(2008)에서 거론한 것처럼 구태의연하게 사랑을 찬양하려는 것은 아닙니다. 만약 바디우가 주장한 대로 사랑이 진리를 생산해 내는 절차라면, 이는 오로지 등 따뜻하고 배부르게 살아가는 인간군에게만 해당될 뿐입니다. 필자는 사랑의 예찬 대신에 오로지 사랑의 행위가 끼치는 사회심리적 기능을 냉정하게 지적하려고 의도할 뿐입니다. 왜냐하면 사랑이 분노, 미움, 비애 그리고 공

포를 완전히 극복하게 해 주는 것은 아니기 때문입니다. 그렇기에 사랑에 과도한 의미를 부여하면, 우리는 엄청난 착각 속에 빠질 수 있습니다. 사랑이 모든 인간의 부정적 갈등을 해결해 준다고 함부로 단언한다면, 우리는 급기야 혐오나 저주마저 어처구니없게도 사랑의 왜곡된 표현이라고 잘못 받아들일 수 있습니다.

5. 사랑의 개념을 둘러싼 두 개의 허구적 상: 따라서 우리는 사랑의 정서를 파악하는 데 있어서 두 가지 사항을 전제 조건으로 삼아야 합니다. 그 하나는 애틋한 사랑의 갈망이 어쩌면 이른바 "사랑의 감정을 사랑하는" 허상이라는 가설을 가리킵니다. 러셀 바노이가 주장했듯이, 시민사회가 성욕을 허울 좋게 사랑이라는 이름으로 미화시켜, 자신의 성욕에 고상한 의미를 부여하는 경우를 생각해 보십시오. 그것은 마치 찬란한 삶을 찬양하지만, 죽음으로부터 등을 돌리며 인간의 죽음에 책임지지 않는 올림포스 신들의 반쪽자리 권능처럼 반쪽짜리 진리일지 모릅니다. 차라리 "몸에 성호르몬이 가득 차 있을 때 성의 파트너는 아폴론, 혹은 비너스로 보인다"라는 어느 동독의 마르크스주의자의 관점이 더 솔직하게 다가오기도 합니다. 다른 하나는 우리가 갈구하는 완전한 사랑, 영원한 사랑이라는 이상이 어쩌면 가부장적 가치 질서의 단선적 사고에서 파생된 것이라는 가설을 가리킵니다. 일부일처제의 가부장주의 속에는 이른바 부부의 영원한 사랑이 은밀하게 미덕으로 정착되어 있습니다. 이러한 미덕은 지금까지 삶의 안정을 갈구하는 의식의 보수성과 접목되어 체제옹호적으로 작동해 왔습니다. 이러한 맥락 속에서 여성은 동서고금을 막론하고 남성 중심적 사회에서 언제나 사랑받는 수동적 마네킹으로 살기를 강요당해 왔습니다. 일부일처제의 미덕은 급기야는 금슬 좋은 부부의 사랑을 내세우면서, 다른 유형의 사랑의 패턴을 싸잡아 매도하고 탄핵

하는 수단이 되기도 합니다. 그럼에도 대부분의 사람들이 함께 연대하여 이를 수정하기는커녕, 오로지 자신의 사적인 사랑에 집착하는 것은 참으로 기이한 현상입니다. 이는 마치 대학입시 제도를 개선하려고 노력하기는커녕, 오로지 제 자식만 좋은 대학에 입학하기를 바라는 선량한 부모들의 소시민적 사고와 흡사합니다.

6. 호모 아만스의 사회심리적 개념 (1): 상기한 사항과 관련하여 우리는 호모 아만스의 의미를 — 어떤 젠더의 범위를 넘어서서 — 특정 부류, 혹은 다수와 관련되는 사회심리적인 개념으로 확장시킬 필요가 있습니다. 가령 호모 아만스는 제반 사회적·심리적 차별을 거부하는 존재일 수 있습니다. 가령 그는 사회학적 차원에서 고찰할 때 나와 당신과 같은 평범한 사람들을 가리킵니다. 본인이 생각하는 것보다 사회적으로 인정받지 못하지만, 본인이 생각하는 것보다 더 커다란 가치를 지닌 분이 바로 호모 아만스입니다. 그렇기에 그는 지금 여기 한반도에 살아가는 민초들일 수 있습니다. 민초들은 예나 지금이나 간에 "유교의 질서에 근거한 가부장적 씨족주의"의 분위기 속에서 살아가고 있습니다. 언제나 생활비 문제를 걱정하고, 계층적으로 차별당하며, 민주적 분위기가 사라지면 독재 권력에 의해서 얼마든지 이용당할 수 있는 사람들을 생각해 보세요. 그래서 필자는 『헤겔 법철학 비판(Zur Kritik der Hegelschen Rechtsphilosophie)』의 서문에 실린 마르크스의 표현을 빌어서, "힘들게 살아가고 무거운 짐을 진 채 생활하며, 경멸당하고 모욕당하는 존재로 취급받는" 분들을 일차적으로 호모 아만스라고 규정하려 합니다. 이를 고려한다면, 사회 내지 국가로 향하는 호모 아만스의 내면에는 두 가지 독특한 행동 양상이 자리할 수밖에 없습니다. 그것은 다름 아니라 꿈, 인내 그리고 저항 가운데 세 번째 사항, 즉 저항입니다. 자신의 처지에 좌

절하지 않고 인내하며 버티면서, 자신의 부자유를 가로막는 관습, 도덕 그리고 법에 대해 도전하는 마음을 지니고 있는 분들이 바로 호모 아만스일 것입니다.

호모 아만스는 다수의 인간에 대한 심리 내지 심리학적 관점에서 고찰할 때 관용의 자세를 취하는 사람들입니다. 가급적이면 타자의 사랑의 삶에 대해 깊은 마음으로 이해해 주고 관대하게 대하려는 자세가 관용이라고 말할 수 있습니다. 예컨대 성 소수자들에 대한 이해와 아량을 지닌 분이 바로 호모 아만스에 해당합니다. 그러나 마르크스도 말한 바 있듯이, 인간의 의식은 존재에 의해 결정되고 변화되는 법이지요. 다시 말해서, 주어진 경제적 여건이 향상되면, 우리는 세계를 이전과는 다른 각도에서 바라보게 됩니다. 그렇기에 특정 사회적 주체들에 관한 특성을 함부로 확정하면 곤란하며, 그들의 성향의 변화 가능성을 항상 염두에 두어야 할 것입니다. 한국인들은 다른 나라 사람들에 비해 의외로 사랑의 행복을 누리는 자에 대해 과도한 질투심을 드러내며, 성 소수자들에 대해 유독 강한 배타적 거부감을 표방하곤 합니다. 이러한 성향은 무엇보다도 주어진 관습, 도덕 그리고 법에 순응함으로써, 개개인의 자유와 욕망을 스스로 억압하고 차단하는 태도에서 비롯합니다. 호모 아만스는 평범한 민초로서 경제적으로 힘들게 살아가지만, 현명하고 관대한 분일 수 있습니다. 가령 그는 세 가지의 차이를 용인하지 않습니다. 성의 차이, 나이 차이 그리고 인종의 차이가 바로 그 세 가지 차이입니다. 이것들은 우리를 편협하게 만들고, 사람과 사람을 분할하게 하며, 당동벌이 (黨同伐異)의 행동을 취하게 하는 비가시적 이데올로기의 편견이 아닐 수 없습니다.

7. 탈-구분에 근거하는 인간형의 유토피아: 여기서 호모 아만스는 한마

디로 "탈-구분에 근거하는 인간형의 유토피아"로 해명될 수 있는데, 이는 어떠한 특징을 지니고 있을까요? 사랑하는 인간은 모든 사회적·심리적 차이 내지는 차별을 거부하는 존재이기 때문에 성의 차이, 나이의 차이 그리고 인종의 차이 등으로 인한 차별과 멸시를 배격하는 인간형으로 정의 내릴 수 있습니다. 첫째로, 호모 아만스는 성의 구분을 처음부터 거부한다는 점입니다. 우리가 남성과 여성을 서로 구분하지 않으면, 성의 구분, 여성 차별 자체가 처음부터 불필요합니다. 사실, 따지고 보면 성의 차이는 하나의 선입견에 불과합니다. 남성 중심의 역사는 여성의 존재 가치를 비하하는 데 기여해 왔습니다. 성이 다르다고 해서 남성이 지적으로 그리고 정서적으로 여성보다 우월하다고 단언할 수도 없습니다. 남성과 여성은 신체적으로 차이를 드러내지만 동등한 존재입니다. 두 성 사이에서 서로 다른 것은 생식기관과 근육량에 국한될 뿐입니다. 예컨대 뇌 과학자들은 남성과 여성의 뇌의 크기의 차이를 비교하여 남성이 여성보다 우월하다고 주장해 왔습니다. 그런데 뇌의 기능이 크기에 의해서 좌우되는 게 아니라, 혈액 내지 신경전달물질의 속도에 의해 결정된다는 주장이 제기되었습니다. 연구에 의하면, 여성의 뇌의 기능이 속도 면에서 남성을 앞선다는 연구 결과가 이어졌습니다. 이를 고려한다면, 남성과 여성의 지적 능력을 비교하는 것은 처음부터 잘못된 시도가 아닐 수 없습니다. 인간의 지적 능력은 개인과 개인의 차이가 있을 뿐, 성 차이에 의해서 판가름 나지 않는다는 게 정설로 받아들여지고 있습니다.

이 점을 고려할 때, 프로이트(Freud)의 "남근 선망(Penis-Neid)"이라든가, 라캉(Lacan)의 "팔루스 중심주의(Phallocentrism)" 등에 관한 견해는 그야말로 예지적 편견에서 파생된 사변적 주장에 불과합니다. 위대한, 조롱의 철학자, 주디스 버틀러(Judith Butler)는 『젠더 트러블(Gender

Trouble)』(1990)에서 남성성과 여성성의 차이 및 남성 중심주의의 선입견을 해소하고 극복하기 위해서 여러 논의를 개진하였습니다. 버틀러는 행위 주체성이라는 개념을 통해서 생물학적으로, 역사적으로 그리고 정치적으로 당연하게 간주되는 성의 구분을 어느 정도 상대화시키려고 시도하고 있습니다. 예컨대 행위자란 버틀러가 주장한 대로 선험적으로 가정될 수 있는 존재가 아니라, 행위를 통해 행위의 주체가 결정될 수 있다는 것입니다. 그렇지 않다면 우리는 트랜스젠더라든가, 여장 남성 드래그 퀸, 혹은 남장 여성 드래그 킹의 존재를 해명할 수 없을 것입니다. 그런데 문제는 젠더 개념 하나만으로 인종 차이, 국적 차이, 나이 차이 그리고 종교 차이 등에서 비롯한 선입견마저 모조리 차단시킬 수는 없다는 사실에 있습니다. 성과 젠더를 이야기할 때, 우리가 주어진 현실 속에 토대를 두고 있는 특정한 관습, 특정한 도덕 그리고 실정법을 고려해야 하는 까닭은 바로 그 때문입니다.

8. 호모 아만스의 사회심리적 개념 (2): 둘째로, 호모 아만스는 나이 차이와 세대 차이를 인지하지만, 이를 중시하지 않습니다. 왜냐하면 나이 차이와 세대 차이는 시간에 의해 인위적으로 규정된 구분이기 때문입니다. 한반도에서는 장소의 차이로 인한 지역감정보다는 시간 구분으로 인한 세대 차이가 인간의 소통을 가로막고 있습니다. 국가가 개별 사람들에게 강요하는 관습, 도덕 그리고 법의 폭력은 참으로 끔찍하게 작용합니다. 흔히 남한의 가장 커다란 문제는 지역감정이라고 말합니다. 그러나 더 심각한 문제는 세대 차이로 인해 경험의 폭이 세대마다 현격하게 차이를 이룬다는 점 그리고 세대 사이의 대화가 철저하게 단절되어 있다는 점에서 발견됩니다. 따라서 나이가 차이난다는 이유로 서로 등을 지고 배척하며 살아가는 것은 어리석은 태도가 아닐 수 없습니다. 노인의

친구는 반드시 노인이어야 하고, 고등학생의 친구는 오로지 고등학생이어야 할 필요는 없습니다. 프랑스나 독일의 유학생의 친구는 할머니 할아버지일 수 있듯이, 노인의 친구 역시 소년소녀일 수 있습니다. 여기에 장유유서라는 수직적 위계질서의 잣대를 들이대며 주종관계를 강요하는 것은 진부한 유교적 관습이 아닐 수 없습니다.

셋째로, 호모 아만스는 인종이 다르다는 이유로 차별받는 것을 용인하시 않습니다. 특히 90년대 이후로 남한 사회는 국제화와 다원주의 사회 풍토로 인하여 다른 국적의 사람들과의 공존이라는 새로운 문제와 조우하게 되었습니다. 물론 의사소통의 어려움에서 비롯한 선입견입니다만, 백인을 좋아하고 흑인을 싫어하는 것은 경험 부족에서 비롯한 선입견이 아닐 수 없습니다. 어쨌든 흑인 등에 대한 인종차별이야말로 함께 아우르며 살아가는 다문화 사회에서 사라져야 할 나쁜 자세입니다. 인맥을 따지고, 고향을 따지며, 관계를 따지는 게 전근대적인 유교적 관습이듯이, 인종을 따지고, 가문을 따지며, 혈족을 따지는 행위 역시 씨족 이기주의의 관습으로서 차제에는 사라져야 할 것입니다. 요약하건대, 호모 아만스는 젠더의 역할 구분을 추종하지 않습니다. 나이 차이와 인종 차이의 구분 역시 용인될 수 없습니다. 따라서 호모 아만스는 궁극적으로 오로지 이성애만을 맹신하는 편견을 깨뜨리고, 가족 중심의 가부장적 씨족 이기주의의 통념에 이의를 제기하는 것을 일차적 관건으로 생각합니다.

9. 본서의 내용 : 본서의 내용에 관해서 약술하기로 하겠습니다. 제2장 「정신분석학의 전개 과정 그리고 에른스트 블로흐」는 인간의 기본적 충동 그리고 이와 관련된 정신분석학자들의 입장을 다루고 있습니다. 특히 중요한 것은 프로이트, 아들러(Adler), 카를 G. 융(Carl G. Jung) 등의

입장 차이에 관한 비교 작업이며, 정신분석학에서 배제되고 있는 식욕의 문제에 관한 논의입니다. 특히 우리는 식욕에 관한 에른스트 블로흐의 새로운 심리학적 단초를 고려함으로써, 심리학적 문제가 사회경제적 토대와의 관련성 속에서 논의되어야 한다는 점을 밝히려고 합니다. 제3장, 「에릭 에릭슨과 루돌프 슈타이너의 교육 심리 이론」은 영아의 삶과 교육 심리의 이론을 구명한 글입니다. 에릭슨의 경우, 우리는 다음의 사실을 확인할 수 있습니다. 즉, 영유아의 체험은 평생 기억되며, 이후의 삶에 엄청난 영향을 끼친다는 사실, 그리고 영유아의 교육은 하나의 바탕을 마련하는 토대 작업으로서 놀이, 다시 말해 유희를 중요한 교육 수단으로 이해한다는 사실 등이 바로 그것입니다. 이어지는 슈타이너의 감각 이론은 자신의 고유한 "인간 지혜학(Anthroposophie)"에 근거하는 것입니다. 촉각, 생명 감각, 운동감각 그리고 평형감각은 영아가 세계에 대한 인식을 습득해 나가는 과정에서 발전시키는 감각들입니다. 이로써 우리는 인간이 스스로의 힘에 의해서 세계를 인지하고 자신의 행위를 발전시켜 나간다는 사실을 도출해 낼 수 있습니다.

제4장 「에밀리오 모데나의 생태 심리학과 에로스의 유토피아」에서 문제가 되는 것은 미성년자의 사랑과 성의 실천은 — 이성애든 동성애든 간에 — 어느 정도의 범위에서 가능한가 하는 물음입니다. 물론 이 장에서 중요한 것은 모데나가 제시한 청소년들의 에로스 공동체의 무조건적 실현이 아닙니다. 오히려 나이가 어리다고 해서 미성년자들에게 무조건 성을 금하는 것은 모데나에 의하면 너무 많은 부작용을 낳는다고 합니다. 제5장 「강덕경. 혹은 알렉산더 미처리히」는 인종과 국적이 다르다는 이유에서 핍박당하고 차별당하는 경우를 추적한 글입니다. 필자는 정신대에 끌려가서 고초를 겪은 분들의 애환과 해원의 문제 그리고 구서독 사람들의 과거의 죄악에 대한 망각을 서로 비교하여 논의를 개진해 보

았습니다. 이로써 밝혀지는 것은 다음과 같습니다. 즉, 특정 인종과 특정 국적을 지닌 자에 대한 박해는 어떤 이데올로기에 의해서 세뇌된 소시민들의 증오심에 뿌리를 내린 하나의 신기루의 상, 바로 그것입니다. 제6장 「한국 사회와 성. 확인해 본 고정관념들」은 남한 사회의 관습과 도덕의 지형도를 비판적으로 천착하고 있습니다. 남한 사회는 가족 중심의 계층 사회로서, 여전히 남존여비의 전근대적인 관습, 갑과 을의 문화 내지 금수저와 흙수저의 대결 구도를 그대로 보여 주고 있습니다. 일부 사람들은 일부일처제의 결혼 제도 하에서 아이를 낳아 키우는 가정의 체제만을 좋게 간주하고, 이와는 다른 유형의 가족 형태들에 대해 부정적으로 판단하곤 합니다. 일부 사람들이 싱글들, 소년소녀 가장, 편부 혹은 편모 하의 가족들, 자식 없이 살아가는 부부들, 레즈비언, 가죽 족, 트랜스젠더 등을 기형적 가족 체제라고 매도하는 경우를 생각해 보세요.

제7장은 러시아의 문호 도스토예프스키의 명작 『카라마조프 가의 형제들』과 작가의 심리에 대한 지그문트 프로이트의 분석 작업을 재조명하고 있습니다. 여기서 중요한 것은 다음과 같은 두 가지 사항입니다. 그 하나는 이반 카라마조프의 무신론 사상이며, 다른 하나는 부친에 대한 작가의 사도마조히즘의 성향 그리고 자위와 관련되는 심리적 갈등입니다. 전자의 경우, 이반 카라마조프는 권위와 이데올로기로서의 세계 창조주를 용인하지 않음으로써, 세계의 질서를 스스로의 척도에 의해서 세워 나가려는 의도를 지니고 있습니다. 한편, 심리적으로 많은 갈등을 일으켰던 러시아 작가의 도박 중독증은 주위로부터 사랑과 인정을 과도하게 받고 싶은 욕망에서 비롯한 것이라고 합니다. 제8장 「성 윤리와 이데올로기 그리고 빌헬름 라이히」에서 중요한 것은 20세기 유럽의 시민사회에서 성 윤리가 하나의 이데올로기로서 인간에게 끼치는 영향력 내지

상호작용에 관한 사항입니다. 필자는 이러한 문제를 빌헬름 라이히의 파란만장한 생애와 연계하여 살펴보았습니다. 여기서 중요한 것은 일부일처제의 강제적 성 윤리에 대한 비판 자체가 아니라, 일부일처제의 성 윤리가 근본적으로 사회적 차원에서 강요되어 온 하나의 상대적인 가치 질서라는 입장입니다. 제9장 「미로에서 길 찾기. 빌헬름 라이히의 성 경제학」은 말 그대로 라이히의 성 경제학을 해명한 글입니다. 여기서 우리는 라이히가 어떠한 과정을 거쳐서 프로이트의 정신분석학으로부터 벗어나서 독자적인 길을 걷게 되었는지 파악하게 될 것입니다. 제10장은 제목 그대로 이반 일리치의 젠더 이론에 대한 비판을 담고 있습니다. 일리치의 젠더 이론은 성 정체성 확립을 위한 시도이지만, 본서는 그의 이론을 비판적 각도에서 분석하려고 합니다. 왜냐하면 그의 시각은 과거를 바라보는 가톨릭 사제의 그것에서 조금도 벗어나지 않고 있기 때문입니다. 일리치는 12세기 이전의 자생 경제의 체제를 막연히 동경함으로써, 자신의 젠더 이론에서 남녀의 성 평등을 위한 어떠한 구체적 대안도 제시하지 못하고 있습니다.

제11장은 「성 윤리와 혼전 동거」를 다루고 있습니다. 결혼식은 남한에서는 집안과 집안끼리의 약속으로서 선남선녀가 부부가 되겠다는 것을 선포하는 의식입니다. 그런데 북미와 유럽의 경우, 혼전 동거가 일상화되어 있고, 따라서 혼인이란 자식을 낳아서 함께 기르겠다는 식으로 결혼의 기능이 변화되어 있습니다. 본서에서 필자는 혼전 동거의 장단점을 가급적이면 객관적 관점에서 서술함으로써 이에 대한 가치 판단을 독자에게 유보하려고 합니다. 제12장 「언어만이 능사인가? 자크 라캉의 이론」은 자크 라캉의 정신분석 이론을 소개한 것입니다. 필자는 라캉의 이론을 이해되는 부분에 한해서 소개하고, 이로부터 프로이트처럼 언어에 모든 기대를 거는 라캉의 팔루스 중심주의의 사고를 비판적 각도에

서 다루려고 합니다. 왜냐하면 인간의 삶과 심리적 증상 속에는 말로 표
현할 수 없는 무의식적 여백이 도사리고 있기 때문입니다. 제13장 「성
차이는 없다. 페미니즘의 정신분석」은 라캉에 관한 12장과 연계하여 읽
어 주시면 좋겠습니다. 페미니즘의 운동은 그 계파와 흐름에 있어서 상
당히 복잡하고 다양한 스펙트럼을 보여 줍니다. 본서에서는 페미니즘
운동의 역사와 방향을 모조리 밝히려는 게 아니라, 호모 아만스에게 성
의 구분 그리고 이로 인한 성 차별이 얼마나 작위적이며 엄청난 갈등과
고통을 파생시키는가 하는 물음과 관련하여 집중적으로 거론하려 하였
습니다.

제14장 「정서적 능력. 성 소수자에 대한 불편한 시각」은 말 그대로 정
서적 능력과 사회적 관계를 다룬 글입니다. 감성 지능이야말로 질병을
사전에 예방하고 간접적으로 치료해 주며, 나아가 대인관계와 사회성을
결정짓는 덕목으로서의 배려 등을 함양시키는 데 결정적인 역할을 담당
하는 요인으로 작용합니다. 마지막 대목에서, 필자는 사회의 건강성의
척도는 역설적으로 성 소수자에 대한 시각이 얼마나 관대한가 하는 물
음과 비례한다는 사실을 지적하려고 하였습니다. 제15장은 생태주의 유
토피아와 생태 공동체에 관한 사항을 개진하고 있습니다. 여기서 중요
한 것은 자치, 자활 그리고 자생을 기치로 내건 소규모 공동체적 유토피
아의 삶의 가능성입니다. 사회주의 몰락 이후에 전 지구적으로 널리 퍼
진 것은 바로 신자유주의에 근거한 독점자본주의의 시대적 폭력이었습
니다. 지금도 우리는 자본주의의 보이지 않는 맹위로 인하여 돈에 종속
된 채 살아가고 있습니다. 21세기 남한에서 대부분의 인간관계는, 마치
당구공 두 개가 부딪쳤다가 순간적으로 떨어지듯이, 재화의 교환으로 이
루어지는 일회적인 만남과 이별 같다는 느낌이 듭니다. 재화의 교환으로
형성되는 이러한 일회적 인간관계를 하루아침에 청산하기란 무척 어렵

습니다. 그렇지만 우리는 최소한 거대한 메가 시스템으로부터 가급적이면 경미한 영향을 받는 공간으로 일탈할 필요가 있습니다. 한 사람이 주어진 시스템으로부터 낙오되면 참으로 견디기 힘들겠지만, 수많은 사람들이 한꺼번에 스스로 낙오자라고 선언하면서 생태 공동체를 결성한다면, 삶에 있어서의 대안은 반드시 주어지기 마련입니다. 대안은 노동조합 운동과 생태 공동체 운동으로 실천될 수 있다고 확신합니다.

10. 물질 추구 이후의 시대에 새로운 윤리는 어떠해야 하는가?: 친애하는 S, 앞에서 필자는 호모 아만스를 성의 차이, 나이 차이 그리고 인종의 차이를 인정하지 않는 사람이라고 정의 내렸습니다. 현재 인류는 자연재해와 자연 파괴의 문제에 직면해 있습니다. 이와 관련하여 반드시 지적되어야 하는 사항은 호모 아만스의 다음과 같은 두 가지 자세입니다. 그 하나는 생명 앞에서의 겸허함이고, 다른 하나는 타인에 대한 관용입니다. 첫째로, 겸허함이란 겸손함과는 다른 개념으로서 도(道)를 추구하는 생태주의의 사고입니다. 생태계 파괴를 고려하여 우리는 멸종 생물의 시각에서 우리 자신을 고찰할 필요가 있습니다. 이로써 제기될 수 있는 것이 바로 생명체 앞에서의 겸허함 내지 한스 요나스(Hans Jonas)가 언급한 바 있는 보존과 예방의 덕목으로서의 책임의 원칙일 수 있습니다. 요나스 외에도 지금까지 많은 사상가들이 타자를 적으로 돌리고, 생명체를 단순한 먹이로 이해하는 인간 중심주의 세계관에 대해 이의를 제기한 바 있습니다.

둘째로, 타인에 대한 관용이 중요합니다. 한반도에는 삼겹살, 즉 세 가지의 살(殺)이 끼어 있습니다. 인간을 돈의 노예로 둔갑시키는 자본주의, 생명을 천시하게 하는 인간 본위주의 그리고 가부장주의가 바로 세 가지 살입니다. 지금 이곳에서는 이웃을 배척하고 타 인종을 차별합니다.

여성을 멸시하고, 성 소수자에게 손가락질하며, 오로지 다른 견해를 지녔다는 이유만으로 사악한 적으로 몰아세우기도 합니다. 게다가 집단적 이기주의는 개개인을 마치 짐승처럼 취급하여 수직 구도의 우리 속으로 몰아넣는 저열한 악습입니다. 물론 가장 중요한 것은 주어진 경제적 토대를 향상시켜, "힘들게 살아가고 무거운 짐을 진 채 생활하며, 경멸당하고 모욕당하는 존재로 취급받는" 분들의 삶을 개선하는 일이겠지요. 그렇지만 그 다음에 중요한 것은 타자를 관용으로 대하는 자세입니다. 관용은 허영에 가득 찬 사람을 낮은 자리로 끌어내리게 하며, 사회의 가장 낮은 곳에서 천시당하는 사람을 격상시키게 합니다. 결국 타인에 대한 관용은 적개심을 극복하게 하는 평등 사회의 슬로건이 될 수 있습니다. 한 가지만 예를 들겠습니다. 소금은 주지하다시피 강한 알칼리 나트륨과 강한 염이 결합하여 중화된 성분으로서 인체에 반드시 적당량이 필요합니다. 소금은 그만큼 호혜 중립적인 성분입니다. 서로 대립하는 두 인간 사이에서 상대방을 배척하거나 설득하는 일보다도 더 중요한 것은 ─ 묵자(墨子)도 겸애(兼愛)라는 용어로 표현한 바 있듯이 ─ 상대방을 동등한 존재로 인정하는 일일 것입니다. 이는 모든 갈등 구도를 해결하는 데 있어 전제가 되는 자세일 수 있습니다. 예컨대 남한과 북한이 마치 소금처럼 평화를 추구하는 영세 중립국의 정책을 추진한다면, 이는 한반도 내외적으로 정치적·군사적 불안을 막을 수 있을 것입니다. 타인에 대한 관용은 갈등과 반목을 줄여 나갈 수 있는 계기가 되리라고 여겨집니다.

11. **나오는 말**: 정신분석학의 청맹과니인 필자가 문학·사회심리학의 연구서를 세상에 내놓다니, 이게 가당하기나 한 일일까요? 도합 16장의 내용이 매끄럽게 연결되지 않고, 제각기 별개의 사항처럼 논의되고 있습니

다. 심리학은 개별적 사례 분석에서 출발해야 마땅한데, 구체적 사례를 생략한 채 원론적으로, 추상적으로 논의를 개진하는 것 같습니다. 그럼에도 불구하고 예리한 독자, 당신은 논의의 저변에 흐르는 어떤 일관성을 찾아낼 수 있으리라고 믿습니다. 변명 같지만, 필자는 구체적인 사례를 첨부하는 대신에 치료를 위한 범례를 문학작품에서 찾으려 했습니다. 따라서 조만간 간행될 또 다른 책, 『서양 문학 속의 호모 아만스. 스토리텔링 치료』는 이러한 욕구를 어느 정도 충족시킬 수 있으리라고 여겨집니다. 부디 부탁드리니, 비판의 내용이 있으면, 본서 외에도 두 번째 책을 면밀하게 검토하신 다음에 기탄없이 말씀해 주시면 감사하겠습니다.

필자는 아직도 우주와 인간의 심리에 관해서 모르는 게 너무 많습니다. 그렇다고 해서 나만 모르는 게 많을까요? 현재의 발전된 자연과학은 자연에 관한 모든 비밀을 파헤치지 못했습니다. 과거에는 더욱더 그러했습니다. 이를테면 19세기에 정신병자는 가죽조끼를 입은 채 몰매를 맞아야 했습니다. 왜냐하면 당시 의사들조차도 고통을 느끼는 순간만큼은 환자가 제정신이리라고 확신했기 때문입니다. 20세기 초에 의학의 천재, 알프레트 아들러조차도 당뇨병으로 죽어 가는 어느 환자를 그냥 지켜보아야 했습니다. 왜냐하면 그 당시에는 인슐린이 아직 발견되지 않았기 때문입니다. 인슐린이 발견된 해는 1916년이었습니다. 지금 이 순간에도 죽어 가는 환자 앞에서 속수무책으로 고개 숙이며 자신의 무능을 탓하는 유능한 의사들은 분명히 존재할 것입니다. 어쩌면 우리는 여전히 사회경제적으로 허점투성이의 사회에서 살고 있고, 수많은 심리적 질병을 야기하는 악조건 속에 노출되어 있으며, 이를 극복할 수 있는 치료제 내지 대안을 찾지 못하고 있음을 솔직히 고백해야 할 것입니다. 그렇지만 모든 상황은 차제에 학문적 연구를 통해서 서서히 개선될 것입니다.

친애하는 S, 부디 이 문헌이 당신에게 조금이라도 도움이 되기를 바라면서, 필자로서는 먼 훗날 누군가 나의 책에 상당한 오류가 발견되며, 당연지사를 불필요하게 다루고 있다고 논평해 주는 날이 도래하기를 진심으로 바랍니다. 울력의 강동호 사장님에게 깊은 감사와 우의를 전하면서….

안산의 우거에서
당신의 필자, 박설호

2

정신분석학의 전개 과정
그리고 에른스트 블로흐

꿈은 완전한 삶에 관한 갈망이며, 나쁜 질서가 온존하는 사회를 순식간
에 전복시키는 폭탄이다.

(에른스트 블로흐)

주어진 사회는 우리로 하여금 무언가 꿈꾸면서 여러 가지 악재에 저항하
라고 요구한다.

(필자)

심리적 성적 영역에 해당하는 밤꿈이 지옥의 아헤론 강으로 향해 과거로
거슬러 올라가는 기억이라면, 낮꿈은 사회 경제적 문제를 추적하여 미래
지향적으로 더 나은 삶을 기대하는 갈망이다.

(에른스트 블로흐)

1. 들어가는 말, 정신분석학의 전개 과정 그리고 블로흐의 갈망의 심리학: 필자가 이 장에서 의도하는 바는 두 가지 사항입니다. 그 하나는 프로이트, 아들러 그리고 카를 G. 융으로 이어지는 정신분석학의 이론적 전개 과정을 약술하는 일이며, 다른 하나는 식욕, 성욕 그리고 명예욕으로 이어지는 인간의 심리적 동인을 서술하는 일입니다. 이러한 두 가지 사항은 모두 에른스트 블로흐의 갈망의 심리학에 의해서 정확하게 구명될 것입니다. 이를 통해서 우리는 호모 아만스의 갈망이 무조건 심리적·성적 문제로 규정되는 게 아니라, 경제적·사회적 여건에 의해 처음부터 조건화되어 있다는 사실을 깨닫게 될 것입니다. 나아가 우리는 다음의 사항을 지적하려고 합니다. 즉, 인간의 욕망은 그게 어떠한 특징을 지니더라도 결국에는 유토피아의 사고와 관련된다는 사실 말입니다.

2. 인간의 충동들: 자고로 인간은 끝없이 무언가를 갈망하고, 이를 실현하려고 노력하는 존재입니다. 만약 이러한 갈망을 지니지 않은 사람이 있다면, 그는 아마도 생명력을 상실한 분일 것입니다. 미리 말씀드리지만, 블로흐는 종래의 심리학자의 이론을 비판적으로 열거하면서 자신의 고유한 충동의 본질로서의 백일몽의 의미를 찾아 나섭니다. 제일 먼저 우리가 언급할 수 있는 것은 인간의 감정을 관장하는 충동입니다. 충동은 순식간에 우리를 엄습합니다. 인간의 모든 행동은 충동에 의해서 행해지는 것입니다. 다양한 욕망을 충족시키기 위해서 나타난 것들이 바로 충동입니다. 충동은 마치 손수건을 물들이는 것처럼, 살갗에다 형형색색을 수놓습니다. 그것은 화날 때는 붉게, 질투할 때는 노랗게, 짜증날 때에는 초록으로, 슬플 때는 창백한 푸른색으로 색깔을 입힙니다(블로흐: 100). 충동은 배고픔, 목마름, 호기심, 탐구, 놀이, 성행위 등을 내용으로 합니다(서요성: 284). 이것들은 무질서하게 기억되다가도 사라지곤

합니다. 그렇기에 인간의 기본적 충동이 어디에 자리하는지 아직 아무도 명확히 모릅니다.

3. **프로이트의 발견, 성 충동:** 주지하다시피 지그문트 프로이트는 19세기 후반부터 히스테리를 연구하다가 엄청난 사실을 발견하였습니다. 그것은 개별적 인간 존재가 고매한 이성적 판단에 의해서 행동하지 않고, 무의식이라는 거대한 바다 속에서 이리저리 움직이는 충동의 물방울에 의해서 움직인다는 사실입니다. 다시 말해, 인간의 행위를 규정하는 것은 프로이트에 의하면 고결한 도덕성 내지 이성이 아니라 성욕, 즉 리비도(Libido)라고 합니다. 환자의 히스테리 증상은 억압된 성욕이 인간의 심리 구조를 자극하기 때문에 발현하는 현상이라는 것을 프로이트가 최초로 발견해 낸 것입니다. 그렇기에 프로이트가 리비도를 가장 원초적이고 강력한 충동으로 규정한 것은 당연한 귀결이었습니다. 성욕으로서의 리비도는 인간 삶 전체를 지배하며, 삶의 토대가 되는 것이라고 합니다. 이미 갓난아이의 젖 빠는 행위도 성적인 욕망과 결부되어 있으며(Freud: 82), 모든 욕구 역시 거의 대부분 성 충동에 의해서 발생한다는 것입니다. 프로이트에 의하면, 굶주림은 놀랍게도 성 충동에 예속되어 있으며, 포만은 성적 긴장이 풀리는 것을 말한다고 합니다. 이러한 주장은 부분적으로 과장된 감이 없지 않으나, 프로이트는 식욕을 성 충동 속에 부분적으로 포함시키고 있습니다.

4. **프로이트 이론의 변화, 승화 이론과 죽음 충동:** 물론 나중에 프로이트는 자신의 리비도 이론을 단호하게 철회해야 했습니다. 인간의 모든 욕망이 성 충동에서 비롯한다고 말하는 것은 주어진 관습, 도덕 그리고 법 등을 무시하는, 오로지 생물학적 입장에서 제기된 엄청난 발언이었습니

다. 프로이트는 유대인이었습니다. 그렇기에 다른 인종으로서 시민사회의 관습에 당당히 맞서기에는 무기력할 수밖에 없었습니다. 가령 다음의 사항을 생각해 보세요. 빈 대학교는 정신분석학을 창안한 넥타이 유대인에게 정식 교수가 아니라, 오랫동안 "명칭 교수"의 자격을 부여했습니다. 여기서 말하는 "명칭 교수(Titular-Professor)"란 오스트리아에서 흔한 직책인데, 보직 없이 오로지 학문과 강의의 권한만 부여받는 교수입니다. 오스트리아의 시민사회는 유대인인 프로이트를 다만 국외자로 취급한 게 분명합니다. 수많은 가부장주의자들은 프로테스탄트의 윤리를 내세우면서, 리비도 이론이 미풍양속을 해친다는 이유로 프로이트의 리비도 이론을 비난하고 나섰습니다. 결국, 프로이트는 리비도 이론을 철회하고, 그 대신에 승화 이론을 내세우게 됩니다. 승화 이론에 의하면, 성 충동을 비롯한 인간의 욕망들은 주어진 현실에서 완전히 충족되지 못하고 승화된다고 합니다. 가령 인간의 기본적 욕구는 성적 행위로 완전히 충족되는 게 아니라 예술 창조의 의지로 뒤바뀌고, 무언가를 성취하려는 의지로 돌변한다는 것입니다. 이러한 뒤바꿈 내지 돌변이 바로 "승화(Sublimation)"의 대표적인 예라는 것이었습니다. 특히 말년에 프로이트는 부정적인 욕망, 즉 타나토스 충동에 대한 인간의 성향을 집중적으로 추적하였습니다. 인간의 창조적인 의지는 목전에 놓인 죽음과도 결합되어 있다고 합니다.

5. 프로이트의 쾌락원칙: 프로이트는 자아의 충동을 해명하기 위해서 이드와 초자아의 개념을 도입합니다. 인간은 일상 삶에서 항상 선택의 기로에 서 있는데, 이때 사회적 강령 내지 책임으로서의 "초자아"와 본능적 욕구로서의 "이드"가 관여한다는 것입니다. 그리고 보다 폭넓은 사회적 충동을 해명하기 위해서 쾌락원칙과 현실원칙의 개념을 내세웁니다.

이를테면 자아는 충동을 성취함으로써 불쾌한 느낌이 배설되도록 애를 씁니다. 그러나 충동은 실제 삶에서 충족되지 않는 경우가 허다합니다. 자아는 충동을 검열하고 윤리화시키며, 무엇보다도 욕망이 "현실"에서 이룩될 수 있는 가능성을 숙고합니다. 그렇게 되면 제법 많은 충동은 주어진 시민사회에서 윤리화되고, 그 관습에 순응되곤 합니다. 이것이 프로이트에 의하면 자아의 충동이 얻어 낸 방향이라고 합니다. 심지어 리비도, 다시 말해서 "쾌락원칙(Lustprinzip)"은 ― 지금까지 모든 충동의 진행을 규정해 왔지만 ― 파괴된 모습으로 형성됩니다.

6. 프로이트의 현실원칙: 프로이트가 파악한 부르주아 사회 내의 개인주의적인 성년(成年)은 "현실"에 대해서 오성적이고 합리적인 입장을 취하고 있습니다. 여기서 프로이트가 말하는 현실이란 마치 상품의 세계, 상품의 이데올로기와 같은 자본주의의 환경을 지칭합니다. 인간은 자아의 의지로써 마치 디오니소스와 같은 성질을 지닌 성 충동 내지는 쾌락원칙을 의식적으로든 무의식적으로든 약화시킵니다. 말하자면, 사회적으로 교육 받은 인간은 본능대로 행동하지 않고, 어떤 분별력을 지니게 된다는 것입니다. 그리하여 쾌락원칙은 자본주의 사회에 살고 있는 개인들에게 조건 없이 커다란 세력을 떨치지 못하며, 대신에 들어서는 것은 "현실원칙(Realitätsprinzip)"이라고 합니다. 비록 여기서는 욕망이 약화되고 미래로 연기되어 있지만, 현실원칙이란 근본적으로 충동을 추구하고 목표로 하면서도 현실적 여건을 충분히 고려한 채 이른바 안정된 욕망을 추구합니다. 이러한 논의의 저변(底邊)에는 프로이트의 승화 이론의 특성이 묘하게 자리하고 있습니다. 나중에 헤르베르트 마르쿠제는 『에로스와 문명』에서 현실원칙의 과도한 영향 내지 이데올로기를 비판하면서, 이를 "업적 원칙"으로 해명한 바 있습니다. "업적 원칙"은 한마디로

말해서 강력한 힘으로 비대해진 현실원칙을 지칭합니다. 마르쿠제는 이러한 업적 원칙이 끝내 인간의 삶을 황폐화시키고 문화를 삭막하고 건조하게 만든다고 주장하였습니다.

7. (부설) 심리 구조와 육체에 관한 프로이트의 이원론: 자고로 심리의 혼란은 무의식의 혼란으로서, 신체 속에서 그대로 반응합니다. 마찬가지로 신체가 제대로 기능을 행할 수 없을 경우, 환각과 정신착란이 속출할 수 있습니다. 프로이트는 무의식이 신체와 어느 정도 연관된다는 것을 확신했습니다. 그렇지만 그는 심리 구조와 육체의 기능을 일원화시키지는 않았습니다. 비록 무의식이 신체와 정신을 연결시켜 주는 잃어버린 고리이기는 하지만, 그것은 인간의 신체와 분리된 정신 현상이라고 합니다. 만약 인간의 신체와 뇌 구조를 한꺼번에 다루었다면, 프로이트의 이원론은 어느 정도 학문적 정당성을 얻었을지 모릅니다. 어쨌든 프로이트는 인간의 심리 구조와 육체를 이원론적으로 구분하였습니다. 나중에 정신분석학자 게오르크 그로데크(Georg Groddeck, 1866-1934)는 "이드(Id)"를 내세우면서, 그것이 인간의 육체와 무의식을 한꺼번에 지배한다고 이의를 제기하였습니다(Danzer: 60). 프로이트는 그로데크의 일원론을 도저히 용납할 수 없었습니다. 인간의 심리 구조와 육체적 기능이 "이드"에 의해 작동된다고 주장한다면, 정신분석학은 한편으로는 지금까지의 의학적 전통과 기독교 종교의 계율과 맞서게 되고, 다른 한편으로는 육체와 영혼을 하나로 이해한 신비주의의 사고를 수용할 수밖에 없었습니다. 전자는 시민사회의 전통 윤리와 대립되고, 후자는 의학 연구에서 정신분석학의 독자성을 상실하는 결과를 초래하게 될 것입니다. 그래서 프로이트는 신체와 정신의 이원론적 구조를 용인할 수밖에 없었습니다.

8. 아들러의 권력 충동 (1): 상기한 사항을 고려할 때, 우리는 당시의 심리학 연구자들이 프로이트의 리비도 이론을 고스란히 긍정적으로 받아들이지 않음을 알 수 있습니다. 프로이트의 제자든 아니든 간에, 심리학자들은 리비도 이론에 대해 자신의 고유한 견해를 피력하였습니다. 이를테면 우리는 알프레트 아들러(Alfred Adler, 1870-1937)를 예로 들 수 있습니다. 아들러는 오스트리아의 빈에서 기독교로 개종한 유대인의 집에서 태어나 정신과 의사가 된 사람입니다. 1902년에 프로이트를 만났지만, 그의 리비도 이론을 긍정적으로 수용하지 않고 개인심리학의 길을 혼자 걸어갔습니다. 아들러가 추구한 심리학은 주로 인간의 개별적 성격을 구명하려는 지점에서 출발합니다. 그래서 아들러의 심리학의 근본적 영역은 성격심리학 내지 개인심리학이라고 해도 과언이 아닙니다. 그의 심리학에서 가장 중요하게 생각되는 것은 미리 말씀드리건대 권력 충동과 이에 근거한 보상 이론입니다. 인간의 욕망은 아들러에 의하면 무엇보다도 어떤 유형의 힘 내지 권력을 얻으려고 몸부림치는 성향이 있다는 것입니다.

9. 아들러의 과거지향적 시각에 대한 블로흐의 비판: 상기한 이유로 인하여 아들러의 입장은 프리드리히 니체(Fr. Nietzsche)와 루드비히 클라게스(Ludwig Klages)의 이론적 논거와 매우 유사합니다. 니체와 클라게스는 나름대로의 독특한 사상을 개진하였습니다. 니체는 기독교 대신에 조로아스터교에서 하나의 새로운 믿음을 찾으려 했고, 플라톤에서 아리스토텔레스의 고대 철학 대신에 초인의 권력을 내세웠습니다. 생철학자, 클라게스는 어머니 없이 성장한 탓인지 성스러운 모성상에 경도해 있었고, 요한 야콥 바흐오펜(J. J. Bachofen)의 낭만주의 고고학에 침잠하였습니다. 말하자면, 클라게스는 여성에 대한 비현실적인 상을 수미일

관 고수하였습니다. 그는 이를테면 모계사회를 기술한 바흐오펜의 『모권(Das Materiarchat)』(1861)을 근거로 하여, 태초에는 여성이 사회를 지배했다고 주장하였습니다. 바흐오펜의 논조에는 독일 낭만주의의 특성이 다분하게 배여 있었는데, 결국 니체와 함께 파시즘의 폭정에 어떤 빌미를 제공하였습니다. 나중에 언급되겠지만, 태초의 원형을 찾으려는 카를 구스타프 융의 과거지향성 역시 파시즘의 의혹을 부추깁니다(블로흐: 122). "태양 아래 새로운 것은 없다"라든가 "진리는 과거에 있으니, 우리는 이것을 다시 기억하면 족하다" 등과 같은 과거지향적 반동주의의 "퇴행(Regression)"을 생각해 보세요. 어쨌든 아들러, 니체 그리고 클라게스 등은 현대인에게 필요한 진리를 과거지향적 시각으로 지나간 역사에서 찾으려고 했다는 점에서 공통됩니다. 블로흐는 이들의 퇴행적 관심사를 과거지향적 "재기억(Anamnesis)"의 관점에서 비판하였습니다. 이는 프로이트에 대한 블로흐의 비판에서도 드러나는 특징이기도 합니다. 프로이트는 미래가 아니라, 개별적 환자가 지니고 있는 병의 근원을 찾으려고 과거로 거슬러 올라가서 지옥의 아헤론 강을 더듬고 있다는 것이었습니다.

10. 아들러의 권력 충동 (2): 아들러는 자본주의의 경쟁의식과 이윤 추구의 성향을 심리학의 영역에 도입하였습니다. 이로써 그는 자웅 양성의 토대에다 권력에 대한 의지를 인간의 기본적 충동으로 설정하였습니다. 인간은 무엇보다도 누군가를 지배하고 압도하려는 욕망을 지니고 있다고 합니다. 그는 아래에서 위로 오르려 하고, 언제나 상류층에 머무르려고 애를 씁니다. 이로 인하여 인간 내부에 도사리고 있는 여성적 경향은 무의식적으로 남성적인 경향으로 탈바꿈하게 되며, 그렇게 되면 인간은 자기 자신이 승리자임을 개인적으로 확인하려고 한다는 것입니다. 물론

자만심, 탐욕, 허영, 신과 닮으려는 행동 그리고 남성적 저항 등은 때로는 엄청난 공격 성향을 불러일으킬 수 있습니다. 그렇지만 그것들은 아들러에 의하면 인간의 어쩔 수 없는 열정으로서, 바로 이 속에서 인간의 기본적 충동이 가장 명료하게 드러난다고 합니다. 아들러는 자기 은폐로 인한 허영 내지 자존심이 상처 입는 경우라든가, 자신의 탐욕이 성취되지 않는 경우를 이상 증세라고 단언합니다(Adler 1907: 27). 다시 말해서, 실패의 쓰라린 경험 내지 자기 기만의 굴종 등이 대부분의 경우 노이로제 증상의 근원으로 작용한다는 것입니다. 따라서 성(性)이란 아들러에게는 권력을 얻는다는 최종 목표에 대한 하나의 작은 수단에 불과할 뿐입니다. 이 점이 프로이트의 리비도 이론을 거부하는 아들러의 논거였습니다.

11. **열등의식의 중요성과 위험성:** 열등의식은 아들러에 의하면 심리적 이상 증세에 해당할 뿐 아니라, 때로는 하나의 좋은 자극으로 작용하기도 합니다. 그것은 더 이상 남에게 꿀리지 않겠노라는 의지를 자극하고 더 나은 사람이 되리라는 욕구를 강화시킵니다. 가령 응석받이로 자란 아이들을 생각해 보세요. 그들의 유년 시절의 욕구는 대부분의 경우 충족됩니다. 이들에게는 어떤 열등의식의 감정이 자리하기 힘이 듭니다. 백화점에서 물건을 사주지 않는다고 마구 뒹굴고 우는 아이들을 생각해 보세요. 부모는 아이의 난잡한 행동을 달래기 위해서라도 비싼 장난감을 마지못해 구매합니다. 그러나 응석받이 아이는 성장의 과정에서 더 이상 부모에 의해서 모든 욕구를 충족시킬 수 없다는 것을 깨닫게 됩니다. 바로 이 순간에 출현하는 것은 과도한 열등의식입니다. 과도한 열등의식은 우월하게 되리라는 목표를 꺾을 뿐 아니라, 때로는 깊은 절망감에 사로잡히게 합니다. 그렇기에 아들러는 정신질환을 지닌 사람 치

고 열등감에서 벗어나 있는 사람은 아무도 없다는 사실에 주목했습니다. 물론 우리는 신경증 환자의 경우 열등의식이 아니라고 이의를 제기할 수 있습니다. 신경증 환자는 반발심을 발휘하여 자신의 속내를 역으로 드러내곤 하니까요(Ogler: 76f). 요약하건대, 열등의식은 아들러에 의하면 때로는 긍정적으로 작용하여 우월감을 획득하려는 긍정적 의지를 부추기지만, 때로는 당사자를 절망에 빠지게 하여 심리적으로 병들게 합니다.

12. 아들러의 보상 이론: 아들러는 노이로제가 시작될 무렵에 나타나는 증상을 언급합니다. 이를테면 불안과 열등감이 환자에게 커다란 위협을 가져다줍니다. 권력 충동이 완전히 충족되지도 않고 성취되지도 못하면, 이로써 생겨나는 것은 열등의식의 콤플렉스라고 합니다. 열등의식은 때로는 자신의 성 능력과 노동 능력을 자극하기도 합니다. 이는 비유적으로 말하면 마치 상처 부위에 새로운 살이 덮이는 경우와 다름이 없습니다. 이것은 앞으로 당하게 될 상처에 대한 보호 내지는 차단 장치로 이해될 수 있습니다. 예컨대 콩팥 가운데에서 하나가 기능을 상실하게 되면, 남아 있는 다른 콩팥이 두 배의 기능을 담당하게 되듯이, 열등의식은 자아에 의해서 두 배 이상으로 강하게 기능할 수밖에 없습니다. 말하자면, 인간의 심리 역시 내면에 결핍된 기능을 보상하기 위해서 두 배 이상으로 자신의 기능을 수행합니다. 문제는 이러한 수행이 때로는 가면과 가식에 의해서 행해진다는 사실입니다. 이 경우, 열등의식을 품고 있는 자의 마음속에는 "가상적 우월성"이라는 반발감이 솟아오릅니다 (Brachfeld: 163). 그렇게 되면 권력에 대한 의지는 아들러에 의하면 가상에 대한 의지로 뒤바뀌게 됩니다. 바로 여기서 비정상적인 욕구가 출현할 수 있습니다. 그런데 열등의식은 다른 한편으로 더 높은 강한 노력으

로 작용하게 됩니다. 권력에 대한 의지는 때로는 어떤 아름다운 상상의
세계 속에서 아무런 해를 끼치지 않은 채 보존되는 법입니다. 물론 사람
들은 그것이 과연 어디서 상상의 소재를 얻게 되는가를 알지 못합니다.
왜냐하면 그 자체 꾸밈없는, 권력에 대한 필연적 의지는 내용상 환상이
나 상상으로 승화되지 않기 때문입니다.

13. 리비도의 추방: 아들러는 프로이트의 리비도 이론에 대해 처음부터
이의를 제기하였습니다. 인간의 행동을 규정하는 것은 아들러에 의하면
리비도가 아니라 열등의식이라고 합니다. 열등의식이 결국 자신의 능력
을 극대화시킬 수 있는 수단이며, 모든 충동은 기본적 동인이라는 것입
니다. 이에 비하면 모든 개성은 처음부터 천성적으로 만들어진 무엇입니
다. 그것은 어떤 순수한 목적 의지가 아니라, 단순히 무의식적인 불명료
한 의식에 의해서 가꾸어집니다. 그렇기에 열등의식은 본적으로 "결과를
초래하는 동인(causa finalis)"이며, 인간의 의지를 지배한다고 합니다. 개
인의 생물학적인 열망은 자본주의적으로 관심을 쏟고 있는 목표에 종속
될 뿐입니다. 여기서 말하는 목표란 개성을 보장하고 개인적 감정을 향
상시키는 것을 지칭합니다. 이러한 방식으로 아들러는 리비도에서 성을
약화시키거나 일탈시키는 대신에, 개인의 권력 충동에 커다란 비중을 두
었습니다. 문제는 아들러가 추구한 충동의 개념이 첨예할 정도로 자본주
의를 옹호하는 방향으로 치닫고 있다는 사실입니다. 그는 인간의 개별
적 차이를 인정하는데, 개인 차이가 금력을 차지하려는 능력 차이를 반
증한다고 확신하고 있습니다. 아들러의 이론이 정치적으로 수구 보수주
의를 따르고, 문화적으로는 과거지향적 반동주의의 의혹을 드러내는 까
닭도 바로 여기에 있습니다.

14. 카를 구스타프 융의 도취 충동: 카를 구스타프 융(Carl Gustav Jung, 1875-1961)은 유대인의 피가 섞여 있지 않은, 스위스 출신의 심리학자입니다. 그는 스위스의 취리히에서 박사 학위 및 교수 자격 논문을 취득한 다음, 1907년에 처음으로 프로이트를 만나 무려 13시간 동안 심도 있는 대화를 나누었습니다. 그러나 정신분석학에 있어서 그의 입장은 처음부터 이질적이었습니다. 프로이트는 융에게 성에 관한 이론을 포기하지 말라고 권했으나, 융은 이러한 충고를 받아들이지 않았습니다. 이를테면 프로이트는 꿈과 자유연상을 강조하면서, 그 속에 숨어 있는 리비도의 특성을 간파하는 것을 중시했습니다. 그러나 꿈은 융의 견해에 의하면 성적 욕망 외에도 다른 심리적 단초를 은밀하게 전해 준다는 것입니다(융 1993: 25). 그의 관심사는 리비도가 아니라, 오히려 원시사회, 원형, 태고의 삶 등으로 향하고 있었습니다. 융은 특히 어린아이의 꿈에 관한 분석에 지대한 관심을 기울였습니다. 꿈은 리비도의 흔적이 아니라, 어떤 원시적 원형이 가시적 상으로 드러난 것이라고 말할 수 있습니다. 이러한 상은 대체로 어떤 태고 시대의 가장 찬란한 열광을 보여 줍니다. 이는 어떤 도취 내지 엑스타시로 인한 열광과 같습니다. 그렇기에 카를 구스타프 융이 권력의 충동이 아니라 도취 충동을 추구한 것은 우연이 아닙니다. 융에 의해 디오니소스적으로 일반화된 리비도의 이론에 의하면, 성 충동과 권력에 대한 의지는 리비도의 일부에 불과합니다. 특히 권력에 대한 의지는 전적으로 "살인 내지 살육에 대한 열광"으로 변모되었으므로, 더 이상 (아들러가 주장한 바 있는) 개인의 목표 추구에 도취될 수 없었습니다.

15. 원초적 일원성으로서의 리비도: 물론 융이 말한 리비도란 에로스의 충동으로부터 벗어나지는 않습니다. 그러나 그것은 고대의 분화되지 않

는 원초적 일원성입니다. 리비도는 융에 의하면 내면, 즉 안으로 방향을 설정하고 있습니다. 이러한 내향성은 리하르트 제몬(Richard Semon)이 언급한 "집단 무의식"의 구조를 지니고 있습니다. 그것은 원초적 이미지로 설명될 수 있으며(융 2013: 339), 식사로부터 성찬식에 이르기까지, 성교 행위로부터 (종교적 제식에서 행해지는) "신비적 합일(unio mystica)"에 이르기까지 연결되고 있습니다. 융에 의하면, 거품을 게워 내는 무당 내지는 "곰의 껍질을 둘러쓴 용사"의 도취로부터, 안젤리코 수사가 느끼는 종교적 황홀경까지 미치고 있는 엑스타시가 바로 리비도와 관련된다고 합니다. 이렇듯 융은 원시인들의 신들린 듯한 도취 행위에 관심을 기울입니다. 현대인들이 노이로제를 느끼는 까닭은, 융에 의하면, 그들이 문명화된 사회에서 너무나 강한 자의식을 포기하지 않기 때문이라고 합니다. 현대인들이 무의식으로 성장하는 무엇으로부터, "태고의 사고나 감정"이 주도하는 세계로부터 너무 멀리 일탈되었다는 것입니다. 융의 이론에 의하면, 자아와 개인들이 존재하나, 이는 영혼의 깊은 곳까지 미치지 못한다고 합니다. 그렇기에 현대인이 심리적 질병으로부터 벗어나려면, 무엇보다도 원래의 태곳적 사고나 감정을 되찾고, 인간 존재의 원형을 분명하게 인식해야 한다는 것입니다.

16. 원형(Archetyp): 다양한 동화, 신화, 예술 작품에 형상화된 구체적 면모, 꿈속의 형상 들은 융에 의하면 시대, 언어 그리고 문화를 뛰어넘는 원형 이론의 토대를 형성하고 있습니다(Jung 18/1: 406f). 원형의 심리적 스펙트럼은 융에 의하면 빛의 맨 끝에 위치한 비가시적 자외선과 유사합니다. 원형은 하나의 상으로서의 재현이 불가능하므로, 단 하나의 구상적 형체로서의 모습을 드러내지 않습니다. 그것은 인간의 오관으로 인지되지 않으며, 원형적 이미지를 생성시켜 주는 힘을 뜻합니다. 마치 "물질

(materia)"이 사물의 근원적 소재처럼 이해되듯이, 원형 역시 직접적으로 자신의 면모를 드러내지 않은 채, 원초적 무의식의 다양한 형상을 출현하게 합니다. 원형은 무의식적 개성의 그림자 속에 은폐되어 있을 수 있다고 합니다. 그것은 "남성 속의 아니마," "여성 속의 아니무스"로 상호 영향을 끼칠 수 있다는 것입니다. 이를 고려할 때, 원형은 세대에서 다른 세대로 전승되는 무엇입니다. 그것은 심층적 경험 내지 미지의 집단 무의식의 근원이자 아궁이이며, 여러 부족들에서 발견된다고 합니다. 이를테면 원시 부족 내지 미개 부족에서는 신이 부활하는 모습이 자주 등장합니다. 이때 신의 부활은 종교의 원형이며, 출생과 사멸을 반복하는 구조적 동력과 같습니다. 여기서 융은 인도의 힌두교 사상에서 최상의 원형이 발견된다고 확신했습니다.

17. 가상 내지 껍질로서의 개별적 성격: 원형에 비하면, 인간의 성격은 카를 구스타프 융에 의하면 다만 하나의 마스크에 불과하거나 사회적으로 수행되는 역할에 불과하다고 합니다. 인성(人性) 속에서 하나의 성격으로 작용하는 것은 융에 의하면 오히려 "생명의 중력"입니다. 이는 오래된 사회 계층의 저변에서, 이를테면 인종과 같은 마력적 공동체에서 생겨난 것이라고 합니다. 개인적 인간이란 "인종(Genus)"이라는 토양에서 공통의 인성을 견지하는데, 이는 공동체의 특성으로 드러난다고 합니다. 개인이란 개별적 존재일 뿐 아니라, 자신의 존재에 대한 공동체적 관계를 전제로 하고 있습니다. 그렇기 때문에 개인화의 과정은 차제에 개별화로 이어지는 게 아니라, 보다 강력하고 보다 보편적인 공동체의 관련성으로 이행되는 무엇입니다. 그렇기에 중요한 것은 개인의 심리적 본질을 깨닫는 게 아니라, 개별적 인간이 원래 자신이 속해 있던 인종 내지 원시적 공동체의 원형을 간파하고 그 의미를 체득하는 과업이라고 융은

주장합니다.

18. 융과 파시즘 사이의 관련성: 카를 구스타프 융은 여러 편지에서 자신이 반유대주의자가 아니며, 나치즘에 동조하지 않는다고 술회했습니다(Kirsch: 204). 그러나 나치들은 그의 심층심리학 이론을 열렬히 환영하였습니다. 엄밀히 따지면, 융은 유대인과 유대 문화에 대해 편견을 품고 있었습니다. 다시 말해서, 스위스 출신의 심리학자는 유대인과 유대주의의 진면목을 꿰뚫지 못하고 어떤 일면만을 바라보는 우를 범한 셈입니다. 예컨대 유대인은 3000년의 역사를 지닌 문화민족인데, 마치 교양 있는 중국인들처럼, 비유대인들에 비해 문화적으로 우월하다고 믿고 있었습니다. 이러한 자부심은 역으로 유대인의 심리적 취약점으로 작용하게 되었다고 합니다. 이에 비하면 "게르만 야만족"은 융에 의하면 부분적으로 문명화되었으므로, 처음부터 내적으로 더 발전하리라는 긴장감을 품어 왔다고 합니다. 이로 인해 비-유대인들의 내면에는 파괴적 잠재성 내지 새로운 무엇을 창조하기 위한 싹이 도사리고 있었습니다. 그런데 유대인들은 이미 발전된 문화를 지녔으므로 이러한 긴장감을 간직하지 못했다고 합니다(Jung 10: 190). "문명화된 경제 민족"은 유럽에서 나라 없이 방랑하는 삶을 영위해 왔는데, 융의 견해에 의하면, 상기한 이유로 인하여 더 이상의 고유한 문화 형태를 창조해 내지 못하리라고 합니다. 융의 이러한 견해는 이른바 선입견이라고 말할 수 있습니다. 왜냐하면 융은 아슈케나짐 유대인 전체를 의식하지 않고 일부 유대인, 즉 문명화된 경제 민족으로서 "넥타이 유대인"만을 상정했기 때문입니다. 그렇기에 그의 입장은 "문명화된 경제 민족에 대한 편견"이라고 말할 수밖에 없습니다. 결과론이지만, 유대인들은 좋든 싫든 간에 유대인 국가, 이스라엘을 태동시켰고, 다양한 문화적 전통을 이어오고 있습니다.

19. 융의 무의식, 파시즘의 근원: 문제는 융의 심리학 이론이 상당 부분 파시즘의 요소를 지니고 있다는 사실입니다. 이와 관련하여 에른스트 블로흐는 그를 "반동적 파시스트"라고 규정합니다(블로흐: 130). 융의 무의식은 전적으로 일반적이고, 원초적이며, 공동체적입니다. 몇 천 년에 걸친 문명의 저변에는 오십만 년이라는 세월의 갱도가 있다는 것입니다. 문제는 융이 말하는 무의식의 이러한 심층부 속에는 새로운 것이라고는 거의 없으며, 오직 근원적인 무엇이 내재하고 있다는 사실입니다. 융은 모든 새로운 것이 그 자체 무가치하며, 가치와 대립되는 것이라고 단언하고 있습니다. "태양 아래 새로운 것은 없다"는 슬로건은 융에게도 유효합니다. 융은 환자가 자신을 완전히 무의식 속으로 매몰시켜야 한다고 주장하였습니다. 무의식이란 융에게는 아주 깊은 심층부 내지는 태초의 시대 속에 감추어져 있는 무엇, 그 이상도 그 이하도 아니었습니다. 리비도는 융에 이르러 고대적인 것으로 변모하게 됩니다. 이를테면 혈통과 토양, 네안데르탈인과 제3기 홍적세는 무의식의 근원으로 이해되게 됩니다. 융은 연구를 거듭할수록 더욱 강렬하게 리비도를 어떤 고대적 특성으로 관련시키려고 애썼습니다. 물론 그는 처음에는 이를 모호하게 일반적으로 해명하였습니다. 그렇기에 모든 비합리적인 것들은, 그 자체 무엇을 뜻하든 간에, 일찍부터 무의식과 연결되고 있습니다. 실제로 이 영역 속에는 (비유적으로 말하면) 수많은 암소들이 까맣게 보이는 밤(夜)만이 존재하고 있었던 것입니다. 융에게 밤이란 리비도를 무한 확장시킨, 지구의 핵심으로 이해되는 무의식이었으며, "세계의 영혼"이라고 명명되기도 한 것이었습니다. 바로 여기서 우리는 융의 도취 충동의 핵심 사항을 발견하게 됩니다. 파시스트가 말하는 "피와 토양(Blut und Boden)"은 어쩌면 무의식적 근원으로서 이해되고, 무의식은 호모 에렉투스 내지 홍적세까지 거슬러 올라가게 되는 것입니다.

20. 충동의 근원으로서의 식욕: 대부분의 심리학자들은 인간의 내적 심리 구조에 집착함으로써 인간의 근원적 충동인 식욕에 관해 거의 관심을 기울이지 않았습니다. 우리는 종종 "배고파 죽겠다"는 하소연을 듣습니다. 사실 일주일 이상 굶주린 인간의 생명은 위험에 처합니다. 그렇기에 식욕이야말로 인간에게는 가장 중요한 충동입니다. 정신분석학에 몰두하던 의사와 환자들은 대부분 중산층 출신들이었습니다. 그들은 "밥통을 채우는" 문제에 별로 걱정할 필요가 없는 계층에 속했지요. 프로이트가 살던 빈의 경제적 상황이 아주 나빠졌을 때, 그 도시에는 자살하려는 사람들을 보호하기 위한 상담소가 있었습니다. 바로 여기서 하마터면 리비도의 근저(根底)에 도사린 충동, 이를테면 굶주리지 않으려는 충동이 알려질 뻔했습니다. 왜냐하면 모든 자살자들 가운데 90퍼센트의 사람들이 생활고로 목숨을 끊었으며, 나머지 10퍼센트의 사람들이 애정 문제 내지는 억압되지 않은 현실적 문제로 자살했기 때문입니다. 그럼에도 빈의 정신분석학자들에게 굶주림은 더 이상 추적할 필요가 없는 자명한 현상으로 비쳤습니다. 그렇기 때문인지는 몰라도 빈의 정신분석 상담소의 벽에는 다음과 같은 글귀가 붙어 있었습니다. "개와 거지는 출입을 금합니다." 이러한 까닭에 자살하려는 가난한 자의 내적 심리 상태는 정신분석학자들에게 정확히 파악될 리 만무했습니다.

21. 에른스트 블로흐와 인간의 갈망, 식욕: 흔히 심리학은 식욕을 조절성 충동으로, 성욕을 비-조절성 충동이라고 명명합니다. 그 이유는 성욕의 경우 인간의 신체에 성호르몬이 영향을 끼치기 때문입니다. 인간은 자신의 식욕을 스스로 조절할 수 있는 반면, 성적 욕구를 자신의 의지로 제어하거나 강화할 수 없다고 합니다. 이러한 견해 역시 가난을 모르는 중산층 사람들의 추상적 판단에 근거하고 있습니다. 돈이 없는 경우, 식욕

이 반드시 자신의 의지에 의해서 충족되지는 않습니다. 오래 굶주린 사람의 식욕은 다이어트를 위해 체중을 감량하려는 자들의 식욕과는 분명히 다릅니다. 그러나 식욕을 조절적 충동으로 단언할 수는 없을 것입니다. 에른스트 블로흐는 인간의 욕망 가운데에서 가장 중요한 것이 식욕이라고 말합니다. 인간의 위(胃)는 비유적으로 말하면 램프 속에 긴급히 채워야 하는 기름과 같습니다. 왜냐하면 인간은 열흘 정도 굶주리면 목숨을 잃기 때문입니다. 이상주의자인 프리드리히 실러(Friedrich Schiller) 조차도 「세계의 현인들(Die Weltweisen)」이라는 시에서 "이 세상은 배고픔과 사랑에 의해서 움직여 나간다"고 말한 바 있습니다(Hinderer: 423). 그는 배고픔을 이 세상의 첫 번째 동인(動因)으로, 사랑을 두 번째 동인으로 설정하였던 것입니다. 실러의 이러한 표현은 비록 실제 현실에서 구체적인 영향을 끼치지는 못했지만, 성장하는 18세기 이후의 부르주아 사회에서는 충분히 언급될 수 있는 발언이었습니다. 굶주림에 관한 표현은 프로이트가 속한 후기 자본주의 시대에는 거의 자취를 감추고 말았습니다. 왜냐하면 배고픔은 리비도의 아류, 즉 "리비도의 구강기"로 이해되었기 때문입니다. 요약하건대, 우리는 인간의 원초적 갈망이 식욕이라는 사실을 알 수 있습니다. 굶주림은 가난과 관련되고, 가난은 개개인의 사회적 지위 문제 그리고 주어진 사회의 경제적 시스템과 밀접한 관련성을 지닙니다. 바로 이러한 까닭에 블로흐가 자신의 심리학적 관심사와 결부된 낮꿈을 추적하면서 사회심리학의 측면 그리고 사회경제적 여건 등을 예의 주시하는 것은 필연적 귀결이었습니다. 이로써 블로흐의 심리학은 사회경제적 문제를 해결하려는 역동적이고 개방적인 특성을 지닌다는 점에서 심리학과 사회 경제학의 폐쇄적 장벽을 허물고 있습니다.

22. 꿈의 기능에 관한 역사: 그렇다면 밤꿈과 낮꿈은 기능적으로 어떻게 다를까요? 일단 꿈에 관해서 논의하기로 합니다. 인간의 꿈은 고대 그리스 시대에는 초개인적인 무엇으로 간주되었습니다. 이를테면 아리스토텔레스는 꿈이 신의 의지를 그대로 반영한다는 사고에 강하게 반발하였습니다. 인간의 의지는 그런 식으로 신에 의해 조종될 수 없다는 게 아리스토텔레스의 지론이었습니다. 그런데 기원후 2세기에 달디스 출신의 아르테미도로스(Artemidoros)는 아리스토텔레스의 이러한 견해를 반박하였습니다. 그는 자신의 『꿈의 해석(oneirokritika)』이라는 책에서 다음과 같이 주장하였습니다. 즉, "꿈은 신의 의지를 드러내거나, 미래에 발생할 사회적 사건을 예견하여 보여 준다"는 것이었습니다. 그렇기에 꿈은 종교, 철학 그리고 문학의 대상으로 활용되었다는 것입니다(Artemodor: 116). 그런데 꿈은 그 기능상으로 고찰할 때 초개인적으로 작용한다고 아르테미도로스는 확신하였습니다. 다시 말해, 꿈은 개별적이고 사적인 욕구를 담는 게 아니라, 씨족사회 전체의 운명과 방향성을 시사한다는 것이었습니다. 이러한 견해는 중세를 거쳐 근대에 이르기까지 유효한 것으로 전해 내려왔습니다(Dietschy: 578). 근대에 이르러 몇몇 철학자들은 꿈을 초개인적 사항이 아니라, 어떤 개인적 삶과 관련된 무엇으로 이해하였습니다. 바로 이때 출현한 것이 백일몽의 독자적인 특성이었습니다. 우리는 미셸 몽테뉴와 장-자크 루소를 예로 들 수 있을 것입니다.

23. 낮꿈과 밤꿈: 가령 장-자크 루소는 꿈에는 두 가지 종류가 있다는 것을 지적하였습니다. 그것은 밤에 꾸는 꿈 그리고 낮에 꾸는 꿈, 즉 백일몽을 가리킵니다. 그런데 낮꿈은 지금까지 거의 대부분 단순히 바라는 생각, 즉 "희망 사항(wishful thinking)"으로 간주되었습니다. 그렇기에

그것은 "생각(thinking)"이 지니고 있는 고유한 준엄함이라든가 책임 의식과 결부된 적은 한 번도 없었으며, 질 들뢰즈(Gilles Deleuze)의 표현을 빌면, 고작 인간의 뇌리에서 사라지는 "착상(Aperçu)"으로 치부되었습니다. 그렇지만 19세기 말의 정신분석학자들은 낮꿈과 밤꿈을 동일한 차원에서 이해하였습니다. 이를테면 프로이트는 백일몽을 비정상적인 심리적 상태에서 비롯한 환상의 일종이라고 단언하였습니다. 그리하여 환상은 한편으로는 히스테리 증상 뒤에서 출현하는 것이라고 생각했습니다. 히스테리 환자와 편집증 환자의 환상은 일부 학자들의 주장에 의하면 궁극적으로 "성(Sex)"이 정체되어 있기 때문입니다. 성의 정체성(停滯性)은 프로이트에 의하면 히스테리 환자로 하여금 소음을 듣게 하고 헛것을 보게 한다는 것이었습니다(라이트: 141f). 한편, 프로이트는 낮꿈이 편집증 환자들의 망상적 두려움 속에서 나타나는 현상이라고 생각했습니다. 편집 망상증은 한 인간의 심리를 너무나 괴롭혀서 — 언젠가 엠마누엘 스웨덴보리(Emanuel Swedenborg)가 심령학을 추구할 때 유추한 바 있듯이 — 환시, 다시 말해서 헛것을 바라보게 한다는 것이었습니다. 그렇기에 프로이트가 백일몽 역시 밤꿈의 예행연습이라고 가볍게 치부한 것은 당연한 귀결이었습니다. 이에 반해 블로흐는 주어진 비참한 경제적 상황을 백일몽과 연결시켰습니다. 왜냐하면 백일몽, 즉 낮꿈 속에는 세상을 개혁하려는 인간의 고유한 갈망이 도사리고 있기 때문입니다. 그것은 무엇보다도 가난과 굶주림을 떨치려는 욕망에서 출발합니다. 어떻게 하면 굶주리지 않고 억지로 노동하지 않을 수 있을까 하는 질문이야말로 낮꿈의 출발점이 됩니다.

24. 낮꿈의 특성: 블로흐는 가난한 인간의 식욕과 사회경제적 처지에서 출발한다는 점에서 심리적 욕구에다 사회 경제학적 관심사를 첨가시킴

니다. 이로써 심리를 위한 심리학, 사회를 위한 사회학은 상호 보완적으로 기능하게 됩니다. 이와 관련하여 블로흐는 몇 가지 낮꿈의 특성을 차례로 서술합니다. 첫째로, 낮꿈 속에는 자아의 의지가 분명히 도사리고 있습니다. 깨어 있는 꿈은 그 자체 해방의 욕구를 지니고 있습니다. 낮꿈은 주로 우리의 의지에 의해 생명력을 구가합니다. 자아는 처음에는 목적지 없는 운행을 시작하며, 우리가 원할 때마다 운행을 중지하지 않습니까? 마찬가지로 백일몽을 꾸는 자는 충분할 정도로 긴장을 풀지만, 그렇다고 해서 주어진 여러 가지 갈망의 상에 의해 수동적으로 끌려 다니지 않으며, 압도당하지도 않습니다. 갈망의 상은 자아의 의지에 의해 더 나은 삶의 가능성을 설계합니다. 비록 그것은 현실과는 전혀 다른 찬란한 만화경의 상을 보여 주지만, 그 배후에는 지금 여기의 참담한 삶에 대한 비판이 용해되어 있습니다. 블로흐는 밤꿈과 낮꿈을 정확하게 설명하기 위해서 아편과 대마초의 기능을 예로 들었습니다. 이를테면 아편이 자아의 기능을 흐릿하게 하므로 밤꿈의 특성에 해당된다면, 대마초는 자아로 하여금 자유분방하게 상상의 나래를 펴게 하고 열광시키게 한다는 점에서 낮꿈의 특성을 표방합니다. 특히 대마초의 환각에 빠지게 되면, 자아는 아주 경미하게 흥분하지만, 그렇다고 해서 자아가 자취를 감추는 경우는 한 번도 없습니다.

둘째로, 낮꿈 속에는 세상을 개혁하려는 의지가 도사리고 있습니다. 세계의 개혁에 관한 꿈은 내면에서 바깥을 향해 뛰쳐나옵니다. 그것은 비유적으로 말하면 외향적 무지개 혹은 어떤 둥근 천장으로 인간의 의식 속에 떠오릅니다. 백일몽 속에는 사적인 행복의 상만이 떠오르는 게 아닙니다. 오히려 그 속에는 더 나은 세상 그리고 이를 실현시킬 수 있는 삶의 조건이 침윤해 있습니다. 바로 이곳에서 밤꿈과 낮꿈 사이의 차이가 다시 반복됩니다. 두 가지 꿈의 고유한 특성은 놀랍게도 우리가 익히 알고 있는 정신병에서 그대로 되풀이되고 있습니다. 밤에 꿈을 꾸는 자는 마치 아편을 복용한 환자처럼 정신이 분열되는 반면에, 낮에 꿈을 꾸는 자는 마치 대마초를 피운 사람처럼 한 가지 사항에 집착하여 그 문제를 광적으로 추적해 나갑니다. 그렇기에 밤꿈은 정신 분열을 유발하는 조현병과 연결되고, 낮꿈은 광기를 유발하는 편집광증과 관계된다는 것을 알 수 있습니다.

정신분열증은 한 인간의 사고를 과거지향적으로 거슬러 올라가게 하는 반면에, 편집광증은 미래지향적으로 새로운 사고를 떠올리게 하고 기상천외한 사물을 발명하게 합니다(블로흐: 180 이하). 이를테면 샤를 푸리에의 편집광증을 생각해 보세요. 푸리에의 편집광증은 미래 사회에 나타날 놀라운 과학기술의 상을 선취하게 해 주었습니다. 그가 상상한 "반-사자" 내지 "반-고래"는 오늘날의 신속한 교통수단을 예언적으로 보여주고 있습니다. 요약하건대, 심리적·성적 문제와 관련되는 밤꿈은 은폐되고 왜곡된 내용으로 이루어져 있습니다. 왜냐하면 그 속에는 인간의 성적 욕망 내지 차단된 욕구가 여러 이미지의 조각으로 출현하기 때문입니다. 이에 반해 경제적·사회적 문제와 관련되는 낮꿈은 미래를 향해 개방되어 있으며, 무언가를 창안하거나 미래의 삶을 미리 보여 줍니다. 그렇기에 백일몽은 우리 앞에 위치한 무엇을 선취하여 보여 줍니다. 그것은 자기 자신과 세계를 앞으로 확장시키기 위해서 출현한 것입니다. 그것은 한마디로 보다 나은 무엇을 소유하려는 욕망 내지는 보다 나은 무엇을 알려는 욕망을 가리킵니다.

25. 유토피아로 향하는 낮꿈의 변모 과정: 낮꿈은 블로흐에 의하면 궁극적으로 세상을 개혁하려는 유토피아의 특징을 표방합니다. 물론 낮꿈이라고 해서 모조리 유토피아적 특징으로 귀결되는 것은 아닙니다. 낮꿈

가운데는 사적인 갈망으로 잠시 머물다가 사라지는 것도 많이 있기 때문입니다. 그렇다면 유토피아의 특징을 드러내는 판타지는 단순한 사적인 욕망을 담은 환상들과 어떻게 다른가요? 그것은 장차 무언가를 기대할 수 있는 "아직 존재하지 않은 것"을 선험적으로 지니고 있다는 점입니다. 유토피아로 작용하는 판타지는 공허한 가능성 속에서 배회하고 길 잃은 게 아니라, 어떤 현실적 가능성을 심리적으로 선취하는 행위입니다. 지금까지 강조한 바 있지만, 깨어 있는 꿈 가운데에서도 현실적으로 가능한 무엇을 선취하게 해 주는 꿈만이 어떤 신선함을 가져다줍니다. 만약에 꿈과 삶 사이에 아무런 관련성이 없다면, 꿈은 다만 추상적인 유토피아요, 삶은 오로지 변화 없는 천박함에 불과한 것일 겁니다. 꿈과 삶 사이의 관련성은 주어진 현실을 전적으로 전복시킬 수 있는 현실적 가능성에 의해서 그 범위가 정해집니다. 아닌 게 아니라 제각기 주어져 있는 모든 사항들은 인간의 본성 속에서뿐만 아니라, 외부적 현실의 제반 과정 속에서 극복되고 발전합니다. 이를테면 마르크스주의는 인간의 꿈속에서 나타나는 구름을 앞으로 나아가게 충동질하지만, 인간은 꿈속에 담긴 불기둥을 소진시키지 않고, 오히려 그것을 강력하게 구체화시킵니다. 따라서 인간은 "기대 의향(Erwartungsintention)"을 지닌 채 어떤 희망을 갈구하기 때문에, 유토피아의 예지력(叡智力)은 갈망의 백일몽 속에서 지속적으로 보존되어야 합니다.

26. 과정, 아직 이루어지지 않은 것: 유토피아는 그 근거에 있어서 목표로서의 결과라기보다는 과정의 특성을 보여 줍니다. 과정은 가장 내재적인 내용을 아직 겉으로 드러내지 않았지만, 항상 그것을 바깥으로 끄집어내려고 노력합니다. 그러므로 그것은 희망 속에서, "아직 이루어지지 않은 것(das Noch-Nicht-Gutgewordene)"으로서 아직 이루어지지 않은

무엇을 객관적으로 예측하는 행위 속에서 진행됩니다. 바로 이를 위하여 최전방에 위치하고 있는 의식은 가장 훌륭한 빛을 전해 주게 됩니다. 기대 정서 내지는 희망을 예견하게 하는 의식된 행위로서의 유토피아의 기능은 비유적으로 말하면 이 세상에 주어진, 새벽 불빛에 휩싸인 모든 사물들과 동맹을 맺고 있습니다. 유토피아의 기능은 어떤 비약의 행위를 잘 이해합니다. 왜냐하면 유토피아는 블로흐에 의하면 바로 압축된 형태로서의 비약이기 때문입니다. 유토피아의 지적 능력은 전투적 낙관주의라는, 결코 약화되지 않은 것입니다.

27. 예컨대 근로기준법을 생각하며 고뇌하는 어느 책 읽는 노동자의 백일몽: 여기서 중요한 것은 굶주리거나 억지로 일하는 인간의 갈망입니다. 그것은 가난과 강제 노동을 떨치려는 자의 처지에서 탄생합니다. 유토피아는 객관적, 현실적 가능성을 추동하고 더 나은 삶을 실현할 수 있는 가능성을 찾게 만드는 것입니다. 전태일 열사의 유토피아를 생각해 보십시오. 어떻게 하면 노동자들이 오랜 노동시간을 강요받지 않고, 열악한 노동환경을 개선할 수 있을까 하고 고심하였습니다. 그렇기에 전태일 열사의 꿈은 세상을 개혁하고, 주어진 가난과 강제 노동의 참담한 상황을 극복하기 위한 수단으로 작용하는 무엇이었습니다. 19세기 중엽부터 서서히 나타난 프롤레타리아 혁명의 열기 역시 이와 관련될 수 있습니다. 안타까운 것은 전태일 열사 이후로도 노동자들의 분신자살이 지속적으로 발생한다는 사실입니다. 요약하건대, 가난과 강제 노동을 떨치려는 노력이야말로 유토피아의 진정한 기능이며, 현실의 사회적·경제적 조건을 향상시키기 위한 수단으로 활용될 수 있습니다. 유토피아는 결국 세상의 개혁이라는 의지와 결부되고, 궁극적으로는 더 나은 삶을 위한 갈망으로 의미 변화를 이룹니다.

28. 갈망은 유토피아에 대한 사고의 출발점이 된다: 결론적으로 말해서, 낮꿈은 문학 유토피아를 설계하는 단초로 작용합니다. 다시 말해, 문학 작품 속에는 더 나은 사회적 삶에 관한 만화경의 상이 묘사되는데, 이는 인간의 백일몽을 바탕으로 한 것입니다. 가령 「놀고먹는 나라에서(Im Schlaraffenland)」라는 동화를 생각해 보세요. 이곳 나무에는 소시지들이 주렁주렁 달려 있고, 개울에는 사향 포도주가 졸졸 흐르며, 산 전체가 치즈 덩어리로 이루어져 있습니다. 사람들은 날아가는 비둘기를 구워 먹으면 족하기 때문에 노동할 필요가 없습니다. 이러한 갈망의 상 속에는 참담한 가난과 강제 노동에 대한 비판 그리고 이를 극복하려는 저의가 은밀하게 숨어 있습니다. 이러한 상은 한스 작스(Hans Sachs)의 시, 「놀고먹는 나라(Das Schlaraffenland)」에서 문학적으로 형상화되었습니다. 놀고먹는 나라는 어떻게 묘사되든 간에 완전히 자유롭게 살아가는 세상에 관한 하나의 범례로 이해될 수 있습니다. 그렇기에 그것은 "완전성에 관한 상상의 실험"으로서(Bloch B: 106), 때로는 전환의 시기에 "사회를 벌컥 전복시키는 폭탄"으로 제 기능을 수행합니다(Dietschy: 581). 이를 고려할 때, 우리는 다음의 사실을 확인할 수 있습니다. 즉, 유토피아의 상 배후에는 주어진 참담한 현실에 대한 비판이 도사리고 있다는 사실 말입니다. 만약 낮꿈(백일몽) 내지 인간이 갈구하는 객관적·현실적 가능성의 상이 없다면, 세상을 개혁하려는 의지를 더 이상 지니지 못할 것입니다. 요약하건대, 만인이 가난과 억압 없이 생존할 수 있는 방도가 무엇인가 하는 물음은 문학작품 속에 묘사된 유토피아의 궁극적인 과제와 같습니다. 문학 유토피아는 가상적 가능성으로서 현실의 상을 선취하는데, 이는 궁극적으로 더 나은 사회 내지 국가의 상을 미래지향적으로 찾아나서는 사회 유토피아로 확장됩니다.

참고 문헌

라이트, 엘리자베트(1997): 페미니즘과 정신분석학 사전, 고정갑희 외 역, 한신문화사.

블로흐, 에른스트(2004): 희망의 원리, 5권, 열린책들.

서요성(2015): 가상현실 시대의 뇌와 정신. 의식 세계에 개입하는 과학과 새로운 인
　　문학적 사유, 산지니.

융, 칼 구스타프(1983): 무의식에의 접근, 실린 곳: 칼 구스타프 융 편, 인간과 무의식
　　의 상징, 이부영 외 역, 집문당, 16-105쪽.

융, 칼 구스타프(2014): 칼 융의 심리 유형, 정명진 역, 구글북스.

Adler, Alfred(1983): Neurosen. Fallstudien. Zur Diagnose und Behandlung.
　　Frankfurt a. M.

Adler, Alfred(1907): Studie über Minderwertigkeiten von Organen, Berlin.

Bloch, Ernst(1985), Das Prinzip Hoffnung, Frankfurt a. M.

Brachfeld, Oliver(1953): Minderwertigkeitsgefühle beim Einzelnen und in der
　　Gemeinschaft, Stuttgart.

Danzer, Gerhard(1992): Der wilde Analytiker. Georg Groddeck und die
　　Entdeckung der Psychosomatik, München.

Dietschy(2012): Dietschy, Beat u.a. (hersg.), Bloch Wörterbuch. Leitbegriffe der
　　Philosophie Ernst Blochs, Berlin.

Hinderer, Walter(2006): Friedrich Sciller und der Weg in die Moderne,
　　Würzburg.

Jung, Carl G.(1987): Traumanalyse. Zur Methodik der Trauminterpretation.
　　Psychologische Interpretation von Kinderträumen, Otten.

Jung, Carl G.(2015): Gesammelte Werke, Bd. 10, Bd. 18/1, II, München.

Kirsch, Thomas D.(2007): C. G. Jung und seine Nachfolger. Internationale
　　Entwicklung der analytischen Psychologie, Gießen.

Marcuse, Herbert(1957): Eros und Kultur. Ein philosophischer Beitrag zu
　　Sigmund Freud, Stuttgart.

Ogler, Hertha(1982): Triumph über den Minderwertigkeitskomplex, Frankfurt a. M.

3
에릭 에릭슨과
루돌프 슈타이너의
교육 심리 이론

유희를 통해서, 하고 싶은 일을 통해서 무언가를 스스로 깨닫는 일 ― 그
것이 가장 바람직한 교육방법이고 교육과정이다.

(필자)

영유아 교육은 아직 칠해지지 않은 칠판에 처음으로 글을 쓰는 일이다.

(에릭 에릭슨)

삶에서 목표를 추구하고, 행동에서 올바름을 추구하며, 감성에서 평화를
추구하고, 사고에서 빛을 추구하라.

(루돌프 슈타이너)

영유아 발달에서 가장 중요한 것은 치료로서의 놀이이며, 놀이로서의 치
료이다.

(마리아 몬테소리)

1. 보덴 호수 위를 달려온 기사: 갑자기 보덴 호수 위를 달려온 기사에 관한 동화가 생각납니다. 어느 기사는 중요한 일을 해결하기 위해서 말을 타고 황급히 길을 떠나야 했습니다. 겨울이라 주위는 온통 눈과 얼음으로 덮여 있었습니다. 그래서 기사는 그곳이 호수인지, 대로인지 전혀 분간하지 못합니다. 그래서 기사는 눈을 질끈 감고 애마의 가슴에 박차를 가합니다. 실제로 기적 같은 일이 발생하였습니다. 애마가 호수 위를 달려 건너온 것이었습니다. 얼마나 신속하게 달렸는지는 몰라도, 자신과 말은 기이하게도 물속에 빠지지 않았던 것입니다. 기사는 거사를 끝낸 다음에 자신이 그렇게 광활한 보덴 호수 위를 달려온 것을 기억해 냅니다. 기사는 불가능할 정도로 놀라운 기억에 충격을 받아 그 자리에서 즉사하고 맙니다(Schwab: 366). 보덴 호수의 이야기는 히틀러 독재를 겪어온 독일인들에게 자주 회자되는 동화입니다. 동화가 주는 교훈은 다음과 같습니다. 원래 끔찍한 사건보다는 끔찍한 사건에 대한 기억이 인간을 고통스럽게 만들곤 합니다.

2. 유희를 통해서, 하고 싶은 일을 통해서 무언가를 스스로 깨닫는 일: 유희를 통해서, 하고 싶은 일을 통해서 무언가를 스스로 깨닫게 하는 일이야말로 가장 바람직한 교육방법이며 교육과정입니다. 어떤 분야에서 성공한 사람들의 말을 종합해 보면, 다음과 같은 결론에 도달하게 됩니다. 배우는 일은 즐거워야 합니다. 배움이 즐거우려면, 일 자체가 하고 싶은 일이어야 합니다. 억지로 행하는 일은 결코 오래 지속되지 못합니다(Precht: FAZ). 이를 고려한다면 교육자가 수행해야 하는 중요한 일감은 피교육자로 하여금 어떤 가치 있는 무엇을 배우려는 욕구를 부추기는 것, 그 이상도 그 이하도 아닐 것입니다. 당신은 "세 살 버릇이 여든까지 간다"는 속담을 알고 계시지요? 세 살 때의 버릇은 너무나 강렬합

니다. 그것은 한 인간의 사고와 행동을 오랫동안 지배합니다. 물론 우리 대부분은 아마도 어머니의 뱃속에서 나와 처음으로 세상을 바라본 경험을 기억해 내지는 못할 것입니다. 이후에 축적된 수많은 체험들이 갓 태어난 광경에 대한 기억을 망각하게 하니까요. 산부인과 의사의 손에서 거꾸로 매달린 채 울음을 터뜨리면서 세상을 처음으로 바라보는 광경은 참으로 놀라움 그 자체일지 모릅니다.

3. 찬란한 탄생 그리고 아직 칠해지지 않은 칠판: 갓 태어난 당신 아기의 뇌는 백지(白紙)와 같습니다. 그것은 아직 칠해지지 않은 칠판처럼, 즉 "백지상태(tabula rasa)"마냥 깨끗합니다. 아기의 두뇌는 바로 거기에 난생 처음으로 경험한 기억을 하나의 흔적으로 남깁니다(Höffe: 175). 아니, 아기의 신체에 처음으로 작용하는 것은 뇌가 아니라 신경조직일지 모릅니다. 어쨌든 세상에 태어나서 처음에 경험하는 것은 너무나 강렬합니다. 그래, 갓 태어난 아기의 몸과 뇌는 아직 칠해지지 않은 칠판으로 비유될 수 있습니다. 이를테면 학교 교실의 아직 칠해지지 않은 칠판에 무언가 잘못된 사항을 기술하는 경우를 생각해 보세요. 그것은 나중에 어느 정도 지워지지만, 지운 흔적은 고스란히 남아 있습니다. 잘못된 글씨는 얼마든지 지울 수 있지만, 기억의 칠판에는 글씨의 흔적이 흐릿하게 남아 있습니다. 영·유아 시절의 삶의 분위기는 평생 지속되고, 사라진 기억 속에 남은 흔적은 한 인간의 심리 구조 속에 명징하게 각인되어 있습니다.

4. 영·유아기는 인생에서 가장 중요한 시기이다: 영·유아기는 인간의 신체와 영혼 그리고 두뇌의 발달에 가장 중요한 시기입니다. 영·유아는 어른이 하루에 경험한 일보다도 열 배 이상의 강렬한 무엇을 체험합니

다. 어른이 접하는 경험은 이전에 수없이 경험한 것들의 반복에 불과합
니다. 그러나 영아들은 난생 처음으로 모든 것을 마치 창세기에 처음 생
성된 사물처럼 그렇게 생생하게 받아들입니다. 바로 이러한 까닭에 이
시기에 처음으로 접한 체험은 무엇보다도 강력하며, 인간의 초기 감각의
발달 과정에 가장 커다란 영향을 끼칩니다. 그것은 이후에 이어질 사회
적 삶 내지 사랑의 삶에 보이지 않는 최초의 잣대로 활용되기 때문입니
다. 인간이 태어나 6년 동안에 습득하는 것은 수십 년 동안 지속적으로
영향을 끼친다는 것을 생각하면, 출산과 영 · 유아 교육이 얼마나 중요
한가 하는 것을 우리는 새삼 깨닫게 됩니다. 에릭 에릭슨(Erik Erikson)은
독일 출신의 미국 심리학자입니다. 그는 덴마크 출신의 부모 밑에서 태
어났는데, 부모는 헤어지고, 어머니는 그의 나이 3세 때 유대인 의사, 테
오도어 홈부르크와 결혼하였습니다. 이로써 에릭슨은 오랫동안 자신이
유대인이라고 착각하며 살아야 했습니다. 나중에 그는 안나 프로이트
(Anna Freud)를 만나 심리학을 공부하게 되었습니다. 에릭 에릭슨은 인
간의 사회심리적 발전을 여덟 단계로 나눈 바 있는데, 첫 번째에서 세 번
째의 단계를 0세에서 6세까지로 설정한 바 있습니다.

　5. 에릭슨의 인간의 심리 발전의 여덟 단계: 일단 에릭 에릭슨의 심리 발
달의 여덟 단계 및 위기에 관한 이론을 살펴보겠습니다. 대부분의 인간
은 여덟 단계마다 제각기 한 번씩 위기를 겪게 됩니다. 인간은 이 단계를
역으로 거슬러 올라갈 수 없습니다. 발전 단계상의 문제를 성공리에 극
복하는 것은 필연적이라고 말할 수는 없지만, 최소한 당사자에게 많은
도움을 줍니다. 특정 단계에서의 갈등은 완전히 해결되지는 않지만, 평
생 하나의 기억으로 보존되고 있습니다. 따라서 한 인간이 발전을 거듭
하기 위해서는 특정 단계에서 자아의 문제에 관한 심리를 정확하고도 충

분하게 진단해 내야 합니다. 첫 번째 단계는 "원초적 신뢰"의 단계로서 1세의 나이 때에 경험할 수 있습니다. 이 시기는 "누군가 나에게 주는 대로 나는 존재한다"라는 말로 표현됩니다. 영아는 한 사람(어머니)에게 의존하고 있습니다. 만약 이 시기에 영아에게 육체적 안전이나 음식 등이 제대로 공급되지 않으면, 영아의 마음속에는 두려움이라는 위협적인 감정이 그치지 않을 겁니다(Erikson 1993: 242). 음식, 안온한 어머니의 가슴 등이 결여되어 있으면, 영아의 마음속에는 세계에 대한 근원적 불신의 감정이 자라납니다. 이러한 감정은 세상으로부터 그리고 부모로부터 버림받았다는 두려움으로 이해됩니다. 자극의 결핍, 탐욕, 공허함, 우울, 어머니를 대리할 수 있는 사람에게 강하게 종속되려는 욕구 등이 한 인간의 마음속에 뿌리를 내리게 됩니다.

인간의 심리 발전의 두 번째 단계는 자율성의 단계로서, 2세에서 3세 사이에 겪는 경험과 관련됩니다. 이 시기는 "나는 내가 원하는 대로 존재한다"라는 말로 표현됩니다. 에릭슨은 이 시기를 "사랑과 미움, 자발적인 의지와 강제성, 자유로운 표현과 억압" 사이의 관계를 결정짓는 중요한 시기라고 말합니다. 이 시기의 영아들은 비록 말을 잘하지 못하더라도 자기 의지를 밖으로 드러내어, 이를 관철시키려고 애를 씁니다. 만약 아이의 자기 의지가 부모 내지 양육자에 의해서 언제나 조건 없이 꺾이게 되면, 아이의 마음속에는 수치심과 불안감이 누적됩니다. 결국 자신이 원하는 바는 결코 성취되는 법이 없다는 것을 서서히 체득하게 됩니다. 그렇게 되면 유아들의 기는 꺾이게 되고, 모든 일에 의기소침하게 됩니다. 유아는 자신이 원하는 모든 욕구가 한결같이 더러운 것이며 수용될 수 없는 것이라고 무의식적으로 판단하게 됩니다. 질서, 시간 준수, 청결 등이 강조되면, 유아는 너무 일찍 자기 자신에 대해 엄격해지고, 자기비판적인 성격을 은연중에 고수하게 됩니다. 그렇게 되면, 유아는 자기 자신에 대해 몹시 초조해 하고, 과도할 정도로 청소를 자주 행합니다. 이 경우, 유아의 마음속에는 불안 증세 내지 강박증이 출현하게 되지요.

인간의 심리 발달의 세 번째 단계는 계획의 단계로서, 4세에서 6세 사이에 겪는 경험과 관계됩니다. 이 시기는 "나는 변하려고 생각하는 대로 존재한다"라는 말로 표현됩니다. 에릭슨은 이 시기에 이르러 어머니와 아이 사이의 공생적 관계가 어느 정도 방해 받게 된다고 말합니다. 말하자면, 아이는 어머니의 삶에서 중요한 또 다른 사람이 존재한다는 사실을 깨닫게 됩니다. 어머니의 사랑에 대해 아이는 부끄럽게 여기고 불편해 합니다. 아이의 어머니는 남편, 혹은 사랑하는 임과의 성행위 장면을 아이에게 보여 주지 않는 게 바람직합니다. 왜냐하면 아이들은 단순하고 잔악하며 경직된 반응을 드러낼 수 있기 때문입니다. 이 경우, 아이들은 부모와 같은 침대에서 생활하지 않는 게 좋습니다. 만약 아이가 무언가 일에 몰두하고 어느 정도의 범위에서 독립적으로 생활한다면, 위기는 극복될 수 있습니다. 만약 아이가 부모의 성에 대해 과도한 관심을 기울이면, 나중에 죄의식, 철두철미한 양심 등의 부작용이 출현할 수 있습니다.

인간의 사회심리 발달의 네 번째 단계는 성취의 단계로서, 6세부터 사춘기까지의 경험과 관련됩니다. 이 시기는 "나는 배우는 대로 존재한다"는 말로 표현됩니다. 이 시기의 아이들은 어떤 일을 관찰하고, 함께 동참하며, 무언가 공동으로 참여하려고 합니다. 자신이 무엇에 몰두하고, 다른 사람과 어떻게 협동하는가를 배운 그대로 모방하려고 합니다. 이 시기의 아이들은 무언가를 만들고 성취하려고 애를 씁니다. 그들은 모방한다는 말을 가장 싫어하며, 실제로 무언가 창의적으로 해냈다는 말을 듣고 싶어 합니다. 이때 주의해야 할 사항은 아이들이 다른 아이들과 자신을 비교함으로써 열등의식을 느껴서는 안 되며, 도저히 노력해도 성취할 수 없다는 마음을 품어서는 안 된다는 점입니다. 따라서 아이들에게 과도한 일을 맡기는 것은 금물입니다. 만약 아이들이 어떤 주어진 일에서 부정적인 결말을 경험하게 되면, 노동에 대한 욕구가 떨어지고, 실패에 대한 두려움을 과도하게 품게 됩니다. 이러한 정서는 아이의 자신감을 상실하게 만들고, 자의식을 약화시킵니다.

인간의 사회심리 발달의 다섯 번째 단계는 자기 정체성의 확립의 단계이며, 청춘기의 경험과 관련됩니다. 이 시기는 "나는 내가 행하는 대로 존재한다"라는 말로 표현됩니다. 인간은 자신이 누구이며, 주어진 세계에서 어떻게 적응해 나가는가를 깨달을 때 자기 정체성을 획득합니다 (Bohleber: 364). 이 시기에 중요한 것은 자신의 사회적 역할입니다. 그렇다고 해서 젊은이가 자신에게 주어진 역할을 너무 강하게 견지하는 것도 곤란합니다. 왜냐하면 그것은 타인의 삶에 대한 근엄함으로 작용하기 때문입니다. 만약 한 젊은이가 자신의 사회적 역할과 자기 정체성을 깨닫지 못하면, 그의 마음속에는 모든 것을 부정하고 거부하는 심리가 싹틉니다. 그렇게 되면 그는 마음에 드는 젊은이들끼리 그룹을 지어서 공동의 정체성을 확립하려고 합니다. 그렇게 되면 젊은이는 그룹 내에서 신뢰를 확보하려고 애를 씁니다. 만약 한 아이가 스스로 혹은 그룹 속에서 자기 정체성을 확립하지 못하면, 불안에서 헤어나지 못합니다. 그렇게 되면 사춘기의 정서에 안주한 채 어떤 특정 대상에 대해 열광적인 태도를 취합니다. 십대의 청소년들이 유명 연예인 내지 아이돌에 열광하는 경우를 생각해 보세요. 자기 정체성의 결여로 인한 불안은 쉽사리 멋진 아이돌에 대한 기대 심리 내지 열광으로 이어지게 됩니다.

인간의 사회심리 발달의 여섯 번째 단계는 친밀성의 단계로서 20대에서 40대에 이르는 시기의 경험과 관련됩니다. 이 시기는 "우리는 사랑하는 대로 존재한다"라는 말로 표현됩니다. 이 발전 단계에서 중요한 것은 고립되지 않고 친밀성을 유지하는 일입니다. 이 시기에 두 명의 독립적인 성인은 고립된 삶을 영위하지 않고 서로 친밀한 감정을 나눕니다. 이 시기에 중요한 것은 직업적 성공과 임에 대한 사랑을 성취하는 일입니다. 친밀성을 쌓고 사랑을 실천하는 데 방해되는 일은 참으로 많습니다. 경력 쌓기를 강조한다든가, 대도시에서의 삶을 동경하거나, 자동차를 타고 다니면서 살아가는 일 등을 생각해 보세요. 친밀성을 소홀히 하면 사랑과 우정에서 어떤 파탄을 겪을 수 있습니다. 만약 사랑의 삶에서 실패하게 되면, 자기중심적인 삶을 영위하고, 사회적으로 고립될 수 있으며, 다른 사람의 뜻에 따라 이리저리 이끌리는 삶을 살아갈 위험이 있습니다.

인간의 사회심리 발달의 일곱 번째 단계는 이후 세대에 대한 사랑의 단계로서 40세에서 65세 사이의 경험과 관련됩니다. 이 시기는 "나는 베풀려고 마음먹는 대로 존재한다"라는 말로 표현됩니다. 이 시기의 인간은 자신의 자식에게 온정을 베풀면서 살아갑니다. 자식들을 돌보고, 가르치며, 기술과 학문 그리고 사회적으로 참여하는 법을 솔선수범하면서 가르칩니다. 에릭슨은 이후 세대를 배려하는 마음을 "세대 관계(Generativität)"라는 용어로 설명합니다. 원래 이 단어는 생물학에서 번식력이라는 뜻으로 사용되는데, 에릭슨에 의해서 이후 세대에 대한 배려하는 마음으로 이해됩니다(Höpflinger: 330). 장년기의 사람들은 항상 후세 사람들을 염두에 두고 모든 것을 생각하고 행동해야 합니다. 왜냐하면 젊은 세대는 부모의 말과 행동에 대해 옳고 그름을 나중에 판단하기 때문입니다. 만약 장년기에 자식들을 돌보고 가르칠 수 없다면, 그는 아마도 어떤 차단 내지 정체된 삶의 고립으로 고통을 느낄 것입니다. 이 시기에는 가족만큼 중요한 단체는 없을 것입니다. 장년기의 위기는 고독, 지루함 그리고 인간관계에 있어서의 궁핍함으로 출현할 수 있습니다.

인간의 사회심리 발달의 마지막 여덟 번째 단계는 자기 확립성의 단계를 가리키는데, 65세부터 죽을 때까지의 경험과 관계됩니다. 이 시기는 "나는 내가 획득한 대로 존재한다. 뿌린 대로 거둔다"라는 말로 표현됩니다. 마지막 시기에 인간은 자신의 과거 삶을 돌이켜 봅니다. 이 시기에 사람들은 그동안 무슨 일을 했고, 무슨 성공을 거두었는가를 생각하면서 죽음을 준비합니다. 잘못 살아왔다는 느낌은 후회를 낳고, 다시 다르게 살고 싶은 욕망을 부추깁니다. 죽음에 대한 두려움은 간헐적으로 깊은 절망감을 심어 주기도 합니다. 늙은이 가운데에는 나이와 무관하게 행동하면서 다른 사람들을 경멸하고 함부로 행동하는 사람도 속출합니다. 노인들이 죽음을 두려워하지 않고 그대로 받아들인다면, 이것은 그야말로 노년의 지혜라고 에릭슨은 말합니다. 만약 이 시기의 위기를 극복하지 못하면, 인간은 일그러진 자신의 얼굴과 볼품없는 몸을 혐오하고, 타인을 경멸하며, 무의식적으로 죽음을 두려워할 수 있습니다.

6. 영유아 보육의 중요성: 지금까지 우리는 에릭슨의 인간의 사회심리 발달의 여덟 단계를 살펴보았습니다. 일부 원론적인 이야기로 치부될 수 있는 내용이지만, 한 가지 사항만큼은 우리가 유념해야 합니다. 그것은 다름 아니라 에릭슨이 태어난 이후 6년 동안의 기간을 인생에서 가장 중요한 발달의 시기로 규정한다는 사실입니다. 영아에서 사춘기의 청소년 시기 동안에 인간은 신체적으로 발달하고, 기본적인 지식을 습득하게 됩니다. 그런데 무엇보다도 중요한 것은 사춘기 시기까지 인간은 정서 발달의 측면에서 거의 모든 사항을 수용한다는 사실입니다. 그렇기에 영·유아를 바르게 키우고 보육하는 일은 삶에서 가장 중요한 기본적 틀을 바로 세우는 것과 같은 의미를 지닙니다. 이와 관련하여 우리는 오스트리아의 신지학자, 교육 이론가, 철학자인 루돌프 슈타이너의 초기 감각

에 관한 이론을 살펴보고자 합니다. 특히 슈타이너는 인간의 원초적 충동과 신체 발달의 상관관계를 가장 중요하게 생각하였으며, 영·유아의 신체 및 심리 발달에 관하여 세밀하게 천착한 바 있습니다.

　7. 영유아의 신체 및 심리 발달과 슈타이너의 인간 지혜학: 사실, 우리는 루돌프 슈타이너의 초기 감각론을 그의 전체 사상 체계로부터 분리시켜서 독자적으로 설명할 수는 없습니다. 왜냐하면 슈타이너는 자신의 신지학, 교육학, 심리학을 종합하여 "인간 지혜학(Anthroposophie)"이라는 이론을 종합적으로 설계했기 때문입니다. 여기서 말하는 인간 지혜학이란 인간 지혜에 대한 이론을 가리킵니다. 그렇기 때문에 우리는 슈타이너의 초기 감각론을 설명하기 전에 그가 추구한 "신, 인간, 자연"의 공생 관계에 대한 지식을 어느 정도 이해해야 할 것입니다. 슈타이너의 인간 지혜학은 한마디로 인간의 영성적 세계관을 함양시키고, 올바른 교육을 추구하며, 자기 인식의 길을 찾는 것을 세 가지 목표로 삼습니다. 이를 위해서 도입되는 것은 독일 관념론, 괴테의 세계관, 그노시스의 영지주의 그리고 동양 사상 등입니다. "인간 지혜학"은 19세기 후반부에 강화된 자연과학의 진보 이론의 지향에 이의를 제기합니다. 왜냐하면 자연과학의 진보 이론은 인간의 삶을 편리하게 해 줄 수 있는 기술 발전을 추구하지만, 지적·심리적 측면에서 인간을 황폐화시킬 수 있기 때문이라고 합니다. 이 점은 오늘날 인문학의 중요성을 지적해 주는 대목이 아닐 수 없습니다. 오늘날 세계적으로 퍼진 발도르프 교육은 인간 지혜학의 구상에서 비롯된 것입니다. 슈타이너의 인간 지혜학의 근본은 인간으로 하여금 자발적으로 자신의 삶의 길을 찾게 한다는 점에서 루소의 『에밀』에 서술된 자발적 교육 이론과 일맥상통합니다. 나아가 인간의 자율성과 심리적 의지를 강조한다는 점에서 이탈리아 교육심리학자 마리아

몬테소리(Maria Montessori, 1870-1952)의 반파시즘에 입각한 교육 심리 이론과 가깝습니다(Eckert: 112).

8. 슈타이너의 초기 감각론: 상기한 사항을 전제로 하여 우리는 슈타이너의 인간 지혜학에 근거한 초기 감각론을 살펴보기로 하겠습니다. 슈타이너는 인간의 신체, 심리 그리고 두뇌의 발달의 토대는 0세부터 6세 사이에 거의 완성된다고 주장합니다. 소설가 장 파울(Jean Paul)도 주장한 바 있듯이, 어린아이들은 세계 여행자가 지금까지의 모든 여행에서 배운 것보다도 더 많은 것을 배웁니다(슈타이너 2008: 43). 이 점에 있어서 그는 에릭 에릭슨의 심리 발달의 여덟 단계를 보다 세밀하게 천착한 것이라고 말할 수 있습니다. 미리 말씀드리건대, 루돌프 슈타이너는 영·유아의 초기 감각을 발달 과정에 따라 네 가지 기본적인 단계로 나눕니다. 첫 번째 단계는 촉각이고, 두 번째 단계는 생명 감각이며, 세 번째 단계는 운동감각이고, 네 번째 단계는 균형감각을 가리킵니다. 영·유아가 네 단계를 거칠 때 주도적으로 작용하는 것은 이른바 본능에 해당하는 "이드"입니다. 자아와 초자아는 이 단계에서는 전혀 기능하지 못합니다. 물론 이드, 자아 그리고 초자아의 개념은 프로이트가 사용한 것으로서 슈타이너의 문헌에서는 거의 발견되지 않습니다만, 기능성을 고려하여 필자가 인위적으로 첨가한 용어입니다.

9. 첫 번째 단계, 촉각: 미리 말씀드리면, 촉각은 자신과 세계 사이의 구분을 인지하고, 서로 관계를 맺으려는 감각입니다. 사실 촉각은 광의적 의미에서 피부 감각으로 표현될 수 있습니다. 피부 감각은 고통 감각, 접촉 감각, 온도 감각 그리고 압력 감각을 포괄합니다. 갓 태어난 아이는 눈부심과 추위를 느낍니다. 어머니의 자궁은 따뜻한 온천과 같아서, 태

아는 자신의 몸과 외부의 구분을 느끼지 못하며 살았습니다. 그렇지만 세상 밖으로 나온 영아는 눈부신 바깥세상을 반눈을 뜨고 바라봅니다. 게다가 급격한 온도 변화를 느끼면서 몸을 사리게 됩니다. 불현듯 아이의 내면으로 엄습하는 것은 어떤 말할 수 없는 불안의 느낌입니다. 그게 아니라면 어떤 미지에 대한 두려움일지 모릅니다. 불안은 대상 없이 나타나는 소스라치는 느낌이지만, 두려움은 분명히 어떤 대상을 전제로 합니다. 여기서 태아와 영아의 차이가 분명히 드러납니다. 태아는 이머니의 뱃속에서 아무런 불안감을 느끼지 못했습니다. 굶주림은 탯줄을 통해서 충족되고, 모든 감정은 어머니와 동일하게 이루어지기 때문입니다. 그러나 영아의 경우는 태아와는 달리 두려움에 시달립니다.

난생 처음으로 영아는 자신이 지금까지 함께 했던 모체로부터 분리되었다는 것을 감지합니다. 이때 영아는 자신의 주위에 무엇이 있는지 더듬기 시작합니다. 피부를 통해서 어떤 온기를 느끼면서, 신체 내부에 자신의 심장이 두근거리는 것을 감지합니다. 그렇기에 슈타이너는 촉각을 하나의 산을 더듬는 감각이라고 유추했습니다. 손가락에 닿는 모든 사물은 그 자체 주위를 인지하기 위한 수단으로 작용합니다. 영아는 자신의 주위를 두 손으로 더듬고 만지작거리기 시작합니다. 그의 촉각은 대상을 인지하고 인식하기 위한 것입니다. 우리는 영아의 감정을 분명히 헤아릴 수 없습니다. 불안은 신체적 균형이 무너질 때, 예기치 못한 사건이 발생했을 때, 충격 등이 나타날 때, 감지되는 정서입니다. 이처럼 주위 환경이 촉각에 의해서 전혀 파악되지 않을 때, 영아는 마치 지렁이처럼 스스로를 움츠리며 불안감에 사로잡힙니다(쾨니히: 14). 외부의 무게, 온도 그리고 빛 등이 파악되지 않을 때, 그는 몹시 당혹스러움을 느낍니다. 이러한 당혹스러움은 머리카락의 움직임, 소름, 식은땀 그리고 몸의 떨림으로 표출될 수 있습니다.

10. 두 번째 단계, 생명 감각: 여기서 말하는 생명 감각은 자신의 내면을 인지하는 경우를 가리킵니다. 생명 감각은 신체적으로 아무런 하자가 없을 경우 전혀 감지되지 않습니다. 그렇기에 그것은 신체의 이상이 있을 경우에 이를 알려 주는 신호 역할을 담당합니다. 생후 약 9개월이 되면, 영아는 자신의 몸 상태를 분명히 인식하게 됩니다. 이로써 그는 쾌감과 불쾌감을 분명히 구분할 줄 알게 됩니다. 쾌감은 무엇보다도 따뜻한 모유를 접할 때 발생합니다. 모유 수유는 단순히 음식을 공급 받는 과정이 아니라, 자식과 어머니 사이의 사랑의 교감으로 이해됩니다. 말하자면 젖 빠는 행위는 인간의 첫 번째 사랑과 성의 교환행위라고 말할 수 있습니다. 오랫동안 모유를 공급받은 아이들의 신체 상태는 그만큼 건강하고, 심리 상태는 안정적입니다. 대부분의 영아들은 생후 6개월까지는 외부의 질병에 대한 면역 체계를 갖추고 있습니다. 그렇기에 생후 6개월 이후에 전해지는 모유는 영양 공급 외에도 질병에 대한 저항력에 도움을 줍니다. 그 밖에 푹신한 침대, 온기, 주위의 여건 등은 영아들에게 쾌감을 느끼게 해 줍니다. 이에 반해서 영아들은 불쾌감을 분명히 감지합니다. 배고픔, 목마름, 구역질, 어떤 특정 부위의 통증을 느낄 때, 영아들은 소리를 지르며 울거나 자신의 근육을 위축시킵니다.

이와 관련하여 슈타이너는 생명 감각을 호수에 비유합니다. 인간의 내면은 호수와 같습니다. 바람이 불면 호수가 출렁거리고 그렇지 않으면 호수는 잔잔합니다. 마찬가지로 생명 감각은 쾌감과 불쾌감에 좌우됩니다. 아기는 울음을 터뜨림으로써 자신의 불쾌감을 표현할 뿐 아니라, 병이라든가 신변의 장애를 외부로 알립니다. 불쾌감은 수치심 내지 부끄러움으로 이어집니다. 영아의 신경계의 활동 역시 이 시기에 활발해집니다. 신경계는 머리, 몸통 그리고 사지 등에 제각기 감각을 전달하거나 수용하는 역할을 담당합니다. 자율신경은 불안, 초조, 놀라움 그리고 긴장 등과 같은 자극을 받을 때 작동합니다. 가령, 수치심을 느끼면, 심장이 빨리 뛰고, 소화액의 분비는 현격하게 줄어듭니다. 땀구멍으로 뜨겁고 묽은 땀을 흘리며, 호흡이 늦어집니다. 그렇게 되면 인간의 내장은 긴장되고, 피로감이 증폭됩니다. 우리의 몸속에 있는 수많은 세포조직은 자율신경계와 연결되어 있습니다. 뇌의 중간 부분에는 부교감신경이, 몸통에는 교감신경이, 생식기에는 부교감신경이 제각기 작동됩니다. 교감신경이 자극 받으면 눈의 동공이 커지고, 혈관이 축소되고, 심장 활동이 빨라지며, 숨소리가 거칠어집니다. 부교감신경이 자극 받게 되면 눈의 동공이 작아지고, 피부 혈관이 확대되며, 심장이 천천히 뛰며, 장운동이 원활해집니다. 놀라운 것은 생후 9개월이 되는 영아들이 놀랍게도 어느 정도 성적 수치심을 느끼고, 부끄러움을 감지하며, 심지어 죽음에 대한 두려움을 간파한다는 사실입니다.

생명 감각이 발달되지 않는 것은 교감신경과 부교감신경의 기능이 원활하지 못해서 나타나는 현상입니다(쾨니히: 65). 그렇게 되면 아이는 심리적 반응을 육체적 반응으로 표현하는 데 지장을 느끼게 됩니다. 그렇게 되면 아이는 신체적 반응을 조절하는 데 어려움을 느낍니다. 특히 이러한 아이에게는 밝고 명랑한 감정이 드러나지 않는 경우가 허다합니다. 아이는 항상 어두운 표정을 짓고, 외부로 향한 호기심을 드러내지 않습니다. 식욕 또한 강하게 느끼지 못하고, 음식을 먹어도 맛있다는 느낌을 받지 못합니다. 심리와 신체가 이런 식으로 어긋나게 되면, 아이의 내면에 드러나는 것은 어떤 자폐적인 성향입니다. 육체와 마음이 따로 놀기 때문에, 항상 불안한 마음을 감출 수 없으며, 두려움과 불안정한 상태에서 벗어나지 못합니다. 이러한 아이들은 언어 장애를 느끼며, 말을 잘하지 못합니다. 다른 사람의 말을 따라하는 경향조차도 드러내지 않습니다. 요약하건대, 생명 감각이 떨어지면 마음과 육체가 서로 분리될 수 있습니다. 바로 이러한 까닭에 영아가 외부의 현실에 대해 스스로 차단시키려는 성향이 출현합니다. 이는 자폐로 이어질 수 있습니다.

11. 세 번째 단계, 운동감각: 운동감각은 근육 감각, 혹은 체력 감각이라고 명명되기도 합니다. 인간은 자의에 의해서 사지를 놀릴 수 있습니다. 체력을 넘어서는 운동이 주어질 경우, 인간은 어떤 저항을 느끼고 몹시 힘들어 합니다. 흔히 운동감각과 관련되는 것이 근육이라고 생각하는데, 이는 오산입니다. 눈, 귀, 코, 혀 그리고 피부 등 모든 것이 운동감각과 밀접하게 관련되고 있습니다. 영아들은 어느 시점에서 자신의 몸과 외부를 구분하게 되는데, 이는 운동을 통해서 가능합니다. 생후 10개월이 되면, 영아는 두 발로 걸어 다닙니다. 물론 여기에는 영아마다 편차가 있습니다. 차분하게 모유를 먹은 아이들은 늦게 두 발로 일어서는 반면에, 부모로부터 방치된 아이들은 비교적 이른 시기에 두 발로 일어섭니다. 영아들은 걷고, 뛰며, 앉았다가 일어서기를 반복하면서 주위 환경을 익힙니다. 인간의 신체에는 근육이 있고, 근육 속에는 근육 방추체라는 신경 조직이 있습니다. 신경은 근육 방추체와 조직 방추체로 나누어집니다. 근육 방추체는 불과 1밀리에서 3밀리에 해당하는 신경조직이지요. 이를 둘러싸고 있는 것은 신경 실핏줄입니다. 우리가 움직이면 근육 방추체가 작동하여 신경의 반응을 인지합니다. 근육 방추체는 신체 일부의 위치와 움직임을 인지하는 역할을 담당합니다(쾨니히: 93). 이에 비하면 조직 방추체는 세포조직과 신경을 연결하는 역할을 담당합니다.

슈타이너는 신경이 근육을 움직이는 기관이 아니라, 정신의 움직임을 인지하는 신체 기관이라는 점을 분명히 하였습니다. 그렇기에 신경은 마음의 움직임을 신체에 전달하는 기관입니다. 가령 지렁이를 생각해 보세요. 외부의 위험이 있으면, 지렁이는 움츠러들고, 앞으로 나아갈 경우 전방으로 앞부분을 내밉니다. 이렇듯 인간의 오욕칠정을 신체로 표현하게 해 주는 것이 바로 신경조직입니다. 따라서 쾌감의 근원은 촉각 그리고 운동 신경과 결부되어 있다는 주장은 그 자체 타당합니다(김종갑: 35). 운동감각은 나이와 무관하게 지속적으로 발전됩니다. 놀라운 것은 영아의 몸이 바로 영아의 심리 구조와 병행하여 발전되어 나간다는 사실입니다. 여기서 우리는 다음의 사실을 알 수 있습니다. 즉, 자연스럽게 사지를 움직일 줄 아는 영아들의 심리 구조 역시 자연스럽게 외부의 사물 내지 사람들과 소통한다는 사실 말입니다. 또 한 가지 놀라운 사항은 왼손잡이와 오른손잡이가 대상에 대해 다른 방향으로 관심을 옮긴다는 사실입니다. 왼손잡이는 오른쪽을 먼저 바라본 다음에 왼쪽 방향으로 눈을 돌리고, 오른손잡이는 왼쪽을 먼저 바라본 다음에 오른쪽 방향으로 눈을 돌립니다. 이는 소뇌의 구조와 기능을 연구하는 데 적용될 수 있는, 슈타이너의 놀라운 관찰이 아닐 수 없습니다.

통계에 의하면, 동양인의 경우 육체 운동의 기능이 서양인에 비해서 뒤늦게 발달한다고 합니다. 몽고인종이 대부분 손재주가 없는 것은 그들에게 지적 하자가 있다기보다는, 무엇보다도 운동감각 영역의 발달이 뒤늦게 나타나기 때문이라고 합니다. 슈타이너는 다음과 같이 주장합니다. 운동 장애아는 심리적으로 장애를 지닌 경우가 많다고 말입니다. 소뇌 운동 장애로 고생하는 경우, 아이의 고유의 운동감각은 현저하게 뒤떨어져 있습니다. 이러한 아이들의 근육은 경직되어 있으며, 뻣뻣하고 불안정합니다. 운동감각이 뒤떨어져 있는 아이는 연습을 통해서 균형감각을 익히고, 근육의 기능을 원활하게 해 나가야 합니다. 팔과 다리가 마비된 아이들에게는 음악을 통한 체조 내지 춤이 참으로 좋은 놀이 치료의 수단으로 활용될 수 있습니다. 팔다리를 다친 사람들이 물리 치료를 통해서 근육의 기능을 향상시키듯이, 운동감각이 뒤떨어진 아이들은 놀이와 춤을 통해서 자신의 기본적 감각을 향상시킬 수 있습니다.

12. 네 번째 단계, 균형 감각: 슈타이너가 언급하는 초기 감각론의 네 번째 단계는 균형 감각입니다. 균형 감각이란 말 그대로 전후, 좌우, 상하의 균형을 잡기 위한 감각을 지칭합니다. 따라서 그것은 공간성의 인지를 위한 감각 내지 방향성의 감각이라고 해도 과언이 아닙니다. 균형 감각은 주어진 자연과의 조화로움이라는 슈타이너의 "인간 지혜학"과 일맥상통하는 개념입니다. 위와 아래를 인지하는 것은 시각에 의해서 이루어지는 게 아니라, 몸속의 균형 감각에서 기인합니다. 우주인들은 우주에서 수직으로 똑바로 서려는 성향을 드러내는데, 이는 시각적 판단이 우주의 현실에서 착오를 일으키기 때문이라고 합니다. 자고로 호모 아만스는 세상에서 균형을 잡기 위해서는 시각, 청각 그리고 촉각 등을 모조리 활용해야 합니다. 갓 태어난 영아를 생각해 보세요. 마치 태아가 어머니의 자궁 속에서 무중력의 상태에 처해 있었듯이, 영아 역시 외부 중력과 조화를 이루어야 합니다. 처음에 영아는 외부의 기압에 대해 어느 정도 압박감을 느끼지만, 시간이 흐름에 따라 서서히 적응해 나갑니다. 동물은 (날짐승과 해양 동물을 제외하면) 대체로 네 발을 사용하여 땅 위에서 균형을 잡습니다. 그러나 호모 에렉투스(homo erectus)는 두 발을 사용해야 하므로 처음에는 위태롭게 균형을 잡습니다(Leakey: XIV).

사실, 인간은 슈타이너에 의하면 세계에 대한 균형 감각 없이 태어납니다. 이에 비하면 포유류 동물들은 처음부터 균형 감각을 지닌 채 태어나므로, 하루 이틀만 지나면 바로 움직이면서 몸의 균형을 잡을 수 있습니다. 그러나 인간은 포유류 동물과 달라서, 운동 능력을 일깨운 다음에 균형 감각을 발전시킬 수 있습니다. 그런데 이러한 균형 감각에서 커다란 역할을 담당하는 기관은 귀의 달팽이관입니다. 그것은 측두골의 추체부로 복잡한 모양의 미로로 이루어져 있습니다. 귓구멍은 페리 림프액에 둘러싸여 있는데, 미로처럼 구성되어 있습니다. 3개의 반원 모양의 터널에서 생성되는 엔도페리 림프액은 고여 있는 게 아니라 계속 유동합니다. 달팽이관의 전정기관에서 이 액체는 사라지고, 새로운 엔도페리 림프액이 유동하도록 조처합니다. 물론 신체의 제반 기관이 균형을 잡는 데 도움을 주지만, 달팽이관이 주도적으로 기능한다고 말하는 게 타당할 것 같습니다. 놀라운 것은 오로지 척추동물만이 이러한 기관을 지니고 있다는 사실입니다. 달팽이관은 인간의 신체 속의 림프액을 순환시키면서 인간의 몸이 외부의 중력과 조화를 이루도록 도와줍니다.

달팽이관은 인간의 운동을 관장하는 소뇌와 연결되어 기능하게 되는데, 소뇌가 운동 장애를 일으키게 되면, 이른바 경련성 간질이 발생할 수 있습니다. 아이들 가운데 소뇌가 발달하지 않으면 소아 운동 장애를 겪을 수 있으며, 신체 발달 역시 이와 병행하여 늦어집니다. 그렇게 되면 운동신경이 둔화되고 균형 감각이 더딜 수밖에 없습니다. 또한 신체 내부의 중력이 외부의 중력을 더 이상 수용하지 못한 채 차단되면, 여러 가지 질병이 발생할 수 있습니다. 이를테면 간질과 경련의 증세는 평형기관이 손상을 입었을 때 나타날 수 있는 증상입니다. 나아가 이명, 이석증 그리고 메니에르병(Morbus Menière) 등과 같은 질병도 균형 감각과 관련되는 질병입니다. 그 밖에 몽골족의 아이들은 수의 개념이 현저하게 뒤떨어져 있는데, 이는 유년기에 근육 조직의 발달이 더디고 느슨하기 때문에 나타나는 현상이라고 합니다. 몸자세를 바르게 하는 데 필요한 운동은 걷기, 달리기, 뛰기 그리고 계단 오르기 등입니다. 이러한 운동을 자유자재로 행할 때 아이들의 사고 역시 현저하게 발달할 수 있습니다. 이를 고려할 때, 인간의 감각기관은 운동 능력과 밀접한 상관관계를 지닌다는 사실을 우리는 알 수 있습니다. 두뇌를 사용하는 일이 아니라, 스포츠 댄스 그리고 수영과 걷기 등의 운동이 치매 환자에게 오히려 더 도움이 된다는 사실은 많은 것을 생각하게 해 줍니다.

13. 다섯 번째 단계: 슈타이너는 영·유아의 발달에 있어서 가장 중요한 네 가지 감각으로 촉각, 생명 감각, 운동감각 그리고 평형감각을 예시하며, 이를 개별적으로 해명하였습니다. 뒤이어 두 번째 단계에서 발달하는 감각으로 온도 감각, 시각, 미각 그리고 후각을 언급했습니다. 주지하다시피 인간의 신체에 가장 강한 영향을 끼치는 것은 온도일 것입니다. 너무 춥거나 더우면, 인간의 신체는 가장 급격하게 반응합니다. 시각, 미각 그리고 후각의 발달은 두 번째 단계에서 활성화된다고 합니다. 이 단계에서는 본능과 지적 판단이 공히 시각, 미각 그리고 후각과 병행하여 발달합니다. 영·유아 발달의 마지막 세 번째 단계는 슈타이너에 의하면 자아 감각, 사고 감각, 언어 감각 그리고 청각이라고 합니다. 놀라운 것은 슈타이너가 청각을 사고와 언어 감각에 연결시키고 있다는 것입니다. 사실, 깊이 사고하는 사람일수록 청각이 발달되어 있다고 말할 수 있습니다. 청각은 외부의 현실을 지적으로 수용하고, 이를 언어 능력으로 되돌려주기 위한 토대로 작용합니다. 마지막 세 번째 단계를 지배하는 것은 지금까지 소홀했던 대뇌의 기능과 능력입니다. 인간은 상기한 다섯 단계를 거쳐서 지혜로운 인간으로서 거듭날 수 있다는 게 슈타이너의 지론입니다.

14. 요약: 지금까지 우리는 영·유아의 신체 및 심리 발달 그리고 두뇌 발달이 이후의 인간 삶에 얼마나 중요한 영향을 끼치는지 살펴보았습니다. 에릭 에릭슨의 경우 0세에서 6세에 해당하는 영·유아들의 심리적 발달의 차이점과 특성을 구명하는 데 주력했다면, 슈타이너는 인간의 기

본적 감각의 발달 과정을 기술하며, 육체와 정신이 상호 유기적으로 관련을 맺고 있다는 것을 분명히 지적하고 있습니다. 인간은 촉각을 통해서 주위의 대상을 인식하고, 무의식적으로 자신의 신경 기능을 활성화시킵니다. 생후 9개월이 된 영아는 생명 감각을 통해서 내면을 인식합니다. 이때 활발하게 기능하는 것은 자율신경으로서, 영·유아는 쾌감과 불쾌감을 외부로 알립니다. 수치심과 공포감을 인지하는 것도 바로 생명 감각을 통해서 가능합니다. 인간이 영·유아기에 기본적으로 습득해야 하는 세 번째 감각은 무엇보다도 운동감각입니다. 인간의 신체 기능의 발달은 바로 정서의 발달과 비례해서 수행되고 있습니다. 네 번째 감각은 균형 감각입니다. 인간은 동물과는 달리 생후에, 다시 말해서 후천적으로 비로소 균형 감각을 익혀 나갑니다. 이러한 균형 감각은 운동감각의 토대가 없으면 발달될 수 없습니다. 인간은 균형 감각을 발달시킴으로써 외부 세계와의 조화를 이루고 육체적으로, 심리적으로 그리고 지적으로 반듯한 인간으로 성장할 수 있습니다.

15. 가장 바람직한 교육 방법: "놀이를 통해서 스스로 무언가를 깨닫게 하라": 인간에게 가장 중요한 것은 스스로 무언가를 배워 나가는 일입니다. "다른 아이와 비교할 때 더 잘한다"는 사실이 결코 능사가 아닙니다. 우리는 영아들에게 무언가를 강압적으로 주입시키지 말고, 무언가 스스로 깨닫도록 도와주어야 합니다. 이를 고려한다면, 가장 바람직한 교육방법은 채찍이 아니라 당근이며, 피교육자의 자발적 의지를 도와주는 일일 것입니다. 중요한 것은 루돌프 슈타이너의 다음과 같은 경구일지 모릅니다. "아름다움에 경탄하고, 진정한 무엇을 보호하며, 고결함을 존중하고, 선함을 추종하라(Das Schöne bewundern,/das Wahre behüten,/das Edle verehren,/das Gute beschließen)"(Steiner: 84). 그렇게 한다면, 우리

는 삶에서 목표를 추구하고, 행동에서 올바름을 추구하며, 감성에서 평화를 추구하고, 사고에서 빛을 추구할 수 있을 것입니다. 이것이야말로 장-자크 루소로부터 슈타이너에게로 이어지는 자율적 인간 교육론의 핵심 사항이 아닐 수 없습니다.

참고 문헌

김종갑(2004): 타자로서의 몸, 몸의 공동체, 건국대 출판부.

슈타이너, 루돌프(2004): 교육은 치료다, 김성숙 역, 물병자리.

슈타이너, 루돌프(2008): 정신과학에서 바라본 아동 교육, 이정희 역, 섬돌.

쾨니히, 카를(2006): 치료 교육과 R. 슈타이너의 감각론, 정정순 역, 특수교육.

Bohleber, Werner(1992): Identität und Selbst. Die Bedeutung der neueren Entwicklungsforschung für die psychoanlytischen Theorie des Selbst, in: Psyche, Jg. 46. pp. 336-365.

Eckert, Ela(2007): Maria und Maria Montessoris kosmische Erziehung, Berlin.

Erikson, Erik H.(1968): Identity, Youth and Crisis. New York.

Erikson, Erik H.(1993): Childhood and Society. New York.

Höffe, Otfried(2008): Kleine Geschichte der Philosophie, München.

Höpflinger, François(2002): Generativetät im höheren Lebensalter. Generation-soziologische Überlegungen zu einem alten Thema, in: Z. für Gerontologie und Geriatrie, Vol 35, pp. 328-334.

Leakey, Richard(1995): The Origin of Humankind, London.

Klatt, Norbert(1993): Theosophie und Anthroposophie. Neue Aspekte zu ihrer Geschichte. Göttingen.

Kugler(2007): Kugler, Walter (Hrsg.), Rudolf Steiner. Selbstzeugnisse: Autobio-graphische Dokumente. Dornach.

Precht, Richard D.: Vergesst Precht!, in: FAZ. 6. Mai 2013.

Schwab, Gustav(1828): Gedichte. 1. Bd. Stuttgart.

Steiner, Rudolf(2013): Anthroposophische Leitsätze. Der Erkenntnisweg der Anthroposophie 1924/25. http://www.anthroweb.info/rudolf-steiner-werke/ga26_leitsaetze.html

4

에밀리오 모데나의
생태 심리학과
에로스의 유토피아

끔찍한 심리적 질병에 시달리게 하느니, 젊은이들로 하여금 자발적으로
사랑의 삶을 실천하도록 여건을 마련해 주는 것이 젊은이의 심리적 건강
에 훨씬 도움이 될 것이다.

(에밀리오 모데나)

진정한 자율성은 개인이 국가 위에 군림할 때 실천될 수 있다.

(에밀리로 모데나)

오늘날 우리는 아벨라르가 엘로이즈를 사랑하여 아이를 낳게 했다는 단
하나의 이유로 인하여 거세당한 것을 애처롭게 여기면서, 과거의 전근대
적 이데올로기를 비난한다. 그렇지만 우리는 주어진 사회적 관습, 도덕
그리고 법을 자식 세대에 변함없이 물려주는 것을 당연하게 여긴다.

(필자)

1. 에밀리오 모데나: 이 장에서 우리는 스위스의 심리학자, 에밀리오 모데나(Emilio Modena, 1941-)의 생태 심리학을 살펴보기로 하겠습니다. 필자가 의도하는 바는 단순히 모데나의 생태 심리학을 소개하는 일뿐 아니라, 미성년자들과 노인들의 사랑과 성에 관한 문제를 다루기 위함입니다. 호모 아만스는 나이가 어리다는 이유로, 혹은 나이가 많다는 이유로 성과 사랑에 대한 갈망을 포기할 수 없습니다. 특히 청소년의 성은 무조건 금기로 돌리거나 다른 방향으로 승화시킨다고 해서 능사는 아닐 것입니다. 우리는 청소년의 성에 관한 사례를 통해서 어떤 바람직하고 실천 가능한 해결책을 제시해야 할 것입니다. 일단 에밀리오 모데나와 그의 이론을 살펴보기로 합니다. 모데나는 1941년 이탈리아 나폴리에서 태어나, 1951년부터 스위스 취리히에서 살고 있습니다. 취리히의 의과대학에서 정신과 분야를 공부한 다음에, 그는 1968년부터 1971년까지 취리히에서 정신과 개업의로 일했습니다. 1974년부터 모데나는 몇몇 동료들과 함께 작은 정신분석 세미나를 개최하기 시작하였습니다. 모든 심리적 갈등은 주어진 사회의 제도와 직간접적으로 결부되어 있으므로, 정신과의 영역에서 제기되는 지식과 문제점만으로는 환자의 모든 심리 상태 내지 질병을 치유할 수 없다는 게 그의 지론이었습니다. 정신분석학의 세미나 활동도 사회심리학의 문제를 집중적으로 추적하기 위한 수단으로 이해됩니다. 모데나는 정치에도 관심을 기울여 핵발전소의 폐쇄에 관한 사안에 적극적으로 뛰어들기도 했습니다. 그의 대표작으로 우리는 『정신분석학의 관점에서 고찰한 전쟁과 평화(Krieg und Frieden aus psychoanalytischer Sicht)』(1983) 그리고 『파시즘 신드롬 — 유럽에서 신우파의 정신분석을 위하여(Das Faschismus-Syndrom — Zur Psychoanalyse der neuen Rechten in Europa)』(1998) 등을 들 수 있습니다.

2. 금기 속으로 잠입하는 지옥 여행: 모데나는 젊은이들에게 다음과 같이 권고합니다. 그것은 다름 아니라 금기 속으로 잠입하여 지옥 여행을 떠나라는 것입니다. 모데나의 짤막한 글, 「심리 생태학(Psychoökologie)」은 프로이트의 리비도 이론과 빌헬름 라이히의 억압 가설을 떠올리게 합니다. 인간의 욕망은 그 절반에 있어서 동물적 본능으로 이루어져 있지만, 언제나 주어진 현실의 여러 가지 계율과 첨예하게 부딪치곤 합니다 (Modena 1985: 39). 이때 대부분의 젊은이들은 주어진 체제와 통념에 사정없이 꺾인 채 그저 회개하는 마음으로 자신의 본능을 탓하곤 합니다. 그렇지만 우리는 주어진 계율을 일차적으로 의심할 필요가 있습니다. 다시 말해, 우리에게 필요한 것은 발상의 혁명적 전환입니다. 사회적 금기에 처음부터 끝까지 순종할 게 아니라, 금기가 무엇인지, 그리고 그것이 어떻게 사회적으로 기능하는지 등을 고찰해야 합니다. 그리고 그 다음에는 이른바 암흑의 금기의 실체를 알아내려는 노력이 중요합니다.

3. 금기란 무엇인가?: 고대사회에서 금기는 주로 정령신앙과 악령과의 관계 속에서 규정되었습니다. 그런데 근대에 이르러 금기는 이른바 종교, 이를테면 기독교의 죄악으로서 "바빌로니아의 창녀"라는 상으로 각인되었습니다. 고대 바빌로니아 사람들은 해와 달의 "일식(solar eclipse)"을 천체 만물의 합일로 이해하고, 이를 축제로 활용하였습니다 (블로흐: 386). 실제로 바빌로니아 사람들은 지고의 신 마르두크가 아름다운 여성 이스타르-샤르파니트와 하늘에서 황홀하게 결혼식을 올린다고 믿었습니다. 이것이 바로 성스러운 결혼식이라는 것입니다. 나아가 그것은 안토니우스와 클레오파트라의 만남이며, 태양신 오시리스와 달의 여신 이시스의 합일로 인지되었습니다. 또한 사람들은 자칭 태초의 인간, 시몬 마구스(Simon Magus)와 그의 친딸 소피아의 근친상간의 통정

으로 이해하였습니다. 신화에 의하면, 소피아(Sophia)는 자신을 낳아 준 친아버지와 성적으로 결합한 다음에 악령에게 납치당합니다. 결국 소피아는 악령들에 의해서 연이어 겁탈당합니다. 미녀를 둘러싼 끔찍한 사건은 나중에 트로이의 헬레나와 티루스의 헬레나에게서 반복됩니다. 말하자면, 티루스의 헬레나는 홍등가에서 일하는 창녀로서 마리아 막달레나처럼 방종하게 살아갑니다. 그런데 기독교가 도래한 뒤부터 해와 달의 성스러운 결혼식에 관한 신화는 사라지고 말았습니다. 이를테면 여성으로서의 "교회(ecclesia)"는 남성으로서의 "그리스도의 몸(corpus Christi)"을 포괄하게 된 것입니다. 이로써 남성성과 여성성의 결합의 특성은 대폭 은폐되거나 축소되고, 일부일처제의 관습에 위배되는 모든 간음은 마치 바빌로니아의 창녀가 저지르는 끔찍하고 사악한 짓거리로 규정되었던 것입니다. 기독교에 의하면, 죄는 성적 방종과 결부되었는데, 이는 인간의 사회적 삶 내지 사랑의 삶을 구속하는 수단으로 활용되었습니다.

4. 금기 속에는 부자유의 질곡이 은밀히 도사리고 있다: 모데나는 조르주 바타유와 마찬가지로 금기의 본질을 직시하고 부자유의 질곡을 끊어 내는 것을 자유로운 인간이 될 수 있는 선택이라고 주장합니다. 왜냐하면 금기 속에는 모데나에 의하면 지배 계층의 이데올로기가 도사리고 있기 때문입니다. 사회와 국가는 개인들로 하여금 성의 향유 대신에 더 많은 노동력을 창출하기를 요구합니다. 주어진 사회의 관습, 도덕 그리고 법이 개개인의 자유의 삶에 깊이 개입하고 관여하는 까닭은 그 때문입니다. 그것들은 대체로 금욕의 삶을 미화합니다. 성의 역사를 고찰하면, 지배계급은 언제나 다음의 사항을 강조했습니다. 즉, 피지배계급이 성생활에 몰두하지 않고, 노동하는 데 혼신의 힘을 다할 것을 말입니다. 그렇게 해야만 주어진 사회의 생산력이 향상되고, 국가의 부가 축적될 수 있

다는 것이었습니다. 그렇기에 울피아누스 이래로 고대의 위정자들은 다음과 같이 부르짖었습니다. "만인에게 자신의 것을 허용하게 하라(suum cuique tribuere)." 송충이는 솔잎을 먹고 살아가듯이, 각자 맡은 일에 충실하며 본분을 다해야 한다는 게 그들의 생각이었습니다. 그렇기에 예술가와 시인이 고대사회로부터 근대에 이르기까지 국가의 기생충으로 취급당하는 것은 당연한 귀결이었습니다. 예술가와 시인은 바람직한 국가로부터 추방되어야 한다는 사고는 플라톤의 『국가(Politeia)』에서 언급되고 있는데, 이는 모든 권력자의 지배 의향을 고려한 것이 아닐 수 없습니다.

5. 가정과 결혼 제도: 지배자가 가정 제도를 착안해 낸 것도 노동력 신장에 대한 지배자의 의향과 결코 무관하지 않습니다. "가정(familia)"이란 어원상 "농부(famulus)에게 속한 모든 것"을 지칭합니다. 다시 말해서, 가정은 가부장 한 사람이 다스리는, 사회 내의 가장 작은 정치적 집단입니다. 아리스토텔레스의 용어를 빌려서 설명하면 다음과 같습니다. 가부장은 "가계의 책임자(οἰκονόμος)"의 역할을 담당할 뿐 아니라, 가정 내의 모든 주권을 차지하고 있는 "가족 구성원에 대한 책임자(δεσπότης)"의 역할을 동시에 수행합니다(아감벤: 35). 가정 내에서 가부장은 — 마치 군대 조직에서 병졸들을 다스리는 자가 상사이듯이 — 가족 내의 구성원을 감시하고 통솔합니다. 그리하여 가부장은 국가의 여러 가지 계율을 가족 구성원에게 전달하고, 자신의 집단을 다스리며 감시하는 역할을 맡게 됩니다. 집안의 가장이 자신의 역할을 제대로 수행하려면 무엇보다도 권위적 힘을 지녀야 합니다. 가장은 경제적 책임이라는 역할 외에도 윤리적 모범을 먼저 내세우면서 가족을 통솔합니다. 이를테면 그는 아내에게 정조를 지킬 것을 강요하고, 자식들에게 혼전 순결을 요구합니다.

6. 국가의 최하위 조직으로서의 가정: 요약하건대, 가정은 국가 시스템의 최하위 그룹으로 편입될 수 있습니다. 군대에 총사령관과 분대장이 존재한다면, 국가에는 권력자와 가장이 존재합니다. 이러한 기능은 경제적 측면에서의 생산양식 내지 정치체제가 변화되더라도 하나의 불변의 법칙으로 수천 년 동안 이어져 내려왔습니다. 가부장이 지니는 정치적이자 성적인 특권은 두 가지 결과를 초래하였습니다. 그 하나는 주어진 사회에서 매춘을 사회적으로 용인하는 입장이며, 다른 하나는 일부일처제의 결혼 제도를 절대적인 것이라고 확신하는 입장입니다. 물론 이러한 사항은 일부다처제를 수용하는 중동 지방과 동남아시아의 이슬람 사회에는 해당되지 않습니다. 어쨌든 우리는 가정에 관한 논의야말로 가장 정치적인 의미를 지닌다는 것을 감지할 수 있습니다. 수많은 심리학자들은 가정에 관한 논의가 정치적 문제와 결코 다르지 않다는 것을 강조하고 있습니다.

7. 억압의 사회학적 기능: 둘째로, 성의 억압이 비민주적인 권위적 인간형을 양산한다는 라이히의 가설은 현대에 이르러 학문적 타당성을 어느 정도 인정받게 되었습니다. 그렇다면 성의 억압이 비민주적인 인간형을 양산하는 것과 과연 무슨 관계가 있는 것일까요? 비유가 적절하지는 않겠지만, 권위적 가장과 그의 아내 그리고 자식으로 구성된 미국의 전형적인 가정을 상정해 봅시다. 그게 아니라면, 하인리히 만(Heinrich Mann)의 『신하(Der Untertan)』를 예로 들어 봅시다. 주인공, 디데리히 헤슬링은 전형적인 근엄한 시민 가정에서 자란 젊은이입니다. 그는 자신의 사랑을 실천에 옮길 수 없습니다. 왜냐하면 자신이 사랑하는 임은 바로 자신의 어머니이기 때문입니다. 이는 심리학적으로 고찰할 때 아버지가 마치 신화 속의 용처럼 자신의 "연적(戀敵)"으로서 아들의 앞길을

가로막는 경우와 동일합니다(Rank: 123). 이에 관해서는 오토 랑크(Otto Rank)가 자신의 저서 『문학과 전설 속의 근친상간 모티프(Das Inzest-Motiv in Dichtung und Sage)』(1912)와 『신화 연구를 위한 정신분석 기고 (Psychoanalytische Beiträge zur Mythenforschung)』(1919)에서 자세히 논평한 바 있습니다. 거세에 대한 두려움은 금기의 준수로 이어지고, 이로 인하여 아들은 자신의 욕망을 내적으로 억누르면서 살아갑니다. 이는 오이디푸스 콤플렉스의 패턴과 거의 유사합니다.

디더리히 헤슬링은 결국 프로이센 제국의 수구 팽창적 전쟁 이데올로기를 신봉하며, 친정부적인 정책의 선두 주자로서 활약하는 인물이 됩니다(Mann: 115, 123). 그는 한편으로 아버지의 권위에 피학적으로 굴복해야 하지만, 내심 아버지를 죽이고 싶은 가학적 욕구에 사로잡힙니다. 아버지와 주인공 디데리히 사이의 이러한 갈등 관계는 주인공이 사회인이 되었을 때 그대로 재현됩니다. 주인공은 권력자 앞에서 허리를 굽히고, 하층민들을 업신여기고 학대합니다. 마치 아버지로부터 얻어맞은 아이가 다시 제 자식을 폭행하듯이, 그의 심리는 놀랍게도 소설 작품 내에서 폭군을 모시는 신하의 그것과 비교되고 있습니다. 신하는 독재를 자행하는 왕의 폭력 앞에서 아첨과 기회주의로 매번 위기를 모면하지만, 불현듯 그를 살해하고 싶은 충동적 욕구에 사로잡히곤 합니다. 이렇듯 하인리히 만은 한편으로는 권력 앞에서 꼬리를 내리지만, 다른 한편으로는 권력자를 배반하고 그를 살인하고 싶은 무의식적 충동을 느끼는 소시민의 뒤엉킨 심리를 문학적으로 훌륭하게 형상화하였습니다. 라이히는 바로 이러한 현상을 사도마조히즘의 욕구로 규정하였습니다. 기실 우리의 주위에는 윗사람에게 허리를 굽히고, 아랫사람에게 불호령을 내리는 자들이 의외로 많습니다.

8. 결혼 전에 자연스러운 사랑의 삶의 실천은 어느 정도 가능한가?: 이제 성적 욕구가 무조건 억압되어서는 안 된다는 이유는 자명하게 밝혀졌습니다. 또한 가정의 체제 역시 주어진 사회의 관습, 도덕 그리고 법을 공고히 하는 목적으로 기능한다는 사실이 백일하에 드러났습니다. 모데나는 금욕을 당연시하는 사회의 분위기가 가급적이면 유연하게 변화되어야 한다고 주장합니다. 그렇다고 해서 사랑의 삶이 무조건 방종으로 귀착되지는 말아야 할 것입니다. 모데나는 현대의 젊은이라면 자연스럽게 사랑의 삶을 실천하는 가능성을 찾아야 할 것이라고 피력합니다. 그렇지만 모데나는 처음부터 사랑을 돈으로 해결하는, 이른바 매춘 행위를 부자연스러운 것으로 파악하고 있습니다. 우정에 돈이 개입되면, 그 우정은 반드시 깨어지기 십상이지요. 물론 이러한 논리를 통해서 매춘 행위 자체를 무조건 비난할 수는 없습니다. 왜냐하면 호모 아만스에게 가장 중요한 것은 사랑과 성을 충족시키면서 살아가는 생활이기 때문입니다. 어쩌면 비판의 화살은 모데나의 주장대로 시민사회에 온존하고 있는 강인한 순결 프로그램으로 향해야 할지 모릅니다. 이를테면 미국은 1976년 청소년들의 성관계 금지와 낙태 금지를 실천하기 위해서 가족금지법을 실행했는데, 이를 위해 1,500만 달러를 집행한 적이 있었습니다 (루빈: 292). 이러한 조처는 결국 좋은 결과를 얻어 내지 못하고 말았습니다.

9. 정조와 순결: 자고로 사랑하는 임을 위해서 정조를 지키려는 마음은 인간의 자연스러운 태도일 것입니다. 왜냐하면 누군가 자신의 임을 배신하면, 이는 대부분의 경우 임의 마음에 엄청난 심리적 상처를 가하기 때문입니다. 그런데 사랑하는 임이 아직 없으면서도 무작정 순결을 지킨다는 것은 과연 누구에 대한 배신으로 이어지나요? 어쩌면 순결 이데올로

기는 모데나에 의하면 결혼을 미화하는 사회적 통념에서 나온 허구의 이데올로기라고 합니다. 이는 억압 가설의 논거에도 합당하지 않다고 합니다(Reich 90: 125f). 우리는 이 문제에 대해서 성 윤리 내지 사회적 관점 대신에, 생리학 내지 의학의 관점을 더욱더 중시해야 할 것입니다. 15세 이상의 젊은이들의 성행위는 적어도 의학적 차원에서는 문제를 불러일으키지는 않습니다. 십대의 나이에 담배를 피우거나 폭음하면, 신체 발달과 건강에 치명적으로 작용하여 장년기에는 암을 유발하지만, 그 나이에 성행위를 한다고 건강에 지장이 있는 것은 아닙니다. 그러나 그것은 인간관계와 주어진 사회의 성도덕이 어떠한가에 따라 사회적으로 커다란 거부반응을 불러일으킬 게 분명합니다.

10. 젊은이들은 몇 살부터 성적 자기 결정권을 지니는가?: 2015년에 제정된 독일의 청소년 보호법(Jugendschutzgesetz 2015)에 의하면, 만 14세 이상이면 남자 친구 혹은 여자 친구와 동침할 수 있으며, 이에 대해 사랑하는 남녀는 아무런 법적인 제재를 받지 않습니다. 이 경우, 두 사람 모두 반드시 18세 이하여야 한다고 합니다. 가령 14세의 소녀는 29세의 남자와 성관계를 맺을 수 없습니다. 스위스의 경우, 만 16세가 넘으면 사랑하는 사람과 성관계를 맺을 수 있습니다. 만약 이보다 어린 나이에 성관계를 맺는 자는 법에 의해서 처벌을 받게 되어 있습니다. 오스트리아는 법적으로 성행위를 할 수 있는 나이를 분명하게 명시합니다. 오스트리아에서는 14세가 넘으면 사랑하는 사람과 성행위를 할 수 있습니다. 다만 상대방이 세 살 이상 나이 많은 사람이라면, 법적으로 처벌 받습니다. 16세가 된 사람은 남녀 불문하고 성적 자유를 인정받습니다. 그 대신에 자신의 파트너가 18세 이상 되어서는 안 됩니다. 물론 18세 이상이 되면, 사랑하는 임의 나이 제한은 없습니다. 이러한 법 조항은 14세 이하의 미

성년자를 보호하는 한편, 부모 세대와 십대 사이의 성관계를 사전에 차단하기 위한 이성적 조처로 이해됩니다. 여기서 중요한 것은 젊은이들의 성적 자유 자체가 아니라, 모든 것을 자율적으로 결정하고 위로부터 하달되는 모든 이데올로기의 강령을 거부하는 자세입니다. 젊은이들의 이러한 거부와 저항은 부모와 사회의 간섭과 억압을 떨치고, 그들에게 가장 내밀한 사랑의 결정권을 스스로 취득할 때 비로소 가능해집니다. 모데나 역시 이 점을 분명하게 지적하고 있습니다.

한국에도 이러한 규정이 없는 것은 아닙니다. 성적 자기결정권이란 헌법 제10조, 11조의 인간 존엄성과 행복추구권을 근거로 자신이 원하는 성생활을 스스로 결정하거나 거부할 수 있는 권한을 말합니다. 현재, 형법 제305조에 따르면, 만 13세 미만과 성관계를 한 사람의 경우 상호 동의했다고 하더라도 미성년자에 대한 의제강간죄가 성립됩니다. 그러나 만 13세부터는 성적 자기 결정권에 의해서 당사자가 범죄의 요건으로부터 벗어날 수 있습니다. 그런데 문제는 이러한 법조항이 명확하게 규정되지 않아서 법 자체가 악용될 소지가 높다는 데 있습니다. 최근에 어떤 신문에는 다음의 기사가 실렸습니다. "가령 40대 남성과 동거를 하다가 임신한 여중생이 성폭행을 당했다고 하며 고소를 했지만, 법원은 서로 사랑하는 사이에서 이루어진 성관계로 인정된다면서 무죄로 판결했다. 가해자가 증거로 제시한 문자 내용과 자필 편지가 동의하에 성관계를 가졌다는 결정적인 증거가 되었기 때문이다"(한겨레, 아하 Vol 396, 23쪽). 여기서 가장 문제가 되는 것은 13세 이상의 미성년자가 동침할 수 있는 파트너의 나이가 규정되지 않고 있다는 사실입니다. 만약 13세 이상의 미성년자가 나이 많은 남자와 자의에 의해서 동거할 경우 이를 법적으로 가로막을 장치는 주어져 있지 않습니다. 게다가 장년의 남자가 성년이 되지 않은 여중생을 유혹하여 원조교제를 행할 경우, 사회가 이를 제어할 법적 수단이 현행법에는 없습니다. 그렇기에 바람직한 것은 유럽의 사례를 고려하여 14세 이상의 미성년자가 사랑할 수 있는 파트너의 나이를 법적으로 제한하는 일입니다. 왜냐하면 미성년자들은 사랑과 성에 대한 경험이 없고, 따라서 스스로 자신의 성적 자기 결정권을 행사하기 전에 일부 이기적인 기성세대에 의해서 얼마든지 기만당할 수 있기 때문입니다.

특히 한국 사회에서 여성들은 남성 중심주의에 의해 엄청나게 피해를 당하곤 합니다. 수많은 성폭력이 발생해도 사람들은 피해자의 아픔과 고통을 헤아리기는커녕 가해자의 잘못을 은폐하거나 축소하기에 바쁩니다. 일단 우리는 경험 없는 여학생이 판단력을 상실하여 유혹에 빠지는 경우를 고려해야 하며, 무엇보다도 딸아이를 키우는 부모의 걱정스러운 심정을 헤아려야 할 것입니다. 이 경우에 있어서는 미성년자를 의도적으로 유혹한 나이 많은 성년을 엄하게 처벌하는 게 최선이라고 생각됩니다. 비근한 예로 미성년의 여학생이 가출한 다음에 생활비를 벌기 위해서 성매매를 선택하는 경우를 생각해 보세요. 이 경우, 미성년자와 성관계를 맺은 나이 많은 남자들은 처벌받아야 마땅합니다. 그런데 여기서 우리는 이와 관련하여 어떤 특수한 경우에 국한시켜 논의를 개진하려고 합니다. 즉, 서로 사랑하는 남녀, 혹은 동성이 자의에 의해서 살을 섞으려고 하는 경우 말입니다. 모데나도 그렇게 주장했지만, 사랑하는 두 사람이 설령 미성년자라 하더라도, 그들이 절실히 원할 경우 육체적 사랑을 나눌 수 있는 것을 사회는 무조건 억압할 수는 없을 것입니다. 그 밖에 허례허식적인 성교육 역시 지양되어야 합니다. 앞의 신문 보도에 의하면, 현재 이루어지는 성교육의 방식이 어떠한가에 대한 질문에 "이론 위주"라고 답한 학생 비율이 95.3%로 가장 높았고, 이미 알고 있는 내용이라는 답변도 15.0%였다고 합니다. 따라서 성관계를 할 수 있다고 판단되는 중학생 이상의 경우에는 학교 당국의 차원에서 구체적인 성교육을 도입해야 할 것입니다. 이를테면 콘돔과 피임약 사용법 등을 통해서 임신을 예방할 수 있는 구체적인 교육이 절실합니다. 왜냐하면 원치 않는 임신은 출산으로 이어지게 되는데, 이는 또 다른 엄청난 사회적 문제를 불러일으키기 때문입니다.

11. **자유를 쟁취하기 위한 정신분석학적 전제 조건들:** 또 한 가지 지적해야 할 사항은 2010년 이래로 동성애의 문제가 이슈화되었다는 사실입니다. 예전에는 임신이 중·고등학교에서 가장 수치스러운 일로 간주되었는데, 요즈음에는 동성애가 가장 끔찍한 짓거리라고 생각되고 있습니다(임옥희: 29). 인간에게 사랑과 성이 차단되면, 호모 아만스에게는 여러 가지 부작용이 속출하게 되는데, 이는 인간의 제반 삶에 엄청난 악영향을 끼칩니다. 우리는 바로 이러한 관점에서 모데나의 생태 심리학을 고찰해야 할 것입니다. 성의 억압과 관련하여 자유를 쟁취할 수 있는 몇 가지 전제 조건을 살펴보기로 하겠습니다. 그 하나는 자아의 고유한 판단력을 심화시키는 일이며, 다른 하나는 다음의 사항을 깨닫는 일입니다. 즉, 사회 내지 국가의 권력과 금력 지향적인 정책이 개개인의 행복과 사랑의 삶을 억압하는 방향으로 나아간다는 사항 말입니다. 자아가 오늘날의 현대사회의 심리적 소통 과정 속에서 어떻게 기능할 수 있는가 하는 문제를 생각해 보십시오. 자아는 어떠한 경우에도 사회의 특정 계층에 의해서 이리저리 이용당하지 말아야 합니다. 이 경우, 당사자의 나이, 성별, 인종은 고려의 대상이 될 수 없습니다. 만약 한 인간이 타인, 다른 단체 그리고 국가 등에 이용당하게 되면, 개인의 존재는 사라지고, 이용 도구로서의 객체만이 존재할 뿐입니다. 첫째로, 우리는 정신분석학자의 현실 비판을 중요하게 받아들여야 할 것입니다. 즉, 성의 억압은 자아의

무의식 속에 내장되어 있는 사디즘과 공격 성향을 부추기게 됩니다. 왜 냐하면 인간의 리비도는 마치 연약한 풀주머니와 같아서, 일부에 압박이 가해지면 다른 부분이 팽창하기 때문입니다.

모데나는 모든 종류의 부정적 행동 양상을 성의 억압에서 비롯한 "투사(projection)"로 해명합니다(Modena 1986: 260). 종로에서 뺨맞고 한강에서 눈 흘기는 자를 생각해 보세요. 인간의 수많은 행동 속에는 ― 설령 그것이 이성에 근거한 것이라고 하더라도 ― 이러한 유형의 심리적 투사가 은밀하게 작용하고 있습니다. 여기에는 고매한 학자도, 권력자 내지 헌법재판소의 재판관이라고 할지라도, 예외가 있을 수 없습니다. 그렇다면 우리는 이러한 공격 성향이 어떻게 작동되며, 어떻게 하면 이를 극복할 수 있는가 하는 방안을 찾아야 할 것입니다. 둘째로, 우리는 외부 현실, 개개인들의 충동적 욕구들 그리고 그 자체 모순적으로 작동되는 심리적 장치들 사이의 구체적인 변증법 등을 서술해 내야 할 것입니다. 프로이트는 이를 위해서 이드(Id), 자아(Ego) 그리고 초자아(Superego)의 개념을 활용한 바 있습니다. 이와 관련하여 모데나는 다음의 사항을 강조합니다. 즉, 주어진 현실 속에 도사린 강제적 규정 내지 인간으로 하여금 부자유하게 살아가게 하는 여러 가지 도덕적 장치 등을 가급적이면 정확하게 파악하고 숙지하는 게 급선무라고 합니다. 그렇게 되면, 당사자는 이러한 강제 규정 내지 도덕적 장치 등을 극복하고, 옳든 그르든 간에 자신의 삶에서 자유로운 공간을 점차적으로 넓혀 갈 수 있다고 합니다.

셋째로, 우리는 이를테면 사회주의 국가에서 발생하던 생태 위기의 순간들을 비판하고 분석함으로써, 생태 심리학의 입장을 명확하게 규정할 수 있을 것입니다. 이 과정에서 어떤 초자아에 의해서 조종되는 강제적 정책을 자아에 합당한 유연한 정책으로 변화시킬 수 있을 것입니다. 사실, 국가의 인위적인 정책 속에는 감정과 본능의 특성이 배제되는 경우가 많습니다. 그렇기에 우리는 현재 행해지는 정책 속에 어떤 성적 충동, 공격 성향 내지 초월적 욕구 등의 측면을 충분히 간파하고 이를 지적해 나가야 할 것입니다. 이를테면 자아가 성적 욕구, 정치적 집단 내에서의 개인적 인간관계, 안온하고 부드러운 공동체에 관한 느낌을 어떻게 극복하는가, 눈앞에서 벌어지는 불법에 대해서 자아가 과감하게 폭력으로써 저항해야 할 것인가, 아니면 시민 불복종과 같은 수동적인 방식을 채택해야 할 것인가 하는 문제를 생각해 보세요. 또한 자아의 한계를 넘어서는 체험이라든가 거대한 공감으로 요약되는 여러 가지 정서적 느낌을 어떻게 조절할 것인가 하는 문제도 여기에 포함됩니다.

12. 권위주의 국가인가, 인권을 존중하는 국가인가?: 특정 국가가 권위주의적인가, 그렇지 않은가 하는 질문은 여기서 매우 중요합니다. 그것은 개인이 국가 위에 존재하는가, 아니면 개인 위에 국가가 군림하고 있는가 하는 물음에 따라 결정됩니다. 가령, 독일의 기본법에 의하면, 개인은 국가의 폭력에 대해 저항할 권리를 지닙니다. 이는 "차제에는 더 이상 제2차 세계대전 전후에 발생한 나치들의 폭력이 재생산되어서는 안 된다"라는 확고한 판단에서 비롯한 법 규정이지만, 다른 한편으로 개인의 권한이 국가의 권한보다 더 우위에 있다는 것을 말해 주고 있습니다 (Modena 1998: 53). 만약 주어진 국가가 권위주의의 특성을 여전히 고수한다면, 우리는 어떠한 수단을 동원하더라도 이를 바꾸어 나가고 시정해 나가야 할 것입니다. 여기서 중요한 것은 국가의 권위로부터 벗어난 자생적이고 자치적인 생태 공동체 내에 자발적인 그룹을 많이 형성시키는 일입니다. 이러한 생태 공동체는 중앙집권적인 권력을 행사하는 모든 정부의 압력에 대해 저항하고 거부하는 자세를 보여 주어야 할 것입니다.

한 가지 주의해야 할 것은 공동체 내부에 어떤 새로운 지배 형태가 형성되어 권력을 재창출하는 경우는 절대로 없어야 한다는 사실입니다.

13. 불복종에 대한 연습: 에밀리오 모데나는 자아의 영혼에서 출발하여 논의를 전개하는데, 미성년자들의 나르시시즘의 욕구와 관련하여 다음의 사항을 분명히 규정합니다. 그 하나는 누군가로부터 사랑받고 인정받고 싶은 성향이며, 다른 하나는 자신이 도저히 감당할 수 없는 무의식적인 욕망 등을 막연하게 타인에게 전가하는 성향입니다. 자아의 심리 구조는 언제나 그들의 원래의 입장 내지 견해를 고수하려는 경향을 지닙니다. 이는 자아가 불편하고 힘든 과업 앞에서 무작정 자신을 보호하려는 방어기제로 이해될 수 있습니다. 그렇기 때문에 가장 중요한 것은 모데나의 견해에 의하면 미성년자로부터 일단 주어진 관습, 도덕 그리고 법의 영향을 일탈시키는 일이라고 합니다. 가령, 교사와 부모의 간섭을 줄이는 것도 하나의 방편일 수 있습니다. 미성년자들은 기성세대와 대화를 나누되, 어떠한 타인의 견해도 이를 맹목적으로 추종해서는 안 됩니다. 문제는 자기 자신의 고유한 판단과 자의에 의해 내려진 결정입니다. 모데나는 개개인들이 궁극적으로 급진적 민주주의를 실현해 나가는 데 반드시 필요한 것은 끊임없이 불복종을 연습하고 이를 실천해 나가는 과업이라고 설파합니다. 이를테면 직접민주주의를 실천하는 일에는 투표 외에도 정책의 입안에 참여하는 방식이 있습니다. 이 경우, 정책 참여자는 순번제의 원칙에 의해서 시기적으로 교체될 수 있다는 것을 인지해야 할 것입니다. 모데나는 자생적 그룹에 필요한 몇 가지 역동적인 기준을 제시하고 있습니다. 이는 차제에 얼마든지 소수자의 권리를 옹호하고, 권력의 분산을 도모하는 그룹으로 작용할 수 있습니다.

14. 에로스의 유토피아: 마지막으로, 에밀리오 모데나는 "에로스의 유토피아"가 반드시 필요하다고 역설합니다. 자아의 자유로운 사랑의 삶은 어떤 작은 그룹에서 실천될 수 있다는 것입니다. 이를 위해서 모데나는 말리노프스키 내지 이전의 생물학자이자 정신분석학자인 빌헬름 라이히의 이론을 거론하고 있습니다. 브로니슬라프 말리노프스키(Bronislav K. Malinowski, 1884-1942)는 1929년 말레이시아의 북서부 제도에서 살아가는 원주민들의 성생활을 추적하여 이를 서술한 바 있습니다. 원주민들의 젊은 남녀는 집단적으로 공동체를 이루며 살아가는데, 이러한 모계 중심의 사회 형태는 학문적 연구의 열정을 불러일으키기에 충분한 것이라고 합니다(Malinowski: 208). 특히 젊은이들의 집단 공동체는 현대의 혼전 동거의 방식과 다를 바 없습니다. 에밀리오 모데나는 자신의 고유한 문학 유토피아를 설계하지는 않았습니다. 그렇지만 그는 젊은이들의 집단 거주를 시험적으로 용인하는 일이 사회심리적으로 어떠한 가치를 지니는지에 관해서 심리학 논문에서 자세히 피력하고 있습니다. 이러한 삶을 실천하게 되면, 젊은이들은 여러 가지 유형의 노이로제 등과 같은 심리적 질병으로부터 멀어지는 것은 물론이며, 사회의 제반 권위주의적 질서 체제에 종속되지 않는 자유로운 개인으로 행복하게 살아갈 수 있다는 것입니다.

15. 자생, 자치, 자활의 아나키즘 공동체: 모데나가 생각하는 새로운 공동체는 어떠한 경우에도 전체주의적인 특성과는 거리가 멉니다. 중요한 것은 개별 인간의 고유한 판단과 결정이지요. 그렇기 때문에 이러한 공동체에서는 정체성 상실 내지 동기 부여의 약화 등이 공동체 내에서 때로는 하나의 문제점으로 출현할 수 있습니다. 그러나 에로스의 유토피아는 차제에 하나의 해방의 에너지로 작용할 수 있습니다. 왜냐하면 개개

인들은 타인과 사회 그리고 국가로부터 어떠한 무엇도 강요당하지 않고 오로지 자기 결정에 의해서 생활할 수 있기 때문입니다. 새로운 공동체로 구성된 사회에서 성교육은 매우 중요합니다. 초등학교부터 학생들은 해부학, 생식기와 관련된 생리학을 공부할 뿐 아니라, 사랑의 심리학 그리고 성과 에로스의 제반 영역을 체계적으로 배워 나가야 합니다. 왜냐하면 사랑은 인간의 삶에 있어서 글쓰기와 계산만큼 중요하기 때문입니다. 국가는 사춘기의 젊은이들에게 거주지를 마련해 주면서, 그들이 부모를 떠나 같은 또래의 젊은이들과 함께 살아가도록 조처합니다. 물론 젊은이들은 이곳에서 마음에 드는 파트너를 만나서 자유롭게 사랑의 삶을 영위할 수 있게 조처해야 합니다. 중요한 것은 사랑의 삶에 있어서 어떠한 폭력도 강제성도 용납되지 않는다는 사실입니다. 어떤 문제가 발생하면, 젊은이들은 공동체 내에 설치되어 있는 심리 상담소를 찾아서 자신의 문제점에 관해 상담할 수 있습니다.

16. 자유로운 성생활: 성 상담소는 젊은이들이 진지하고 솔직하게 행동할 것을 요구합니다. 이곳에서는 사랑의 파트너가 얼마든지 교체될 수 있습니다. 젊은이들은 자신의 성적 애호와 불쾌감 등을 충분히 파악할 때까지 청년들의 공동체에 머물 수 있습니다. 자신의 행복을 추구하는 자들에게 섹스와 사랑 사이에 하나의 간극이 존재해서는 곤란합니다. 그렇기에 성의 모험은 다른 인간의 심리를 이해하는 거대한 틀 내에서 행해져야 할 것입니다. 이러한 방식으로 젊은이들은 20세의 나이에 성숙한 심리 구조를 견지하게 될 것입니다. 그렇게 되면 성인은 스스로 선택하여 한 사람이나 두 사람, 그게 아니라면 여러 명의 공동체에서 살아가게 될 것입니다. 만약 남녀들이 공동체에서 함께 살아가는 경우, 애무는 가능하지만, 반드시 동침해야 한다는 규정은 없습니다. 가장 중요한 것은

개개인에게 최대한의 자발적 생활 방식을 부여하는 일입니다. 그 다음으
로 중요한 것은 상호 공통되는 관심사를 공유하는 일, 거주 공동체 사람
들의 인권을 존중해 주고 그들과 협동하는 일일 것입니다. 공동체 내에
서 두 사람의 애정 관계 역시 가능합니다. 그렇기에 거주 공동체 내에서
동성애 파트너나 이성애 파트너가 주위 사람들에 의해서 집단 따돌림을
당하든가 불이익을 당해서는 안 될 것입니다. 이를 위해서는 어떠한 폭
력 사태도 그리고 여성에 대한 인권 침해나 (성)폭력도 철저히 단속되어
야 할 것입니다.

17. 에로스 센터의 시설: 이러한 거주 공동체는 도시 전체에 확산되어 있
는데, 서로 하나의 네트워크를 형성할 수 있습니다. 도시에는 거주 공동
체들과 상호 연결된 에로스 센터가 자리하는데, 이곳에서는 정기적으
로 문화 예술 운동 그리고 스포츠 등과 같은 행사가 개최될 수 있습니다
(Modena 1986: 68f). 또한 사람들은 노동이 끝난 뒤에 에로스 센터에 모
여서 식사한 다음에 사우나를 즐길 수 있습니다. 이곳에서는 고립된 방
들이 비치되어 있어서 누구든 간에 두 사람씩 그 방에 들어가서 사랑을
나눌 수 있습니다. 그 밖에 에로스 센터에서는 체계적으로 교육받은 심
리치료사가 근무하는데, 이들은 부끄러움을 많이 타는 사람들 혹은 성
생활에서 어려움을 겪는 사람들에게 여러 가지 조언을 행하며, 이들이
원할 경우 실질적인 물리치료도 마다하지 않습니다. 이를 통해서 젊은이
들은 사랑의 삶에서 요청되는 것이 경쟁, 승리, 과도한 힘 내지 성의 능
력이 아니라, 배려, 애호 그리고 상호 이해에 근거한 서로 아우르는 삶이
라는 사실을 깨닫고 체험할 수 있을 것입니다. 과도한 공격 성향을 지닌
자는 특수 시설을 갖춘 방에서 자신과 비슷한 사람과 함께 레슬링 혹은
권투 시합을 벌일 수 있습니다. 그곳에는 특수 게임기가 설치되어 있어

서, 공격 성향을 지닌 사람들은 이러한 게임기를 활용하여 자신의 분노를 다른 방식으로 해소할 수 있습니다. 모든 공동체의 숙소에서는 한 달에 한 번씩 축제가 개최됩니다. 축제의 시기에 사람들은 상대방을 사귈 수 있으며, 이러한 기회를 활용하여 여러 가지 사랑의 기술을 배우기도 합니다. 축제를 개최하는 위원회의 구성원들은 민주적인 방식으로 1년에 한 번씩 선출됩니다.

18. 에로스 공동체의 구도: 축제 위원회에 속하는 임원들은 4년에 한 번씩 공동체의 대표와 정책을 총괄하는 수장을 뽑습니다. 개별 축제 위원회 사람들은 자신의 입지를 더욱 공고히 하기 위하여 제각기 엄청난 경쟁심을 드러냅니다. 왜냐하면 유토피아 공동체에서 축제는 매우 중요한 일감으로 간주되기 때문입니다. 위원회에 속한 사람들은 많은 사람들과 조우할 수 있습니다. 젊은이들이 마치 형제자매와 같은 친밀한 관계를 이룩하기 위해서는 여러 가지 다양한 방법이 동원됩니다. 가령 성악, 악기 연주, 거리 공연, 연극, 문학 창작, 댄스 경연 대회와 같은 방법이 있는가 하면, 함께 술을 마시든가 대마초 그리고 환각 버섯의 일종인 "사일로시빈(Psilocybin)"과 같은 마약을 즐기는 방법도 동원됩니다. 특히 사일로시빈은 말기 암환자에게 매우 도움을 주는 버섯으로 잘 알려져 있습니다. 그러니 마약이라고 해서 무조건 백안시하는 태도는 모데나에 의하면 일방적 편견이라고 합니다. 축제와 향유를 위해서 공동체는 자연과 학자들에게 도움을 청하기도 합니다.

19. 요약: 모데나는 생태 심리학적 관점에서 실현 가능한 에로스의 유토피아를 세밀하게 묘사하고 있습니다. 이는 우리에게 상당히 커다란 관심 혹은 저항을 불러일으킬지 모릅니다. 모데나의 이론은 싫든 좋든 간

에 에로스의 유토피아의 실천 가능성을 알려 줍니다. 만약 결혼하지 않은 사람들이 함께 살아가면서 사랑의 삶을 실천한다면, 우리 사회는 이를 어떻게 받아들일까요? "한 번도 이성과 동침하지 않고 결혼한다는 것은 정신위생학적으로 잘못이다"라는 빌헬름 라이히와 게자 로하임의 입장에 대해 우리는 언제까지 이를 마냥 부정적으로 받아들이거나 거부하는 자세를 고수해야 할까요? 진정으로 자식을 아끼는 부모라면, 자식의 일견 난삽하게 보이는 이성 교제를 걱정할 게 아니라, 자식이 심리적 질병에 시달리며 힘들게 살아가는 경우를 오히려 더 안타깝게 여겨야 할 것입니다(Reich 2010: 520 이하).

성적으로 만족을 누리는 젊은이는 모데나에 의하면 자유로운 개인으로서 행복하게 살아가게 될 것입니다. 게다가 그는 어떠한 권위주의 단체 내지 계층에 무작정 노예처럼 복종하지는 않을 것입니다. 이와 관련하여 우리는 다음의 사실을 알게 됩니다. 즉, 성숙한 사회에서 가장 중시되어야 할 덕목은 비판과 불복종, 바로 그것이라고 말입니다. 만약 인간의 성적 욕구가 지금까지의 방식에 의해 인위적으로 차단되고 강제적 성윤리로써 인위적으로 조절된다면, 진보 정치를 위한 진정한 의미의 비판 내지 시민 불복종의 운동은 그야말로 인간 삶의 일부만 관여하게 될 것입니다. 그렇게 되면 그것은 "성 따로 혁명 따로"라는 일방적 정책만을 수행하게 될 것입니다. 그렇게 되면 사회 정치적 측면에서 가장 진보적인 입장을 고수하는 자가 성의 영역에서 가장 보수적이고 진부한 태도를 취하는 경우가 자주 속출하게 될 것입니다. 이와 관련하여 우리는 다음의 사항을 무엇보다도 중시해야 할 것입니다. 즉, 인간의 건강이 심리를 배제한 육체적 기능만으로 측정되지 않듯이, 성의 문제 또한 사회 정치적 관련성 속에 뿌리를 내리고 있다는 사항 말입니다.

20. 공동체 운동의 전제 조건들: 중요한 것은 공동체를 결성하여 운영해 나갈 수 있는 터전을 마련하는 게 급선무일 것입니다. 스위스에서 모데나의 에로스 공동체가 비교적 수월하게 실천될 수 있는 것은 서구의 사회보장제도가 활성화되어 있기 때문입니다. 남한처럼 빈부 차이가 심하고 제국 권력의 횡포가 온존하는 곳에서는 자율 공동체의 운영 자체가 수많은 난관에 부딪힐 수 있습니다(윤수종: 530). 첫째로, 공동체 사람들은 이윤을 창출할 수 있는 특정한 노동을 통하여 경제적 자립을 이루어야 합니다. 둘째로, 공동체의 삶의 토대인 이른바 자활, 자치 그리고 자생을 방해하는 수많은 외부적 조건들과 맞서 싸워야 합니다. 그렇지 않으면 성에 관한 논의는 그야말로 사치스런 공염불로 치부되고 말 것입니다(고명희: 308). 따라서 모데나의 생태 심리학에 근거한 삶의 실천은 남한의 현실을 고려할 때 일차적으로 어떤 독자적인 경제적 일감이 마련되어야 하며, 그런 다음에야 여러 가지 대안 학습 프로그램, 생태적 삶에 적합한 과학기술적 실험 등이 성공할 수 있으리라 여겨집니다.

참고 문헌

고명희(2004): 생태 공동체의 경제와 확산 가능성, 실린 곳: 국중광 외, 생태 위기와 독일 생태 공동체, 한신대출판부, 197-210.

루빈, 게일(2015): 일탈, 신혜수 외 역, 현실문화.

아감벤, 조르조(2008): 호모 사케르. 주권 권력과 벌거벗은 생명, 새물결.

윤수종(2014): 자율 운동과 주거 공동체, 집문당.

임옥희(2008): 젠더의 조롱과 우울의 철학. 주디스 버틀러 읽기. 여이연.

Malinowski, Bronislaw(2012): The Sexual Life of Savages in North-Western

Melanesia; An Ethnographic Account of Courtship, Marriage and Family Life Among the Natives of the Trobriand Islands, Britisch New Guinea, Eastford.

Mann, Heinric (1996): Der Untertan, Roman, 17. Aufl., Frankfurt a. M.

Modena, E.(1985): Psychoökologie, Widerspruch Nr. 9, S. 33-41.

Modena, Emilo(1986): Psychoökologie. Versuch einer Synthese von psycho-analytischen und ökologischen Überlegungen im Hinblick auf die Optimierung linker Politik, in: Alfred Pritz, Das schmutzige Paradies, Wien/Köln/Graz, 259-287.

Modena, Emilio(1998): Das Faschismus-Syndrom. Zur Psychoanalyse der neuen Rechten in Europa, Gießen.

Rank, Otto(2013): Psychoanalytische Beiträge zur Mythenforschung, Hamburg.

Reich, Wilhelm(1990): Die sexuelle Revoluion, Frankfurt a. M..

Reich, Wilhelm(2010): Charakteranalyse, Köln.

5

강덕경, 혹은
알렉산더 미처리히

다른 인종, 다른 국민을 차별하는 것은 모든 국가사회주의자들의 공통된 횡포이다.

(필자)

가죽 옷과 채찍을 든 나체의 마돈나 그리고 폭행당하는 유대인 — 이것은 유럽 문화의 양쪽 측면의 상이다.

(미처리히)

흑인에 대한 무지는 흑인에 대한 증오심으로 이어진다.

(일라이자 무하마드)

보복의 정의를 관철시키는 대신에 회복을 위한 정의를 관철시키는 일이 중요하다.

(하워드 제어)

1. 강덕경 할머니의 〈빼앗긴 순정〉: 강덕경 할머니의 그림 〈빼앗긴 순정〉을 다시 감상합니다. 한가운데 거대한 나무가 서 있습니다. 나무에는 벚꽃이 만개해 있습니다. 나무가 이다지도 섬뜩하게 느껴지는 그림은 아마 없을 것입니다. 알몸의 여성은 두 손으로 자신의 얼굴을 가리고 있습니다. 자발적으로 누군가를 사랑할 기회를 빼앗기고, 처녀성을 빼앗긴 게 분명합니다. 그림 속의 여성은 자신의 젖가슴과 생식기를 가리지 않고, 자신의 얼굴을 두 손으로 가리고 있습니다. 부끄러움 때문일까요? 그렇지 않습니다. 부끄럽다면 어떻게 해서든 자신의 가슴과 생식기를 가리고 싶었겠지요. 그러나 여성은 고동색의 살벌한 나무 아래에서 자신의 얼굴만을 감추고 있습니다. 얼굴을 가린 것은 단순히 끔찍한 성 노예의 기억을 망각하고 싶어서가 아닙니다. 오히려 할머니는 어떤 끔찍함과 수치심 때문에 얼굴을 가립니다. 그미가 빼앗긴 것은 순정뿐 아니라, 인간적 존엄성과 명예였던 것입니다.

2. 속임수와 기만: 더욱 안타까운 것은 강 할머니가 정신대에 끌려가게 된 과정입니다. 강 할머니는 1929년 진주 출생으로서, 당시 진주에 있던 어느 학교에 다니고 있었습니다. 이때 일본인 남자 선생님은 그미에게 일본으로 떠나라고 권유합니다. 일본에 가면 배우면서 돈을 많이 벌 수 있다는 것이었습니다. 그래서 그미는 150명의 조선 처녀들과 함께 일본행 배를 타게 된 것이었습니다. 당시에 어느 누구도 이들에게 여자 근로정신대가 종군 위안부로 활동하게 되리라는 사실을 알려 주지 않았습니다. 말하자면 끔찍한 속임수가 젊은 처녀들을 파국의 구렁텅이로 밀어넣었던 것입니다. 처음에 강 할머니는 공장에서 힘들게 노동하다가, 결국 다른 처녀들과 마찬가지로 일본군 성 노예로 일하게 됩니다. 하루에 열다섯에서 스무 명의 군인들로부터 성폭력을 당하며 살아갑니다. 도망

칠 수도, 죽을 수도 없었습니다. 결국 해방이 되었을 때 그미는 임신하게 되었고, 태어난 아이는 몇 년 후 폐렴으로 불귀의 객이 되었다고 합니다. 이후에 강 할머니는 온갖 허드렛일을 마다하지 않고 살다가 1997년 2월에 폐암으로 세상을 떠났습니다.

3. **여성의 성기에 대한 증오와 여성에 대한 두려움 그리고 살해 욕구:** 물론 전쟁 시에 여성들이 참혹하게 성폭력을 당하는 경우가 역사적으로 비일비재한 것은 사실입니다. 그렇지만 일본군처럼 위로부터의 정책에 의해서 집단적으로 타국의 여인들을 성 노예로 활용한 경우는 거의 없었습니다. 종군 위안부는 한편으로는 군인들의 성적 욕구를 충족시키게 하는 단순한 의도를 지니고 있었지만, 다른 한편으로는 여성에 대한 증오, 살해 욕구와 같은 사디즘의 병적 증상과도 관련을 지닙니다. 이를테면 제1차 세계대전이 끝난 시기인 1918년부터 1923년까지 독일 정부는 이른바 체제 비판적인 좌익 집단이라는 스파르타쿠스를 파괴하기 위해서 "의용군(Freikorp)"을 조직하게 했습니다. 의용군들은 당시에 수많은 독일 여자와 유대인 처녀들을 잡아다가 성적 고문을 마다하지 않았습니다. 사회심리학자, 클라우스 테베라이트(Klaus Theweleit)는 『남성의 판타지(Männerphantasie)』라는 책에서 의용군들이 이후에 출현할 나치 근위대의 전신이라고 주장하였습니다(Theweleit: 158f). "여성의 성기(Vagina)"에 대한 증오 그리고 여성에 대한 살해 욕구는 의용군과 나치 근위대에게 공통적으로 도사리고 있는 병적 집착이었습니다. 이를테면 나치 근위대는 죄를 저지른 젊은 유대인 남녀로 하여금 섹스하게 하였고, 주위에서 이를 관음하곤 하였습니다. 유대인 여자가 오르가슴에 도달할 때, 그들은 유대인 여자로 하여금 가죽 끈으로 성 파트너의 목을 조르게 했습니다. 그렇게 되면 머리로 향하게 될 피가 남근으로 모이게

되는데, 이로써 남근은 엄청나게 부풀어 오릅니다. 유대인 여자는 극도의 황홀에 빠지고, 남자는 숨이 막혀 끝내 목숨을 잃습니다. 나치 근위대는 이러한 광경을 바라보며 희희낙락거리곤 하였습니다.

4. **가해자의 반성은 어디 있는가?:** 대부분의 가해자는 과거에 저지른 자신의 죄악을 가급적이면 잊으려고 애를 씁니다. 그러나 피해자는 자신이 당한 육체적 고통과 심리적 수모를 기억하고, 평생 이를 마음 아파합니다. 특히 성폭력의 경우, 이러한 현상은 더욱 두드러집니다. 일본 군인들 가운데 지금까지 단 한 명도 일본군 성 노예였던 한국 여성들에게 공개적으로 사죄한 적이 없었습니다. 마치 미성년의 소녀에게 성폭력을 자행한 사람이 자신은 도덕적으로 깨끗한데 오로지 술기운 때문에 그러한 짓을 저질렀다고 변명 아닌 변명을 늘어놓듯이, 당시에 참전했던 대부분의 일본 남자들은 자신의 죄를 전쟁 탓으로 돌리곤 했습니다. 그러나 문제는 피해자의 한맺힘이 평생 지속된다는 사실입니다. 강 할머니가 폐암에 걸린 것도 과거의 끔찍한 고통을 잠시라도 잊기 위해서 술과 담배를 가까이 했기 때문이라고 합니다. 만약 강 할머니의 그림들이 남아 있지 않다면, 우리는 일본군 성 노예의 참상을 사실적으로 받아들이지 못했을지 모릅니다. 어째서 가해자는 대부분의 경우 피해자의 고통을 십분의 일도 감지하지 못하는 것일까요? 일본 정부는 어떠한 이유에서 모든 진실을 인정하지 않는 것일까요? 지금 생존해 있는 수십 명의 할머니들이 세상을 떠나면 모든 것이 망각되리라고 믿고 있는 것일까요? 그러나 역사는 반드시 참되게 기록될 것이며, 후세 사람들이 이를 분명히 기억할 것입니다.

5. **나치 범죄를 망각할 수 있는가?:** 강 할머니를 떠올리면서 나는 가해

자의 자기반성에 관한 심리 분석의 책 한 권을 다루려 합니다. 비록 시간과 장소는 다르지만, 우리는 이 책을 통하여 가해자와 피해자의 자기반성의 문제를 다각도에서 살펴볼 수 있을 것입니다. 그것은 『반성할 줄 모르는 무능력. 집단적 태도의 토대(Die Unfähigkeit zu trauern. Grundlagen kollektiven Verhaltens)』입니다. 알렉산더 미처리히(Alexander Mitscherlich, 1908-1982)와 마르가레테 미처리히(Margarete Mitscherlich, 1917-2012)의 책은 1967년에 독일 프랑크푸르트에서 간행되었습니다. 두 작가는 세밀한 심리 분석을 통하여 독일인의 공통 심리라는 핵심적 주제를 깊이 천착하였습니다. 이 책을 정확하게 이해하기 위해서는 독일의 역사 그리고 50년대와 60년대 서독의 현실상과 독일인의 심리를 우선적으로 이해할 필요가 있습니다. 주지하다시피 나치 정당으로 권력을 장악한 히틀러는 실업을 극복하기 위해서 재무장을 추진하였으며, 이로써 독일은 제2차 세계대전을 일으켰습니다. 이때 600만 명의 유대인들이 강제수용소에서 살해당했습니다. 전쟁이 끝나고 난 뒤에 동·서독 분단국가가 생겨나게 되었는데, 서독은 미국의 경제적 원조를 바탕으로 "라인 강의 기적"을 이루었습니다. 경제적으로 기적같이 부흥한 것이었지요. 절약과 근면으로써 부유하게 된 독일인들은 더 이상 과거의 참상을 기억하지 않으려고 했습니다. 이러한 분위기는 1950년대의 한국 전쟁을 계기로 경제 부흥을 이룩한 일본의 처지와 일본인들의 의식 구조와 일맥상통하고 있습니다.

6. **경고를 위한 사회 분석의 책:** 원래 책의 제목은 직역하면 "슬퍼할 줄 모르는 무능력(Die Unfähigkeit zu trauern)"이라고 번역됩니다. 이 제목은 일견 독자의 감정에 호소한다는 인상을 풍깁니다. 그렇지만 가만히 살펴보면, 미처리히의 책은 현대인들에게 어떤 잊을 수 없는 무엇을 경고하

고 있습니다. 여기서 슬퍼한다는 것은 우울한 감정에서 비롯하는 게 아니라, 과거의 나치의 만행으로 핍박당한 사람들의 비극을 애통해 한다는 의미를 지닙니다. 그렇기에 그것은 "함께 괴로워한다"는 점에서 "동정(Mit-Leid)"과 같은 정서에 해당하는 것입니다. 그런데 대부분의 독일인들은 저자의 견해에 의하면 의식적이든 무의식적이든 간에 함께 괴로워하는 정서를 고수하지 않고 있다고 합니다. 그들은 유대인들이 어떠한 사람인지 알고 싶어 하지 않으며, 나치의 만행으로 희생된 그들의 고통스러운 행적을 더 이상 기억하려고 하지 않는다는 것입니다. 특정 인간에 대한 무지 내지 외면은 언제나 어떤 전체주의의 편견을 재탄생시키고, 인종에 대한 불신과 선입견을 조장하게 합니다. 미처리히 부부는 지금까지 정신분석학을 오로지 개인의 질병을 치유하기 위한 수단으로 활용해 왔습니다. 그런데 이번에는 60년대 서독에 거주하는 독일인의 정서적 상태에서 어떤 병리적 현상을 찾아내려고 합니다. 개인에 관한 병리학적 이론은 나아가 사회적 병리학의 현상에도 적용될 수 있다고 그들은 확신한 것입니다. 역사적으로 볼 때, 저자들은 프로이트의 후기 작품 『대중 심리학과 자아 분석(Massenpsychologie und Ich-Analyse)』(1921)에서 기술된 논증에 근거하여 논의를 전개하고 있습니다.

7. (부설) 프로이트의 『대중 심리학과 자아 분석』: 여기서 우리는 잠시 프로이트의 작품을 개관한 다음에 논의를 전개하도록 하겠습니다. 프로이트는 1921년에 이 작품을 발표했는데, 여기서 프랑스의 사회심리학자 귀스타브 르봉(Gustave Le Bon, 1841-1931)의 연구서, 『대중의 심리학(Psychologie des foules)』에 실린 논점을 적극 반영하고 있습니다. 대중은 르봉에 의하면 이질적 요소로 구성되어 있는 인간군입니다. 인종, 나이, 성별 등에 있어서 다양한 모습을 드러내기 때문에 우리는 주어진 사

회 내의 대중의 입장이라든가 세계관을 명확히 확정할 수 없습니다. 대
중의 다양성은 변화불측한 입장의 변화를 야기하기도 합니다. 대중의 견
해는 마치 하늘 위의 연기처럼 일시적으로는 세상을 암울하게 만들지만,
시간이 지나면 사라지는 뜬소문과 거의 동일합니다. 르봉은 이 점을 증
명하기 위해서 배심원으로 선정된 사람의 우유부단함 내지 잘못된 결정
을 예로 듭니다. 배심원으로 선정된 사람은 다른 배심원의 영향에 흔들
려 스스로의 입장을 번복하기 일쑤입니다(Le Bon: 168). 르봉의 이러한
논의의 배후에는 지적으로 저열하고 견해 없는 인간군에 대한 멸시의 감
정이 진하게 배여 있습니다. 그런데 문제는 대중 속에 무한한 권력을 쟁
취하여 이를 실천하려는 자가 은밀히 숨어 있다는 사실입니다. 그는 인
간의 충동을 극대화시켜서, 개개인이 사회에서 행할 수 있는 한계를 순
간적으로 뛰어넘습니다. 이를테면 그는 교활한 방법을 사용하여 자신의
감정을 대중에게 전염시키는데, 이에 관해 아무런 생각이 없는 대중은
무의식적으로 그의 감정을 추종합니다. 아니 그의 입장에 막연히 동조한
다고 표현하는 게 더 나을 것입니다. 여기서 대중이 추종하는 감정은 프
로이트에 의하면 충동적이고, 자극적이며, 변모 가능한 것입니다.

 나아가 프로이트는 대중을 두 가지 유형으로 구분합니다. 그 하나는
뭉쳤다가 금방 해체되는 그룹으로서 일시적인 충동의 경향을 드러냅니
다. 왜냐하면 대중은 어떤 특정한 관심사 내지 어떤 유사한 견해를 동질
적으로 지닌 사람들이 아니기 때문입니다. 그렇기에 대중은 문학적 표현
을 빌면 "견해의 아지랑이"와 같은 존재들일 수 있습니다. 다른 하나는
교회 내지 군대 집단으로서 비교적 오래 지속되는 충동의 경향을 내세웁
니다. 일반 대중들이 다양하고 변화불측한 견해를 드러낸다면, 교회 내
지 군대 집단이 표방하는 견해는 확고하고, 냉정하며, 집요하고, 오래 지
속되는 입장을 표방합니다. 그렇다고 해서 교회 내지 군대의 일반적 입

장이 대중의 견해 전체에 영향을 끼치는 경우는 매우 드뭅니다. 왜냐하면 그들은 사회적으로 대중과 괴리된 상태에서 하나의 집단을 형성하기 때문입니다. 프로이트의『대중 심리학과 자아 분석』에서 가장 중요한 것은 다음의 사항입니다. 즉, 개개인의 충동 내지 성 충동은 대중에 의해서 곡해된 채 방향이 전환된 모습으로 출현합니다. 이때 개개인의 나르시스적인 리비도는 객체로 전이된다고 합니다. 개개인의 충동은 대중들에 의해서 직접적으로 출현하지는 않고, 오히려 왜곡된 형태로 진환 내지 환치되어 표출됩니다(Freud: 74). 여기에는 다른 세력, 이를테면 군대와 교회의 집단적 영향력이 교묘하게 작용할 수도 있습니다. 어쨌든 우리가 대중의 욕구를 정확히 파악하려면, 환치된 욕구의 계기를 명확하게 파악하는 게 중요합니다. 다시 말해서, 대중의 전체적 욕망은 개개인이 지니고 있는 개별 욕망과 어떤 부분에서 이질적인데, 우리는 어떤 계기에 의해서 개개인의 욕망이 어떤 다른 유형의 욕구로 환치되어 출현하는가 하고 비판적 자세로 질문을 던져야 합니다. 마지막으로, 우리가 주의 깊게 생각해야 할 사항은 권력자를 추종하는 대중의 경향입니다. 마치 욕조의 물이 한가운데의 구멍으로 모이듯이, 대중의 욕구는 권력으로부터 벗어나지 않으려는 내향적 특성을 지니고 있습니다. 대중은 자신이 추구하는 완전성을 어느 특정한 지도자에게 전가시켜서, 스스로 그와 동일시되려고 합니다. 지도자 숭배 현상은 바로 이러한 과정을 거쳐서 출현하게 됩니다.

8. **자신의 죄를 은폐하려는 가해자의 태도:** 원래 인간은 특히 과거의 끔찍한 사건을 뇌리에서 지우려고 애를 쓰곤 합니다. 이는 트라우마, 즉 심리적 외상을 당하지 않으려는 반작용입니다. 이를테면 과거 전쟁 당시에 끔찍한 잘못을 저지르지 않았다고 발뺌하는 일본의 보수주의 정치가

들을 생각해 보세요. 그들은 직접적으로 제2차 세계대전을 겪지 않은 제2세대에 속하는 자들입니다. 그렇기에 그들은 의식적으로 그리고 무의식적으로 수많은 정신대 사건들, 관동대지진의 생매장 사건들을 현실과는 무관한, 마치 동화 속의 이야기처럼 받아들이곤 합니다. 과거를 망각하는 태도는 때로는 과거의 잘못을 분명히 직시하지 않으려는 성향에서 비롯합니다. 이러한 성향이 개인이 아니라 거대한 집단의 성향이 되면, 그것은 미처리히에 의하면 "집단적 외면 행위"라고 명명될 수 있습니다. 가해자의 이러한 무능력은 타민족을 침공한 다음에 모든 것을 착취한 민족들에게서 공통적으로 발견되는 특성입니다. 그것은 놀라운 보편적인 병리 증상으로서, 자유롭고 비판적인 태도를 취해야 하는 영혼이 무언가에 의해 방해당하고 있는 증후군으로 설명될 수 있습니다. 이는 가해자의 망각 증세인데, 과거에 저지른 죄를 의식적이든 무의식적이든 간에 은폐하려는 기형적 신드롬이 아닐 수 없습니다. 만약 이러한 현상을 정신분석학의 수단으로 규명한다면, 우리는 사회 변화의 과정 속에 도사린 심리적 진행 과정의 기능을 예리하게 해명할 수 있을 것입니다.

9. 수치스러운 기억을 지우려는 두 가지 이유: 미처리히는 가해자의 심리 상태를 다음과 같이 서술합니다. 죄가 탄생한 곳에서 가해자는 무언가 후회하게 되고, 심리적으로 모든 것을 올바른 이전 상황으로 되돌리고 싶어 한다고 합니다. 손실로 인해 고통 받는 곳에서는 으레 일시적으로 슬픔이 돌출하는 법입니다. 그곳에서는 인간의 자존심이, 그리고 인간의 오랜 열망으로서의 이상이 상처를 입고 있습니다. 따라서 이때 가해자의 마음속에 수치심이 나타나는 것은 당연하다고 합니다. 사랑하는 대상이 사라지는 순간, 수치심으로 상처 입은 자는 스스로를 외부로부터 차단시킵니다(Dubiel: 483). 그러나 일반 사람들은 과거의 정치적 역사에 대

해 이런 식으로 죄의식을 느끼거나 슬픔의 감정을 인지하지 않고 있습니다. 어째서 사람들은 무작정 과거의 수치스러운 기억을 뇌리에서 지우려고 애쓰는 것일까요? 이에 대한 답을 미처리히는 — 권력자든 일반 사람이든 간에 — 자신의 죄를 드러내기 싫어하는 심리적 거부감에서 발견합니다. 자신의 죄를 인정하기 싫어하는 또 한 가지 다른 이유로서 소시민의 책임 회피를 거론합니다. 내 주위에서 발생한 과거의 끔찍한 죄는 나 자신과 직결되지 않는다고 합니다. 비록 투표장에서 히틀러를 지지했지만, 내 손으로 직접 유대인들을 살해하지 않았다는 것입니다. 특히 두 번째 사항은 전후 세대의 독일인들에게 두드러지게 나타나는 현상입니다.

10. 두 세대 그리고 세대 차이: 미처리히는 독일인을 두 세대로 나누어서 해명합니다. 첫 번째 세대는 나치 독재에 직접 가담한 전쟁 세대들입니다. 이들은 싫든 좋든 간에 내면에 최소한의 죄의식을 품고 있습니다. 히틀러를 선거로 직접 선출한 자들도 이들이며, 유대인 탄압에 동조한 자들도 이들입니다. 설령 히틀러에 저항하는 지조를 품었다고 하더라도, 그들은 이를 밖으로 표출하지 않았습니다. 그렇기에 숄 남매가 뮌헨 전역에 뿌린 삐라는 모두 경찰서에 수거되었던 것입니다. 전쟁 세대는 근면, 검소를 생활신조로 삼으며, 라인 강의 기적을 이루기도 했습니다. 두 번째 세대는 전쟁 이후에 태어난 자들로 68 학생운동 세대입니다. 이들에게는 나치 폭력에 대한 죄의식이 거의 없습니다. 여기서 문제되는 것은 세대 사이에 견해 차이 내지 갈등이 마치 깊은 골처럼 패여 있다는 사실입니다. 젊은 세대는 아버지 세대가 전쟁 범죄를 저질렀다고 믿으며, 이로 인하여 자신들이 억울하게 피해 의식을 지니면서 살아가야 한다고 항변합니다. 반대로 기성세대는 68세대를 "부모의 도움으로 편하게 젊은 시절을 보낸 다음에 철없이 앙탈을 부리는 신경증 환자"라고 규정합

니다. 왜냐하면 부모의 경제적 도움이 없었더라면 삶이 몹시 피폐해졌을 것인데, 젊은이들은 이러한 은덕을 모르고 살아가고 있다는 것입니다.

11. 망각을 통해 상실하게 되는 것들은 무엇인가? 비판적 판단력, 현실 감각의 상실, 이상, 양심: 예컨대 일반 사람들은 과거의 죄를 더 이상 기억하지 않으려고 합니다. 물론 사람들 가운데에는 권위주의적인 자세로 권력에 맹종하는 사람들도 부지기수입니다. 그런데 다수의 독일인들은 미처리히에 의하면 공동의 영혼을 지배하는 에너지를 거부하거나, (예컨대 지도자로서) 이상화된 객체로부터 등을 돌린다고 합니다. 역사를 거부하는 행위, 과거 파시즘의 죄악으로부터 등을 돌리려는 태도 등은 기억상실증의 가장 본질적 수단이 됩니다. 이와 마찬가지 논리로 일본인들은 자신의 역사서에서 임진왜란을 침략 전쟁이라고 규정하지 않습니다. 교과서에서 무력 도발을 삭제하고, 중국과의 교역 과정에서 발생한 하나의 작은 마찰에서 비롯한 전쟁이라고 언급할 뿐입니다. 이로써 은폐되는 것은 수만, 수십만의 조선인들에 대한 살육 행위였습니다. 물론 현대인의 심리는 백 년, 오백 년 이전의 사건 내지 과거에 대해 충동적으로 이리저리 이끌리지는 않습니다. 왜냐하면 그들에게 중요한 것은 더 이상 과거 사실이 아니라, 눈앞의 이득이기 때문입니다. 그러나 그들은 안타깝게도 현재의 현실과 과거사 사이의 밀접한 상호 관련성을 제대로 간파하지 못합니다. 자고로 현재의 현실의 근본 문제는 과거로부터 이어져 내려오는 것입니다. 물론 역사적 과정은 모조리 인과율에 의해 점철되지는 않습니다. 그래도 우리는 역사적 사건 속의 기본적 인과론을 도외시할 수는 없습니다. 마찬가지로 과거의 문제를 애써 알려고 하지 않으려는 자가 현재 눈앞에 도사리고 있는 난제의 근본 사항을 정확히 파악할 리 만무합니다. 이로써 내면에 도사리고 있는 양심의 구도 역시 왜곡되고 체

제 옹호적 편향성으로 바뀌게 됩니다. 그리하여 자아의 고유한 비판적 판단력과 자발적으로 만들어 낼 수 있는 이상 등은 일그러져 버린다고 미처리히는 설명합니다. 문제는 이러한 집단적 망각이라는 신드롬입니다. 그것은 한마디로 현실 감각의 상실, 왜곡된 양심 그리고 비판적 판단의 부재 현상을 낳으며, 이후에도 심각한 악영향을 끼칩니다.

12. 국수주의와 반공주의의 탄생: 알렉산더 미처리히는 1963년에 「아버지 없는 사회의 길에서(Auf dem Weg zur vaterlosen Gesellschaft)」라는 글을 발표했습니다. 여기서 그는 가치, 규범, 전통의 파괴 등을 언급하면서 주어진 현재의 독일 현실을 아버지 없는 시대 내지 방향감각이 상실된 시대라고 규정했습니다. 그러나 위기는 또 다른 기회를 낳는 법입니다. 과거의 규범, 전통적 가치 등이 깡그리 파괴된 상황에서, 개인의 비판적 자아는 오히려 역설적으로 진정한 의미의 자유를 찾게 된다고 합니다. 물론 여기에는 대중화의 위험이 도사리고 있을 수 있습니다. 사람들은 새로운 입지점을 마련하여 이에 의존함으로써 어떤 이데올로기 내지 대중적 광기에 빠질 수 있다는 것입니다. 혹자는 어느 막강한 지도자를 숭배한 기억을 떠올리면서 어떤 이데올로기를 맹신할 수 있습니다. 혹자는 과거의 죄를 떠올리고 반성하는 대신에 과거의 사건을 아예 없었던 일로 뇌리에서 씻어 버릴 수 있습니다. 마치 유년기에 유아 전염병에 시달리듯이, 독일인들은 자폐증 환자처럼 행동할 수도 있다는 것입니다 (Mitscherlich 1963: 73). 기억하기를 거부하는 것은 미처리히에 의하면 독일인들에게서 나타나는 경직된 자기 폐쇄적 감정인데, 정치 조직과 사회 조직에서 자주 발견되는 현상이라고 합니다. 가령 독일인들은 오더 나이세 국경을 인정하지 않으려고 합니다. 오더 나이세 국경은 현재 독일과 폴란드 사이에 흐르는 강으로 구분되어 있는데, 피로 물든 침략의 역사

를 고스란히 보여 줍니다. 왜냐하면 독일은 역사적으로 언제나 동쪽의 영토를 침탈하려고 의도했기 때문입니다. 독일의 북쪽에는 바다가 있고, 독일의 남쪽에는 교황이 거주하고 있습니다. 독일의 서쪽에는 천적인 프랑스인들이 버티고 있으니, 진군해야 할 곳은 동쪽밖에 없었던 것입니다. 독일의 헬무트 콜 수상은 통일 당시에 더 이상 "오더 나이세(Oder-Neiße)" 국경을 넘지 않겠노라고 공언한 바 있습니다. 오더 나이세 국경을 인정하지 않는 것은 마치 일본인들이 내선일체를 주장하고 독도를 자기 영토라고 우기는 몽니와 비슷합니다. 한편, 독일인들의 기억하기를 거부하는 행위는 히틀러 국가에 대한 충성심을 도모할 수 있는 정서적 반공주의와 결부되어 있는 것과 같습니다.

13. 우울과 방어기제: 자고로 인간의 의식 구조는 지극히 보수적인 습성에 길들여져 있습니다. 인간은 새로운 무엇에 대해 낯설게 여기고, 친숙한 환경에 편안함을 느낍니다. 의식의 체제 안주적인 특성은 나아가 정치적 보수주의의 습성에 익숙하게 작용합니다. 지금까지 심리적 태도를 규정하던 어떤 질서가 무너지게 되면, 이에 대해 기대감을 품던 사람들은 어떤 묘한 느낌이 엄습하는 것을 감지합니다. 그것은 이미 언급했듯이 우울의 정서입니다. 우울은 애틋하게 사랑하는 대상이 사라졌을 때 나타나는 정서로 이해될 수 있습니다. 우울한 정서는 순간적으로 변화된 내적 영혼의 상태에 대한 반작용입니다. 이를테면 자신의 이상이 무너지게 되면, 사람들은 어떤 엄청난 양의 멜랑콜리의 감정을 견지하게 됩니다. 이와 병행하여 사람들은 사랑하는 대상의 상실을 기정 사실로 받아들이지 않으려고 합니다. 이는 심리적으로 완강한 방어기제와 같습니다. 제 아무리 주위 사람들이 전쟁범죄자들이라고 항변해도 다수의 일본인들이 야스쿠니 신사의 유골의 가치를 인정하듯이, 인간은 자신이 과거에

옳다고 확신한 바를 절대로 포기하려 하지 않습니다. 미처리히는 다음과 같은 내용을 차례대로 기술합니다. 즉, 충동의 자극(리비도와 공격 성향), 두려움, 유년기의 이야기, 한 인간의 성격 형성에 기여하는 유년기의 실제 교육 등이 그것들입니다. 나아가 미처리히는 사회적 동인이라고 할 수 있는 산업사회의 기술화, 대중 사회의 도덕과 이상의 상대적 특성을 거론합니다. 이 모든 것들은 정신분석학적 이론의 토대로 주어지는 것입니다.

14. 사회적 인간, 체제 순응주의: 미처리히의 책 가운데 가장 핵심적인 단락은 아무래도 「도덕의 상대화 — 우리 사회가 용인해야 하는 모순들에 관하여」입니다. 도덕적 질서 없이는 집단 내의 공동체적 삶은 결코 가능하지 않을 것입니다. 그러나 우리는 싫든 좋든 간에 어떤 사회 형태의 일원입니다. 그렇기에 개개인은 제각기 배워 나가야 하는 수많은 질서들을 모조리 거부할 수 없습니다(Tischler: 125). 영혼을 조절할 수 있는 가장 작은 체제로서의 자아를 생각해 보세요. 자아는 교육의 과정 속에서 충동의 포기를 견뎌 낼 수 있는 힘을 키워야 합니다. 개인은 교육자와 동일하게 사고함으로써 내면에 초자아와 이상적 자아 등이 형성됩니다. 이로써 개개인들은 계명과 금지 사항을 추종할 수 있게 됩니다. 문제는 이로써 인간들은 자신도 모르게 체제 순응적으로 바뀐다는 사실에 있습니다. 이를테면 일본인들은 "남에게 피해 주지 마라"를 제일 먼저 가르칩니다. 남을 배려하는 것은 좋은 일입니다. 그러나 남만 배려하면서 살게 되면, 자신의 내적 열망은 언제나 약화되고 사라질 수밖에 없습니다. 무조건적인 체제 순응적인 생활 방식은 한 인간을 심리적으로 망칠 때가 있지만, 대부분의 경우 감내할 수 있는 범위 내에서 관습, 도덕 그리고 법을 준수하며 살아가게 합니다. 이러한 체제 순응주의는 자신의 심리를

병들게 할 뿐 아니라, 정의로운 사회의 방향성을 상실하도록 작용합니다.

15. 체제 순응주의와 하수인 알리바이: 과도한 체제 순응주의는 잘못된 애국심과 결부되어 국가 권력에 대한 열광적 충성심으로 표출됩니다. 이를테면 1945년부터 4년간 지속된 뉘른베르크 재판에서 끔찍한 죄를 저지른 일급 전범들은 대부분 자신의 잘못을 인정하지 않았습니다. 그들은 주어진 임무에 충실했으며, 상부의 명령을 충직한 자세로 실행에 옮겼을 뿐이라고 말했습니다. 여기서 문제가 되는 것은 하수인 알리바이가 권력자에 대한 충성심으로 합리화된다는 사실입니다. 어째서 사람들은 상부의 권력에 복종하고 시키는 대로 고분고분하게 행동하는 것을 그저 미덕으로 여길까요? 어째서 대부분의 관습과 도덕은 명령 복종 대신에 저항을 가르치지 않는 것일까요? 백장미 운동 당시에 숄 남매가 뿌렸던 체제 비판적인 반전 팸플릿은 사람들의 정치적 판단을 변화시키기는커녕 경찰서와 파출소에 모조리 수거되었습니다. 이러한 "체제 파괴적인 범행(?)"에 대한 독일인들의 특유한 고발정신은 과연 어디에서 기인하는 것이었을까요? 어쩌면 그 이유는 간단할지 모릅니다. 주어진 관습과 도덕이 지배질서를 공고히 하기 위해서 만들어졌기 때문입니다. 자고로 인간의 심리는 새로움과 바깥에 대해 불안함을 느끼곤 합니다. 그렇기에 인간의 의식은 주인에게 꼬리치고, 낯선 사람에게 컹컹 짖어 대는 보수적 습성을 지니고 있는 것일까요? 마치 욕조의 물이 항상 원을 그리며 안으로 흘러 들어가듯이, 인간의 판단력도 항상 구심력에 이끌려 체제 옹호적 내향성을 지니는 이유는 무엇 때문일까요?

16. 상대적 도덕은 무엇인가?: 도덕이란 하나의 윤리 체계 내지 질서를

가리키는 말로서, 주어진 사회의 관습과 법의 영향을 받습니다. 이를 고려하여 우리는 상대적 도덕이라는 용어를 사용하려고 합니다. 상대적 도덕은 어느 특정한 그룹이 살아남는 데 기여할 뿐 아니라, 전통적으로 내려오는 지배 구조를 보존하게 합니다. 문제는 윤리적으로 인정받는 제반 강령들이 공평하지 않다는 사실에 있습니다. 상대적 도덕은 특권층에게는 더욱더 많은 쾌락의 가능성을 제공하지만, 일반 계층에게는 불쾌함과 두려움을 심화시킵니다. 주어진 도덕은 언제나 돈 있고 힘 있는 사람에 의해서 만들어지거나 수정되곤 합니다. 그렇기에 그것은 대부분의 경우 강자를 위한 이데올로기로 작용합니다. 대중들이 공격 성향을 지닌 채 자기들끼리 서로 싸우는 것도 그 때문입니다. 권력층은 이러한 공격 성향의 방향을 적대자, 다른 질서 속에서 살아가는 사람들에게로 전환시킵니다. 모든 문제는 자신 때문에 출현하는 게 아니라, 타인과 타국 때문에 발생하게 된다고 말합니다. 이게 바로 쇼비니즘이지요. 권력층은 그렇게 말하면서 일반 사람들에게 외부로부터의 위험을 전해 줍니다. 그리하여 위정자 내지 상류층 사람들은 일반 사람들의 불만을 해소하기 위해서, 불만의 근원이 위정자 내지 상류층에 있다는 사실을 은폐합니다. 타국에 대한 나폴레옹 식의 책임 전가주의 내지 무조건 애국심을 고취시키는 방식 등이 바로 이에 해당합니다. 자고로 개인이 두려움에 사로잡힌 채 자신의 두려움을 스스로 억누르게 되면, 주어진 현실을 검증할 수 있는 비판적 기능은 사라집니다. 이로써 그는 더 이상 주어진 질서와 가치에 바탕을 둔 도덕을 분명하게 비판할 수 없게 됩니다.

17. 새로운 사회는 새로운 관습을 필요로 한다. 그러나 인간다운 삶의 방식은 타인에 대한 배려에 근거하고 있다: 60년대 서독 사람들은 대부분의 경우 전통적 사회 형태의 변화를 체험해야 했습니다. 이러한 거대한 변화

는 지금까지 한 번도 존재하지 않은 것입니다. 자연과학이 인간 삶과 주위 환경을 엄청날 정도로 거대하게 변화시킨 경우를 생각해 보세요. 이모든 변화들은 개인들에게 자기 동일성을 빼앗아 가기에 충분합니다. 왜냐하면 어느 그룹 내에서의 도덕은 더 이상 사회, 국가 전체의 도덕과 반드시 일치되지 않기 때문입니다. 20년 동안에 급작스럽게 변모한 사회경제적 토대는 인간의 의식과 가치관마저 순간적으로 변하게 작용했습니다. 그렇기 때문에 현재 사회는 미처리히에 의하면 새로운 심리적 자세내지 가치관을 요구합니다. 이로써 강조되는 것은 개개인의 비판적 자아의 자세입니다. "우리는 현재 상태에서 바람직한 행위를 위한 어떤 도덕적 수단, 다시 말해 인간다운 공동생활을 낳게 하는 어떤 수단을 반드시찾아야 한다. 이는 오로지 상대방을 이해하고 느낄 수 있는 사고에 대한 끝없는 노력 속에서 가능할 뿐이다"(Mitscherlich 1967: 162).

18. 배려, 주인 의식을 포기하는 일, 결속이냐 관용이냐?: 무인도에서 사는 사람을 제외한다면 우리는 타자들과 함께 더불어 살아갑니다. 설령 내가 이곳의 바닥나기라고 하더라도, 나이, 인종, 성별 그리고 국적에 따라 사람들을 차별하면서 피와 토양을 내세워서는 안 될 것입니다. 우리는 미처리히에 의하면 타인의 견해를 끌어안고 다른 견해를 이해하려는 자세를 취해야 합니다. 이것은 한마디로 아집과 편견 내지 "나 자신이 최고다"라는 주인 의식을 저버리고 타자에 대해 지속적으로 관심을 기울이는 일과 직결됩니다. 모든 규범을 상대화시키는 태도, 타자와 다른 삶을 살아가는 사람들에 대해 관용을 베푸는 일 등은 현대적 의미의 새로운 도덕을 위한 통합적 구성 성분이기도 합니다. 고대사회에서는 자연과 주위의 위협으로부터 스스로를 보존하기 위해서 이웃과 이웃 사이의 결속을 강조했습니다. 그러나 이제 우리는 다원주의 사회에서 살아갑니다.

인종, 성별, 나이 그리고 국적 등을 구분하며 끼리끼리 뭉치는 태도는 구태의연한 것으로서, 현대사회에서 더 이상 미덕으로 자리할 수 없는 자세입니다. 그것은 사람과 사람을 서로 이간질시키고, 파벌주의와 민족주의를 부추깁니다. 가장 바람직한 성숙된 사회는 미처리히에 의하면 "다원주의 사회"여야 합니다. 왜냐하면 수백만 수천만이 단 하나의 견해를 표방하고 전체적으로 일사불란하게 움직이는 사회는 결코 성숙된 현대사회라고 말할 수 없기 때문입니다. 새로운 사회는 결속 내신에 "화이부동(和而不同)"을 강조합니다. 비록 같은 견해를 지니지 않더라도 평화롭게 공존할 수 있는 사회가 발전된 다원주의 사회일 것입니다.

19. 미처리히는 우리에게 무엇을 전하려고 하는가?: 저자는 이 책을 통해서 나치 지배의 과거를 망각하려는 서독인의 심리적 태도를 예리하게 구명하고 있습니다. 나아가 책은 과거를 비판적으로 분석하여 해답을 찾지 못하는 독일인 전체의 병적 성향을 지적하고 있습니다. 실제로 대부분의 독일인들은 70년대에 이르기까지 유대인 학살이라는 비극적 사건의 근본적 원인을 파헤치려고 하지 않았습니다. 그들은 타 인종에 대한 증오심의 근원이 어디에서 기인하는지를 밝혀내어, 자신의 죄악이 무엇인지를 깨달으려고 하지 않았습니다. 자고로 가해자가 일차적으로 행해야 하는 것은 자신의 범죄가 과연 어디에서 기인하는지를 분명히 직시하는 일입니다. 어쩌면 가해자가 자신의 범행과 범행의 근본적 이유를 분명히 깨닫지 않은 상태에서 피해자에게 사죄하는 일은 시기상조일 수 있습니다. 바로 이 점이야말로 미처리히가 우리에게 전하려는 마지막 결론과 같습니다. 적어도 비판적 관점에서의 성찰 내지 자기비판이라는 "망치"가 작동되지 않으면, 범행에 대한 잘못을 깨닫는 일은 요원할 것입니다.

20. 『반성할 줄 모르는 무능력』에 대한 비판: 마지막으로, 미처리히의 책에 대한 유럽인들의 반응을 다루어 보겠습니다. 미리 말씀드리자면, 이 세상에 모든 문제들을 일거에 해결할 수 있는 완벽한 책은 없습니다. 그렇기에 여기서 언급하는 것은 부분적 하자에 불과할 뿐입니다. 첫째로, 독자들은 미처리히의 책이 낯선 심리학 용어로 서술되어 있어서 쉽게 접근하기 어렵다고 말했습니다. 기실 『반성할 줄 모르는 무능력』은 쉽게 읽히는 대중 서적이 아닙니다. 책의 핵심적 논거를 이해하려면, 우리는 인내심을 지닌 채 끝까지 읽어야 합니다. 둘째로, 미처리히는 전후 독일인들의 반성할 줄 모르는 정서를 심리학적 차원에서 서술하고 있지만, 개별적 성향을 전체적 성향으로 확산시킬 수 있는 이유를 제시하지 않고 있다고 합니다. 여기에는 사회적 문제점 내지 구체적 역사의 문제점이 하나의 타당성 있는 구체적 논거로서 거론되지 않고 있다는 것입니다. 셋째로, 미처리히의 책은 두 번째 이유로 인하여 파시즘에 대한 사회심리적 근거를 제시하는 데 있어서 라이히의 『파시즘의 대중 심리』보다 부족한 면을 드러내고 있습니다. 라이히는 유대인에 대한 질투심의 근원을 충족되지 못한 성에서 찾으면서, 이를 인종학적으로 그리고 스와스티카(卐)라는 변태성욕을 고취시키는 관점에서 치밀하게 추적해 나가고 있습니다(라이히: 131). 이에 비하면 『반성할 줄 모르는 무능력』은 역사적, 사회심리적 고증 작업을 소홀히 하고, 그 대신에 가해자의 심리적 기제에 관해 추상적으로 해명할 뿐입니다. 구체적으로 말하면, 미처리히의 책은 실업, 전쟁, 이데올로기 등의 사항을 구체적으로 분석하면서도, 이에 관한 심리적 동기를 해명하는 일은 정작 소홀히 하고, 그 대신에 서독인 전체의 보편적 심리 구조만을 추상적으로 강조하고 있습니다.

미처리히는 이전에 살았던 국가사회주의자들의 도덕적 판단 오류를 분명히 지적하고 있습니다. 이러한 태도는 과거 극복에 관한 프랑크푸르트학파 사람들의 입장과 유사합니다. 프랑크푸르트학파 가운데 한 사람인 테오도르 아도르노(Theodor Adorno)는 이전 세대가 별 생각 없이 히틀러의 국가사회주의에 추종함으로써 끔찍한 파국이 도래했다고 지적하면서, 전후 세대의 독일인들은 부모의 잘못에 대해서 무언가 교훈을 얻어야 한다고 주장하였습니다(Adorno: 93). 마찬가지로 미처리히는 과거의 잘못을 스스로 인지할 수 있는 방안은 무엇일까, 그리고 과거의 잘못을 반복하지 않는 방법은 도대체 무엇일까 하고 묻고 있습니다. 그런데 『반성할 줄 모르는 무능력』은 앞에서도 언급했듯이 심리적 성향에 집중한 나머지 파시즘의 정치, 경제 그리고 역사적 배경 등에 관한 구체적 분석을 게을리하고 있습니다. 가령 68 학생운동 세대는 모든 책임을 부모에게 돌리면서, 정작 자신들은 나치가 저지른 참상에 가담하지 않았다고 항변하였습니다. 유대인 학살에 책임이 없다고 주장하는 서독의 학생운동 세대의 태도는 오늘날 일본 정치가들의 그것을 방불케 할 정도입니다. 무관심 세대의 젊은이들은 "전쟁 당시 나는 세상에 태어나지 않았다"고 말하면서, 모든 책임을 부모 세대로 돌리곤 하였습니다. 바로 이러한 까닭에 그들은 자신의 심리적 근본 문제를 회피하거나 좌시하게 된다는 것입니다(Mitscherlich 1983: 64). 현재의 일본인 정치가 역시 이렇게 주장함으로써 과거의 죄악으로부터 발뺌하곤 합니다. 그럼에도 그들은 정기적으로 전범의 위패가 자리하고 있는 야스쿠니 신사에서 참배하는 것을 당연하게 여깁니다. 어쨌든 이로 인하여 "독일인들은 피해자의 고통에 대한 슬픔보다는 무의식적으로 지도자의 상실을 더 슬퍼한다"는 미처리히의 주장은 전후 독일 젊은이들에게 제대로 먹혀들지 않았습니다.

21. **국화와 칼**: 지금 대부분의 일본 사람들은 과거의 참상에 관해서 거의 알려고 하지 않습니다. 관동대지진 당시의 학살 사건을 잘 모르고, 정

신대에 끌려간 한국 처녀들의 평생 지속되는 저주와 치욕을 잘 알지 못합니다. 젊은 일본인들은 과거사가 자신과 관련 없으므로 책임 없다고 여기고 있으며, 전쟁에 참가한 나이든 일본인들 역시 아예 자신의 죄에 대해 침묵으로 일관하고 있습니다. 자신의 죄에 대해 최소한의 반성조차 하지 않는 까닭은 무엇보다도 일본 사회에서 비판적 자아보다는 전체주의적이고 군국주의적인 생활관이 뿌리내리고 있기 때문인지 모릅니다. 일본이 고립된 섬들로 이루어져 있기 때문에, 일본인들은 오래 전부터 대륙과는 차단된 환경에서 살아야 했습니다. 적의 공격으로부터 자신을 완전히 피신시킬 수 있는 공간이 주어지지 않았던 것이지요. 바로 이러한 이유에서 일본에서는 자결하는 행위가 미화되었는지 모릅니다. 폭력으로부터 도망칠 수단이 배제된 사람이 마지막 명예를 지킬 수 있는 방도는 자결밖에 없었습니다. 그래서 끝까지 생존하면서 저항하는 행동관은 일본 섬에서는 태동할 수 없었습니다. 어쩌면 루스 베네딕트의 『국화와 칼』에 묘사되고 있듯이, "칼"을 감추고 "국화"를 드러내는 일본인들의 엉큼한 복종심은 일본이라는 지리적 특성 때문에 생겨나게 되었는지도 모를 일입니다(Benedict: 2). 그게 아니라면 도주의 가능성이 차단되어 있었기 때문에 일본인 특유의 복종심 내지 집단주의가 오랜 기간에 걸쳐 형성되었는지도 모를 일입니다.

22. 다시 일본인 가해자들: 이를테면 일본에서는 기독교의 전파가 순조롭게 진행되지 않고 있습니다. 현재 일본의 기독교 신자는 0.5%도 되지 않는다고 합니다. 그 이유 역시 선불교와 사무라이 문화의 영향 때문일까요? 과연 선불교가 얼마만큼 탈-개인적인 군국주의와 관련되는가 하는 문제는 학문적으로 밝혀져야 할 것입니다. 자고로 뭉치면 살고 흩어지면 죽는다는 명제는 알량한 정어리 떼의 항변과 같습니다. 작은 사람

(倭人), 군국주의자들의 눈에는 상어 떼가 잘 보이지 않습니다. 호모 아만스는 인정(人情)에 기대고 살지만, 타인에게 자신의 판단력을 떠맡기고 살다가 때로는 큰코다치곤 합니다. 피해자가 아무리 죄를 인정하라고 요구해도, 가해자가 이를 받아들이지 않으면 아무 소용이 없습니다. 중요한 것은 사회의 자발적인 정책으로 보복의 정의를 실행하는 것보다는 하워드 제어(Howard Zehr)가 언급한 대로 "회복적 정의(restorative justice)"를 관철시키는 일인지 모릅니다(제어: 242). 특히 후자는 한국의 두레 공동체에서 행해지던 방법이었습니다. 가해자의 잘못을 일방적으로 묻는 대신에 상처의 치유와 인간관계의 회복이 시급할지 모릅니다. 가령 가해자와 피해자 그리고 이와 관계되는 모든 당사자가 진심 어린 대화를 통해서 상처를 치유하고 적대감을 약화시키는 방식이 바로 "회복적 정의"를 가리킵니다(이도흠: 349 이하). 과연 정신대에 끌려간 할머니들과 일본군들이 회복적 정의를 위해서 함께 대화를 나누는 것은 가능할까요? 어쨌든 우리로서는 죄를 인정하라고 목청을 높이는 대신에, 가해자가 역사적 진실을 깨달을 수 있도록 일본인들의 진정한 역사 이해를 촉구하는 게 중요하다고 여겨집니다. 강덕경 할머니의 그림들은 바로 이러한 교훈을 우리에게 전해 주고 있습니다.

참고 문헌

도시쿠, 도이(2014): 기억과 함께 산다, 전 위안부 강덕경의 생애, (일어판) Tokyo
라이히, 빌헬름(1987): 파시즘과 대중심리, 오세철 외역, 현상과 인식.
이도흠(2015): 인류의 위기에 대한 원효와 마르크스의 대화, 자음과 모음.

제어, 하워드(2010): 회복적 정의란 무엇인가? 범죄와 정의에 대한 새로운 접근, 손진
역, KAP.

Adorno, Theodor(1959): Theorie der Halbbildung, in: ders., Gesammelte
Schriften, Bd. 8, Frankfurt a. M.

Benedict, Ruth(1946): The Chrysanthemum and the Sword, Boston.

Dubiel, Helmut(1990): Linke Trauerarbeit, in: Merkur, Nr. 496, H. 6.

Freud, Sigmund(2011): Massenpychologie und Ich-Analyse, Hamburg.

Le Bon, Gustave(2016): Psychologie der Massen, Köln.

Mitscherlich, Alexander(1963): Auf dem Weg zur vaterlosen Gesellschaft. Ideen
zur Sozialpsychologie, München.

Mitscherlich, Alexander u. a.(1967): Die Unfähigkeit zu trauern. Grundlagen
kollektiven Verhaltens, Frankfurt a. M. 1967.

Mitscherlin, Alexander(1983): Versuch, die Welt besser zu bestehen. Fünf
Plädoyers in Sachen Psychoanalyse, Frankfuert a. M.

Theweleit, Klaus(1993): Männerphantasien, 1. Frauen, Fluten, Körper,
Geschichte, Reinbek bei Hamburg.

Tischler, Lars(2013): Über die Relativierung der Moral: Die Unfähigkeit zu
trauern — die Bewältigung des nationalsozialistischen Traumas in der
deutschen Gesellschaft, München.

6

한국 사회와 성,
확인해 본 고정관념들

모든 것을 의심하라(De omnibus dubitandum)

(마르크스)

입학식, 졸업식, 결혼식은 있는데, 이혼식은 없다. 기이하지 않은가? 이혼은 두 명의 당사자, 혹은 가족 사이의 골육분쟁을 유발시키기 때문이다.

(필자)

이 물속에 죽다한들 떡라수 아니어든 굴원의 소절되며, 오강수 아니어든 자서의 충절될까.

(「배비장전」)

1. **들어가는 말:** 당신이 청탁한 "한국 사회와 성"에 관한 테마는 일견 사소한 것처럼 보입니다. 실제로 남한 사회의 부패지수는 우리가 생각하는 것보다 훨씬 높습니다. 권력자에게 보내는 사과 상자 속에는 수억의 돈이 들어 있습니다. 정경유착으로 인한 비리를 열거하려면 아마 끝이 없을 것입니다. 한국인은 인정이 많은 민족입니다. 그렇지만 이러한 인정은 때로는 어쩔 수 없이 부패의 관행을 낳기도 합니다. 선한 의도에서 베푸는 돈과 선물은 생각에 따라서는 금품 수수로 곡해될 수 있습니다. 게다가 가족 이기주의의 세계관은 삶의 곳곳에 뿌리를 내리고 있습니다. 재벌 이세들이 경영권을 놓고 서로 싸우는 경우를 생각해 보세요. 이를 고려할 때, 우리는 우선적으로 기부의 관습을 정착시키고, 사회보장제도를 확대해 나가는 게 급선무라고 생각됩니다. 미리 한 가지 부탁의 말씀을 드리고자 합니다. 부디 성의 문제를 지엽적인 담론으로 여기지 마시기 바랍니다. 사소하고 하찮은 갈등이 살인으로 이어지는 경우는 다반사가 아닙니까? 어쩌면 사랑과 성의 문제는 호모 아만스의 삶의 핵심을 지적하는 것일 수 있습니다. 그 밖에 우리는 수천만 인구의 성생활을 속속들이 알지 못합니다. 대부분의 사람들은 다만 자신의 주관적 경험에만 바탕을 둔채 "결혼 생활은 이런 거야" 하고 단정하곤 하지요. 그래서 한국인의 성생활과 성 윤리를 장님 코끼리 더듬는 식으로 나열하고 싶지 않습니다. 필자의 글이 어설픈 단상의 형식으로 기술되는 것도 그 때문입니다.

2. **성 문제는 사치스러운 담론인가?:** 인간 동물은 지금까지 성에 관한 논의를 "사치스러운 일"로 간주해 왔습니다. 그 까닭은 무엇보다도 식욕의 해결이 삶에서 가장 중요한 일이었기 때문입니다. 힘들게 살아온 사람들에게는 성에 관해 진지하게 생각할 겨를이 없었습니다. 지금까지 살아온 방식을 그저 당연한 것으로 받아들이지요. 이를테면 자신의 삶

에 바탕을 둔 견해들을 자식들에게 주입시킬 뿐입니다. 어떻게 해서든 가난하게 살아가지 말기를 바라면서 말입니다. 어느 날 기성세대는 그들의 자식이 정신 질환에 시달리게 되는 것을 목격합니다. 그제야 비로소 선량한 부모들은 스스로를 주체하지 못하고 괴로워하게 됩니다. 그러나 생각해 보세요. 우울증, 노이로제 등의 정신 질환은 사랑과 성에 관해 전혀 관심을 기울이지 않고 오로지 먹고 사는 문제에 혈안이 되었기 때문에 출현한 것이라는 사실을 말입니다. 또한 세상을 신비주의적으로 바라보는 예술적(혹은 종교적) 경향이라든가, 그룹에 가담하여 거대한 권위에 맹종하는 비민주주의의 태도 역시 성에 대한 무관심에서 비롯되는 성향이지만, 궁극적으로 사랑과 성이 충족되지 못했기 때문에 출현하는 것일 수 있습니다.

3. **성에 대항하는 윤리:** 성에 관한 논의를 "고결하지 못하다"고 간주하며, 이를 외면하는 사람들은 의외로 많습니다. 어릴 때부터 시행된 금욕 교육 내지 도덕적 강령과 종교적 윤리 등의 영향은 엄청난 것이지요. 그렇기에 누군가 성의 해방을 부르짖을 때, 사람들은 당사자에게 이중으로 비판을 가합니다. 그 하나는 성의 해방이 궁극적으로 사회적 방종을 불러일으킨다고 비난하는 경향이요, 다른 하나는 성의 해방을 부르짖는 당사자를 아예 방종하고 부도덕한 인간으로 매도하는 경향입니다. 특히 나이 많은 사람들은 주어진 관습, 도덕 그리고 법을 당연한 것으로 여깁니다. 그들은 대체로 성의 해방을 윤리에 위배되는 것으로 규정합니다. 특히 상처 입은 자신의 삶을 보상받기 위해서라도 근엄한 자세를 취하는 그들은 본질적으로 열악한 삶의 조건에 희생당한 피해자일지 모릅니다. 과연 우리는 강제적 성 윤리를 조금만 수정해야 할까요? 아니면 그것을 어떤 식으로 대폭 변화시켜야 할까요?

4. 이기주의: 아이러니하게도 우리는 자신의 성에 관해서는 관대하게, 남의 성에 관해서는 엄격하게 대합니다. 그래서 "내가 하면 로맨스고, 남이 하면 불륜"이라고 말하곤 합니다. 모든 인간 동물은 성에 관해서는 철저히 이기적인 태도를 취하지요. 가령 우리는 거지가 굶주리고 있을 때 연민의 정을 느낍니다. 행여나 나도 언젠가는 거지가 될지 모른다 생각하면서 측은한 마음으로 동전을 던져 주지요. 그러나 우리는 성에 굶주린 사람을 대할 때 이와 같은 동정심을 느끼지 않습니다. 오히려 우리는 성적으로 불행하게 살아가는 영혼들의 말 못할 고통을 외면합니다. 타인의 불행에 대해서 오히려 쾌재를 부르는 까닭은 사랑과 성에 관한 한 대부분의 경우 이기적인 태도를 견지하기 때문입니다. 우리는 언제 어디서나 남들보다도 더 사랑받기를 바랍니다. 예컨대 주위에서 잘나가는 행복한 연인에 대해 우리는 선망의 눈초리를 지니고, 때로는 질투심을 품는 이유가 무엇일까요? 놀라운 것은 다음의 사항입니다. 사랑과 성에 대한 우리의 이기주의적 자세는 어처구니없게도 성에 대한 우리의 엄격한 견해를 고수하도록 무의식적으로 작용합니다. 그렇기에 우리는 동성연애를 즐기는 부치와 팸, 가죽 족, 트랜스젠더 등을 이상한 눈초리로 쳐다보고, 자신과 다른 외계인들이라고 금을 긋습니다. 과거에 동성동본 혼인 금지 조항으로 괴로워하던 사람들은 참으로 많았습니다. (지금도 일본, 독일 등 대부분의 나라에서는 친남매는 결혼할 수 없으나, 사촌끼리는 결혼할 수 있습니다.) 동성연애자들을 논외로 하더라도, 일부일처제의 틀 속에서 몰락할 것 같은 괴로움을 느끼는 사람들이 얼마나 많은지 아시나요? 사회가 발전되면 호모 아만스의 질곡이었던 여러 금기 조항들은 점차적으로 축소될 것입니다.

5. 성에 관한 담론은 하나의 비유로 수용되어야 한다: 성과 사랑, 성과 권

력 그리고 성과 혁명 등이 서로 얽힌 채 묘사되어 있는 작품은 그야말로 탁월합니다. 연애를 위한 연애소설이 통속성을 벗어날 수 없는 이유는 무엇일까요? 그것은 한마디로 '성의 문제가 얼마나 인간 삶의 제반 조건들과 결부되어 있는가?' 하는 물음에 정확히 대답하지 못하기 때문입니다. 이탈리아의 작가, 알베르또 모라비아(A. Moravia)의 『권태(La Noia)』(1960)는 그야말로 권태를 불러일으킵니다. 모라비아는 다음과 같은 말을 독자에게 전하려고 한 게 분명합니다. 즉, 성적 만족은 지루한 삶의 포만감을 낳고, 성적 불만은 내면적 고통뿐 아니라 공격 성향을 잉태한다는 사실을 말입니다(Moravia: 137). 리비도는 비유적으로 말하면 마치 유약한 고무풍선과 같아서 조그만 바늘의 자극에도 펑 터져 버립니다. 성생활의 불만 내지 불만족은 다른 곳에서 공격 성향으로 표출됩니다. 실러의 『간계와 사랑』이 탁월한 고전으로 인정받는 것은 사랑과 권력의 문제를 한꺼번에 다루었다는 데에서 기인합니다. 한마디로 성에 관한 담론이 성생활의 문제에 국한될 수는 없습니다.

6. 배비장의 문화: 판소리에 해당하는 『배비장전』은 단순히 양반의 위선에 대한 패러디로 해석될 수만은 없습니다. 그것은 조선인들의 표리부동한 행동을 야유하는 놀라운 작품입니다. 배비장은 제주도에서 몰래 애랑이라는 이름의 기녀와 애정 행각을 벌입니다. 그러다가 자칭 도덕군자인 그는 "개망신"을 당합니다. 한마디로 수치스럽고 고통스러운 일을 은폐시키다가, 나중에 심하게 피해당하는 배비장은 우리 시대의 일그러진 영웅과도 같습니다. 김원우는 소설 『모노가미의 새 얼굴』에서 위선적으로 살아가는 소시민의 헛된 삶을 적나라하게 보여 줍니다. 그의 사생활은 그늘만 드리운 무화과나무를 많이 닮아 있습니다(김원우: 119). 프로이센의 속담에 "더러운 빨래는 몰래 빨아야 한다"는 말이 있지요? 이 말

은 시민사회의 치부를 드러내는 말이기도 합니다. 가령 한국 사람들은 너무 남을 의식하는 경향이 있다고 합니다. 체면과 위신, 명분과 허영심이 배비장이 지닌 전형적 덕목입니다(배비장전: 36). 남에게 꿀리지 않으려고 돈이 없어도 외제차를 끌고 다니고 화려하게 결혼식을 올리며, 또는 남들이 행여나 딸의 이혼 소식을 접할까 봐 전전긍긍하는 기성세대의 남자들을 생각해 보세요. 명분과 체면이 중시되는 세상. 그렇기에 겉으로 화려한 한국인들의 명분보다는 속으로 모든 이익을 챙기는 일본인들의 실리가 오히려 돋보일 때가 있습니다. 타인의 눈치를 살피지 않고 소신껏 살아가는 것은 얼마나 멋진 일인가요? 눈치파가 소수가 되고 소신파가 다수가 될 때, 사회는 더욱 민주화될 것입니다.

7. 세대 차이: 한국 사회는 아직도 정치적으로는 유교주의로, 경제적으로는 독점자본주의로, 사회적으로는 가부장적 금욕주의로, 문화적으로는 씨족 이기주의로 이루어져 있습니다. "가족 도당이라는 단어는(가족 중심의 끈끈한 혈연관계는) 진리의 쓴맛을 지니고 있다"는 카를 크라우스(Karl Kraus)의 냉소적인 발언을 생각해 보세요(Kraus: 67). 너무 심한 발언처럼 들리지만, 이는 엄연한 사실입니다. 모든 분야에서 칼자루를 쥐고 있는 자들은 기성세대 남자들입니다. 그래도 그들의 사고가 전적으로 잘못이라고 단정할 수는 없어요. 그러나 문제는 그들이 자신들의 입장을 다음 세대에 그대로 대입하고 답습시키려 한다는 점입니다. 이에 비하면 젊은 세대들은 주어진 관습, 도덕 등으로부터 등을 돌립니다. 불쌍한 젊은 시시포스. 시키는 대로 바위를 계속 굴리느니, 주어진 체제를 외면하는 게 낫다고 생각할 뿐이지요. 젊은 세대들이 주어진 체제 내에서만 자유를 구가하면, 그들은 다치지 않습니다. 허나 만일 근본적 모순을 비판하고 칼자루를 쥔 자들에게 대항한다면, 젊은 시시포스의 발목

에는 유교주의, 자본주의, 금욕주의 그리고 이기주의라는 무거운 족쇄가
채워질 것입니다.

8. 포스트모더니즘: 현대 남한 사회에는 황금만능주의에다 포스트모던
한 상품 미학이 덧칠된 채 승리를 구가하고 있습니다. 젊은 남녀들은 새
로운 것만을 좋아합니다. 스마트폰을 만지작거리고 비디오를 즐기는 그
들의 감각은 내면보다는 표피를 중시하지요. 그렇기에 오래된 좋은 것
은 쉽사리 그들의 눈에 띄지 않습니다. 어디 물건만 그럴까요? 사람도
이에 해당됩니다. 늙은이, 결혼한 여자 등은 이른바 구닥다리로 취급당
하지요. (얼굴보다는 머릿속의 판단력과 따뜻한 가슴이 더 중요하지 않겠습니
까?) 특히 이혼한 여자, 명예퇴직당한 가장은 마치 하루아침에 가치 하락
한 증권 조각처럼 버려집니다. 허나 껍질은 그리 중요하지 않아요. 다이
아몬드를 생각해 보세요. 비록 흙이 묻어 있더라도, 보석은 보석입니다.
비록 낡았더라도 훌륭한 오디오 세트는 아무렇게나 만들어 낸 동남아산
신제품보다는 수명이 오래 갑니다. 그렇기에 당신은 빛 좋은 개살구보다
는 흙 묻은 다이아몬드를 선호해야 하지 않을까요? 아마도 한국 사회만
큼 인간을, 특히 인간을 물화(物化)시켜서 대하는 나라는 세상에 없을 것
입니다. 이는 껍질 문화, 상품 미학 때문이지요.

9. 실수는 인간적이다: 어쩌면 완벽 추구를 삶의 제일가는 과제로 삼으
며 살아가는 사람들에게 어떤 하자가 도사리고 있는지 모릅니다. 그들
은 타인의 잘못을 용서할 줄 모릅니다. 자칭 윤리주의자들은 성에 대해
근엄한 태도를 취하며, 타인의 행복을 무척 질투하지요. 이에 비하면 감
옥에 갇혀 있는 사람들과 술집 여자들은 대체로 인간의 결함에 대해 아
량을 베풀 줄 압니다. 물론 이들이 무조건 훌륭하다고 말하려는 것은 아

닙니다. 문제는 실수가 인간적이라는 점입니다. 어쩌면 이 세상에는 작은 잘못만 존재하는지 모릅니다. 누가 제 정신으로 살인을 저지를까요? 순간적으로 분노를 참지 못하고 살인을 저지르는 게 대부분이지 않나요? 산도르 페렌치(Sandor Ferenczi)가 주장한 바 있듯이, 어쩌면 엄격하고 청교도적인 교육을 받은 아이들은 우리가 생각하는 그 이상의 피해자들이라고 말할 수 있습니다. 왜냐하면 부모는 자신의 불만족을 아이들이 대신 충족시켜 주기를 바라기 때문입니다. 부모가 시켜서 학과를 선택하고, 부모가 시켜서 누군가와 결혼하는 경우를 생각해 보세요. 이 경우, 아이들은 부모들의 욕망의 대용물에 불과합니다(루디네스코: 862). 어쨌든 우리는 다음과 같이 생각할 수 있습니다. 즉, 누구나 잘못을 저지를 수 있습니다. 그러나 당신은 더 이상 실수를 반복해서는 안 됩니다. 또한 당신은 타인에 대해 관용의 정신을 지녀야 합니다. 언젠가 성폭력을 당한 여중생이 옥상에서 뛰어내려 자살한 적이 있었습니다. 최소한의 상식을 지닌 인간이라면 그미의 엄청난 심리적 고통을 가히 짐작할 수 있었을 테지요. 그러나 이로써 자신의 고결한 목숨을 끊는 일은 더 비참하고 부질없는 행위입니다.

10. 성과 질투: 서양에서 여자가 이혼했을 경우, 사람들은 이를 측은하게 여깁니다. 그동안 마음고생을 심하게 했으리라고 여기면서. 그러나 한국에서 남녀가 이혼했을 경우, 사회는 그들에게 손가락질합니다. 분명히 그들에겐 성격상의 혹은 신체상의 하자가 있다고 믿으면서 말입니다. 특히 여성의 경우 이중적으로 비난을 당합니다. 그러나 생각해 보세요. 인간 동물은 물건이 아니므로, 파트너를 냉장고처럼 버릴 수도, 함부로 사들일 수도 없지 않은가요? 서양에서는 남녀가 서로 사랑하게 되면, 그들은 으레 상대방에게 과거 사랑의 상처를 고백하곤 합니다. 대부분

의 경우, 상대방은 이를 따뜻한 마음으로 받아들입니다. 과거의 상처를 치유하는 데 자신이 나서서 돕겠다고 임에게 말합니다. 그러나 한국에서 남녀가 서로 사랑하게 되면, 그들은 과거의 사랑에 대해 무조건 침묵을 지켜야 합니다. 만약 비밀이 알려지는 날이면, 상대방을 심한 질투심에 사로잡히게 하여, 급기야는 애정 관계가 파탄이 나기 십상이기 때문입니다. 서양 사람들은 수많은 여자들과 놀아난 카사노바를 불행한 영혼으로 규정합니다. 자신의 타입을 찾지 못했으므로 그렇게 오래 방황했다는 것입니다. 한국 사람들은 카사노바를 한마디로 패륜의 난봉꾼으로 매도하지요. 이러한 태도 속에는 카사노바가 누린 삶에 대한 질투심이 은근히 감추어져 있습니다. 강한 질투심은 그 자체 근엄한 자들의 신경질적인 히스테리의 반응입니다.

11. 누가 이 사람에게 돌을 던지는가?: 다음과 같은 유형의 사람을 생각해 보세요. 성격 차이로 이혼한 뒤 우울증에 시달리는 여성, 동두천에서 미군에게 매 맞고 부상당한 양공주, 아이를 못 낳는다고 소박맞은 여자, 부정한 여자라는 이유로 남편으로부터 쫓겨난 호스티스, 트랜스젠더, 동성애를 즐기는 가죽 족, 부치와 팸, 정신대에 끌려갔다 돌아온 뒤 주위 사람들과 가족들로부터 버림받은 할머니. 한마디로 이들은 가부장적 배비장들의 사회로부터 엄청나게 피해 입은 전형적인 인물들입니다. 그렇기에 우리는 페미니스트들의 거칠고 표독스러운 요구 사항을 마치 암사자의 발톱 공격처럼 받아들이는 대신에, 여성들이 당하는 수많은 피해 및 억압의 사례를 접하고 이에 대해 깊이 고민해야 할 것입니다. 사회가 바람직하고 성숙한 면모를 갖추려면, 바로 이러한 사람들이 누구보다도 먼저 사람답게 대접받아야 합니다. 국민의 피땀 어린 세금은 데모 진압 자금, 무기 수입 등으로 남용되지 말고, 바로 이러한 불행한 사람들을 위

하여 지출되어야 합니다. 당신은 누구를 비판해야 한다고 생각하나요? 가면을 쓰고 있는 몇몇 정치가들인가요? 세금을 꼬박꼬박 잘 내는 체제 순응적인 소시민들인가요?

12. 남성의 여성화, 여성의 남성화: 문제는 현모양처의 상이 여전히 하나의 미덕으로 통용된다는 사실에 있습니다. 현모양처는 이조 시대의 삶에서 언급되던 녁목이므로, 변화된 21세기의 사회에 그대로 적용하는 것은 진부합니다. 한편, 남성 중심적 생활이 반드시 남자에게 이롭지도 않습니다. 한국의 보수적 가정에서 여성이 할 일이라고는 극히 제한되어 있지요. 그러니 남성에게는 손이 열 개라도 모자랄 정도입니다. 40대 한국 남성의 사망률이 세계에서 몇 손가락 안에 드는 까닭은 어디에 있을까요? 세계화란 경제적 발전만을 위한 슬로건은 아닙니다. 세계화는 무엇보다도 호혜 평등에서 출발해야 합니다. 세계화의 추세에 발맞추려면, 한국 사회에 온존해 있는 가부장주의는 수정되어야 할 것입니다. 이를 위해서는 남성이 어느 정도 여성화 되고, 여성이 어느 정도 남성화 되는 게 좋지 않을까요? 여성들이 지적으로 열등하게 느끼는 까닭은 프로이트에 의하면 여성 특유의 자기 제어 의식에서 비롯된다고 합니다. 그렇기에 중요한 것은 여성들이 자기 제어 의식을 떨쳐버리는 일이지요. 게다가 머지않아 여성의 창의성이 빛을 발하는 사회구조가 도래하게 될 것입니다. 특히 정보 통신 시스템이 도입되면, 빛을 발하게 되는 것은 (전쟁 놀음과 육체노동을 장악하는) 남성들의 우람한 근육이 아니라, 여성들의 창의성과 순발력 그리고 유연성일 것입니다.

13. 입학 문화: 흔히 말하기를 자동차 운전에는 연습이 없다고 합니다. 사실 그러하지요. 운전자가 한 번 사고를 당하게 되면, 손해는 물론이

요, 사고로 인해 엄청난 심리적 후유증에 시달리곤 하니까요. 아마도 대부분의 부모들은 자식들에게 다음과 같이 말할 것입니다. 육체적 사랑에는 연습이 없으니, 잘 알아서 처신해. 한 번 사고 내면 끝나는 인생, 한 번 실패하면 돌이킬 수 없는 순결. 하지만 실패를 통해 배우는 동물이 인간 아니던가요? 한 번 입학하면, 아무런 어려움 없이 졸업하게 하는 대학 생활, 한 번 결혼하면 아무런 변화 없는 부부 생활. 어째서 한국 사람들은 입학 문화와 같은 이러한 유형의 격언들을 그다지도 애호하는 것일까요? 어쩌면 우리는 일부일처제의 폐해를 줄이기 위한 대안으로 계약으로서의 혼인 생활을 인정해야 할지 모릅니다. 중요한 것은 과거의 행적이 아닙니다. 유럽 사람들은 초등학교에 다닐 때 일등 한 것을 자랑으로 여기지 않으며, 수석 합격을 신문에서 대서특필하지 않습니다. 서양에서 학벌이 중시되지 않는 이유도 그 때문입니다. 만약 누군가 과거에 얼마나 사랑에 실패하여 잘못 살았는가 하고 자책한다면, 대부분의 유럽 사람들은 그 사람에게 다음과 같이 권고할 것입니다. 지금 이 순간부터 올바르게 살아가라고, 그게 진정한 갱생이고 삶의 부활이라고.

14. 매춘은 필요악인가?: 신문의 앙케트에 의하면, 한국 여대생의 40퍼센트 이상이 매춘을 "필요악"으로 생각한다고 합니다. 문제는 자신의 순결을 보호받는 수단으로서 매춘을 인정하고 있다는 사실입니다. 그렇지만 여대생들은 아마도 군대에서 휴가 나온 남자 친구가 홍등가에 들락거리는 것을 원치 않을 것입니다. 앙케트에 실린 여대생들의 견해는 세상이 망하더라도 가족의 안일만을 도모하려는 소시민적 사고와 다를 바 없습니다. 그런데 매춘만이 성폭력을 근절할 수 있는 대책은 아닙니다. 성이 가장 자유로운 나라 스웨덴에서 매춘이 근절되지 않는 것을 생각해 보세요. 성적 만족을 누리는 남녀는 대체로 성폭력을 저지르지 않는

다고 합니다. 그렇기에 근본적인 대책은 순결 교육 및 순결 의식을 강요하는 근엄한 사회적 분위기를 변화시키는 일이지요. 중요한 것은 몸의 순결 외에도, 마음과 사고방식의 순결일 수 있습니다. 결혼한 여성을 마치 흠집 난 사과처럼 바라보는 풍토는 사라져야 합니다. 더욱이 금욕은 심리적인 병에 시달리게 하지 않는가요? 젊은 남녀들이 심리적으로 병들지 않게 하려면, 사회는 그들로 하여금 누군가를 자연스럽게 사랑할 수 있는 여건을 더욱더 적극적으로 마련해 주어야 합니다.

15. 부모들이여, 장성한 자식들을 내버려 두라: 딸을 곱게 길러 좋은 데 시집보내려는 마음이 어디 나쁜가요? 자식에 대한 한국 부모들의 사랑은 지극합니다. 부모들은 위기에 처한 자식을 구하려고 호랑이 굴이라도 들어갈 테니까요. 그러나 생각해 보세요. 부모의 과잉된 사랑은 자식을 억압할 뿐 아니라, 자칫하면 자식의 자기 독립성을 망쳐 놓는다는 것을. 가령 고부간의 갈등은 한국 사회에서만 드러나는 병리 현상입니다. 그것은 당대에 이루지 못한 사랑을 후대에 보상받기 위한 욕망에서 비롯한 것이 아닐까요? 한국의 딸들은 부모들의 과잉된 욕망으로 인해 모두 신데렐라로 자라나고 있습니다. 언젠가 예쁜 신발을 가져다줄 왕자님을 꿈꾸며 보내는 신데렐라들은 그저 온실 속의 유약한 화초입니다. 그러다 중매 결혼한 뒤 결혼 생활의 파탄을 겪는 남녀들은 부지기수지요. 한국의 딸들은 모든 조건을 갖춘 남자를 수동적으로 고르지 말고, 오직 건강하고 선량한 젊은 남성을 택해 능동적으로 관계를 형성해 가는 것은 어떨까요? (이는 한국의 아들들에게도 해당되는 말이지요.) 우리의 딸들은 신데렐라의 수동성보다는 평강 공주의 능동성을 실천하는 것이 어떨까요? 바보 온달을 영웅으로 만들어 낸 역동적인 여성이 이를테면 상품화된 아름다움을 지닌 미스 코리아보다 더 아름답지 않을까요? 온달과 결혼하

기 위해서는, 당신은 선량한 부모를 설득해야 합니다. 도저히 그들을 설득할 수 없을 때에는, 당신은 노라처럼 과감하게 "인형의 집"을 박차고 나올 수밖에 없습니다.

16. 가정이란 무엇인가?: 서양에서 이혼은 얼마든지 가능합니다. 그렇기에 신혼부부조차도 행여나 파트너를 잃게 될까 봐, 상대방을 존중하고, 자신의 매력을 끊임없이 가꿉니다. 우리나라의 많은 부부들은 상대방을 아무렇게나 대하는 경향이 있습니다. 남편은 때로는 아내를 종처럼 부려먹고, 경제적 걱정을 남편에게 미룬 아내는 점점 풍만해지는 엉덩이에 대해 개의치 않습니다. 한편, 서양 사람들의 베개에는 '그의 것'과 '그녀의 것'이 새겨져 있고, 전기세를 따로 부담하는 부부도 존재합니다. 서양의 부부는 소유 관념을 철저히 지키는 반면에, 한국의 부부는 이른바 절대로 끊어지지 않을 혼인의 끈을 굳게 믿습니다. 이렇듯 서양의 결혼 생활에는 인간미라고는 별로 없지요. 냉정한 타산주의라는 비난을 면키 어렵습니다. 그래도 자식들 입장에서는 극심한 말다툼과 폭력이 자행되는 가정보다 편부 혹은 편모의 사랑이 넘치는 가정에서 사는 것이 오히려 더 낫습니다. 흔히 부모와 자식 간의 관계는 천륜이라고 하지만, 무작정 "효"를 들먹일 수는 없습니다. 여기서 효도가 중요하지 않다는 말이 아닙니다. 이보다는 어떤 부모, 어떤 자식과 살고 있는가 하는 정황을 파악하는 것이 가정 문제와 사회 문제를 해결하는 데 더 도움이 된다는 말입니다.

17. 당신은 왜 몸을 파는가?: H.일보의 앙케트 조사에 의하면, 성 노동자들 가운데 약 80퍼센트가 "스스로 원해서" 윤락을 선택했다는 답변을 했다고 합니다. 이러한 답변 가운데에는 아무리 생각해도 거짓된 대답이

섞여 있을 것 같습니다. 무릇 인간 대접을 받지 못하는 사람은 때로는 공격적으로 처신하며, 때로는 자학하지 않는가요? 그렇기에 일부 성 노동자들이 자신의 속마음을 기자에게 그대로 털어놓았을 리 만무합니다. 생각해 보세요. 남성이든 여성이든 간에 어느 누구를 막론하고 자신이 싫어하는 사람과 살을 섞고 싶지는 않을 것입니다. 문제의 핵심은 매매춘 행위 자체에 있는 게 아니라, 성 노동자들을 인간 이하로 취급하며 변화의 기회마저 썩어 버리는 근엄한 사회 자체에 있습니다. 과거에 몸을 팔았다는 사실이 발각되면, 그미들이 주위 사람들로부터 손가락질 당하는 경우가 허다합니다. 그러나 불행한 여자들에게 돈을 주고 사랑을 구매하는 사람들은 바로 남자들 아닌가요? 물론 도스토예프스키의 『죄와 벌』에 등장하는 소냐와 같은 고결한 영혼도 있고, 매매춘을 하나의 직업으로 여기며 무덤덤하게 생활하는 분들도 있을 것입니다.

18. 다시 매춘에 관하여: 어쩌면 우리는 매춘에 관하여 일방적인 시각만 지니고 있는지 모릅니다. 우리는 매매춘에 종사하는 사람들의 권리를 인정해야 할지 모릅니다. 매춘도 직업이라고 말할 수 있으며, 자의에 의해서 이러한 업종에 뛰어든 여성도 분명히 존재합니다. 사실 사람들은 인신매매와 매매춘을 같은 맥락 속에 집어넣고 이를 백안시합니다(루빈: 180쪽 이하). 중요한 것은 자의에 의해서 매매춘을 선택하여, 그것을 하나의 직업으로 여기는 여성들이 엄연히 존재한다는 사실입니다. 대부분의 성 노동자들이 가장 싫어하는 말은 "몸 팔지 말고 다른 직업을 선택하라"는 발언이라고 합니다. 또한 그들이 가장 싫어하는 고객은 성 노동자를 인형 내지 노예로 취급하는 "진상"이라고 합니다(기획좌담: 353). 서양의 경우, 매매춘을 용인하고 국가에서 관리하는 나라가 많은 데 비해서, 남한에서는 무조건 근절만을 최상의 대책이라고 여기고 있습니다.

만약 누군가 결혼식을 올린 부부만이 합법적이고 그 외의 다른 모든 유형의 성관계의 형태는 위법이라고 생각한다면, 그의 사고는 성 정치의 이데올로기에 의해서 차단되어 있는 셈입니다. 만약 누군가 모든 유형의 성의 행태, 이를테면 동성연애, 이성 연애, 변태성욕, 페티시즘 등의 유형을 백안시하거나 부정한다면, 이는 강제적 성 윤리에 의해 차단된 편견 내지 선입견일지 모릅니다. 성의 욕구는 자의에 의한 것이라면 어떠한 경우에도 충족되어야 하고, 그렇지 않을 경우 부작용은 어마어마하게 크기 때문입니다.

19. 낙태, 해외 입양: 낙태 수술은 서독에서는 이탈리아와는 달리 불법이었습니다. 대신 십대 소녀도 정부에서 보조금을 받으며 자기 아이를 키울 수 있지요. "아니, 처녀가 아이를?" 하고 주위에서 손가락질하지도 않습니다. 그런데 유럽에서 낙태 수술에 대한 정부의 제재 조치에는 문제가 많습니다. 이는 생명을 중시하는 가톨릭 계율 때문이 아니라, 무엇보다도 인구 정책과 관련된 것입니다. 아이를 갖느냐, 갖지 않느냐 하는 결단은 임산부의 출산 의사, 경제 능력, 보육에 대한 책임감 등에 의해 결정되어야 하니까요. 10년 전만 해도 공장에서 일하는 한국 여성들 가운데 미혼모가 많았습니다. 요즈음에도 몰래 출산한 아기를 몰래 베이비박스에 버리거나 홀트재단에 넘긴다고 합니다. 한국이 유아 수출국이라는 오명을 들어가면서도 해외 입양 사업을 계속하는 이유는 무엇 때문일까요? 그것은 한국의 양부모들이 아이의 건강, 부모에 대한 인적 사항 등을 너무 따지기 때문입니다. 장애인을 키우지 않으려고, 자식을 나중에 친부모에게 빼앗길까 등의 이유로 말입니다. 이에 비하면 해외의 양부모들은 피부색 및 건강 등을 가리지 않고 양자(녀)를 정성껏 키우고, 나중에 그들이 친부모를 찾도록 한국으로 여행을 보내 줍니다.

20. 스웨덴에서는 훌륭한 연애소설이 나오지 않는다: 예술, 특히 문학은 부자유한 사회에서 번창합니다. 개개인의 사랑과 성이 충족되는 사회에서는 애정 문학은 좀처럼 출현하지 않지요. 작가와 독자가 그에 대한 필요성을 느끼지 못하기 때문입니다. 실제로 스웨덴에서는 애인이 하루아침에 자신의 친구와 눈이 맞아 달아나고, 이혼 사례가 줄을 잇습니다. 그렇지만 스웨덴 사람들은 이로 인해 고뇌하지 않지요. 다른 파트너를 쉽사리 사귈 수 있으니까요. 그러니 스웨덴의 연인들은 항상 이별에 대한 불안을 의식하며 살아간다고 합니다. 무릇 문학은 부자유한 현실을 반영하는 좋은 매개체입니다. 개개인의 사랑과 성이 실천될 수 없기 때문에, 사회가 호모 아만스의 자유를 가로막고 있기 때문에, 작가는 연애소설을 탁월하게 완성해 냅니다. 이에 비하면 스웨덴에서는 훌륭한 연애소설이 많이 출현하지 않습니다. 이러한 논리에 의하면, 한국은 훌륭한 연애소설이 나타나기에 매우 적합한 나라입니다. 어쩌면 문학이 세상에서 사멸되는 한이 있더라도, 개개인이 행복한 삶을 누리는 게 바람직할지 모릅니다. 작가나 시인들은 이를 유감스럽게 생각하겠지만….

21. 파트너를 죽이지 않으면, 불행을 청산할 수 없는 세상인가?: 신문에서 치정 살인이 자주 실리는 이유는 무엇인가요? 이에 대한 대답은 간단합니다. 그러한 사건이 한국에서 많이 발생하기 때문이지요. 어느 여자가 정부(情夫)와 짜고 남편을 독살시키려다, 살인 미수로 체포되었습니다. 물론 살인 행위는 어떤 경우에도 미화될 수 없습니다. 그러나 생각해 보세요. 그미는 사랑과 죄의식 사이의 갈등, 이혼 문제 등을 심각하게 생각했을 것입니다. 허나 사회는 다른 방식의 합리적 해결 방안을 그미에게 끝내 허용하지 않습니다. 대부분의 한국인들은 — 많이 달라졌다고는 하지만 여전히 — 이혼 내지는 별거 부부를 백안시합니다. 그렇기

에 상대방이 죽지 않으면 문제는 해결되지 않는 것처럼 보입니다. 추측 컨대 그 여자는 어쩔 수 없이 독약을 집어 들었는지 몰라요. 그러나 이러한 번뇌와 갈등의 과정은 신문에 전혀 실리지 않습니다. 그저 행위의 결과만이 게재되어 있을 뿐이지요. 그렇기에 신문에는 인간의 복잡한 삶이 "5W1H"의 원칙에 의해서 황량하고 단순하게 묘사될 수밖에 없습니다. 어째서 『안나 카레니나』의 줄거리는 슬프고도 아름다운 이야기로 들리지만, 신문에 실린 치정 살인극은 추악하게 느껴지는 것일까요?

22. 농촌 총각들의 자살: 다른 나라 사람들은 사랑과 결혼을 동일한 것으로 간주합니다. 유럽의 젊은이들이 오랫동안 동거한 뒤에 결혼하는 경우는 상호 위험 부담을 덜기 위해 나온 것입니다. 그들에게는 결혼식이 중요한 게 아니라, 혼인 자체가 중요합니다. 다른 나라 사람들이 결혼할 때 가장 중요한 기준은 사랑과 신뢰이지요. 아마 우리나라 사람들은 간소하게 치르는 타국의 웨딩마치를 그저 따분하다고 여길 것입니다. 몇몇 서양 사람들은 혼인을 하나의 족쇄로 여기고, 결혼식 없이 평생 해로하기도 합니다. 한국 사람에게는 혼인 신고보다는 결혼식이 더 중요합니다. 결혼식은 가족과 가족 사이의 잔치이며, 돈이 없으면 성대한 결혼식을 올릴 수 없지요. 한 번 입고 버릴 비싼 웨딩드레스를 위해 엄청난 금액을 지불합니다. 그러므로 한국인들에게 사랑과 결혼은 다릅니다. 사랑은 기껏해야 한때 불장난으로 끝나는 반면, 결혼은 때로는 — 중매결혼일 경우 — 치밀한 대차대조표의 장사 행위와 같습니다. 우리들이 결혼할 때 가장 중요한 기준이 되는 것은 집안의 경제력과 남자의 직업이지요. 그렇기에 다른 나라 사람들은 "돈이 그리 중요한가? 너희 나라 사람들은 직업하고 결혼하는가?" 하고 비아냥거리곤 합니다. 미혼녀들은 이른바 악취 풍기는 농촌에서 사느니, 대도시에서 독신으로 직장 생활을

하는 게 낫다고 믿습니다. 안타깝게도 미혼 여성들 가운데 일부는 만인에 의해 사랑받고 싶어 하나, 아무도 사랑하지 않는, 이른바 카르멘 콤플렉스에 깊이 침잠해 있습니다. 그래도 요즈음에는 농촌 총각들이 자살하는 경우는 많이 줄어들었습니다. 그들은 동남아에서 배필을 찾아 결혼식을 올릴 수 있기 때문입니다.

23. 성에 대한 미국과 독일의 견해: 이른바 자유로운 나라 미국에는 의외로 보수적 사고가 지배적입니다. 그 까닭은 주로 청교도 정신의 지배를 받는 앵글로색슨족이 18세기부터 미국 사회의 상류층을 형성하며, 정치에 깊이 관여해 왔다는 데 있습니다. 미국의 영화를 보세요. 별거 부부의 독립적인 삶이 자주 묘사되는데, 마지막 장면에는 별거 부부들이 항상 재결합하는 것으로 끝이 납니다. 결국 일시적 애인들만이 닭 쫓던 개 신세로 전락할 뿐입니다. 미국의 대통령 후보들은 때로는 여성과의 염문으로 구설수에 오르곤 합니다. 이에 비하면 독일에서는 정치가들의 사생활이 거론되는 경우가 거의 없어요. 사생활은 사생활이고, 공적인 입장은 공적인 입장이라는 것입니다. 미국 정부는 폭력물보다는 음란물을 철저히 단속합니다. 그렇기에 시카고의 저녁에는 총성이 난무하지요. 독일에서는 음란물보다는 폭력물을 철저히 단속합니다. 그렇기에 독일의 청소년들이 TV 방송의 심야 섹스 프로그램을 관람해도 별 관심을 끌지 않습니다. 당신은 어느 나라의 입장이 낫다고 여기시는가요?

24. 사랑에도 연습이 필요하다: 연애 경험과 이성 접촉이 많은 자는 현실에 잘 적응하며, (비록 얄밉게 보이지만) 심리적으로 건강을 유지합니다. 이에 비해 아무런 경험이 없거나 내성적인 자는 완벽하고 이상적인 이성을 꿈꾸며, 노이로제 혹은 우울증에 시달리곤 하지요. 그렇기에 사회는

청소년들이 이성을 자연스럽게 접할 수 있도록 도와주어야 합니다. 인간 삶에 있어서 중요한 것은, 이로써 자신의 이성에 대한 터무니없는 상상을 수정해 나가는 일이요, 아울러 수많은 실연에 대한 극복의 연습이라고 합니다. 사랑의 삶에서 게으른 자는 아무것도 쟁취하지 못합니다. 가령 독일의 아이들은 어릴 때부터 이성에 대해 호감을 표시하곤 합니다. 만약 상대방이 이를 받아들이지 않을 경우에는 쓰라린 마음으로 자신을 달래곤 하지요. 그렇기에 독일인들은 놀랍게도 사랑의 실패에 어릴 때부터 단련되어 있습니다. 이에 비하면 한국 아이들에게는 사랑의 감정을 자연스럽게 표현하는 연습이 부족한지 모릅니다. 그렇기에 한국인 성년 가운데 약 10퍼센트가 심리적 유년기를 벗어나지 못하며, 따라서 요양원 혹은 기도원을 벗어나지 못한 채 살아간다고 합니다. 이는 얼마나 안타까운 일인가요?

25. 간통죄: 2015년에 간통죄는 위헌 결정으로 폐지되었습니다. 이는 올바른 결정이라고 여겨집니다. 일단 두 가지 발언을 예로 들지요. "(네 명의 술집 여자와 교우하는 회사 사장은 부인과 이혼하려는 친구에게 다음과 같이 고함지른다.) 이 자식아. 무슨 일이 있더라도 가정을 지켜야지. 처자식을 헌신짝처럼 저버릴 수 있니?" "(중년의 가정주부는 직장 문제로 고민하는 남편에게 이렇게 말한다.) 당신의 고통을 이해해요. 어디 멀리 다녀오세요. 다른 여자와 동침해도 상관하지 않겠어요. 그렇지만 정을 빼앗기지는 마세요." 법에 의하면, 남과 육체적 사랑을 나누면 죄가 되고, 돈 주고 욕정을 해결하면 죄가 되지 않습니다. 창녀들이 간통죄로 고소당하는 경우는 없었습니다. 따라서 간통죄는 매춘 행위를 음성적으로 용인하는, 특히 여성들에게 잔인한 법이었지요. 이제 여성 단체들은 기득권층의 이익을 위해 장단 맞추지 않고, 오히려 이혼한 여성들의 직장을 알선해 주는

특별법을 국가에 강력하게 요구할 수 있게 되었습니다. 자신의 자유를 스스로 구속하고 사랑을 범죄로 매도한 사람들은 중세 기사들이었지요. 간통죄는 정조대와 다름이 없었습니다.

26. 간통죄의 남용: 격세지감을 느끼지만, 실제로 있었던 수많은 사례들 가운데 두 가지만 예로 들까 합니다. 대학 교수인 H는 우연한 기회에 미모의 여자 K를 사귀게 됩니다. K는 H에게 술을 권했습니다. 거나하게 술을 마신 뒤 두 사람은 여관에 투숙했지요. 옷을 벗을 때도 H는 K가 의도적으로 자신에게 접근한 것을 모르고 있었지요. 그때 여자의 남편이 현장을 급습하여, '간통죄' 운운하며 H를 협박합니다. 사회의 이목을 두려워하는 H는 고소 취하의 조건으로 거액을 바칩니다. 말하자면 여자는 돈을 갈취하려고 계획적으로 접근한 꽃뱀이었습니다. 대기업 사원, R는 어느 미녀와 사랑에 빠집니다. 그미는 유부녀였으나, 무슨 이유 때문인지는 몰라도 이를 비밀로 하였습니다. R은 그미와 결혼할 마음을 품게 되었습니다. 어느 날 미녀의 남편이 R를 찾아옵니다. 남편은 미녀의 오빠라고 사칭하며, "동생을 사랑하는가?" "동생과 동침했는가?" 하고 묻습니다. R이 "그렇다"고 대답할 때, 남편은 몰래 대화를 녹음테이프에 녹화합니다. 며칠 후 R은 간통죄로 고소당합니다. 벌금 내고, 20일간 구류 살고 나오니, R은 직장에서 쫓겨나게 되었습니다. 사랑을 빌미로 한 사기극 — 이는 오직 우리나라에서만 발생하는 사건이었습니다.

27. 근엄한 제도는 차제에 완화되어야 한다: 근엄한 형법의 조항은 사라지거나 완화되는 게 바람직합니다. 흔히 사람들은 엄격한 형법이 존재함으로써 끔찍한 범행을 막을 수 있다고 확신합니다. 헤겔도 그렇게 생각했고, 칸트도 그렇게 생각했습니다. "근엄한 법(ius strictum)"이 끔찍

한 범죄를 사전에 차단시키는 장치가 될 수 있다는 것이었습니다. 그런데 우리는 스스로를 끔찍한 범행을 저지르는 순간의 범인이라고 상정해볼 필요가 있습니다. 범행을 저지르려는 순간, 범인의 뇌리에는 대부분의 경우 경고의 조처로 이해되는 형벌이 전혀 의식되지 않습니다. 왜냐하면 범행은 어떤 순간적 분노, 다시 말해서 눈이 뒤집힌 비정상적 상태에서 이루어지기 때문입니다(Middendorf: 28). 미국에서 사형제도가 존속하는 주에서의 살인 비율이 사형제도가 존속하지 않는 주에 비해 더 높았습니다. 상기한 두 가지 사항을 고려한다면, 우리는 근엄한 형법이 결코 어떤 경고의 기능을 수행하지 못한다는 사실을 확인할 수 있습니다. 바로 이러한 이유로 인하여 18세기 이탈리아의 법철학자, 체자레 베카리아(Cesare Beccaria)는 목숨을 걸고 사형제도가 철폐되어야 한다고 주장하였습니다. 한 가지 첨가할 사항이 있습니다. 근엄한 형법은 사회의 특권층이 아니라 일반 사람들로 하여금 주어진 틀에 복종하고 순응해야 한다고 은밀하게 요구합니다. 근엄한 형법은 사회적 금기와 묘하게 접목되어, 일반 사람들의 저항 의식을 사전에 교묘하게 꺾어 놓고 있습니다. "법의 눈(眼)은 권력자와 상류층에 박혀 있"으므로(블로흐: 525), 범죄자로 낙인찍히는 사람 가운데에는 권력자와 상류층 사람이 거의 없습니다. 바로 이것이 가장 큰 문제라고 여겨집니다.

28. 마지막 말: 나의 글이 부디 당신에게 공감 내지는 거부 반응을 불러일으키기를 바랍니다. 우리는 주어진 여건들에 대해 의심해야 합니다. 그렇다고 주어진 관습, 도덕 그리고 법 등을 무조건 부정하라는 뜻은 아닙니다. "모든 것을 의심하라(De omnibus dubitandum)!"는 마르크스의 좌우명이 아니었나요(Marx: 235). 필자가 말하고 싶은 것은 미풍양속은 보존하고, 잘못된 것은 끊임없이 파기해야 한다는 점입니다. 주어진 제

반 틀을 부정하고 회의함으로써, 비판 의식을 첨예화시키고 내면의 창의성을 개발하십시오. 당신 같은 젊은 사람은 비판 의식, 창조성 외에도, 자기 독립성, 사고의 개방성 그리고 결코 소진될 수 없는 의지력을 필요로 합니다. 그러면 우리는 세상의 변화에 대한 용기를 지닐 것입니다. 만일에 자신을 세상에 순응시키려고 한다면, 우리는 소시민적 속물이 되거나 심리적으로 병들고 말 테니까요. 이는 나 자신에게 다짐하는 말이기도 합니다. 감사합니다.

참고 문헌

기획좌담(2015): 고정갑희 외, 여성의 몸과 성 노동, 실린 곳: 한국영미문학페미니즘연구, 제22권 2호, 329-372쪽.

김원우(1996): 모노가미의 새 얼굴, 솔.

루디네스코, 엘리자베트(2005): 정신분석 대사전, 강응섭 외 역, 백의.

루빈, 게일(2015): 일탈. 게일 루빈 선집, 신혜수 외 역, 현실문화.

블로흐, 에른스트(2011): 자연법과 인간의 존엄성, 박설호 역, 열린책들1.

작자 미상(2014): 배비장전, 김창진 역, 지만지.

최수철 (2014): 사랑은 게으름을 경멸한다, 현대문학.

Ferenczi, Sandor(2014): Infantil-Angriffe! — Über sexuele Gewalt, Trauma und Dissoyiation, Berlin.

Kraus, Karl(1986): Aphorismen, in: ders., Schriften, Bd. 8, Frankfurt a. M.

Marx, Jenny Caroline(2005): Familie Marx privat. Akademie Verlag, Berlin.

Moravia, Alberto(1961): Die Langeweile, München.

Middendorf, Wolf(1962): Todesstrafe — Ja oder Nein?, Rombach.

7

성 윤리와 이데올로기
그리고 빌헬름 라이히

여기서 빌헬름 라이히는 하나의 범례일 뿐이다. 자유는 부자유가 온존하기 때문에 처절한 아름다움을 드러내지 않는가?

(필자)

나의 딸이여, 인간의 삶에서 사랑은 가장 귀중하고도 값진 일이다. 남녀의 사랑이 그렇게 고귀할진대 어찌 처녀성만을 최상의 가치로 여기며 살아가는가? 수단으로써 사람을 사귀는 게 아니라면, 몇 번이고 구애받지 말고 몸과 마음을 열어젖혀라. 다만 네가 사랑하는 남자는 돈과 권력을 무기로 삼는 소인배가 아니어야 하느니라.

(천승세: 딸에게 주는 글)

1. 순교자인가, 패륜아인가: 이 장에서 중요한 것은 라이히의 삶의 행적 내지 생애 자체가 아니라, 이데올로기로 기능하는 성도덕의 문제점입니다. 다시 말해서, 우리는 라이히의 삶과 학문을 통해서 가장 사적이고 개인적인 사랑의 삶이 근본적으로 가장 정치적으로 기능한다는 사실을 깨달을 수 있습니다. 빌헬름 라이히는 성을 부인하는 근엄한 상아탑의 풍토에 의해 희생당한 순교자인가요? 그렇지 않으면 패륜의 성 연구가인가요? 아마도 라이히만큼 모든 사회 계층 사람들로부터 비난당하거나 조소의 대상이 되었던 인물도 역사상 찾아보기 힘들 것입니다. 물론 우리는 철학의 영역에서 철저히 조소당했던 인물로서 바뤼흐 스피노자를 들 수 있습니다. 그러나 스피노자에 대한 비판은 다만 그의 신관(神觀)에 제한되었고, 스피노자를 비난했던 사람들 역시 당시에 기존 교회의 이데올로기를 고수하려는 스콜라 학자와 같은 지식인들에 국한되어 있었습니다. 포르투갈 출신의 유대인이었던 스피노자는 평생 안경을 만들면서 조용히 생업을 이어 나가다가 생존 당시에 단 한 권의 저서만을 발표했습니다. 그의 나머지 문헌들은 사후에 간행되었습니다. 그러나 라이히의 경우는 이와 다릅니다. 사회의 각계각층의 사람들은 모조리 라이히의 오르가슴 이론을 비난하며, 그것이 사회의 미풍양속 내지는 도덕을 해친다고 매도하였습니다. 아이러니컬하게도 그 전에는 피를 흘리며 서로 싸우던 관제 공산주의자와 자본주의자들도 유독 빌헬름 라이히의 이론이 거론되면 서로 연합 전선을 구축하여 그를 정면으로 공격하곤 하였습니다.

2. 프로이트의 학문적 질투심: 지그문트 프로이트는 왕년에 니체와 릴케와 열렬히 사랑을 나누었던 여인 루 살로메에게 애호의 감정을 표명할 때 자신의 옛 제자, 라이히에 관해 다음과 같은 말을 했습니다. "여기 있

는 라이히 박사는 극렬하고도 열정적인 젊은 목마(木馬)의 기수로서 생
식기의 오르가슴에서 모든 노이로제의 처방을 찾으려고 합니다"(Freud/
Andreas-Salomé: 191). 프로이트의 이러한 말 속에는 젊은 연구가의 이
론에 대한 조롱과 신랄한 비판 말고도 학문적 경쟁심이 은밀히 담겨 있
었습니다. 신화 속의 인물, 다이달로스는 자신의 제자, 탈로스의 천재성
에 경탄하고 시기한 나머지, 아크로폴리스에서 그를 밀어서 낙사하게 만
든 적이 있었습니다. (탈로스는 신화에 의하면 페르딕스Perdix와 동명이인입니
다.) 프로이트는 이처럼 잔악한 짓을 직접 저지르지는 않았지만, 내심 천
재적인 재능을 지닌 제자를 정신분석학의 이단아로 매도하고 싶었던 게
분명합니다. 아닌 게 아니라『오르가슴의 기능(Funktion des Orgasmus)』
(1927)에 기술된 라이히의 근본적 입장은 그만큼 주위를 놀라게 하기에
충분한 것이었습니다.

  3. 적과 동지들의 틈바구니 그리고 억압 가설: 물론 라이히의 이론이 만
인에 의해서 거부당한 것은 아니었습니다. 프로이트 좌파에 속하는 헤
르베르트 마르쿠제(H. Marcuse)의 에로스 이론, 게자 로하임(G. Roheim)
의 인류학의 관심사뿐 아니라, 프로이트 우파에 속하는 보수주의 심리
학자인 에리히 프롬(E. Fromm)의 건강한 삶에 관한 친절한 조언, 알렉
산더 닐(A. S. Neill)의 실험 교육, 질 들뢰즈(G. Deleuze)와 펠릭스 가타리
(F. Guattari)의 정신분석학 비판, 노먼 메일러(N. Mailer)와 솔 벨로우(S.
Bellow)의 소설 등 제법 많은 영향을 지적할 수 있습니다. 그러나 이들은
소수에 불과했습니다. 라이히 주위에는 다수의 적과 소수의 동지들이 있
었습니다. 특이하게도 라이히를 중립적으로 대하는 사람은 한 명도 없
었습니다. 라이히에 의하면, 오르가슴이 심리적 건강의 토대이며, 쾌락에
대한 두려움이 심리적 병을 불러일으키는 토대가 된다고 합니다. 이것이

그의 유명한 억압 가설입니다. 라이히의 억압 가설은 프랑스의 위대한 철학자, 미셸 푸코의 전문 용어 "성-장치(Sex-dispositif)"와 근본적 맥락에서 일치하는 것입니다. 푸코는 전체주의 국가의 지식과 권력이 강제적 원칙이라는 규율을 창안하게 하였으며, 이것이 결국 개개인을 억압하는 수단이 되었다고 합니다. 이로써 광기, 범죄, 변태적인 성 그리고 심리적 질병 등이 억압의 대상이 되었다고 푸코는 주장하였습니다(Foucault: 98). 놀라운 것은 18세기, 19세기 프랑스 사회에서 이러한 사회적 터부의 대상들이 시대에 따라 달리 이해되었다는 사실입니다. 어떤 시대에는 동성연애가 용인된 반면에, 어떤 시대에는 철저히 매도된 사실을 생각해 보십시오. 그것은 국가와 사회의 체계가 이성이라는 절대적 진리의 틀에 의해서 구성된 게 아니라, 상대적 인식의 틀에 의해서 인위적으로 직조되었기 때문입니다. 라이히는 이러한 사회심리학적 시각보다는 정신병리학자 내지 의사로서 성에 대한 억압에 관심을 집중시키고 있습니다. 그렇지만 그의 억압 가설은 광의적 의미에서 푸코의 사고와 결코 어긋나 있지는 않습니다.

4. 빌헬름 마이스터의 수업 시대: 빌헬름 라이히는 1897년, 당시 오스트리아-헝가리 제국에 속했던 부코비나에서 어느 유대인의 맏아들로 태어났습니다. 마이런 샤라프(M. Sharaf)에 의하면, 그는 어릴 때부터 오이디푸스의 운명을 겪었습니다. 라이히는 어릴 때 근엄한 아버지를 몹시 증오하였으며, 항상 모욕당하는 어머니를 불쌍하게 여기고 무척 좋아하였습니다. 아버지보다 훨씬 나이가 적은 어머니는 어느 날 라이히를 가르치는 젊은 가정교사와 사랑을 나눕니다. "어머니가 선생님의 방에서 헝클어진 옷차림으로 나왔을 때, 그미의 뺨은 붉게 물들어 있었고, 혼란스러운 눈빛을 띠고 있었다. 그때 나는 무슨 일이 있었는지를 짐작할 수 있

었다"(Sharaf: 63f). 열두 살 된 소년은 언제나 가정교사의 방 앞에서 귀를 기울였으며, 끓어오르는 질투심을 느꼈다고 합니다. 어느 날 식사시간에 라이히가 아버지에게 비밀을 털어놓게 되었을 때 엄청난 사건이 발생합니다. 가정교사는 라이히 가(家)에서 쫓겨나게 되었고, 어머니는 수치심과 자괴심으로 괴로워하다가 그만 음독 자살해 버립니다. 라이히의 아버지 역시 심리적 충격에 시달리다 몇 년 후 다른 병으로 사망합니다. 어머니의 자살은 어린 라이히에게 커다란 죄의식의 상흔을 남겼습니다. "발설하지 않았더라면…," "이리저리 얽혀 있는 애정관계가 인간 동물의 삶에 얼마나 크게 영향을 끼치는가?" 하는 물음은 어린 라이히의 마음 속에서 삶의 핵심 문제로 부각되었습니다.

제1차 세계대전 이후에 라이히는 남동생의 재정적 도움으로 빈 대학교에서 의학 공부를 본격적으로 시작합니다(Reich 1992: 93). 이때 그는 프로이트를 만나게 되어 정신분석학에 심취합니다. 1925년에 집필한 논문 「충동적 성격(Der triebhafte Charakter)」으로 라이히는 프로이트에게서 학문적 인정을 받게 됩니다. 박사학위 취득 후 1920년대에 라이히는 정신과 의사로서 개업하였으며, 이때부터 노동자계급에 동정적인 태도를 취합니다. 프로이트와 그의 제자들은 사회적 측면에서의 가난을 그야말로 학문적으로 연구할 가치가 전혀 없는 당연지사로 여기고 있던 터였습니다. 말하자면, 라이히는 정신분석학만으로는 사회심리적인 제반 문제를 해결할 수 없다는 것을 뼈저리게 느꼈습니다. 이러한 고뇌는 그로 하여금 빈에서 "성 위생 상담소"를 개업하게 합니다. 바로 이 시기부터 라이히는 탁월하고 박력 넘치는 선동가로서 노동자들에게 대중 심리학적인 영향을 끼치게 됩니다. 그가 자신의 독특한 오르가슴 이론을 발전시키고 수많은 핵심적 논문과 저서를 집필하고 발표한 시기가 바로 이때였습니다.

5. 프로이트와의 결별: 당시에 색안경을 끼고 라이히의 이론을 바라본 사람은 다름 아니라 왕년의 은사, 지그문트 프로이트였습니다. 그는 이른바 사회주의와 섹스를 하나로 통합하려는 옛 제자를 도저히 용납할 수 없었던 것입니다. 당시에 프로이트는 자신의 초기의 리비도 이론을 버리고, 오로지 죽음 충동과 승화의 이론에 경도하기 시작했습니다. 왜냐하면 무의식과 관련된 자신의 리비도 이론이 후기 빈의 시민사회에서 엄청난 반발을 불러일으켰기 때문입니다. 가령 유럽 시민사회의 남자들은 인간의 모든 의향과 충동이 오로지 성적 욕망에 의해서 좌지우지된다는 어느 "넥타이 유대인"의 정신분석학 학설을 추호도 용납할 수 없었던 것입니다. 그리하여 프로이트는 자신의 초기 이론을 저버리고 승화 이론을 추구하기 시작합니다. 가령 그는 『문화 속의 불안(Das Unbehagen in der Kultur)』(1930)에서 성 충동을 더 이상 개진하지 않고, "인간이 행복하게 산다는 가설은 천지창조의 프로그램 속에 담겨 있지 않았다"는 식으로 주장했을 뿐입니다(Trilling 69). 실제 삶에 있어서도 프로이트는 가급적이면 절제를 선택했습니다. 자신의 강의를 들으려고 멀리서 빈까지 찾아온 루 살로메를 연인으로 받아들이지 않는 대신에, 프로이트는 그미에게 생활비를 부쳐 주면서 애꿎은 담배만 피웠습니다. 그가 후두암으로 세상을 떠나게 된 계기를 제공한 사람은 어쩌면 왕년에 릴케와 니체의 애인이었던 루 살로메인지도 모릅니다.

6. 빌헬름 마이스터의 편력시대: 라이히는 1930년대 초에 베를린에 있는 독일 공산당에 적극적으로 가담하였으며, "프롤레타리아 성 정책을 위한 독일 제국 동맹"에서 최소한 2만 명의 동지들을 규합합니다. 이때 그는 소련에서의 혁명 이후, 지금까지 전통적으로 살아온 가족의 개념이 어떻게 변모되었는지 구명합니다. 다시 말해서, 바람직한 인간 삶은 경

제적 풍요뿐만 아니라 심리적 행복이 해결됨으로써 가능하다는 것이었습니다. 라이히의 견해에 의하면, 계급 없는 사회란 정치와 경제의 해방뿐만 아니라, 성과 심리의 해방을 통해서 이루어질 수 있는 노동 민주주의 사회를 가리킵니다. 이러한 사회는 자본주의의 성 윤리가 완전히 자취를 감추고 난 뒤에 새로운 성 윤리가 주창되어야 현실화될 수 있다고 합니다. 여기서 새로운 성 윤리는 자기 조절에 바탕을 둔 성 경제학에 기초해야 한다는 것입니다. 라이히의 책 『성의 혁명』은 소련 혁명 이후에 잠깐 모습을 드러내었다가 아쉽게도 스탈린 시대에 자취를 감춘 새로운 성생활의 질서를 비판적으로 추적하고 있습니다. 1933년에 라이히는 『파시즘의 대중 심리』를 간행합니다. 이 책에서 라이히는 반유대주의의 뿌리가 궁극적으로 인간 심리의 파행적이고도 왜곡된 정서인 "질투"에 의거하고 있다는 것을 학문적으로 밝히고 있습니다. 이 책의 내용은 테오도르 아도르노(Th. Adorno)의 『권위주의 성격에 관한 연구(The Authoritarian Personality)』(1950)보다 어언 17년을 앞서고 있습니다. 파시즘의 도래가 개인 심리가 아니라 사회적 동인에서 발견되어야 한다는 것은 라이히와 아도르노의 공통된 견해였습니다(Adorno: 678). 어쨌든 이 책을 발표한 후부터 라이히는 더 이상 독일 공산당과 제휴할 수 없었습니다. 그는 이 책에서 히틀러의 권력 추구의 심리를 해명했는데, 이는 독일 공산당의 견해에 의하면 무산계급을 배반한 것이나 다름이 없다고 했습니다. 왜냐하면 당은 단체를 강조하면서 개개인의 자율적 삶의 방식을 전적으로 용납할 수 없었기 때문입니다. 독일 공산당은 나치의 전체주의에 대한 라이히의 비판이 당 내의 전체주의에 대한 비판으로 확산될까 우려했던 것입니다.

라이히가 나치의 폭력을 피해서 노르웨이로 이주했을 때, 사람들은 탁월한 생물학자이자 성 과학자를 열렬히 환영하였습니다. 라이히가 실험

교육의 주창자인 알렉산더 닐(Alexander Neill)을 만난 것도 바로 이때였습니다. 닐은 자신의 심리 상태에 이상이 있음을 알고 아일랜드에서 노르웨이로 건너오게 된 것이었습니다. 그리하여 이들 두 사람 사이에는 평생의 우정 관계가 맺어집니다. 오슬로의 실험실에서 라이히는 자연과학의 방법으로 인간의 마음속에 담긴 쾌락과 공포의 본질을 찾아 나섭니다. 그곳에서 그는 의학자 루드비히 로베르트 밀러의 "심장, 혈액순환, 소화 그리고 호흡에 위험할 정도로 반응하는 생장의 신경조직 연구"를 수용합니다(Müller: 23). 이때 노이로제에서 나타나는 긍정적인 반응과 부정적인 반응이 집중적 연구 대상이 되었습니다. 그가 채택한 것은 "식물(무의식)의 치료(vegetative Therapie)"라고 명명된 바 있는 물리적 심리 치료였습니다.

7. 성격 갑옷, 물리적 심리 치료로서의 식물 치료: 라이히의 물리적 심리 치료는 식물에게 나타나는 생장의 흐름에 관한 오스트리아의 병리학자 프리드리히 크라우스의 이론을 계승한 것입니다. 인간은 누구든 간에 외부의 충격으로부터 자신을 방어합니다. 이로 인하여 생겨나게 되는 것이 인간 심리의 성격 갑옷입니다. 마치 소라가 외부의 위험과 공격으로부터 스스로를 보호하기 위해서 고동을 자신의 갑옷으로 사용하듯이, 인간 역시 스스로를 방어하기 위해서 눈에 보이지 않는 성격 갑옷을 착용합니다. 대부분의 환자는 노이로제를 앓든 정신분열증을 앓든 간에 이러한 성격 갑옷을 착용하고 있습니다. 이것은 심리적 방어를 위한 신드롬과 관계됩니다. 그렇다면 심리적 방어 신드롬은 어떻게 치유될 수 있을까요? 이것은 "무성생식(asexual reproduction)"의 치료와 관련되는 심리적 물리 치료에 의해서 가능하다고 합니다. 환자는 이를테면 흥분, 증오심, 슬픔, 역겨움, 고통, 두려움에 의한 절망 등과 같은 감정을 숨기고 있

습니다. 만약 자신의 몸을 부들부들 떨거나, 눈물을 흘리고, 몸을 때리는 등 자신의 감정을 육체 밖으로 표현하고 배출하게 된다면, 환자는 일차적으로 충격 내지 억압의 상황을 생생하게 기억해 낼 수 있습니다. 그렇게 함으로써 환자의 육체 속에 차단된 채 저장된 에너지는 이차적으로 몸 밖으로 배출될 수 있다는 것입니다.

8. 라이히, 프로이트의 언어 중심의 치료 방법을 뛰어넘다: 프로이트는 정신분석학에 근거한 치료를 위해서 무엇보다도 기억을 강조했습니다. 다시 말해서, 환자는 꿈과 백일몽으로 은근히 드러난 자신의 문제점을 기억해 내는 게 가장 중요하다는 것이었습니다. 이로써 프로이트는 치료사와 환자 사이의 신체적 접촉을 처음부터 금지하면서 오로지 언어만을 중시했습니다(Reich 1982: 106f). 가령 자신의 제자이자 아나키스트인 오토 그로스(Otto Gross)가 치료를 위해서 환자와 키스를 나누고 심지어 섹스 요법까지 마다하지 않았을 때, 프로이트는 매우 불쾌함을 드러내며, 정신분석학이 이런 식으로 남용되는 것은 있을 수 없는 일이라고 못 박았습니다(Laska: 159). 이는 산도르 페렌치에게 보낸 편지에 언급되어 있습니다(Ferenczi 2004: 267). 프로이트의 이러한 방식은 정신분석의 연구를 오로지 언어의 처방으로 국한시키게 작용했습니다. 이를테면 자크 라캉이 모든 심리학적 병리 현상을 오로지 언어와 언어에 근접한 부분에서 찾으려 했다면, 라이히는 언어 외적인 영역, 즉 생물학에 근거하는 육체적 특성에서 환자의 심리적 하자를 밝히려고 했습니다. 즉, 환자는 자신을 억누르는 감정을 어떻게 해서든 육체적으로 표출하는 게 중요하다고 합니다. 그렇기에 치료사는 환자의 경직된 근육을 마사지해 주고, 때로는 깊이 그리고 빨리 호흡하기를 요구합니다. 이런 식으로 직접 환자의 육체에 직접적인 자극을 가하는 게 중요하다고 합니다. 그렇게 하면

환자는 심리적 외상을 분명히 기억해 낼 수 있다는 것이었습니다. 이런 식으로 치료사는 환자의 억압된 정서 속으로 침투하여 그의 내면에 응어리져 있는 감정의 콤플렉스를 해방시킬 수 있다는 것입니다. 환자가 심리적으로 건강을 되찾으려면 무엇보다도 감정, 육체적 자극 그리고 뇌의 작용 등의 세 가지 사항이 삼위일체로, 유기적으로 작용해야 한다는 게 라이히의 지론이었습니다.

9. 다시 성격 갑옷: 라이히에 의하면, 대부분의 환자는 성격 갑옷을 걸치고 있습니다. 마사지나 신체적 접촉을 통해서 경직된 근육을 풀어 주면 두 가지 반응이 나타납니다. 그 하나는 식물의 경우처럼 갇혀 있는 생장 에너지가 해방되는 것이며, 다른 하나는 환자가 충동을 억압하고 신경 조직을 차단하게 만든 끔찍한 상황을 기억해 낼 수 있다는 것입니다. 근육이 경직된 상태로 뭉쳐 있다는 것은 어떤 상황이, 혹은 누군가가 당사자를 그렇게 만들었기 때문입니다. 그렇기에 치료사는 환자로 하여금 자신의 감정 내지 자극을 육체적으로 표출하도록 유도해야 합니다. 자신의 감정을 아무런 거리낌 없이 육체적으로 도출해 내는 것 — 이것이야말로 성격 갑옷을 벗어던지게 하는 출발점이 된다는 것입니다. 라이히는 오늘날 이른바 "바이오피드백(Bio-Feedback)"이라는 방식, 다시 말해서 두려움에 관한 사고를 조절함으로써 노이로제 환자를 치료하는 방식을 마침내 찾아내게 됩니다. 환자는 호흡과 신체 압박을 통해 마구 울부짖음으로써 근육의 무장을 풀게 됩니다. 이러한 방식을 통해서 환자는 심리적 경직 상태에서 완전히 일탈하게 됩니다. 이것은 특히 강박증 환자에게 매우 효과적인 치료 방법이 아닐 수 없습니다. 라이히는 환자의 발가벗은 몸에다 전선을 연결시켜 기(氣)의 흐름을 추적하는 실험을 계속하였습니다. 이른바 상식에서 벗어난 "부도덕한" 실험으로 인하여 노

르웨이 정부는 그를 타국으로 추방합니다.

10. 멋진 신세계: 새로운 세계, 미국은 라이히에게는 결코 멋지지 않았습니다. 미국 사람들은 라이히를 탐탁하게 생각하지 않았습니다. 감추어져 있는 진리와 거짓 사이에서 진실만 가려내려는 그의 작업은 수많은 반발과 음해를 동반하였습니다. 특히 밝혀진 진리가 지금까지 상식적으로 인정받은 학문적 통념을 부정하는 경우를 생각해 보세요. 이럴 경우, 사람들은 새롭게 밝혀낸 진리를 진리로 인정하지 않을 뿐 아니라, 해당 연구자의 학문적 의도를 의심하고 그를 매도합니다. 라이히가 밝혀낸 진리는 무척 슬픈 내용을 담고 있는 것이었습니다. 성적 억압은 인간 동물을 심리적으로 병들게 할 뿐 아니라, 비민주주의의 노예를 양산한다는 억압 가설은 실로 놀랍고도 슬픈 진실이었습니다. 더욱이 20세기는 정신병자를 여전히 악마, 혹은 마녀에 신들린 자로 치부하는 멋진 과학기술의 시대가 아닌가요? 게다가 미국의 사회적 관습은 청교도적 보수주의가 팽배해 있었습니다. 그렇기에 라이히의 입지는 점점 좁아질 수밖에 없었습니다. 그렇지만 소수의 심리학자들은 1945년에 미국에서 처음으로 간행된 라이히의 『성격 분석(Charakteranalyse)』을 뒤늦게 높이 평가하였습니다.

11. 여섯 가지 하자를 지닌 성격: 라이히는 1933년부터 『성격 분석』이라는 방대한 책을 집필했습니다. 자고로 성격은 성의 격식(格式)입니다. 라이히는 이러한 표현을 사용하지는 않았지만, 그가 살아 있다면, 분명히 그렇게 표현했을 것입니다. 가령 인간의 오욕칠정이 사회적 삶에서 그리고 사랑의 삶에서 성격이라는 감정의 통풍구를 통해서 흡입되고 배출되는 경우를 생각해 보세요. 그렇기에 성격은 특히 사랑의 삶에서 매우 중

요한 것입니다. 『성격 분석』에 서술되어 있는 모든 방대한 사항들을 요약하는 것은 어려우므로, 우리는 하자를 지닌 인간의 여섯 가지 성격을 약술하기로 합니다. 첫 번째는 "팔루스(Phallus)"의 나르시스적 성격을 가리킵니다. 환자는 남성적 기질을 지닌 어머니의 영향 때문에 애정으로 인한 흥분을 강하게 느끼지 못합니다. 그는 대체로 여성을 비하하는 경향을 지니면서, 일부 동성애의 성향을 드러내기도 합니다. 이러한 유형의 인간은 외부로부터의 공격을 피하는 대신에 정면으로 맞받아치는 경향을 드러냅니다(Reich 1970: 272). 두 번째는 수동적·여성적 성격의 소유자를 가리킵니다. 구강기에 근엄한 어머니로부터 공격을 당하면, 아이는 스스로 움츠러들면서 수동적이고 여성적인 태도를 취하기 마련입니다. 그게 아니라면 아버지가 완강하여 아이는 아버지에 대한 증오심을 은폐해야 합니다. 불편하지 않게 생활하기 위해서 아이는 고분고분한 여성의 가면을 쓰고 살아갑니다.

세 번째는 남성적 공격 성향을 지닌 성격을 가리킵니다. 이는 여성에게도 나타나는 증상입니다. 강인한 아버지는 딸에 대한 따뜻한 애정 표현을 거부함으로써 딸의 여성적 특성이 발달하지 못하게 작용합니다. 그렇기에 딸은 사랑 받고 인정받기 위해서 아버지의 강인함만을 체득하여, 실생활에서 이를 재현합니다. 네 번째는 히스테리의 성격을 가리킵니다. 이는 일부 여성들에게 드러나는 증상입니다. 아버지는 딸을 사랑하지만, 드물게 자신의 사랑을 어색한 말로 표현할 수밖에 없습니다. 자연스러운 사랑은 여성들에게 차단되고, 성욕은 왜곡된 형태로 표현됩니다. 이것이 바로 히스테리 증상이라고 말할 수 있습니다. 가령, 이반 투르게네프(Ivan Turgenev)의 「첫사랑」의 여주인공 치나이다의 겉 다르고 속 다른 혼란스러운 행동이라든가, 블라디미르 나보코프(Vladimir Nabokov)의 소설 『롤리타(Lolita)』(1955)에서 여주인공이 드러내는 교태 등은 히스테리 증상에서 파생된 것입니다. 가령 아름다운 소녀, 롤리타는 사랑이 무엇인지, 성이 무엇인지 모르는 척 행동합니다. 다섯 번째는 강박의 성격을 가리킵니다. 강박증 환자 가운데 의외로 근엄한 환경에서 자란 사람들이 많습니다. 이들의 부모는 단정하게 옷을 입고, 주위 환경을 더럽히지 말라고 끊임없이 잔소리합니다. 이를테면 청결을 강요받으며 자라난 아이에게는 아예 성에 관심을 기울일 겨를이 없습니다. 마음속에는 폭력과 사디즘의 증오가 끓어오르지만, 언제나 꾹꾹 참고 지냅니다. 게다가 근엄한 사회의 질서 메커니즘은 이러한 사람들의 가학적 충동을 더욱더 억누르게 합니다. 강박증 환자의 경우, 초자아가 비정상적으로 발달해 있습니다. 그들은 자신이 추구하는 바를 초자아와 동일시하기 때문에 항상 목표 지향적으로 행동하는데, 이로 인하여 주위 사람들에 대한 공감 능력이 현저하게 뒤떨어져 있습니다(슈미트바우어: 68). 여섯 번째는 마조히즘의 성격을 가리킵니다. 자의식이 결여된 사람들이 여기에 속하는데, 자기 비하 내지 왜소화의 성향을 드러냅니다. 마조히즘의 성격을 지닌 인간에게는 성취 욕구가 거의 발견되지 않습니다. 그렇기에 성적으로 긴장하지 못하며, 성욕 자체에 대한 두려움을 떨치지 못합니다.

12. 짖는 개는 물지 않는다, 혹은 인성 교육의 함정: 라이히가 서술한 여섯 가지 유형 가운데 어떠한 유형이 가장 위험한 것일까요? 이에 대한 판단은 당신에게 유보하겠습니다. 중요한 것은 한 인간의 억눌린 분노가 언젠가는 반드시 밖으로 표출된다는 사실입니다. 흔히 중·고등학교에서 인성 교육을 언급하면서 고분고분하고 말 잘 듣는 학생들을 칭찬하곤 합니다. 그런데 근본적인 문제는 놀랍게도 이른바 불량 학생에게 있지 않습니다. 오히려 나중에 문제를 일으키는 학생은 모든 것을 참고 견디는 온순한 학생들입니다. 기실 학생들 가운데 크든 작든 간에 분노를 표

출하는 학생이 있는데, 이는 그다지 커다란 문제가 되지 않습니다. 다시 말해서, 학교 내의 문제아는 의외로 끔찍한 문제를 일으키지 않습니다. 왜냐하면 짖는 개는 물지 않기 때문입니다. 가장 문제가 되는 학생은 모든 것을 참고 자신의 분노를 내적으로 은폐시키면서 고분고분하게 행동하는 자입니다(Ferenczi 2004: 68f.). 이들은 나중에 성년이 되어서 기상천외한 살인극을 저지릅니다. 그렇기에 불안 심리와 강박 장애 등은 일견 무해한 것 같지만, 나중에는 어처구니없을 정도로 끔찍한 사건을 저지르게 합니다. 어쨌든 한 인간이 건강을 견지하려면, 이미 언급했듯이, 자신의 심리, 육체적 반응 그리고 쾌감과 불쾌감에 대한 인지 행위를 유기적 일원성으로 작동시키는 게 가장 중요하다고 합니다.

13. 암의 연구: 다시 라이히의 삶으로 돌아가겠습니다. 라이히는 인간의 현존재의 근원으로서 "사랑, 노동 그리고 지식"을 언급했습니다. 여기서 사랑은 인간의 심리와 연결되고, 노동은 인간의 육체와 결부되며, 지식은 뇌의 인지 행위와 관련된다는 것은 두말할 나위가 없습니다. 그렇기에 라이히의 이론에서 가장 중요한 것은 이러한 관련성에 관한 성찰입니다. 라이히는 1939년 8월에 미국으로 건너갑니다. 병리학과 심리학 사이의 밀접한 관련성을 구명하기 위하여 라이히는 수개월간 암(癌)을 연구합니다. 여기서 라이히는 심신의 상태가 기능적으로 밀접하게 상호 관련된다는 사실을 발견하게 됩니다. 몸과 마음이 유기적인 관련성을 맺고 있다는 것은 학문 이전의 상식으로 알려져 있는데, 라이히가 암의 연구를 통해서 이를 입증하려고 했습니다. 자세히 말하면 다음과 같습니다. 인간의 조직체 내에는 "PA-비온"과 "PA-바질렌"이라는 조직체가 있는데, 이들에 의해서 세포가 싸우면서 암세포가 형성된다는 것입니다. 이때 라이히는 병든 세포와 건강한 세포 사이에 존재하는 서로 다른 에너

지의 영역을 발견하게 됩니다. 바로 이러한 생 에너지의 개념은 나중에 라이히에 의해서 보다 광의적인 개념인 오르곤 에너지로 발전됩니다.

14. 오르곤 에너지: "오르곤"이란 "조직체(Organism)"와 "오르가슴 (Orgasm)"의 합성 조어입니다. 대기 만물에 기가 흐르듯이, 남자와 여자의 성적 교합 시에 어떤 "기(氣)"가 흐릅니다. 나아가 세포와 세포 사이에도 생명을 연결시켜 주는 "기"가 흐른다는 것이 라이히의 지론이었습니다. 바로 이러한 흐름의 에너지를 라이히는 오르곤이라고 명명한 것입니다. 이를테면 독일의 의사 파라켈수스(Paracelsus)는 "불카누스 (vulcanus)"라고 명명된 대-우주의 에너지가 소-우주에 해당하는 인간의 신체 내에서 "아르케우스(archäus)"라는 에너지로 병렬적으로 기능한다고 주장한 바 있습니다(블로흐: 1412). 라이히 역시 이와 유사한 논리로 세상 바깥의 근원적인 에너지가 인간의 신체 내의 에너지와 어떤 상호 관련성 속에서 함께 생동한다고 확신하였던 것입니다. 라이히는 오르곤을 연구하는 곳, 다시 말해 메인에 있는 자신의 실험실, 수술실 그리고 관찰실 모두를 통칭하여 "오르고논(Orgonon)"이라고 명명했습니다. 우연히 라이히는 바다 속의 모래를 보관해 둔 어두운 지하실 벽에서 하늘빛의 광채를 발견합니다. 뒤이어 이것이 착각인지 아닌지를 확인하기 위하여 여러 금속 재료로써 하나의 축적기를 만듭니다. 단순한 기구를 통해서 얻어 낸 이러한 인지가 과연 얼마나 설득력을 지닐 것인가? 라이히는 옛날에 괴테가 그러했던 것처럼, 두 눈으로 우주를 관찰하기 위하여 집요할 정도로 실험에 실험을 거듭하였습니다. 그는 망원경으로 별들이 없는 어두운 하늘에 비치는 빛들을 바라보고는 다음과 같이 주장하였습니다. 즉, 우주의 에너지를 자신이 만든 축적기에 담았다고 말입니다. 사람들은 라이히의 이러한 주장을 진리는커녕 하나의 가설로도 인정하려

하지 않았습니다. 상대성 원리를 주장한 물리학자 아인슈타인 역시 라이히의 이론을 외면하였습니다. 사람들은 독일 동화에 나오는 "별에서 떨어지는 돈을 주어 담는 소녀"에 빗대어 라이히를 조롱하곤 하였습니다. 심지어는 라이히의 절친한 친구들조차도 이 시기의 오르곤 이론에 동조하지 않았습니다.

 15. 라이히, 실험에 실험을 거듭하다: 1951년에 이미 "외계인"으로 취급당하던 라이히는 1밀리그램의 라듐을 오르곤 축적기에 넣고 실험하였습니다. 그 까닭은 생명을 파괴하는 핵에너지를 무제한의 오르곤 에너지로 중화시키기 위함이었습니다. 이는 정말로 끔찍한 실험이었습니다. 계기 바늘이 심하게 떨렸습니다. 실험에 참가한 모든 사람들은 머리가 아프고 가슴이 뛰는 쇼크를 받습니다. 실험은 즉시 중단되었습니다. 라이히는 이러한 끔찍한 반응을 "반-오르곤 방사선(DOR)"이라고 명명했습니다. 오르곤 에너지가 건강을 보존해 주는 에너지라면, DOR는 질병을 유발하는 해로운 에너지라는 것이었습니다. 나아가 라이히는 생명체를 위협하는 "DOR 구름"을 관찰하였습니다. 그는 "DOR 구름"을 없애기 위해서 기다란 관을 만들어, 분수와 연결시킨 도구를 만들기도 하였습니다. 인접 지역에 살고 있는 농부들의 동의를 얻어서 만들어 낸 도구는 다름 아니라 구름 분쇄기였습니다. 이 기구는 실제 실험을 통하여 비를 내리게 하였으며, 그곳 지방 신문에 열광적으로 보도되었습니다. 라이히의 실험 욕구는 이것으로 끝나지 않았습니다. 주위 사람들이 전하는 말에 의하면, 그는 "비행접시(UFO)"에 대해 아주 진지한 태도를 보였다고 합니다. 마이런 샤라프가 말한 대로, 이 시기에 오십대의 과학자는 아주 깊은 객관적 사고를 개진하였으며, 극단적으로 광적인 이념에 사로잡혀 있었습니다.

16. 분서갱유, 구금 그리고 죽음: 1950년대 초부터 라이히는 음란 실험의 혐의를 받게 되었으며, 오르곤 연구소는 미국의 식약청(일종의 보건복지부)으로부터 감찰 대상이 되어야 했습니다. 오르곤 축적기의 사용은 즉시 금지되었고, 그 기계는 파괴되었습니다. 라이히의 책들은 이른바 불온하다는 이유로 모조리 수거되어 불태워졌습니다. 당국의 이러한 횡포를 라이히는 무지한 권력의 몰지각한 처사라고 규정하였습니다. 그러나 그는 당국의 횡포 앞에 무기력한 학자일 뿐이었습니다. 라이히는 이후에 극도의 절망감, 피해망상 등으로 인한 대인기피증에 시달립니다. 결국 라이히는 자신의 연구를 통해서 스스로를 감옥에 갇히게 하였습니다. 20세기 초에 시대를 앞서서 고군분투하던 지식인의 삶은 참으로 비극적인 것이었습니다. 마치 세계를 더 낫게 만들기 위해서 불철주야 노력하던 파우스트의 행위는 마지막에 이르러 자신의 묘혈을 파는 행위로 판명되었고, 더 나은 창의적인 노동을 실천하려던 이반 데니소비치의 헌신적인 노력은 자신의 몸을 영어(囹圄)의 상태에 빠지게 하였던 것을 생각해 보세요(Glucksmann: 14). 라이히의 역정도 그러했습니다. 라이히는 1957년 11월 3일 미국의 루이스 감옥에서 사망합니다. 죽기 전에 라이히는 다음과 같이 말했다고 합니다. "나는 인류를 위하여 우주를 가득 채운 에너지를 발견하면서 잘못 행동하고 말았다. 이 에너지는 모든 삶의 과정과 우주의 법칙적 기능들을 스스로 다루고 있지 않는가? 또한 그것은 인간 동물의 정서와 방향을 규정하고 있다. 평생 동안 나는 수천 년 전부터 다만 신이라고 명명되는 자연의 기본적 힘에 도달하려고 하였다. 그러나 나는 끝내 잘못 처신했다."

17. 발견되지 않은 진리의 파편: 무릇 지금까지 알려진 학문적 내용을 모아서 정리하는 작업은 비교적 수월하고 위험성이 적습니다. 이에 비하면

라이히의 작업은 새로운 난제를 누구보다도 먼저 학문적 객관성으로 밝혀내려는 것이었습니다. 그러하기에 라이히의 이론은 (마치 다이아몬드와 흙이 뒤섞인 토양처럼) 새로운 진실이 어처구니없는 가설 속에 뒤섞여 있는 것입니다. 특히 우리는 그의 말기 이론에서 드러나는 취약점을 간파할 수 있습니다. 그러나 미지의 세계에 처음으로 발 디디는 암스트롱은 때로는 어쩔 수 없이 실족하지 않을까요? 적어도 진정한 학자라면 잘 알려진 진부한 진리의 반복보다는 아직 발견되지 않은 진리의 파편을 신호해야 합니다. 왜냐하면 이러한 파편은 차제에 행해질 급진적 연구에 유익한 원료로 활용될 수 있기 때문입니다. 우리가 라이히의 저술 작업에 관심을 기울여야 하는 이유 역시 그 때문입니다.

18. 감정의 페스트, 조현병: 특히 우리가 관심을 지녀야 하는 것은 정신분열증(조현병)에 관한 라이히의 연구입니다. 미리 말씀드리건대, "감정의 페스트"라고 불리는 정신 질환은 신생아에 대한 보육의 문제와 직결된다고 합니다. 신생아가 태어나면, 그의 몸은 주위의 수많은 환경에 의해서 자극을 받습니다. 이러한 자극을 통해서 신생아의 신체는 반응하게 되는데, 이와 병행하여 반응하는 것은 인간의 신경조직이라고 합니다. 말하자면 신체 발달과 심리 발달의 과정에서 가장 중요한 것은 신생아의 신경조직의 반응 조절입니다. 한 인간의 바람직한 심리의 발전은 바로 이러한 영·유아의 발달 과정에서 가장 중요한 환경적 영향을 받게 됩니다. 물론 정신분열증에 관해서 아직도 연구가 지속되고 있습니다. 그러나 확실한 것은 영·유아기에 심신의 발달 과정에서 신경조직의 기능이 제대로 작동되지 않고, 이후의 시기에 스스로 수용할 수 없을 정도로 커다란 심리적 외상을 받게 되면, 이는 결국 정신분열증을 유발하게 되는 요인으로 작용할 수 있습니다. 이에 관해서 놀라운 견해를 밝힌 사

람으로 우리는 빌헬름 라이히 외에도 교육자이자 치료사인 루돌프 슈타이너를 예로 들 수 있습니다.

19. 라이히의 이론과 정신 질환: 라이히의 이론은 차제에 우리에게 어떠한 기대 효과를 가져다줄까요? "성의 억압은 심리적으로는 정신 질환을 유발하며, 사회적으로는 권위적 사도마조히즘의 인간형을 양산하고 있다"는 라이히의 주장은 한국 사회 내의 여러 가지 문제점을 생각하게 합니다. 성교육의 문제, 일부일처제의 성 윤리가 사회에 끼치는 영향, 정신 질환에 대한 치유와 사회적 시각 그리고 억압과 복종만을 고집하는 강제적 성 윤리 등은 인간 동물이 심사숙고하여 해결해야 할 난제들이 아닐 수 없습니다. 자고로 라이히의 오르가슴 이론은 결코 외면당해서도 안 되고, 그렇다고 해서 그 자체 음란한 학설로 매도되어서도 안 됩니다. 나는 성에 관한 논의를 대수롭지 않은 일로 간주하거나 이를 외면하는 고매한 학자들을 수없이 만났습니다. 이들은 성 문제를 논한다는 자체를 신성한 학문적 권위에 위배되는 무가치한 일이라고 내심 믿고 있는 것 같았습니다. 아마도 이들은 자기가 억압당하고 힘들게 살아온 만큼 젊은 사람들도 그렇게 살아야 한다고 확신하고 있는 것일까요? 그게 아니라면 친척 가운데 정신 질환을 앓는 환자가 없어서 이해의 폭이 좁기 때문일까요?

20. 지금 여기서 갱생하기: 라이히의 이론은 옳든 그르든 간에 남한 사회의 성도덕을 어느 정도 유연하게 하는 데 기여할 수 있을 것입니다. 나는 라이히를 통해서 한 가지 사항을 배울 수 있었습니다. 그것은 지금 여기서 새롭게 출발하는 긍정적 사고방식입니다. 이것은 새롭게 더 훌륭하게 살아간다는 의미에서 "갱생"이며, "부활"의 의미를 지니고 있지요. 이

를테면 서양 문화에는 동양 문화와 비교할 때 몇 가지 장단점이 있습니다. 장점들 가운데 하나는 서양인들이 학벌과 성적을 자랑스럽게 여기지 않는다는 사실입니다. 그들은 무슨 대학을 나오고 무슨 자격증을 땄는가를 많이 따지지 않습니다. 중요한 것은 대학을 출세를 위한 수단이 아니라 능력 배양과 사람 됨됨이를 학습하는 곳으로 활용하는 일입니다 (김상봉: 190). 사랑과 결혼도 마찬가지입니다. 인간은 사랑의 삶에서 크고 작은 실패를 겪을 수 있습니다. 과거의 실패에 관해서 제삼자가 시시콜콜 지적하는 것은 남의 잘못을 지적하는 사악한 짓거리입니다. 이를테면 한 여자가 여섯 번 결혼하고 일곱 번 재혼해도, 유럽에서는 이를 "과거에 내린 눈"이라고 여기며 중요하게 생각하지 않습니다. 그러나 동양에서는 그미를 과거 많은 여자라고 비아냥거립니다.

마지막으로, 호모 아만스의 자세에 관하여 말씀드리겠습니다. 우리는 목숨을 다할 때까지 끊임없이 더 나은 사람이 되기 위해서 발돋움하려고 노력해야 하지 않을까요? 그렇게 하기 위해서는 과거의 참혹한 기억은 어떻게 해서든 극복되어야 할 것입니다.

참고 문헌

김상봉(2004): 학벌 사회, 한길사.
도스또예프스키, 표도르(2009): 죄와 벌, 2권, 홍대화 역, 열린책들.
라이히, 빌헬름(2005): 오르가즘의 기능. 도덕적 엄숙주의에 대한 오르가즘적 처방, 윤수종 역, 그린비.
라이히, 빌헬름(1987): 파시즘의 대중심리, 오세철 외 역, 현상과 인식 1987. 이 책은 최근에 다시 새롭게 번역되어 간행되었다. 빌헬름 라이히(2006): 파시즘의 대중

심리, 황선길 역, 그린비.

블로흐, 에른스트(2004): 희망의 원리, 5권, 열린책들.

슈미트바우어, 볼프강(2013): 무력한 조력자, 채기화 역, 궁리.

Adorno, Theodor(1950): The Authoritarian Personality, New York..

Ferenczi, Sándor(2013): INFANTIL-ANGRIFFE ! - Über sexuelle Gewalt, Trauma und Dissoziation, www.AUTONOMIE-UND-CHAOS.berlin.

Ferenczi, Sándor, Freud, Sigmund(2004): Briefwechsel, 6 Bde, Bd 3/2, 1925- 1933, Wien.

Glucksmann, Andre(1986): Im Palast der Dummheit ist Platz für Jedermann, in: Zeit Archiv, 13/1986, S. 14-22.

Laska, Bernd A.(2003): Otto Gross zwischen Max Stirner und Wilhelm Reich, 3. internationaler Otto Gross Kongress, LMU München Marburg; Literatur- wissenschaft.de, S. 125-162.

Müller, Ludwig Robert(1933): Die Einteilung des Nervensystems nach seinen Leistungen, G. Thieme, Stuttgart.

Reich, Wilhelm(1992): Leidenschaft der Jugend. Eine Autobiographie 1897 - 1922, Köln.

Reich, Wilhelm(1982): Die Funktion des Orgasmus (1927). Revidierte Fassung: Genitalität in der Theorie und Therapie der Neurose/Frühe Schriften II, Köln

Reich, Wilhelm(1970): Charakteranalyse. Erweiterte Fassung, Köln.

Sharaf, Myron(1994): Wilhelm Reich. Der heilige Zorn des Lebendigen. Die Biographie, Berlin.

Trilling, Lionel(1955): Freud and the Crisis of our Culture, Boston.

8

프로이트의
「도스토예프스키와
아버지 살해」

도스토예프스키는 근본적으로 신경증 환자였다.

(프로이트)

무언가를 훔치려고 하는 자의 마음은 자위하는 자의 마음과 유사하다.

(프로이트)

도스토예프스키에게 중요했던 인물은 살해당한 아버지가 아니라, 경건한
신앙인 어머니였다.

(크리스테바)

1. 갈등으로 가득 찬 작가, 도스토예프스키: 이 장에서는 러시아의 문호 도스토예프스키의 부모와의 관계 그리고 그의 문학 속의 심리적 사항을 살펴보기로 하겠습니다. 지그문트 프로이트는 표도르 미하일로비치 도스토예프스키(1821-1881)를 최고의 작가로 꼽으며, 그의 작품 『카라마조프 가의 형제들』에 대해 자신의 정신분석학적인 견해를 밝히고 있습니다. 원래 그의 논문 「도스토예프스키와 아버지 살해」는 다음과 같은 계기로 집필되었습니다. 독일의 어느 출판업자는 1925년 도스토예프스키 전집을 간행하려고 했는데, 프로이트에게 작품 분석을 의뢰하였던 것입니다. 「도스토예프스키와 아버지 살해」는 프로이트의 나이 69세 때 완성되었습니다. 이 글 속에는 프로이트의 말년의 정신분석학의 입장이 상당 부분 용해되어 있습니다. 프로이트는 이 논문에서 오이디푸스 콤플렉스, 죄의식 등을 새롭게 기술합니다. 가령 지금까지 인간의 자위행위에 관해서는 초기 저작물에서는 한 번도 거론되지 않았습니다. 이와 관련하여 우리는 산도르 페렌치와 줄리아 크리스테바의 입장을 비판적으로 논의하려고 합니다.

2. 이념 그리고 인간의 영혼: 일단 도스토예프스키의 작품에 관해서 살펴보기로 하겠습니다. 『카라마조프 가의 형제들』은 1879/80년에 발표되었습니다. 마지막 해에 발표한 그의 작품, 「어느 작가의 일기」의 마지막에는 인류의 운명에 관한 깊은 성찰이 다음과 같이 간결하게 기술되어 있습니다(Ewertowski: 81). "어떤 더 높은 이념 없이는 개별적 인간도 그리고 어떤 국가도 존재할 수 없다. 지구상에는 오로지 하나의 이념이 존재할 뿐이다. 그것은 인간 영혼이 결코 죽지 않는다는 이념이다. 왜냐하면 인간이 의지할 수 있는 나머지의 모든 숭고한 이념들은 바로 거기서 비롯된 것이기 때문이다. (…) 불멸의 이념은 삶 자체이며, 살아 있는 사

람이다"(Dostojewski: 1992: 107). 얼핏 보면 도스토예프스키는 영혼 불멸설을 문학적으로 다루려고 하는 것 같습니다. 그런데 이러한 발언 속에는 단순한 무신론과 유신론 사이의 차이에 관한 사고를 넘어서서, 인간이 신앙 없이 얼마나 선하고 아름답게 살아갈 수 있는가 하는 고뇌 어린 숙고가 담겨 있습니다. 사실 도스토예프스키만큼 종교의 밖에서 기독교에 다가가려고 하고, 교회의 내부에서 자유로운 바깥의 영역으로 향해 해방되려고 몸부림친 작가는 아마 없을 것입니다.

3. 작가의 내면세계가 반영된 작품: 소설 『카라마조프 가의 형제들』은 도스토예프스키의 문학 세계의 총 결산이나 다름이 없습니다. 나아가 그것은 작가 자신의 고유한 내면적 체험들을 승화시킨 작품이기도 합니다. 실제로 젊은 도스토예프스키는 포악한 아버지 밑에서 고통당하면서 유년시절을 보냈습니다. 소설을 완성하는 데 자극을 가한 사람으로서 우리는 다음과 같은 두 인물을 들 수 있습니다. 말년에 도스토예프스키는 기독교 철학의 전파자, 블라디미르 솔로비요프(Wladimir Solowjow)와 친구 관계를 맺었습니다. 이는 등장인물을 묘사하는 데 그리고 소설의 내적 주제를 강렬히 부각시키는 데 크게 작용하였습니다. 특히 그는 서구의 무신론 사상을 신봉하는 철학자로서, 등장인물 이반을 문학적으로 형상화하는 데 나름대로의 영향을 끼쳤습니다. 그 밖에 우리는 니콜라이 표도로프(Nikolai F. Fjodorow, 1829-1903)의 『인간은 무엇을 위해 창조되었는가? 공동 행위의 철학(The Philosophy of the Common Task)』을 들 수 있습니다. 표도로프는 레오 톨스토이의 친구로서 기독교의 이상을 바탕으로 한 아나키즘 사상을 추구하였습니다(Fjodorow: 9f). 두 사람은 1892년 이후에 입장 차이로 인해 더 이상 만나지 않습니다. 톨스토이는 해외에서 소논문을 통해 러시아 인민을 도탄에 빠지게 한 위정자를 비

판했는데, 이는 표도로프의 마음에 들지 않았습니다. 왜냐하면 러시아의 위대한 작가가 해외에서 러시아를 비판한다는 것 자체가 애국적이지 못하며, 농부들의 수구 보수주의의 태도를 무작정 두둔하는 것은 잘못된 처사라는 것이었습니다. 표도로프는 톨스토이보다 현대적으로 처세하면서, 미래주의라는 진보적 낙관주의에 동조하였습니다. 표도로프의 책은 공동선을 추구하려고 한다는 점에서 공산주의적 이념을, 크로포트킨의 무정부주의적 상호 부조에 관한 이념을 은밀하게 보여 주고 있습니다.

4. 자전적 특징을 담은 범죄소설: 『카라마조프 가의 형제들』은 범죄소설의 인상을 풍깁니다. 왜냐하면 『죄와 벌』과는 달리, 진짜 범인이 소설의 마지막에 이르기까지 독자에게 명료하게 인지되지 않기 때문입니다. 카라마조프의 세 형제들은 모두 성인이 되어 부모님의 집으로 돌아옵니다. 아버지 표도르는 아둔하고 멍청한 사내로서 음탕하기까지 합니다. 그가 항상 생각하는 것이라고는 오로지 주위의 고혹적인 여자를 유혹하여 성을 탐하는 일밖에 없습니다. 그렇기에 자식들로부터 존경받지 못하는 것도 나름대로 이유를 지닙니다. 아버지가 세 아들을 몹시 증오하듯이, 아들들 역시 아버지를 철저하게 경멸하고 있습니다. 다만 셋째 아들, 알료샤만은 아버지에게 완강하게 저주를 퍼붓지는 않습니다.

5. 살해 용의자인 세 아들: 어느 날 표도르가 누군가에 의해서 살해당합니다. 대부분의 사람들은 머뭇거리지 않고 큰아들 드미트리가 아버지의 살해자라고 지목합니다. 드미트리는 무척 아름다운 처녀, 그루젠카를 사랑하고 있었습니다. 표도르는 그미가 아들의 연인이라는 사실을 뻔히 알면서도 그미에게 눈독을 들였던 것입니다. 심지어 드미트리는 그루젠카를 건드리면 죽이겠다고 아버지에게 노골적으로 협박한 적도 있었습

니다. 그래서 경찰은 아들 드미트리가 치정 살인극을 저질렀다고 속단한 것입니다. 모든 정황은 드미트리에게 불리하게 전개됩니다. 결국 드미트리는 유죄를 선고받고, 시베리아에서 강제 노동의 중형을 선고받습니다. 그러나 실제로 아버지를 살해한 아들은 간질을 앓고 있는 배다른 동생 스메르쟈코프였습니다. 그는 이반에게 다음과 같이 말합니다. "모든 게 허용되어 있어서 한 번 살인해 보았을 뿐"이라는 것입니다. 진범은 잡히지 않고, 엉뚱하게도 다른 아들이 존속살해의 죄를 뒤집어쓴 셈입니다. 그런데 스메르쟈코프에게는 존속 살해에 대한 죄의식이라고는 하나도 없습니다. 결국 그는 마지막에 이르러 자살하는데, 그 이유는 "사는 게 지루하기 때문에, 삶에 대한 역겨움 때문"이라고 했습니다. 소설은 다음의 사실을 하나의 결론으로 내립니다. 즉, 표도르의 세 아들은 제각기 가증스럽기 이를 데 없는 아버지를 저주하고, 죽이고 싶은 욕구를 지니고 있었던 것입니다.

6. 형제들의 제각기 다른 특성: 작품은 어떤 이념을 담고 있는 장편소설입니다. 게다가 카라마조프 가족에 관한 비극적 이야기의 차원을 넘어서, 인간이 처할 수 있는 극한적 상황을 시사해 주고 있습니다. 작품에는 아버지로서의 인간이 두 명 등장합니다. 표도르 카라마조프와 스타레크 초시마가 바로 두 인물입니다. 표도르가 생물학적인 아버지로서 출산과 죽음의 양극적 특성을 지니고 있다면, 스타레크는 정신적 아버지로서 희생과 부활의 양극적 특성을 드러냅니다. 스타레크 초시마는 나중에 언급되지만, 도스토예프스키의 무신론 사상을 개진하는 데 중요한 인물임에 틀림없습니다. 표도르의 세 아들은 제각기 인간의 세 가지 다른 본성을 표방하고 있습니다. 이를테면 드미트리의 삶은 열정의 특성을, 이반의 삶은 사고의 특성을, 그리고 알료샤는 창조의 의지를 보여 줍니다. 세

명 모두 카라마조프 가의 특성이라고 할 수 있는 천성과 반대되는 요소를 지닌 셈입니다. 이들은 배다른 형제인 스메르쟈코프의 죄악과 유혹에 대항해서 자신들의 고유한 삶의 가치를 추구하고 있습니다. 어쩌면 세 형제들은 동일한 비극적 갈등(아버지에 대한 증오)을 어떻게 해서든 극복해야 하며, 스메르쟈코프와 마찬가지로 동일한 범죄(아버지 살해)에 각자 책임을 져야 하는 인물들입니다.

7. 세 형제들의 연인들: 세 형제에게는 제각기 여성들이 있습니다. 이들 역시 각자 고유한 특성을 지닙니다. 이반은 고집과 자만심으로 가득 차 있으나, 그의 연인 카테리나는 자기 자신을 학대하는 수동적이고 소극적인 여성입니다. 드미트리는 색정적이지만, 그의 연인 그루젠카는 눈부실 정도로 아름다운 외모를 보여 줍니다. 이에 반해 알료샤와 리자는 근본적으로 치유의 기적이라는 공통성을 지니고 있습니다. 구체적으로 말해서, 이들은 소심한 성격을 지니고 있지만 신앙심이 무척 강합니다. 등장인물 모두 제각기 자신의 세계에 침잠해 있습니다. 예컨대 무신론 사상을 대변하는 이반은 이중인격을 드러내며 살아가며, 드미트리는 선술집과 골목을 배회하며 시정잡배처럼 흥청망청 살아갑니다. 알료샤는 리자와 함께 아이들을 가르치며 사원에서 조용히 고립된 생활을 영위합니다.

8. 자기기만과 자기 파괴의 상: 소설의 핵심적 줄거리는 형제들의 삶의 이야기로 시작됩니다. 이러한 이야기들은 "나드리프(nadryv)"라는 비극적 갈등에 의해서 이어지는 것입니다. 여기서 "나드리프"는 "찢다"라는 뜻을 지닌 러시아어의 동사 "나드리바트(nadryvat)"에서 파생된 단어입니다. 그것은 의도적으로 자신을 속이고 스스로 자신을 파괴하려는 행위를 가리킵니다. 따라서 나드리프의 갈등은 고유한 개인에게 의도적으

로 폭력을 가하고 운명을 짓밟으려는 잔악한 행위를 뜻합니다. 이와 관련하여 알료샤는 어떤 황홀의 상태에서 어떤 가치가 전도된 세계를 멀거니 바라봅니다. 가치가 전도된 세계상은 비정하고 파렴치한 이기주의자들의 현실이 아니라, 기독교의 믿음에 의해서 순화되어 있는 어떤 가상의 세계를 가리킵니다. 그렇기에 이것은 그가 바라는 숭고한 세계에 대한 비유적인 상입니다. 그는 주어진 현실에 아무런 영향을 끼치지 못한 채, 마치 그림자를 쫓듯이 믿음을 선택합니다. 이에 비하면 드미트리는 주어진 현실에서 쾌락을 추구하며 열정적으로 살아가는데, 어느 날 어떤 불행한 아기에 관해 꿈을 꿉니다. 이는 자신의 과도한 열정이 동정심으로 치환되어 나타난 것입니다.

9. 무신론자 이반: 언젠가 이반은 예수 그리스도와 종교재판관에 관한 전설을 집필한 적이 있습니다. 이러한 전설은 오로지 소설 전체의 틀 속에서 이해됩니다. 전설에 의하면, 예수 그리스도는 놀랍게도 중세 에스파냐에서 출현합니다. 그는 즉시 세인에게 알려지고, 종교재판관의 명령에 의해서 투옥됩니다. 백발의 노인은 혼자 중얼거리면서, 세상을 구원하려고 애쓰지만, 안타깝게도 아무도 이에 동의하지 않습니다. 노인은 자신을 외면하는 세상에 대해 탄식을 터뜨립니다. 그는 만인을 유혹할 수 있는 놀라운 재능을 지니고 있습니다. 그러나 그는 이러한 재능을 실행에 옮기지 않고, 오로지 자신의 자유를 보장받기 위해서 노력합니다. 대신에 빵, 기적 그리고 권력 등으로부터 등을 돌립니다. 예수 그리스도의 영향이 완전히 사라짐으로써 세상에는 인간의 불행과 고통만 창궐하고 있습니다. 종교재판관은 자기 자신을 반-기독교도라고 실토합니다. 반-기독교도는 멸시당하는 인간을 위해서 지상의 천국을 건립하지만, 끝내 죽음을 불러와서 사람들을 저세상으로 돌려보낸다고 합니

다. 예수 그리스도는 감옥에서 풀려납니다. 침묵을 지키며 그는 반기독
교도의 입에 키스하고 자리를 떠납니다. 이반의 에피소드는 블라디미르
솔로비요프의 책『안티크리스트에 관한 짤막한 이야기』를 연상시킵니다
(Solowjow: 75ff).

10. 이반의 무신론적 저항: 이러한 에피소드를 통해서 도스토예프스키
는 다음과 같은 세 가지 사항을 강조하고 있습니다. 첫째로, 도스토예프
스키에 의하면 서유럽의 기독교 교회가 잘못 발전되었으며, 로마교황청
이 세상의 실질적 지배자로 군림하고 있다는 것입니다. 이는 교회가 세
속적인 권력을 행사하고 있다는 비난으로 이해됩니다. 둘째로, 상기한
전설은 등장인물 이반 자신을 묘사한 것으로 이해될 수 있습니다. 이반
자신이 품고 있는 동정심은 세상 누구와도 관련이 없고, 오로지 세상에
머물고 있는 자신의 운명으로 파악될 수 있을 뿐이라고 합니다. 사실 이
반은 자신의 사고 속에서 살아가는 고독한 깍두기나 다름이 없습니다.
셋째로, 도스토예프스키는 자유를 다음과 같이 파악했습니다. 즉, 자유
란 인간 내면 속의 신의 원칙이 겉으로 드러난 현상이라는 것입니다. 종
교적 믿음보다도 더 중요한 것은 이반의 견해에 의하면 신의 원칙을 수
행하는 인간의 고귀하고도 경건한 자유라는 것입니다.

　이반은 동생 알료샤에게 다음과 같이 말합니다. "제발 나를 올바르게
이해해다오. 내가 신을 받아들인 게 아니야. 신이 창조한 세계를 나는 더
이상 용납할 수 없어." 이반에 의하면, 그리스도의 믿음 자체에 하자가
도사리고 있는 게 아니라, 창조주로서의 신, 다시 말해서 인간 삶의 모든
것을 규정하고 억압하며 결정짓는 창조주의 권력이 문제가 된다는 것입
니다. 구원자로서의 예수의 정신에 대해서는 믿음이 가지만, 창조자로서
의 야훼에 대해서는 저항하고 싶다는 것입니다(블로흐: 204). 우리는 이

반의 이러한 주장에서 고대의 영지주의자, 마르키온의 사상을 엿볼 수 있습니다. 마르키온은 구원자로서의 그리스도를 깊이 흠모했지만, 창조자로서의 야훼를 집요하게 비난하였습니다. 예컨대 데미우르고스는 마르키온에 의하면 사악한 뱀 한 마리에 불과하며, 그리스도의 적 내지 악마라는 것입니다. 기실 구약성서가 알파의 믿음이라면, 신약성서는 오메가의 믿음이라고 말할 수 있습니다. 다시 말해, 전자가 태초의 말씀으로서의 진리에 대한 절대적 복종을 강요한다면, 후자는 세계의 종말, 즉 묵시론적 변화를 중시하고 있습니다. 무신론자 이반은 마르키온의 사상을 부분적으로 답습하여 모든 권위를 휘두르는 데미우르고스에 대해 격렬하게 저항하였습니다. 적어도 기독교가 하나의 권위적 체제로서 창조주의 권력에 굴복하는 한 사악한 의지를 드러낼 수밖에 없다는 게 이반의 지론이었습니다. 요약하건대, 이반 카라마조프는 권위와 이데올로기로서의 세계 창조주를 용인하지 않음으로써, 세계의 질서를 스스로의 척도에 의해서 세워 나가려는 의도를 지니고 있습니다. 그는 영혼을 인정하지 않는 단순한 자연과학적 무신론자 야콥 몰레쇼(Jakob Moleschott)와 루드비히 뷔히너(Ludwig Büchner)의 무신론과는 다른 각도에서 체제로서의 교회를 부정하지만, 다른 한편으로는 예수 그리스도의 묵시론 사상을 전적으로 부정하지 않습니다. 바로 이러한 까닭에 그의 입장은 루드비히 포이어바흐(Ludwig Feuerbach)를 닮았습니다.

11. 스타레크 초시마의 자세, 자유를 실현하기 위한 사랑: 그런데 스타레크 초시마의 사고는 이반이 다룬 종교재판관에 관한 전설 내용과 전적으로 대립되는 것입니다. 그것은 표도르의 대척자, 스타레크 초시마의 발언에서 자세히 개진되고 있습니다. 초시마는 매우 경건한 인물로서 영성 생활에 의한 도취의 체험을 다음과 같이 알립니다. 그것은 바로 인간 영혼

의 불멸성이며, 나아가 세계를 다스리는 신적 존재에 관한 체험입니다. 초시마에 의하면, 존재는 하나의 일원성으로 이루어져 있고, "모든 자는 모든 자에게 죄를 지었다"고 합니다. 그리하여 초시마는 다음의 사항을 실천하기를 사람들에게 권고합니다. 즉, "남을 위해 노동하며 사랑을 실천하는 과업"이 바로 그 권고 사항입니다. 이는 이타주의의 생활 방식으로서, 자아를 고수하지 않는 자유를 실천하는 길이라고 합니다.

12. 중요한 것은 무신론이냐 아니냐의 물음이 아니라, 주어진 현실에서 자유와 사랑을 실천하는 일이다: 상기한 내용을 통하여 도스토예프스키는 이전 작품에서와는 달리 자신의 고유한, 이른바 경건한 무신론의 사상을 축조하고 있습니다. 그것은 신을 믿지 않는 인간 존재의 가능성에 관한 숙고나 다름이 없습니다. 알베르 카뮈는 다음과 같이 말했습니다. "분명히 말해 지금까지 도스토예프스키만큼 그렇게 터무니없는 무신론적 세계를 그렇게 고통스럽게 그리고 그렇게 치밀하게 파헤친 작가는 없을 것이다"(Valk: 299). 이와 관련하여 셋째 아들, 알료샤는 부활에 대한 질문에 대해서 다음과 같이 대답합니다. "물론이지요. 우리는 언젠가는 다른 곳에서 다시 만나게 될 것입니다. 우리는 나중에 즐거운 마음으로 무엇이 발생했는가에 관해 모조리 발설하게 될 것입니다." 카뮈는 "이반은 니체와 유사한 인물"이라고 말했습니다. 실제로 니체는 자신의 작품 속에서 그리스도를 마구잡이로 난자했고, 결국 광증에 빠져 목숨을 잃게 되지 않는가요? 그 밖에 우리는 다음과 같이 말할 수 있습니다. 도스토예프스키는 알료샤라는 인물 묘사를 통해서 독일의 작가, 프리드리히 실러가 추구하던 더욱 숭고한 인간에 관한 이념을 문학적으로 승화시켰다고 말입니다. 왜냐하면 알료샤는 자신을 포기하며 진정한 기독교 사상을 실천하는 인물로 부각되고 있기 때문입니다.

13. 도스토예프스키, 경건한 무신론자인가, 신경증 환자인가?: 이번에는 작품에 대한 프로이트의 견해를 살펴보기로 하겠습니다. 도스토예프스키는 프로이트에 의하면 신경증 환자였습니다. 그는 경건한 윤리적 정신을 지니고 있었으며, 스스로를 죄인이라고 규정했습니다. 도스토예프스키만큼 성서를 오랫동안 정독하면서, 동시에 성서를 내팽개친 사람도 아마 없을 것입니다. 『카라마조프 가의 형제들』은 가장 장엄한 소설이고, 심리적인 모순을 담고 있습니다. 도스토예프스키는 프로이트에 의하면 높은 경지에 도달한 도덕적 인간이 아니라고 합니다. 도덕적 인간은 결코 죄를 저지르지 않는 인간이 아닙니다. 인간은 어떠한 경우에도 신이 될 수 없습니다. 도덕적 인간은 죄에 대한 유혹에 사로잡히지만, 이에 대해서 결연히 저항하는 자입니다. 도스토예프스키는 자신이 신경증을 앓고 있었기 때문에, 인간의 내적 고뇌를 누구보다도 잘 이해할 수 있었습니다. 그는 훌륭한 교육자도 아니었고, 인간 해방의 기수도 아니었습니다. 다만 위대한 러시아 작가는 도덕적 문제를 둘러싸고 인간이 어떻게 고뇌하고, 이를 거부해 나가는가 하는 과정을 예리하게 포착하여 문학 작품에 반영하였습니다. 한마디로 도스토예프스키 자신은 결코 도덕적 인간이 아니었다고 합니다.

14. 자기중심적 인간, 사랑의 부재로 인한 도박과 욕정: 도스토예프스키를 범죄자로 간주하고, 심한 혐오감을 느낀 사람은 정신분석학자만이 아닙니다. 도스토예프스키는 프로이트에 의하면 제어할 수 없는 자아 중심주의에 사로잡혀 있었고, 강한 파괴 욕구를 지니고 있었습니다. 작가가 그러한 태도를 취하게 되는 근본적 동기는 사랑의 부재에 있었습니다. 대부분의 인간에게는 사랑의 대상이 있는데, 그에게는 처음부터 끝까지 사랑의 대상이 없었습니다. 아내에 대한 사랑도 그렇게 깊고 정성스럽지

못했다고 합니다. 도스토예프스키는 사랑하고 싶은 과도한 욕구와 사랑 받고 싶은 욕망을 동시에 지니고 있었습니다. 사랑의 욕구와 능력은 도스토예프스키가 과도한 선행을 베풀 때 엿보입니다. 실제로 도스토예프스키는 남는 시간에 도박을 즐겼습니다. 또한 그는 단 한번 나이 어린 소녀를 유혹하여, 어디론가 데리고 가서 겁탈한 적이 있었습니다. 이 때문에 도스토예프스키는 심각한 고통과 죄책감에 사로잡혔습니다. 도스토예프스키 내부에 도사리고 있는 강력한 파괴 충동이 그러한 잘못을 저지르게 했던 것입니다.

15. 도스토예프스키에 나타난 신경증의 증세: 프로이트는 도스토예프스키라는 인물에게서 성도착의 요인을 발견하려 했습니다. 이를테면 그는 도스토예프스키의 문학 속에 자주 "마조히즘(피학대 음란증)"과 죄의식 등이 묘사되는 것을 지적합니다. 작가는 프로이트에 의하면 때로는 무의식적으로 남에게 고통을 주려는 성향을 지녔고, 때로는 사랑하는 사람들조차 용서하지 않는 편협함을 내심 품고 있었다는 것입니다. 이러한 "사디즘(학대 음란증)"은 학대의 방향을 자신에게 향하게 함으로써 "피학대 음란증"으로 뒤바뀐다고 합니다. 나아가 도스토예프스키는 감정이 극도로 충만한 상태에서 주이상스를 느끼는, 이른바 성도착의 증세를 지니고 있었다고 합니다. 그것은 다름 아니라 등장인물을 마구잡이로 학대함으로써 느끼는 쾌감이었습니다. 여기에 개입된 것은 프로이트에 의하면 작가의 신경증 증세였다고 합니다.

16. 간질은 왜 발생하는가?: 도스토예프스키는 스스로를 간질 환자로 여기고 있었습니다. 그는 졸도, 근육 경련, 순간적인 무기력 현상을 느꼈고, 이를 스스로 간질이라고 명명했습니다. 그러나 이러한 증상은 프로

이트에 의하면 간질이 아니라, 신경증의 증후에서 나오는 현상이라고 합니다. 실제로 도스토예프스키는 순간적으로 경련과 발작을 일으키곤 했습니다. 이러한 질병은 실제 삶에서 신경질 내지 공격성을 동반하여 출현하였습니다. 이러한 발작은 프로이트에 의하면 혀를 깨물거나 요실금 현상과 함께 나타날 수 있습니다. 그게 아니라면 때로는 의식불명이나 단순한 현기증으로 나타날 수도 있습니다. 어떤 환자는 순간적으로 의식을 잃을 수도 있습니다. 그 밖에 뇌 손상이나 지능 저하의 인간이 간헐적으로 간질 증세를 보이곤 합니다. 가령 세포조직의 손상이라든가 독극물에 의한 뇌 활동의 마비는 그러한 부작용을 낳기도 합니다.

17. 간질과 오르가슴: 순간적으로 의식을 잃는 현상은 성행위와 전혀 다르다고 말할 수는 없습니다. 옛날부터 의사들은 성교 시의 오르가슴 현상을 "작은 규모의 간질"이라고 명명했습니다. 남성이든 여성이든 간에 절정의 순간에 신체적 경련을 일으키고, 일순간 마치 의식이 마비되는 것과 같은 쾌감을 느낍니다. 그렇기에 성적으로 최고점에 이르는 순간, 사람들은 심리적 흥분의 덩어리들을 신체 밖으로 배출하게 됩니다. 간질이란 여기서 이러한 흥분된 에너지가 밖으로 배출되는 현상이라는 것입니다. 이로써 간질적인 반응은 히스테리의 징후가 됩니다. 나이든 미혼 여성들이 히스테리의 행동을 드러내는 경우도 프로이트에 의하면 이와 다를 바 없습니다. 그들에게는 오르가슴을 발산할 기회가 주어지지 않으므로, 육체 내부에 성적 에너지가 마냥 축적되어 있기 때문이라고 합니다. 자고로 간질 발작은 신체적 간질과 심리적 간질로 나누어집니다. 전자는 뇌의 손상으로 고통을 받는 경우이고, 후자는 신경증 환자의 경우입니다. 도스토예프스키의 간질은 두 번째 종류일 가능성이 높다고 합니다.

18. 아버지의 죽음과 간질: 의사였던 도스토예프스키의 아버지 미하일 안드로비치는 강한 의지의 소유자였다고 합니다. 그래서 도스토예프스키는 아버지 앞에서는 항상 유약하고 힘없는 아이에 불과했습니다. 미하일 안드로비치는 1837년에 농장에서 심장이 멎어서 사망했습니다. 이웃은 그가 식솔들에 의해서 살해되었다고 주장했으나, 심장마비로 사망했다고 결론이 났습니다. 나중에 도스토예프스키의 남동생 안드레이는 아버지가 누군가에게 얻어맞아서 죽었다고 토로하였습니다. 어쨌든 도스토예프스키는 아버지의 장례식에서 깊은 죄의식과 후회의 감정을 감추지 않았는데, 이는 프로이트에 의하면 추후에 간질의 증세로 나타났다고 합니다. 그러나 이는 프로이트의 견해일 뿐, 사실로 판명되지는 않았습니다. 『카라마조프 가의 형제들』에 나타나는 아버지 살해는 작가의 체험과 결코 무관하지 않습니다. 간질로 발전하기 이전에 도스토예프스키는 작은 발작을 일으켰다고 합니다. 그것은 죽음에 대한 두려움으로 인해 나타난 것이었습니다. 동생의 증언에 의하면, 그는 잠자기 전에 머리맡에 유언이 기록된 종이를 놓아두었다고 합니다.

19. 아버지에 대한 애증: 도스토예프스키의 발작은 죽은 자와 동일하게 되려는 무의식을 반영합니다. 소년은 내심 아버지가 죽기를 애타게 갈구했습니다. 히스테리라는 이름의 발작은 미워하는 아버지가 죽기를 갈망하는 데에서 비롯한 것입니다. 이는 프로이트에 의하면 오이디푸스 콤플렉스와 관계됩니다. 아버지를 적대시하는 배후에는 아버지에 대한 애정 역시 부분적으로 담겨 있습니다. 아이는 아버지를 찬미하나, 동시에 아버지를 증오합니다. 아이는 자신이 아버지로부터 거세당할지 모른다는 두려움에 휩싸입니다. 아이의 무의식 속에는 거세에 대한 두려움과 병행하여 아버지를 제거하고 어머니를 소유하려는 욕구가 자리합니다. 이는

죄의식을 낳게 됩니다. 이로써 무의식 속에 가라앉는 감정은 아버지에 대한 사랑과 증오라고 프로이트는 주장합니다. 실제로 도스토예프스키에게는 처음부터 아버지에 대한 애증이 도사리고 있었습니다. 이러한 성향은 동성애의 성향과 무관하지 않습니다. 이는 작가의 일기와 중편소설 등에서 많이 발견되고 있습니다. 프로이트는 다음과 같이 서술합니다. "무의식의 정신 활동을 지배하는 모든 것들은 의식으로부터 멀리 떨어져 있다. 아버지가 거칠고 잔인했다면, 아들은 초자아의 측면에서는 가학적이 되고, 자아의 측면에서는 수동적이고 여성적으로 성장한다. 자아는 운명의 희생자로 드러나고, 아이는 죄의식이 가하는 가혹한 처벌 속에서 만족을 얻는다"(Freud: 69). 아이는 의식적으로는 특이한 죄의식을 견지했고, 자학하는 여성과 같은 편향적 특성을 지니게 됩니다. 그러나 무의식적으로 그는 아버지를 살해하려는 순간적 파괴 충동을 드러냅니다.

20. 부친 살해의 욕구와 죄의식: 도스토예프스키에게는 양성의 소질이 주어져 있었습니다. 가혹했던 아버지에게 종속되지 않기 위해서는 격렬하게 자신을 보호해야 했습니다. 그가 지녔던 죽음의 징후는 자아에게는 자학적 충족이고, 초자아에게는 처벌을 위한 충족, 즉 가학적 충족입니다. 다시 말해, 전자는 "너는 아버지를 대신하여 죽는 중"이고, 후자는 "아버지가 너를 죽이고 있는 중"이라는 것입니다. 도스토예프스키의 신경증 역시 아버지의 죽음에 대한 욕망과 관계된다고 합니다. 순간적 발작은 그 자체 응징으로서 아버지의 죽음처럼 끔찍하고 두려운 것입니다. 그러나 한 가지 사항은 특이합니다. 발작의 전 단계에서 승리감 내지 쾌감을 느낍니다. 이렇듯 발작은 그에게 응징의 의미를 지니고 있습니다. 도스토예프스키는 아버지를 대신하는 존재가 자신을 처벌하도록 방임

해 버립니다. 그는 아버지를 죽이고 싶다는 무의식적 욕망으로부터 결코 벗어날 수 없었습니다. 국가와 신에 대해 자신의 행동을 결정한 것도 바로 자신의 마음속에 담긴 죄의식 때문이었습니다. 도스토예프스키는 특히 종교의 영역에서 비교적 자유로움을 견지할 수 있었습니다. 그는 그리스도의 이상을 통해서 죄에서 벗어나는 출구를 원했고, 자신의 고통을 내세우며 그리스도의 필요성을 주창하기도 했습니다. 도스토예프스키가 기독교와 무신론 사이에서 끊임없이 방황한 것도 파괴 욕구와 죄의식 사이의 갈등 때문이었습니다.

21. 아버지 살해: 세계 문학사의 영원한 세 걸작, 소포클레스의 『오이디 푸스 왕』, 셰익스피어의 『햄릿』, 도스토예프스키의 『카라마조프 가의 형제』가 모두 아버지 살해와 이에 대한 응징을 다루고 있음은 우연이 아닙니다. 소포클레스의 작품에서 주인공은 아무런 의도 없이 아버지를 살해합니다. 오이디푸스가 자신의 과오를 알게 되었을 때, 스스로 "운명의 장난" 때문이라고 자신에게 유리하게 변명하지 않습니다. 셰익스피어의 경우, 사건은 간접적으로 발생합니다. 주인공 햄릿은 범죄자에게 복수하려고 하나, 그렇게 하지 못합니다. 복수극을 방해하는 것은 자신의 마음속에 자리한 어떤 놀라운 죄의식이었습니다. 도스토예프스키의 소설은 이와는 약간 다릅니다. 주인공 드미트리는 아버지에게 살의를 품습니다. 그러나 살해자는 그의 배다른 동생, 스메르쟈코프였습니다. 도스토예프스키는 자신이 마치 아버지 살해자라고 고백하려는 듯이, 스메르쟈코프에게 자신의 이른바 간질 증세를 부여하고 있습니다. 또한 작가는 재판을 통해서 수사 과정을 조롱하고 있습니다. 어쩌면 누가 아버지를 살해했는가 하는 문제는 작품에서 중요하지 않습니다. 그의 형제들은 모두가 죄인이었던 것입니다. 도스토예프스키는 범죄자에 대해 말할 수 없는

동질감을 느꼈습니다. 이는 동정의 수준을 넘어서는 것이었습니다. 그는 초기에는 정치범, 종교 사범 등을 주로 다루었습니다. 근원적 죄악인 아버지 살해를 다룬 것은 그의 말년이었고, 이로써 도스토예프스키는 문학적으로 고해하고 있었던 것입니다.

22. 도박 증세: 도스토예프스키는 생전에 도박을 즐겼습니다. 빚을 갚기 위해 도박을 계속했다는 것은 다만 핑계에 불과했습니다. 오히려 그는 돈을 탕진한 뒤에 병적인 만족감을 느꼈습니다. 거액을 잃게 되었을 때 마음을 짓누르던 말 못할 고통이 사라지는 데 대해 어떤 해방감을 느꼈던 것입니다. 도스토예프스키는 자신에게 욕설을 터뜨리고 아내 앞에서 자신을 비하했으며, 아내로 하여금 자신을 경멸하게 했습니다. 도스토예프스키의 아내는 다음과 같이 술회하였습니다. 남편이 가장 활발하게 집필에 몰두하였을 때는 모든 재산을 저당 잡힌 이후였다고 말입니다. 왜냐하면 자신의 죄의식이 자기 스스로 가한 응징에 의해 해방되었을 때, 창작을 방해하던 금기가 사라졌기 때문입니다. 그렇다면 도스토예프스키의 도박에 대한 강박증은 어떻게 설명될 수 있을까요?

23. (부설) 대리 만족과 내적 저항으로서의 자위행위: 여기서 우리는 도박과 자위행위의 관계에 관한 별도의 설명을 첨가해야 할 것 같습니다. 도박 중독은 하나의 병적 탐닉으로 이해됩니다. 이성적으로는 자제해야 한다고 생각하는데도 마음이 이를 따라 주지 않는 경우가 허다합니다. 그것은 대체로 유년기와 청년기의 자위행위와 직결되어 있습니다. 자위는 그 자체 성 충동의 대리 만족으로 이해되지만, 다른 한편으로는 어떤 상처 입은 자아를 보상받으려는 저항으로 출현할 수도 있습니다. 특히 유년기에 성폭력을 당한 사람은 과도하게 자위에 몰두하곤 합니다. 두 사

람의 경우만 예로 들겠습니다. 헝가리 출신의 정신분석학자 산도르 페렌치와 독일의 작가 페터 바이스가 그들입니다. 헝가리의 미슈콜츠에서 12명의 자식 가운데 여덟 번째 아이로 태어난 페렌치는 동년배 아이들과 함께 자율적 환경에서 거칠게 자랐습니다(Ferenczi: 9). 어린 시절 하녀는 그를 데리고 성적으로 장난을 일삼았으며, 나이 많은 친구 하나가 10살의 페렌치로 하여금 가무잡잡한 자신의 음경을 입으로 빨게 하였습니다. 이에 대한 수치심과 구역질 나는 기억은 어린 페렌치의 심리를 몹시 고통스럽게 만들었는데, 사춘기가 지나도 하녀와 친구의 성폭력을 망각할 수 없었습니다. 시간이 흘렀는데도 수치심과 괴로움은 계속 뇌리에 떠올랐습니다. 참을 수 없는 성적 학대를 견디기 위해서 하루에 네다섯 차례 자위를 했다고 합니다. 어른들의 성폭력에 심리적으로 저항하는 방법은 "하늘까지 사정을(ejaculatio usque ad coelum)" 하는 일밖에 없었다고 합니다. 그렇게 해서라도 페렌치는 자신을 지키고 싶었다고 실토한 바 있습니다(나지오: 89). 그뿐 아니라 독일의 작가 페터 바이스는 어머니의 본의 아닌 성적 학대에 시달린 적이 있었습니다. 어머니는 과도한 청결주의자로서, 11살 나이의 아들의 옷을 벗긴 다음, 고통을 느낄 정도로 아들의 페니스 껍질을 벗겨 그 속을 깨끗하게 씻겼다고 합니다. 이로 인한 부끄러움과 성적인 과도한 흥분은 나중에 작가의 자연스러운 사랑을 가로막을 정도로 참혹한 고통을 안겨 주었다고 합니다. 어머니의 단호한 행동은 여리고 세심한 아들을 학교와 가정에서 적응하지 못하는 자로 만들었는데, 나중에 그를 구원해 준 것은 바로 창작이었다고 합니다(Weiss: 55). 이에 관한 내용은 그의 소설 『부모와의 작별(Abschied von den Eltern)』에 자세히 서술되고 있습니다.

24. 도박과 자살 충동: 다음은 슈테판 츠바이크의 중편소설 「한 여인의

24시간」입니다. 나이든 품위 있는 여인이 작가 츠바이크에게 자신의 경험을 털어놓습니다. 그미는 과부로서 두 아들을 출가시키고 고독하게 살아가고 있습니다. 42세 되던 해에 모나코의 어느 카지노 앞에서 그미는 재산을 탕진한 젊은이를 만납니다. 젊은이는 깊은 절망감에 빠져 저녁 무렵에 자살로 생을 마감할 것 같았습니다. 여안은 어떻게 해서든 그의 자살을 막고 싶었습니다. 그래서 나이든 여인은 젊은이와 함께 호텔 방에 투숙하게 된 것이었습니다. 나이든 여인은 마치 아들 같은 젊은이와 격렬한 사랑을 나눈 뒤, 그에게서 절대로 도박하지 않겠다는 약속을 받아냅니다. 하루가 지나자, 여인은 마음속 깊이 청년에 대한 연모의 정이 솟구칩니다. 머리를 식힐 겸 함께 여행을 떠나기로 약속했으나, 여러 가지 작은 일들로 인하여 그미는 기차를 놓치고 맙니다. 사라진 청년을 그리워하며 그미는 다시 카지노를 찾습니다. 놀랍게도 청년은 그곳에서 반쯤 정신이 나간 채 도박에 몰두하고 있었습니다. 청년은 여행 약속을 어기고 다시 도박장을 찾았던 것입니다. 과부의 출현에 당황한 그는 빌린 돈을 그미의 면전에 던지며, 꺼지라고 고함을 지릅니다. 결국 그미는 자리를 떠났는데, 나중에 청년의 자살 소식을 접하게 됩니다.

25. 도박 중독증과 자위행위: 도벽은 인간의 "자위행위(Onanie)"와 무관하지 않습니다. 노름이란 어린이들이 방에 숨어서 성기를 만지작거리는 것과 동일합니다. 견딜 수 없는 유혹, 멍멍한 쾌감 이후에 자리하는 죄책감과 자괴감, 이 모든 것은 판이 바뀌어도 그대로 남아 있습니다. 작품 속에서 여인은 젊은이에게 마치 어머니와 같은 존재입니다. 젊은이는 다음과 같이 생각합니다. "자위의 위험을 안다면, 어머니는 몸을 허락함으로써 나를 보호할 것이다." 작품 속에서 청년은 나이든 여인을 마치 창녀로 간주합니다. 독자는 작품에 등장하는 과부 여인의 돌발적 행동에

대해 의구심을 품습니다. 어째서 그토록 오랫동안 정절을 지키며 살던 여인이 마치 아들과 같은 젊은 남자를 만나서 순간적 충동에 사로잡힐 수 있는가 하는 게 그것입니다. 그러나 이는 다음과 같이 설명할 수 있습니다. 여인은 고인이 된 남편을 생각하며 계속 정절을 지켜 왔습니다. 그러나 그미는 감시 받지 않는 어느 낯선 공간에서 아들로 향하는 사랑의 전이 현상을 도저히 떨칠 수 없었습니다(Zweig: 377). 자고로 어느 누구도 도박을 통해서 일확천금을 획득하는 경우는 없습니다. 마찬가지로 자위를 통해서 인간은 완전한 성적 만족을 얻는 경우는 드물다고 합니다. 어쩌면 도스토예프스키는 어린 시절부터 자위에 대한 강박관념에 시달려 왔는지 모릅니다. 이러한 강박관념이 그를 도박에 빠지게 했는지도 모를 일입니다. 아니나 다를까, 심각한 노이로제 증세 속에는 대부분의 경우 사춘기 시절에 자위행위를 통한 경험이 담겨 있습니다.

26. 크리스테바가 간파하려 했던 도스토예프스키의 내적 심리: 요약하건대, 프로이트는 도스토예프스키에게서 간질 발작과 죽음 충동을 도출해 내려고 시도했습니다. 이러한 증상은 프로이트에 의하면 17세의 나이에 체험한 살해당한 아버지에 대한 기억에서 기인하는데, 이는 신경증적인 자기 징벌로 출현했다고 합니다. 그런데 도스토예프스키의 제반 문학작품을 고려한다면, 반드시 프로이트의 견해가 보편타당하다고 말할 수 없습니다. 예컨대, 줄리아 크리스테바의 견해에 의하면, 도스토예프스키의 상기한 피학적 증상은 부자 사이의 관계에서 파생되는 것이 아니라, 오히려 인간관계에 있어서 어머니에 대한 분리 때문에 일차적으로 드러난다고 합니다. 사실, 프로이트는 오이디푸스 콤플렉스의 논의에서 어머니의 관점을 배제했습니다. 도스토예프스키의 문학에 나타나는 거역과 저항 그리고 폭력과 단죄 등은 크리스테바에 의하면 여성이 지닌 회개와

용서 그리고 사랑에 의해서 완화되고 변화될 수 있습니다. 도스토예프스키가 표현하려고 한 것은 무엇보다도 관능적 고통에 대한 열망과 관련됩니다. 특히 줄리아 크리스테바는 도스토예프스키가 「욥기」를 찬미한 것을 예로 듭니다. 구약성서에서 욥은 아버지 내지 주님의 도움을 애타게 간구하지만, 하느님 아버지는 이러한 간구에 대해 어떠한 답을 전해 주지 않습니다. 그는 자신에게 가해지는 모든 고통을 철저하게 부인함으로써 내면에 심리적 방어벽을 축조합니다. 이로써 욥은 모든 종교적 영향을 떨치고 자기 자신에 대한 사랑을 하나의 이상으로 설정합니다. 이로써 모든 판단은 마치 고대의 소피스트의 경우처럼 스스로의 가치에 의해서 내려지게 됩니다. 이러한 태도는 크리스테바에 의하면 하느님/초자아/상징계에 대한 방어막으로 이해될 수 있습니다(Kristeva: 36).

상기한 사항은 작품에서 그대로 묘사되고 있습니다. 예컨대 『죄와 벌』의 주인공 라스콜리니코프는 신/아버지의 영향을 완전히 차단하고, 스스로 모든 죄악을 척결하려고 합니다. 그가 고리대금업자를 도끼로 쳐죽이는 까닭은 모든 권능을 지녔다고 여겼던 주가 정의로움에 대해 수수방관하기 때문입니다(Dostojewski 2012: 136). 라스콜리니코프는 마지막에 이르러 창녀 소냐의 감화를 받고 해결책을 찾습니다. 여기서 크리스테바는 도덕의 문제와 미학의 문제를 동시에 해결하는 비유로서 "회개"를 정면으로 내세우고 있습니다. 라스콜리니코프의 회개는 결국 자신을 "어떤 폭군과는 전혀 다른, 인자한 아버지"와 동일시하게 합니다. 다시 말해서, 용서와 회개는 결국 한 인간에게 사랑의 힘을 지닌 하느님(혹은 초자아 내지 상징계의 존재)과 동일시할 수 있는 기회를 제공한 것입니다. 이로써 모든 용서는 크리스테바에 의하면 도덕적 해결책을 전해 줄 뿐 아니라, 모든 주체에게 공통되는 변환으로서의 포이에시스라는 미학적 구조를 획득하게 해 준다는 것입니다. 여기서 우리는 도스토예프스키의 창작 심리에 관한 프로이트의 입장이 크리스테바에 의해서 비판당하고 있다는 것을 알 수 있습니다.

참고 문헌

나지오 J. D.(2005): 프로이트에서 라깡까지. 위대한 7인의 정신분석가, 백의.

도스토예프스키, 표도르(2009): 까라마조프 씨네 형제들 3권, 이대우 역, 열린책들.

블로흐, 에른스트(2009): 저항과 반역의 기독교, 박설호 역, 열린책들.

츠바이크, 슈테판(2011): 모르는 여인의 편지, 송용구 역, 고려대학교 출판부.

Dostojewski, Fjodor M.(1992): Tagebuch eines Schriftstellers, München/Zürich.

Dostojewski, Fjodor M.(2012): Schuld und Sühne, Köln.

Ewertowski, Ruth(2004): "Artistin der Sprache." Fjodor Dostojewski: "Die Brüder Karamasow," übersetzt von Swetlana Geier. Buchbesprechung in: Die Drei, Heft 5, S. 80–81.

Ferenczi, Sándor(2014): INFANTIL-ANGRIFFE!, Über sexuelle Gewalt, Trauma und Dissoziation, www.AUTONOMIE-UND-CHAOS.berlin, Berlin.

Fjodorow, Nikolai N.(2008): What Was Man Created For? The Philosophy of the Common Task, Burningham.

Freud, Sigmund(2012): Dostojewski und die Vatertötung, Grin Verlag, München.

Kristeva, Julia(1989): Black Sun. Depression and Melancholie, New York.

Solowjow, Wladimi(1968): Kurze Erzählung vom Antichrist, München.

Valk, Thorsten(2009): Friedrich Nietzsche und Literatur der klassischen Moderne, Berlin.

Weiss, Peter(1962): Abschied von den Eltern. Frankfurt a. M.

Zweig, Stefan(1986): Vierundzwanzig Stunden aus dem Leben einer Frau, in: Novellen. Bd. 2, Berlin, S. 319-394.

9
미로에서 길 찾기.
다시 빌헬름 라이히

심리적 질병으로 깊이 상처 입기 전에 인간 동물은 자연스러운 사랑의 삶이 얼마나 소중한지 깨닫지 못할 것이다.

(라이히)

젊은이들이 포옹 행위만으로 사랑을 나누는 것은 충분하지 못하며, 그들이 서로 한 번도 동침하지 않은 채 결혼한다는 것은 병리학적인 차원에서 비위생적이다.

(라이히)

인간은 함께 식사하지만, 숨어서 성교하는데, 원숭이는 공공연하게 성교하지만, 숨어서 식사한다. 그렇기 때문일까? 견딜 수 없는 도덕의 무거움 앞에서 인간은 참을 수 없는 존재의 가벼움을 갈망한다.

(필자)

1. 몇 가지 제한점과 문제점: 필자는 지배 이데올로기로서의 시민사회의 성 윤리에 대한 라이히의 비판을 분석함으로써, 라이히가 집중적으로 추구한 성의 바람직한 실천 및 성의 해방에 관한 제반 문제점을 추적하려고 합니다. 시민사회의 성 윤리 및 가정 체제는 ─ 라이히의 견해에 의하면 ─ 주어진 구체적인 역사적 현실로부터 파생한 상대적 개념이라고 합니다. 예컨대 오늘날의 일부일처제는 가부장적 사회에서 ─ 경제적·사회적 측면을 바탕으로 하여 ─ 뿌리를 내린 것입니다. 그러므로 이 제도가 그 자체 절대적이 아닙니다. 따라서 그의 사고는 마르크스주의에 토대를 두고 있습니다. 또한 그의 성 경제학은 일차적으로 프로이트의 초기 이론을 초지일관 발전시키고 보완한 것입니다. "성 경제학"이라는 개념은 단순히 학문적 영역으로 해석될 게 아니라, "최소의 비용으로 최대의 효과를 얻는" 경제 효과의 차원에서 이해되어야 합니다. 성 경제학적 입장이란 강제적 성 윤리의 태도에서 자발적인 자기 조절의 태도로 변화되는 것을 전제로 합니다. 이로써 라이히의 이론은 프로이트-마르크스주의라는 범주에 포함될 수 있습니다.

2. 라이히의 문헌: 그렇지만 필자는 정신분석학적 차원에서 마르크스주의를 규명하고 있는 제반 학자들의 견해를 개괄적으로 열거하지 않습니다. 오히려 오직 라이히의 성 경제학적인 입장만을 집중적으로 천착함으로써, 소위 인간의 복된 삶을 보장해 준다고 하는 성의 혁명에 관한 라이히 이론의 타당성 여부를 밝히려고 합니다. 따라서 우리는 라이히가 30년대 유럽에서 집필한 세 권의 대표작, 『강제적 성 윤리의 출현』(1931), 『파시즘의 대중 심리』(1933), 『성의 혁명』(1935)을 토대로 상기한 문제점들을 거론하기로 합니다. 여기서 하나씩 다루고자 하는 내용은 다음과 같은 물음으로 요약될 수 있을 것입니다. 라이히는 지배 이데올로기

로서 시민사회의 성 윤리를 어떻게, 그리고 어떤 이유에서 비판하고 있는가? 라이히는 인간의 충동을 어떻게 설명하고 있으며, 그가 일컫는 부차적 충동이란 무엇을 의미하는가? 보다 바람직한 성의 실천이란 구체적으로 무엇을 의미하고 있는가? 이를 위한 라이히의 대안은 무엇인가? 라이히의 성 경제학적 입장은 어떠한 문제점을 내포하고 있는가? 등의 물음이 바로 그것들입니다. 이러한 물음들을 보다 명확하게 파악하기 위해서는 우선 프로이트와 라이히의 이론적 입장, 특히 두 학자의 문화적 진보에 대한 입장 차이를 살펴보는 게 급선무일 것입니다.

3. 프로이트의 충동의 포기와 타협주의: 지금까지 알려져 있는 프로이트의 문화 이론은 (초기 시절에 그가 추구했던) 성 억압으로 인한 개개인의 병리 현상에 관한 리비도 이론과는 부분적으로 대립되는 것입니다. 프로이트는 인간의 내면적 충동의 억압, 다시 말해 충동의 포기에 의해서 문화가 탄생되었다고 주장합니다. 그는 인류가 실제로 불을 어떻게 발견하였는가를 설명하면서, 자신의 그러한 견해에 정당성을 부여합니다. 그의 기본적 사고에 의하면, 인류의 문화적 성과는 한마디로 말해서 승화된 성 에너지의 결과라고 합니다(Freud 1985: 286). 이로써 성에 대한 외부적 억압과 내부적 망각은 인류의 문명 및 문화를 형성시키는 필수 불가결한 요소라는 것입니다. 라이히는 프로이트의 이론 가운데에서 다음과 같은 사항을 부분적으로 정당하다고 평가합니다. 즉, 성의 억압은 전체로서의 문화 및 문화 형성의 토대가 아니라, 오히려 모든 문화적 형태 속에 나타나는 어떤 특정한 부권주의 문화라는 대중 심리학적인 토대를 형성시킨다는 점 말입니다. 그러나 라이히는 로하임, 피스터(Pfister), 뮐러-브라운슈바이크, 콜나이(Kolnai) 등의 정신분석학자들이 추종한 "승화(Sublimieren)"와 "비판적 판단(Verurteilung)"에 관한 이론을 전혀 인

정하지 않습니다. 왜냐하면 이들은 라이히의 견해에 의하면 무의식의 발견과 무의식의 해방은 필요하지만, 그렇다고 해서 이를 행동으로 실천하는 것을 용인하지 않고 있기 때문입니다. 무의식이 해방되려면 인간의 성생활은 어떤 반사회적인 억압을 탈피해야 합니다. 그럼에도 불구하고 억압을 탈피하려는 인간의 행동은 용납될 수 없다는 게 정신분석학자들의 지론이었습니다.

4. 승화와 비판적 판단에 관하여: 특히 라이히가 취약점으로서 파악한 것은 정신분석학자들이 대안으로 찾아낸 승화와 비판적 판단에 관한 이론이었습니다. 승화는 인간의 충동이 예술 혹은 고상한 취미 생활 등에 대한 관심으로 이전(移轉)되는 것을 의미합니다. 그런데 자신의 충동을 도저히 승화시킬 수 없는 환자들은 — 정신분석학자들의 주장에 의하면 — 오직 판단력의 도움으로 충동을 포기해야 한다고 합니다. 충동을 의식적으로 뇌리에서 씻어 버리려면, 환자들은 자아의 의지와 비판력에 근거하는, 이른바 판단을 원용해야 한다는 것입니다. 이로써 개인은 억압에 의해서가 아니라 "충동의 포기에 의해서" 주어진 문화를 받아들이고 스스로 그 문화의 담지자가 된다고 합니다. 그리하여 그들이 추론해 내는 결론은 다음과 같습니다. 즉, 사회의 문화는 충동의 포기를 전제로 하며, 충동의 포기 위에 세워진 것이라고 합니다. 문제는 라이히가 정신분석학자들의 상기한 입장 및 프로이트의 후기 이론을 결연히 부정하고 있다는 점입니다. 왜냐하면 이것들은 라이히에 의하면 한결같이 프로이트 초기 이론을 부분적으로 파기시키면서, 죽음 및 자아 충동과 결부시키고 있기 때문입니다. 라이히는 프로이트의 리비도 이론이 부분적으로 수정되고 승화 및 비판적 판단의 개념으로 대치된 이유를 무엇보다도 리비도 이론에 대한 유럽 부르주아의 불만 내지는 비난에서 예리하게 찾아

냅니다.

5. 프로이트 이론의 수정의 근거: 프로이트는 초기에 "성의 억압은 사람들을 병들게 하고 노동력을 감소시킬 뿐 아니라, 동시에 문화의 창조를 불가능하게 한다"는 이른바 어떤 혁명적인 가설을 발견한 바 있습니다. 당시에 무의식에 관한 독창적 이론을 발표하라고 프로이트를 격려한 사람은 베를린에서 이비인후과를 개설한 의사이자 친구인 빌헬름 플리스(Wilhelm Fliess, 1858-1928)밖에 없었습니다. 그런데 그가 초기에 발견한 것은 부르주아들에게 엄청난 불안감 내지는 위기의식을 심화시켰습니다. 만약 프로이트가 제반 충동의 억압으로써 개인과 사회에 나타나는 병리 현상을 설명하게 되면, 이는 지금까지 존속한 국가적, 종교적 그리고 가정적 체계와 같은 모든 위계질서를 허물어뜨리는 셈이었습니다 (Reich 77: 35f). 바로 이러한 까닭에 유럽 부르주아들은 프로이트의 이론이 미풍양속 및 윤리를 위협하고 이 세상을 종말로 치닫게 한다고 주장하면서, 거의 신들린 듯이 프로이트에게 신랄한 비난을 가했습니다. 이를테면 프로이트는 삶의 에너지를 노동이 아니라 성생활로 소모시킬 것을 설파하고 있다는 것이었습니다. 어쨌든 이른바 프로이트의 충동 이론에 담겨 있는 반(反)윤리주의는 유행하는 슬로건처럼 퍼져 나갔습니다.

6. 프로이트의 입장 변화: 이때 프로이트는 다음과 같이 고심하지 않을 수 없었습니다. 만약 충동의 억압을 승화 및 판단의 개념으로 대치시키면, 사람들은 지금까지 그들을 불안하게 하였던 "어떤 위험한 유령"이 사라져 버렸다고 안심할지 모릅니다. 그러한 고심의 결과로 나타난 것이 자아 내지 죽음의 충동에 관한 이론이었습니다. 이 이론이 발표되었을 때, 프로이트에 대한 부르주아의 비난은 자취를 감추게 됩니다.

맨 처음에 프로이트는 '스스로 문화를 찬양하고, 자신의 학문적인 발견이 문화를 전혀 해롭게 만들지 않으리라'고 거의 맹세하다시피 하였습니다. 이를 위해서 집필한 논문이 바로 이른바 프로이트의 "범(汎)섹스주의(Pansexualismus)"에 대한 반박문입니다. 여기서 범섹스주의란 인간의 모든 충동이 섹스와 관련된다는 사고를 지칭합니다. 프로이트의 수정된 이론이 발표되자, 지금까지의 정신분석학에 대한 부르주아의 적대감은 묘하게도 부분적인 수용으로 변하게 되었습니다. 아이러니하게도 부르주아들은 수정된 프로이트의 이론을 하나의 진보라고 기록할 정도였습니다. 왜냐하면 프로이트가 환자들로 하여금 죄악의 무의식적인 억압으로부터 충동의 만족을 자발적으로 포기하라고 설명했기 때문입니다. 지금까지 존재한 모든 형태의 윤리는 사람들이 성을 탐하지 않고, 오히려 성적인 유혹을 견디어 나가야 한다는 점을 기본으로 하고 있습니다. 성 윤리가 지금까지 언제나 성의 억압을 강조한 까닭은 무엇보다도 더욱 커다란 노동력을 창출할 수 있다는 기득권자들의 갈망 때문이었습니다. 그렇기에 프로이트의 수정된 이론은 기득권층의 관심사에 전혀 위배되지 않았던 것입니다. 바로 이러한 맥락에서 라이히는 프로이트 이론의 방향 전환을 한마디로 부르주아 문화에 순응한 반혁명적인 타협이라고 단정을 내리고 있습니다.

7. 프로이트의 오이디푸스 콤플렉스: 프로이트는 충동의 억압과 충동의 포기란 오래 전에 등장한 죄의식의 결과라고 설명합니다. 이로써 그는 간접적으로 지금까지의 권위주의적이고 강제적인 성 윤리를 정당화 내지는 합법화시켜 준 셈입니다. 왜냐하면 강제적 성 윤리에 의하면 성은 반드시 억압되어야 하기 때문입니다. 프로이트는 인간의 죄의식을 신화 속의 아버지 살해로 설명하고 있습니다. 오이디푸스가 부친 라이오스

를 살해하고 어머니 이오카스테를 차지하려는 욕구는 비단 전설적 사건으로 이해될 뿐 아니라, 오늘날 사회 조직, 도덕적 금기 그리고 종교에서도 유사한 패러다임으로 나타난다고 합니다(Freud 1981: 172). 권력과 성에 대한 욕망을 억압하는 것은 아버지이기 때문에, 자식은 그를 사랑하면서도 증오합니다. 아버지에 대한 사랑은 권력과 성을 마음대로 행하는 어른에 대한 경외심과 부러움에 기인하는 것이요, 아버지에 대한 미움은 연적(戀敵)에 대한 시기심과 질투와 관련됩니다. 결국 아들은 아버지를 살해하지만, 아들의 마음속에 솟구쳐 오르는 것은 후회의 감정 내지는 죄의식입니다. 아들은 아버지의 대용물인 토템을 죽이기를 망설이게 되며, 자유를 되찾은 여자들(특히 어머니)과 정상적으로 성관계를 치르지 못합니다. 아들은 근친상간의 금지 및 토템 동물에 대한 살육의 금지라는 두 가지 계명을 창조하는데, 아버지를 죽였다는 죄의식은 노이로제라는 병적 증세를 처음부터 내재하고 있다고 합니다.

8. 오이디푸스 콤플렉스에 대한 라이히의 비판 (1): 라이히는 인류의 문명 및 문화를 오이디푸스 콤플렉스로 설명하는 프로이트의 가설에 대해서 반기를 듭니다. 한마디로 프로이트의 상기한 논의 사항은 — 라이히에 의하면 — 과거에 실제로 존재했던 구체적인 역사적 사실을 근거로 하지 않고, 프로이트가 머릿속에서 추상적으로 개진한 변증법적인 모순 논리에 바탕을 두고 있습니다. 만약 인류학이 원시시대의 성생활을 명확하게 설명해 줄 수가 있다면, 프로이트의 오이디푸스 콤플렉스는 사실이 아니라, 그야말로 하나의 가설로서 판명될 것입니다. 실제로 라이히는 『강제적 성 윤리의 출현』에서 원시시대에 존재했던 씨족 집단의 성생활을 기술하고 있습니다. 이는 1930년에 간행된 인류학자 브로니슬라프 말리노프스키(B. Malinowski)의 『미개사회의 성생활』이라는 책을 토대로 한 것

입니다. 말리노프스키는 멜라네시아에 있는 트로브리안드 제도에서 살고 있던 트로브리안드 섬의 원주민의 성생활을 오랫동안 추적하였습니다. 이들 가정에서 어른들은, 옛날에 성행했던 군혼 생활(群婚生活)은 사라졌지만, 마음에 드는 파트너를 얼마든지 골라서 공공연하게 성행위를 하였다고 합니다(Malinowski: 52f). 소년 소녀들은 둘씩 짝을 지어 성행위에 대한 연습을 해도 좋았으며, 다만 어른이 성교할 때 그들은 머리를 땅바닥 아래로 내려놓아야 했다고 합니다. 이는 수치심으로 인하여 성행위 장면을 은폐하려는 게 아니라, 아이들의 떠들썩한 소리에 어른들이 방해받지 않으려는 이유에서 내려진 조처였습니다(Reich 72: 25f). 라이히가 이 책에서 밝히고자 한 것은 다음과 같은 두 가지 사항이었습니다. 그 하나는 트로브리안드 원주민들에게서 남녀 사이의 질투심, 소유욕 그리고 노이로제 등의 현상이 전혀 나타나지 않았다는 사실이요, 다른 하나는 이들 집단에서 결혼 지참금(정확히 표현하면 결혼 지참물)이라는 풍습이 생겨남으로써, 모계 혈통 중심주의는 서서히 자취를 감추고 가부장적 부권 사회가 등장하게 된다는 사실이었습니다.

9. 오이디푸스 콤플렉스 비판의 일곱 가지 논거들: 문제는 트로브리안드 원주민들의 성생활에 관한 인류학적 논의 자체가 아닙니다. 오히려 더 중요한 것은 라이히가 말리노프스키의 인류학을 바탕으로 프로이트의 오이디푸스 콤플렉스를 전적으로 비판한 사항입니다. 라이히는 오이디푸스 콤플렉스에 대한 가설을 다음과 같은 일곱 가지 사항으로써 비판하고 있습니다. 첫째, 만약에 프로이트의 논리대로 성장한 자식들의 부친 살해 사건이 동서고금을 막론하고 계속 이어져 왔다면, 어떻게 인류가 존속될 수 있었겠는가? 원시 씨족사회에서는 친아버지라는 개념이 존재하지 않습니다. 설령 아이들 주위에 어머니와 관계를 맺는 성인 남

자가 있다고 하더라도, 그는 대부분의 경우 다른 씨족 출신의 사람입니다. 따라서 백 퍼센트의 근친상간이라는 논리는 성립되지 않습니다. 둘째, 프로이트의 논리에 의하면, 부친 살해 후에 아들들이 죄의식과 후회로 인하여 여자들(어머니 혹은 자매)과 성관계를 맺지 못한다고 합니다. 그러면 인구는 현저히 감소해야 했을 텐데, 실제로는 그렇지 않았습니다. 라이히의 이러한 주장은 아버지의 존재가 이중적으로 해명됨으로써 반박될 수 있습니다. 가령 자크 라캉은 초자아를 구성하는 아버지의 존재를 이중적으로 언급하고 있습니다. 근친상간을 금하는 아버지는 스스로 이에 대한 법에 복종할 수 있지만, 다른 한편으로는 원초적 아버지로서 법에 저촉되지 않는 절대적인 힘을 견지하고 있습니다. 원초적인 아버지는 아들과 같은 경쟁자를 추방하고 모든 돈과 여자를 차지할 수 있었습니다(숀 호머 111f). 셋째, 원시 씨족사회의 사람들에게는 질투심이란 전혀 발견되지 않습니다. 그러므로 아버지에 대한 자식들의 "사랑과 미움이라는 양가적 감정(Ambivalenz)"은 세월이 흐른 뒤에 부권 사회에서 비로소 등장하는 것인지 모릅니다.

넷째, 아들은 프로이트에 의하면 부친을 살해한 죄의식 때문에 근친상간을 실행할 능력을 상실한다고 합니다. 이로써 그 후에 윤리가 탄생하였다는 겁니다. 그러나 죄의식이란 그 자체 윤리적인 반작용에서 나온 것이 아닌가요? 이로써 프로이트는 사건의 선후 관계를 뒤집어서 설명하고 있는 셈입니다. 다섯째, 프로이트는 원시시대에 이미 행해졌을 법한 근친상간 행위의 가능성을 전혀 인정하지 않고 있습니다. 그러나 원시사회 사람들의 근친상간 행위는 신화학적으로 그리고 인류학적 답사로써 얼마든지 증명될 수 있는 무엇입니다. 대부분의 성년 남자들은 다른 씨족 출신이기 때문에, 자식들은 그들을 친아버지로 간주하지 않았을 뿐 아니라, "근친상간"이라는 개념조차 인식하지 못했다고 합니다.

여섯째, 프로이트의 가설은 아버지를 살해한 아들과 어머니의 성관계에 바탕을 두고 있습니다. 그러나 인류학 연구에 의하면, 원시 씨족사회에서는 모자(母子)간의 근친상간은 무척 드물었고, 대부분의 경우 남매 사이의 근친상간이 이루어졌다고 합니다. 일곱째, 프로이트는 근친상간의 범위를 (시대착오적으로) 현대적 의미에서의 가족 단위에서 파악하고 있습니다. 그러나 원시시대에는 가족이 문제되지 않고, 씨족 전체가 하나의 단위로 이루어져 있었습니다. 요약하자면, 오이디푸스 콤플렉스에 내한 라이히의 비판은 생물학적이고 인류학적인 사실 증명에 의해서 이루어져 있습니다. 프로이트 및 그의 제자 로하임은 — 라이히의 견해에 의하면 — 인류학 연구에 바탕을 둔 사실적 요건들을 전혀 고려하지 않고, 다만 머릿속에서 추측해 낸 사변적인 패러다임을 역사, 문화의 이론 등에 추상적으로 적용하고 있다는 것입니다(라이히 87: 88).

10. 충동의 억압과 질병: 우리는 앞 장에서 문화에 관한 프로이트의 입장을 비록 개괄적으로나마 설명하였습니다. 프로이트가 내세우는 문화의 개념은 충동의 억압과 포기를 전제로 하는 것입니다. 그런데 리비도의 억압은 오이디푸스가 느꼈던 죄의식과 밀접한 관련성을 지니고 있습니다. 즉, 오이디푸스는 부친 살해에 대한 죄의식과 후회의 감정을 지녔을 뿐 아니라, 되찾은 여자(어머니)와의 성관계에서도 성의 만족을 느끼지 못한다고 합니다. 오이디푸스는 실제로 전혀 오이디푸스 콤플렉스를 느끼지 않은 유일한 인간이었습니다. 왜냐하면 그는 죽을 때까지 자기의 여자가 바로 친어머니임을 몰랐기 때문입니다(Bloch 85: 60). 충동이 억압되고 포기된 근본적인 이유는 — 프로이트에 의하면 — 오이디푸스의 죄의식 때문입니다. 왜냐하면 그의 죄의식은 사람들로 하여금 "욕망원칙" 대신에 "현실원칙"을 선택하도록 강요하기 때문입니다. 따라서 오

늘날의 문화 및 문명 역시 리비도를 억압하는 "현실원칙"에 바탕을 두고 있다는 것입니다. 무릇 어떤 개인이 자신의 충동을 억압하면 억압할수록 히스테리의 현상 및 노이로제의 발병 가능성은 더욱 높아지는 법입니다. 이와 마찬가지로 한 사회의 문화 역시 리비도의 억압과 포기를 통해서 이루어진 것이기 때문에, 그 자체 편협하고, 암울하며, 파괴적 성향을 지니고 있다고 합니다(프로이트 74: 112-124).

11. 충동의 억압은 문화 발전의 필요악인가?: 라이히의 견해에 의하면, 프로이트의 문화 이론은 정신병리학적인 차원에서의 해결책을 전혀 제시하지 못합니다. 라이히는 다음과 같이 묻습니다. 만약 프로이트가 옳다면, 다시 말해 성의 억압과 충동의 포기가 문명과 문화의 발전을 낳고 노이로제를 창출했다면, 우리가 어떻게 노이로제의 예방책을 기대할 수 있을 것인가?(Reich 72: 16). 전혀 기대할 수 없습니다. 왜냐하면, 프로이트의 이론에 의하면, 노이로제라는 병리 현상은 문화의 발전에 대한 필요악, 그 이상도 그 이하도 아니기 때문입니다. 라이히에 의하면, 문화란 보편적인 의미에서 그 자체 부정적이거나 긍정적이며, 때로는 이 두 가지 요소를 동시에 지니고 있습니다. 다시 말해, 성취된 욕망은 건강한 문화를 창출하고, 성취되지 않은 욕망은 부정적인 문화를 잉태시킨다는 것입니다. 실제로 히스테리 및 노이로제 환자의 대부분에게서는 의지력 및 자신감이 현저하게 저하되어 있으며, 외부의 현실과 단절감을 느낍니다(Reich 71: 419f). 이에 비하면 성적 만족을 느끼는 사람은 자의식과 의지력으로 충만해 있습니다. 그렇기에 그가 수행하는 일의 성과는 자기 자신의 계획에 거의 상응합니다. 따라서 건전한 문화를 창조하는 것은 라이히에 의하면 궁극적으로 성취된 욕망이지, 성취되지 않은 욕망이 아닙니다.

12. 충동은 두 가지로 구분된다: 라이히는 "인간의 충동은 전적으로 파악될 수 없다"라는 프로이트의 초기 이론을 따르면서, 성 충동의 현상적 특성을 두 가지로 나누고 있습니다. 그 하나는 인간의 자연스러운 생물학적인 요구 사항을 반영하고 있는 일차적 충동이요, 다른 하나는 시민 사회의 윤리에 의해 규범화된 부차적 충동입니다. 특히 후자는 억압, 불만족 등으로 나타나는 반사회적이고 병적인 충동입니다. 원래 인간의 윤리는 사회를 방해하는 사악한 충동을 억누르기 위하여 생겨난 것이라고 합니다. 그러나 그것은 결국에 가서는 사악한 충동뿐만이 아니라, 인간이 소유하고 있는 자연스러운 일차적 충동마저 함몰시키고 말았다는 것입니다. 따라서 우리는 라이히의 견해에 의하면 자연스러운 생물학적인 충동을 윤리에 의해서 생산된 부차적이고 반사회적인 충동으로부터 철저히 구분해야 합니다. 라이히는 자유로운 사회는 인간의 자연스러운 충동에 완전히 자유로운 공간을 제공하며, 그러한 충동이 완전히 성취될 수 있도록 도와주어야 한다고 주장합니다. 그런데 문제는 인간의 충동이 상황에 따라서 자연스러운 충동이 되기도 하고 반사회적인 충동이 되기도 한다는 점입니다.

13. 두 번째 반사회적 충동이 문제다: 라이히는 다음과 같은 예를 들고 있습니다. "어떤 어린아이가 한두 살 나이에 침대에 오줌을 싸고, 자기의 똥으로 장난을 한다고 가정해 보자. 이 행위는 전생식기의 성의 자연스러운 발전 단계에 속한다. 이 시기에 똥으로 장난하는 행위는 생물학적으로 자연스럽게 주어진 것이다. 이에 대해서 어린아이를 벌하는 것은 그 자체 심한 형벌이나 마찬가지이다. 그렇지만 14살이나 된 아이가 자신의 똥을 먹거나 그것으로 장난하면, 이는 이미 부차적인, 반사회적인 병적 충동이 아닐 수 없다. 당사자는 심한 벌을 받을 게 아니라, 병원으

로 보내져야 할 것이다"(Reich 77: 46). 따라서 어떤 특정한 충동이 일차
적 충동이냐, 아니면 부차적 충동이냐 하는 물음은 주어진 특정한 상황
및 인간의 보편적인 판단에 의해서 결정되는 것입니다. 이 두 가지 충동
사이에 엄격한 구분이 있을 수 없다는 사실은 인간 사회의 다양한 구조
에서 비롯합니다. 라이히는 시민사회에서의 윤리가 성 경제학적인 윤리
로 대치되어야 한다고 주장합니다. 왜냐하면 시민사회에서의 윤리적 규
범화는 부차적인 반사회적 충동을 강화시키고, 성 경제학적인 새로운 윤
리는 사람들로 하여금 자연스러운 생물학적인 욕망을 독립적으로 조절
하게 하기 때문입니다. 이를 위해서는 반드시 다음과 같은 작업이 선행
되어야만 한다고 라이히는 말합니다. 즉, 부차적 충동 및 이로 인한 윤리
적 강요(그리고 윤리적 강요 및 이로 인한 부차적 충동)가 더 이상 기능하지
못하게 하며, 이를 성 경제학적인 자기 조절로써 대치시키는 작업이 바
로 그것입니다.

14. 성의 억압을 통한 병리학적 결과: 일단 앞에서 언급한 내용을 정리
해 보기로 합시다. 성의 억압은 가부장주의 사회에서 무엇보다도 기득권
층의 이익을 위하여 하나의 윤리로 정착되었습니다. 오늘날까지도 효력
을 발휘하고 있는 일부일처 제도를 생각해 보세요. 엥겔스는 일부일처제
가 생겨난 시기를 야만의 시대에서 문명사회로 전환되는 시점으로 파악
한 바 있습니다. 이로써 여성의 노예적 삶은 당연한 덕목으로 정착되었
다고 합니다(Engels: 71-75). 이러한 성 윤리는 부차적이고 병적인 충동
을 제거시킬 뿐 아니라, 인간의 자연스러운 생물학적인 요구 사항이라고
할 수 있는 일차적 충동마저 약화시켜 왔다는 것입니다. 따라서 우리는,
라이히의 견해에 의하면, 무엇보다도 인간 삶을 건강하게 하는 일차적
충동을 구제해야 한다는 것입니다. 이를 위해서는 시민사회의 성 윤리의

원칙을 파기하고, 자생적으로 이행될 수 있는 성 경제학 원칙을 찾아내
야 한다고 합니다.

15. 라이히의 성 경제학적 원칙: 그렇다면 자생적으로 이행될 성 경제학
적인 원칙은 무엇을 의미할까요? 그것은 성을 억압하는 제반 사회적 인
식을 밝혀내고, 모든 사람들로 하여금 성을 긍정적으로 인식하고 건강
한 성생활을 실천하도록 유도하는 여러 가지 새로운 시도를 지칭합니다.
(이에 대한 구체적인 언급은 조만간 이어질 것입니다.) 그렇다면 어떠한 이유
에서 라이히는 성을 감추고 억압하는 시민사회의 성 윤리를 비판적으로
평가하고 있는가요? 이에 대한 대답으로서 우리는 두 가지 사항을 지적
할 수 있습니다. 그 하나는 성의 억압이 끔찍한 노이로제로 이어진다는
정신병리학적 입장이요, 다른 하나는 성의 억압이 사람들로 하여금 정치
적 혹은 종교적 권력에 맹종하게 한다는 사회심리학적 입장입니다.

16. 신경 정신 질환: 일단 첫 번째 입장을 살펴보기로 합시다. 신경 정
신 질환에 대한 라이히의 의학적 입장은 다음과 같이 요약할 수 있습니
다. 1. "인간 심리의 건강은 무엇보다도 오르가슴을 느낄 수 있는 능력에
의존한다. 다시 말해, 그것은 자연스러운 성행위 시의 성적 흥분이 최고
의 정점에 달하는 체험을 통해서 나타난다. 이러한 체험 능력을 통해서
노이로제와 반대되는 성격상의 특성을 견지하게 된다." 2. "심리적 병리
현상은 자연스러운 사랑의 능력이 방해 내지는 차단당하고 있기 때문에
나타나는 것이다. 오르가슴을 느낄 수 없는 사람들은 생물학적 에너지
를 언제나 체내에 축적하게 된다. 그렇게 되면 사람들은 히스테리와 같
은 비합리적인 행동을 통해서 내면의 축적된 에너지를 다른 곳으로 방출
시킨다." 3. "심리적 병리 현상은 사회의 성적인 무질서의 결과로 이해될

수 있다. 이러한 무질서는 수천 년 전부터 인간으로 하여금 주어진 삶의
조건 속에 예속되게 하였다. 그것은 사람들에게서 민주적이고 자발적으
로 행할 수 있는 자유를 박탈하고, 기계화되고 권위주의적인 문명을 더
욱더 공고하게 한다"(Reich 87: 72-81).

상기한 인용문에서 라이히가 주장하고 있는 바에 대해 일단 조심스럽
게 검토하고자 합니다. 첫 번째 사항에 대하여: 성 에너지란 인간의 감
정이나 사고의 구조를 형성시키는 물리적 조직체에서 생물학적으로 축
조된 에너지입니다. 성(性)은 "생리학적인 미주신경(迷走神經)의 기능"과
관계되는데, 라이히에 의하면 창조적 삶의 에너지입니다(Reich 77: 18).
물론 건강한 인간 심리의 정서는 오르가슴을 느낄 수 있는 능력과 관계
될 수 있습니다. 문제는 "이러한 능력이 건강한 인간 심리의 정서에 대한
충분조건일 수 있는가?" 하는 물음입니다. 어쨌든 라이히의 주장은 성격
과 성에 대한 분명한 관련성을 어느 정도 정확하게 설명해 주고 있습니
다. 성격이란 명실 공히 성(性)의 격식(格式)입니다. 성격의 기능은 비유
적으로 말하면 인간의 오욕칠정 및 성적 감정을 외부로 유출시키고 상
대방의 그것을 내부로 받아들이는 통풍구의 역할과 다름이 없습니다.
라이히에 의하면, 사람들은 4-5세의 나이에 부모와의 관계를 통해서 성
의 패턴을 배우게 되는데, 이로써 형성되는 것이 성격이라고 합니다. 물
론 인용문에 언급된 두 번째 사항이 전적으로 옳을 수는 없습니다. 왜냐
하면 정신적 병리 현상 가운데에서 편집 분열증, 광기 등은 성과 무관하
지는 않지만, 전적으로 성 문제와 직결될 수는 없기 때문입니다. 라이크
로프트는 라이히의 이러한 주장을 오류라고 지적하고 있는데, 이는 오류
라기보다는 "성에 대한 라이히의 과대평가"라고 말하는 게 타당할 것 같
습니다(Rycroft: 51). 세 번째 사항에 대하여: 성의 에너지를 억압하는 것
은 정신병리학적 차원에서 볼 때 악영향을 끼칠 뿐 아니라, 거의 일반적

으로 기본적 삶의 기능을 방해하도록 작용합니다. 그렇다면 성 에너지의 억압은 특정한 사회에서 어떻게 사회적으로 표현되고 있는가요?

17. 금욕의 도덕성: 라이히에 의하면, 성에 대한 억압은 내면에 축적된 에너지를 다른 곳에서 비합리적으로 방출시킨다. "종로에서 뺨맞고 한강에서 화풀이한다"는 속담은 인간 행위의 심리적인 투사를 가장 적절하게 표현하고 있는데, 이는 범죄심리학에서 수많은 범례로 등장하곤 합니다. 라이히는 오랫동안 성의 만족을 느끼지 못하는 사람의 행위에서 어떠한 특성을 찾아내고 있는가요? 그것은 다름이 아니라 "목표에 상응하지 않는 비합리적인 행동, 광기, 신비주의 그리고 자발적인 전쟁 참여 행동" 등입니다. 성의 억압은 이미 언급한 바 있듯이 금욕을 강조하거나 성을 외면하는 윤리에 의해서 정당화되어 왔습니다. 이러한 윤리는 라이히의 견해에 의하면 보수적이고 권위주의적인 사회구조를 형성합니다. 국가의 덕목, 종교적 금기 사항 그리고 결혼 제도 — 이 모든 것은 성을 부정하고 매도하는 입장에 근거하고 있습니다. 법, 도덕 그리고 관습은 주어진 사회에서 하나의 (성을 감추거나 부인하는) 통념을 형성하고 있으며, 개개인이 (사려 깊은 통찰로써 의심하지 않으면) 이러한 통념의 틀에서 벗어나기란 무척 어렵습니다. 어릴 때부터 소위 "금욕의 도덕성"을 가정에서 충실히 교육받은 대부분의 사람들은 자아 독립성을 권위주의적 사회의 제반 체제(가정, 고향, 국가)에 빼앗기게 됩니다. 그렇기에 "물질적 욕구의 억압은 인간을 반역으로 이끌지만, 성적 욕구의 억압은 도덕적 방어로써 무장되어 있기 때문에," 억압에 대한 반역마저 억압하는 효과를 갖습니다(강내희: 35).

18. 금욕의 부작용: 가령 대부분의 사람들은 사춘기 시절에 자신의 고

유한 가치관 및 세계관을 정립합니다. 그러나 이것들은 개개인의 고유한 독자적 비전이라고 섣불리 평가할 수 없습니다. 왜냐하면 그들은 이미 유년 시절에 가정에서, 학교에서 그리고 놀이터에서 주어진 사회적 통념의 정당성을 암묵적으로 수용하였기 때문입니다. 그렇기에 이러한 사회적 통념은 "의지할 수 있는 어떤 권위적 척도"로 보일지 모릅니다. 그렇지만 그것은, 라이히에 의하면, 근본적으로 개개인의 자유 및 존재를 구속하는 어떤 사악한 권위주의적 이데올로기로서 요람에서 무덤까지 영향을 끼칩니다. 따라서 그들은, 만약 어딘가 의존하지 않으면, 내면의 불안을 전혀 감당하지 못하고 "자신의 삶의 척도는 사라졌다"고 느끼게 됩니다. 이러한 내면의 갈등과 불안으로 인하여 대중 심리학적 토양에 뿌리내리는 것은 다음과 같습니다. 즉, 한편으로는 권위에 대한 두려움, 예속성, 과장된 겸양이며, 다른 한편으로는 사디즘과 같은 잔학성이 바로 그것입니다. 내향적인 사람들은 대체로 종교적 신비주의에 경도되고, 외향적인 사람들은 정치적 권력에 맹종하게 됩니다. 신비주의에 대한 라이히의 비판은 반드시 인간의 보편적 신앙심으로 향하는 것은 아닙니다. 오히려 그것이 개개인의 자유로운 의지나 욕망을 하나의 틀에 가두려는 권력 체계로서의 교회로 향하고 있다고 말해야 타당합니다. 지금까지 유럽의 교회는 인간의 죄악을 언제나 다만 성적 방종에서 찾으려고 했으며, 오로지 생산력을 높이기 위한 위정자 및 기득권 세력들의 관심사와 동맹 관계를 맺어 왔다고 합니다. 라이히의 이러한 입장은 "가정, 교회 그리고 국가"를 인간 삶에 대한 세 가지 죄악이라고 규정한 로버트 오언 (R. Owen)의 태도와 흡사합니다.

19. 권위주의와 파시스트: 종교인은 신앙을 통해서 종교적 황홀감을 체험합니다. 그것은 육체적 욕망과는 차원이 다른, 또 다른 세계에서 정신

적 위안을 찾는 가운데에서 느낄 수 있습니다. 문제는 라이히가 "종교적 황홀은 오르가슴의 생장적 흥분의 대체물"이라고 주장하는 억압 가설입니다. 라이히에 의하면, 종교적 황홀감을 느끼는 신앙인은 결국 성적 에너지를 방출하지 못하고, 기껏해야 근육의 피로와 정신적 피로를 낳을 뿐이라고 합니다(라이히: 179). 권위주의 사회체제에 순응하는 사람들은 정치권력에 철저하게 복종합니다. 그렇지만 이러한 복종은 근본적으로 이율배반적입니다. 그들의 정시는 권위를 두려워하고 거의 과장될 정도로 자기 자신을 비하하지만, 속으로는 권위를 짓밟으려는 사도마조히즘의 요소를 지니고 있습니다. 이러한 근성은 폭군을 모시는 아첨하는 신하에게서 전형적으로 드러납니다. 이러한 심리적 태도는 아버지에 대한 자식의 감정으로, 스승에 대한 제자의 감정으로 표출되기도 하며, 나아가서는 낡은 사상에 대한 새로운 사상의 관계로 확장될 수도 있습니다. 라이히는 파시즘 및 이에 동조하는 젊은이들을 예로 들면서, 자발적으로 전쟁에 참여하려는 대중 심리학적 모티프를 성도착증에서 찾고 있습니다. 라이히에 의하면, 파시즘은 젊은이들을 가정, 고향 그리고 조국이라는 체제에 맹목적으로 종속시키려고 합니다. 인종 이론이라는 것도 따지고 보면 금욕에 대한 정당성을 은근히 반영한 것과 다름이 없다고 합니다. 예컨대 바흐오펜(Bachofen)은 『모권(Das Matriarchat)』이라는 책에서 "유대인들은 더럽고, 음탕하며, 바쿠스의 축제를 즐긴다면, 아리아인들은 깨끗하고, 위엄이 있으며, 순수하다"고 주장한 바 있는데, 파시스트들은 그의 말을 자주 인용하였습니다. 바흐오펜의 이러한 입장은 '과거를 동경하는' 독일 낭만주의자의 세계관과 궤를 이루는 것으로서, 백 년 후에는 '중세를 동경하는' 히틀러식의 국가사회주의로 발전되기에 이릅니다. 바흐오펜의 발언은 "돈과 여자"를 한꺼번에 차지하는 유대인들에 대한 질투심을 반영할 뿐 아니라, 금욕을 도덕적으로, 법적으로 그리고 이론적으로 정당화하고 있습니다. 따라서 인종 이론은 ─ 라이히에 의하면 ─ 소위 가부장적 사회에 의해 생겨난 성의 억압을 가정, 사회 그리고 국가의 토대로 삼으려는 변태성욕자들에 의해서 출현한 것입니다.

20. 성 윤리의 원칙에서 성 경제학의 원칙으로: 성 경제학의 원칙은 부르주아 성 윤리에 대한 라이히의 구체적인 비판을 통해서 명확하게 설명될 수 있습니다. 따라서 우리는 첫째로 시민주의의 가족 체제, 둘째로 중매 혹은 강제 결혼, 셋째로 일부일처제를 차례대로 다룬 뒤에 라이히가 의도하는 성 경제학적인 대안을 개진하려고 합니다. 첫째로, 강제적 윤리를 고수하는 가족은 초기 자본주의 시기에 경제적으로 소규모의 경영 체제였습니다. 물론 오늘날 농업 및 가내수공업자의 가정에서도 강제적 성 윤리가 지배적이기는 합니다. 그러나 라이히에 의하면 고도로 발전된 후기 산업사회에서의 강제적 성 윤리는 유연하고도 관대하게 변모해야 합니다. 과거의 케케묵은 형식은 현재의 인간 삶의 내용을 원래대로 수용할 수는 없습니다. 둘째로, 강제적 가족은 사회적 차원에서 볼 때 권위주의적 사회에서 경제적·성적 권리를 박탈당한 여자와 아이들을 보호하는 기능을 지니고 있습니다. 그렇지만 그것은 보호가 아니라 감시일 수 있습니다(Foucault: 97f). 셋째로, 가족의 정치적인 과업은 권위주의적 이데올로기의 공장으로서 임무를 다하고 권위주의적 구조를 공고히 하는 것입니다(Reich 77: 88f). 강제적 윤리를 표방하는 가정은 지배 이데올로기의 전초병과 같은 역할을 담당합니다.

결혼 이데올로기는 지속적인 일부일처제의 결혼 생활과 같은 맥락에서 이해될 수 있습니다. 사람들은 누구나 할 것 없이 반드시 일부일처제의 지속적인 결혼 생활을 영위해 나가야 한다고 합니다. 사실, 사회에 통용되는 결혼과 가정을 일탈하게 되면, 사람들은 전혀 위안을 얻지 못한다고 생각합니다. 왜냐하면 그렇게 될 경우에 모든 물질적인, 법적인 그리고 이데올로기적인 보호 장치는 존재하지 않기 때문입니다. 그렇기에 사람들은 평생의 혼인을 유일하고도 필연적인 것으로 결론을 내립니다. 예컨대 금슬이 좋은 부부는 도덕적으로 무조건 훌륭한 사람들이고, 이혼 내지 별거 부부는 인성적으로 하자를 지닌 자들이라고 섣불리 단정하는 경우를 생각해 보세요. 이러한 생각은 라이히에 의하면 틀린 게 아니라, 일방적인 사고입니다(Reich 77: 49).

라이히는 간통과 매춘을 예로 들면서, 일부일처제라는 이상과 실제 현실 상황 사이의 괴리감을 자주 지적하고 있습니다. 간통과 매춘을 패륜 및 죄악으로 규정하는 성 과학자들과는 달리, 라이히는 간통 내지는 매춘의 방법을 어쩔 수 없이 택해야 하는 사람들을 불행한 영혼으로 규정합니다. 라이히에게 중요한 것은 일부일처제가 옳은가, 사르트르(Sartre) 방식의 계약 결혼제가 옳은가 하는 문제가 아닙니다. 오히려 "인간 동물"들이 어떻게 해서든지 그들의 자연스러운 성을 충족시키며 사는 게 중요하다는 것입니다. 그렇지 않을 경우 출현하는 것은 심장 압박 증세, 불면증, 우울증 등과 같은 증세를 보이는 끔찍한 노이로제이며, 나아가서는 신비주의나 전체주의를 맹목적으로 추종하는 비민주주의의 인간형이 출현하게 된다는 것입니다. 요약하자면, 라이히의 성 경제학은 시민사회에서 통용된 강제적 성 윤리를 배격하고, 개개인의 자율적인 자기 조절 원칙에 의한 새로운 윤리에 바탕을 두고 있습니다. 자율적인 자기 조절 원칙은 첫째로 권위주의적이고 보수주의적인 성 윤리가 극복되고 난 다음에, 둘째로 사회가 가급적이면 유연하고 관대하게 된 다음에, 셋째로 가부장주의 사회에서 이른바 남성이 우월하다는 의식이 사라진 다음에 형성될 수 있을지 모릅니다.

21. 라이히의 성 경제학적 대안: 그렇다면 라이히는 개개인의 자율적인 자기 조절의 원칙을 실현하기 위해서 어떠한 대안을 제시하고 있는가요? 첫째로, 라이히의 주장에 의하면, 부모는 사춘기 이전의 아이들에게 성을 부인하고 감추는 교육을 지양해야 합니다. 아이들은 출생한 즉시 금욕적 교육을 받게 됩니다. 전형적인 소시민 가정은 어떤 특수한 방법을 동원하여 자식들에게 결혼과 가족의 중요성을 심화시킵니다. "수음하지 마라"라는 가정교육의 강령은 결국 어떻게 작용할까요? 그것은 한마디로 말해서 성에 대한 관심을 사디즘의 욕망으로 환치시키도록 작용할 뿐 아니라, 아이들의 성에 대한 지적 욕구를 완강하게 억압합니다 (Reich 77: 7f). 성에 대한 과잉된 수치심과 호기심은 성에 대한 왜곡된 견해를 잉태시키고, 변태성욕 내지는 성폭력을 야기합니다. 성을 진지하게 생각하지 않고, 음담패설 내지는 칙칙한 장난으로 취급하는 어른들의 경향은 엄밀히 따지면 성도착과 결코 무관하지 않습니다. 일부의 사람들은 이런 식으로 성을 경시하고 있는 반면에, (세계보건기구의 발표에 의하면, 지구 전체 인구의 10%가 되는) 일부의 다른 사람들은 여러 가지 신경 정신 질환에 시달리고 있지 않습니까? 라이히의 두 번째 대안은 아주 급진적입니다. 젊은이들이 포옹 행위만으로 사랑을 나누는 것은 충분하지 못하며, 그들이 서로 한 번도 동침하지 않은 채 결혼한다는 것은 병리학적 관점에서 고찰할 때 비위생적이라고 합니다. 아울러 기성세대는 젊은이들이 건전한 사랑 및 성을 실천할 수 있는 사회적 여건을 만들어 주어야 한다는 것입니다. 젊은이들에게 그들의 독자적인 거주 공간을 마련해 주는 일, 부모와 교사 그리고 청소년들에게 억압과 간섭 없는 삶을 보장해 주는 일, 성 문제에 오로지 근엄하기만 한 교육자들의 의식 개혁에 관한 문제 등이 바로 그것들입니다.

22. 성 경제학의 문제점: 라이히가 이미 30년대에 제기한 성에 대한 내용은 오늘날 유럽이나 북·남미에서 거의 당연한 것으로 간주되고 있으며, 유럽인과 북·남미 사람들의 생활 습관으로 거의 정착되고 있는 실정입니다. 그럼에도 첨단 기술의 발전을 자랑하는 한국 사회에서는 가부장주의의 관습이 여전히 온존하고, 강제적 성 윤리가 개개인의 사랑의 삶에 깊이 개입하고 있습니다. 주어진 현실은 엄청나게 변했는데, 사회적 질서로서의 관습, 도덕 그리고 법이 이를 감당하지 못할 정도로 진부하게 남아 있는 것은 사실입니다. 그렇다면 라이히의 성 경제학은 어떠한 문제점을 내포하고 있는가요? 첫째, 라이히는 인간의 욕망, 자의식, 재능, 신앙심 그리고 예술적 기쁨 등을 오로지 성에, 그것도 인간의 생식 기관의 기능과 연결시키고 있습니다. 가령 인간의 고결한 신앙(이웃 사랑, 자비 등)은 반드시 성과 직결된다고 말할 수는 없습니다. 어찌 칠순 노인 노파들의 (거짓된, 혹은 진정한) 신앙심이 라이히가 말하는 "성기의 포옹"과 직결된다고 말할 수 있을까요? 또한 예술 창작의 즐거움 내지는 예술 작품을 대할 때 느끼는 환희 등은 성과 관련되나, 그렇다고 해서 전적으로 성에 대한 만족으로 귀결될 수는 없습니다.

둘째, 라이히는 가정, 교회 그리고 국가 등과 같은 체제를 비판적으로 고찰하고 있습니다. 라이히의 논리에 의하면, 모든 관습, 도덕 그리고 법 등에 규정된 내용은 그 자체 인간을 구속하는 것이기 때문에 파기되어야 한다고 합니다. 『성의 혁명』에 기술된 라이히의 주장을 인용해 봅시다. "굶주리지 않는 자는 식량을 훔치려는 욕망을 느끼지 않으며, 절도를 막으려는 윤리를 필요로 하지 않을 것이다. 이러한 기본 법칙은 성의 문제에서도 그대로 적용된다. 성적 만족을 누리며 살아가는 사람은 성폭력을 행하지 않으며, 성폭력에 대항하는 윤리 역시 필요로 하지 않는다. 성 생활에 대한 '성 경제학적인 자기 조절'은 규범적인 규칙화 대신에 제기되는 것이다. 공산주의(소련에서의 사회주의)는 — 성의 법칙에 대한 불명확한 입장으로 인하여 — 시민주의 윤리라는 형식성을 그대로 고수하면서, 성생활의 내용을 변화시키려고 애쓰고 있을 뿐이다. 그리하여 소련 사회에서는 소위 옛날의 윤리를 교체할 수 있는 '성생활에 대한 새로운 윤리'가 형성되었다. 이는 실제 현실에 있어서는 올바르지 못하다. 국가가 국가의 형태뿐만 아니라, 동시에 국가 자체를 완전히 '사멸시키'듯이(레닌), 윤리의 형태는 변화될 뿐만 아니라, 나중에 이르러 완전히 사멸되어야 한다"(Reich 77: 81). 여기서 라이히는 인간의 자유로운 욕망이 아무런 제약 없이 성취되는 사회를 노동 민주주의 사회라고 규정하면서, 윤리적 규범을 사멸시켜야 한다고 강조하고 있습니다. 그러나 이는 조직, 집단과 같은 정치적 체제는 아닙니다. 노동 민주주의는 사회학에 의해서 합리적으로 창조되는 삶의 전제 조건이 아닙니다. 오히려 그것은 외부나 상부의 간섭이 없는, 독자적인 삶의 법칙에 의하여 옛날부터 자연스럽게 이어진 인간 삶의 범례일 뿐입니다. 라이히가 유토피아로 파악한 노동 민주주의는 마르크스가 암시한 계급 없는 사회를 전제로 합니다. 노동 민주주의가 성립되려면, 첫째로 계급 갈등이 해결되어야 하며, 둘째로 사회 전체가 부를 이룩해야 하고, 셋째로 강요된 성 윤리가 사라져야 하며, 넷째로 모든 사람들이 재물과 성에 대한 소유 관념을 자연스럽게 망각할 수 있는 여건이 조성되어야 합니다. 따라서 라이히가 갈구하는 노동 민주주의는 한 세기 혹은 수천 년 동안 해결되지 않은 핵심적 문제들을 복합적으로 안고 있습니다.

마지막 세 번째 사항으로서, 우리는 변태성욕에 관한 라이히의 불충분한 연구 및 치유 방법을 들 수 있습니다. 라이히에 의하면, "혼음에 대한 노이로제의 사고는 성적 만족을 얻지 못하게 하고, 억압된 동성연애에 대한 욕구 내지는 근친상간에 대한 욕망에서 비롯된 것이다"라고 단순히 말할 뿐입니다(Reich 83: 149f). 라이히는 인간 동물 속에 남성성과 여성성이 혼재한다고 확신했던 마그누스 히르쉬펠트의 입장을 처음부터 좌시했습니다. 라이히는 오로지 이성애의 관점에서 여러 유형의 심리적 질병을 추적했을 뿐입니다. 그렇기에 그의 눈에는 사도마조히즘이 그 강도의 차이를 불문하고 비정상적으로 비쳤습니다. 무릇 성에 대한 일반적인 견해들은 한결같이 자기 자신의 주관적 삶의 경험에서 비롯된 것입니다. 그렇기에 많은 사람들은 특정한 두 사람의 애정 관계를 제삼자의 시각에서 함부로 평가할 수 없다고 말하는 것입니다. 이런 개별적이고도 특정한 난제를 보편적으로 이해하기 위해서도 변태성욕에 관한 라이히의 불충분한 연구는 보충되어야 합니다. 어쩌면 우리는 성과 억압에 관한 미셸 푸코와 주디스 버틀러 등의 연구에서 어떤 사상적 단초를 발견할 수도 있을 것입니다. 그렇게 되면 강제적 성 윤리의 이데올로기는 어느 범위에서는 제 힘을 상실하게 될 것이고, 호모 아만스는 사랑의 삶에서 더 큰 자유를 만끽하게 될 것입니다.

참고 문헌

강내희(1993): 욕망이란 문제 설정?, 문화 과학 3호, 93년 봄, 11-48쪽.
오세철(1987): 빌헬름 라이히의 사회사상과 정신 의학의 비판 이론, 빌헬름 라이히: 파시즘과 대중 심리(오세철 강명구 역), 현상과 인식, 418-421쪽.
프로이트(1974): 지그문트 프로이트: 문화의 불안(김종호 역), 서울.
숀 호머(2005): 라캉 읽기, 정신분석과 미학 총서 2, 은행나무.
Bloch, Ernst(1985): Das Prinzip Hoffnung, Gesammelte Ausgabe, Bd. 5, Frankfurt a. M.

Engels, Friedrich(1978): Der Ursprung der Familie, des Privateigentums und des Staats, Frankfurt a. M.

Foucault, Michel(1984): Wahnsinn und Gesellschaft, Frankfurt a. M.

Freud, Sigmund(1981): Totem und Tabu, in: Gesammelte Schrften, Bd. 10, Frankfurt, (한국판) 프로이트(1995): 토템과 타부, 김종엽 역, 문예마당.

Freud, Sigmund(1985): Civilisation, society and religion, New York, P. 286.

Malinowski, B.(2012): The Sexual-Life of Savages in Northwestern Melanesia, An Ethnographic Account of Courtship, Marriage and Family Life Among the Natives of the Trobriand Islands, Britisch New Guinea, Eastford.

Reich, Wilhelm(1971): Charakteranalyse, Köln.

Reich Wilhelm(1972): Der Einbruch der sexuellen Zwangsmoral, Hamburg.

Reich, Wilhelm(1977): Die sexuelle Revolution, Frankfurt a. M.

Reich, Wilhelm(1983): Frühschriften II, Farankfurt a. M.

Reich, Wilhelm(1987): Die Entdeckung des Orgons. Die Funktion des Orgasmus, Köln.

Rycroft, Charles(1972): Wilhelm Reich, (moderne Theoretiker Serie) München.

10

이반 일리치의
『젠더』이론 비판

전통 없이는 어떠한 사상도 도출해 낼 수 없음을 인정한다. 그러나 전통
적 제도 내지 기관들이 악의 근원이며, 이것은 무장하지 않은 내 눈과 정
신으로 인식되는 죄악보다도 더 깊은 곳으로 뿌리를 내리고 있다.

(이반 일리치)

존재가 의식을 규정한다.

(마르크스)

모든 원시적인 것 그리고 이국적인 것을 동경하면서, 그것들을 암묵적으
로 찬양하는 일리치의 시각은 과거를 되새기는 남성적 수사의 특징에서
벗어나지 못하고 있다.

(필자)

1. 젠더 그리고 성: 이 장에서 우리는 이반 일리치의 『젠더』에 담긴 성과 젠더 그리고 성의 역사에 관한 논의 사항을 비판적으로 구명하려고 합니다. 이로써 우리는 일리치의 시각이 근본적으로 과거지향적이고, 퇴행적이며, 남녀평등의 유토피아의 사고를 좌시하는 보수적 가톨릭 수사의 시각에 근거하고 있음을 간파하게 될 것입니다. 성의 역사에 관한 한 우리는 미셸 푸코의 저작물을 도외시할 수 없을 것입니다. 이를테면 푸코는 지나간 유럽 사회가 일부일처의 결혼을 전제로 하지 않는 모든 사랑의 양태를 패륜으로 매도한 경우를 구체적인 예를 통해서 서술하였습니다. 유럽의 기독교 시민사회는 푸코에 의하면 결혼을 전제로 하지 않는 모든 사랑의 양태를 "바빌로니아의 창녀"가 저지르는 끔찍한 죄악으로 규정하였다는 것입니다. 푸코는 기독교 사회에서 계속 반복되는 이러한 입장을 "금기의 순환성"으로 해명하고 있습니다(푸코 제1권: 98). 이에 의하면, 나이 차이를 지닌 남녀의 사랑은 부도덕하고, 동성연애자의 사랑은 더럽고, 사도마조히즘(SM)의 유형은 끔찍하고 음험하며, 집시들의 향락은 성도착으로 규정되었다는 것입니다. 기실 미셸 푸코의 학문적 공로는 다음의 사실에서 발견됩니다. 즉, 푸코는 유럽 국가 이데올로기의 횡포를 정신 질환의 문제 내지 사회심리학 등의 관련성 속에서 가장 생생하게 천착하였습니다. 우리는 미셸 푸코의 비판적 논거를 바탕으로 이반 일리치의 젠더 이론을 비판적으로 고찰할 수 있을 것 같습니다.

2. 문명의 대가: 자고로 대부분의 이론은 "대상에 대한 직접적인 관점 (intentio recta)"과 "이러한 관점에 대한 반성적 성찰(intentio obliqua)" 을 내용으로 하고 있습니다. 우리에게 중요한 것은 사물 자체에 대한 인식과 사물의 상에 대한 인식을 구분하는 일이지요. 그렇기에 우리는 어떤 특정한 이론의 두 가지 측면을 일단 구분해서 고려할 필요가 있습니

다(Bloch: 589). 실제로 일리치는 "최상의 것을 망치는 것이 가장 나쁘다 (Corruptio optimi pessima)"라는 말을 인용하면서, 현대 문명을 "신약성 시의 내용이 완전히 파괴된 무엇"으로 규정하곤 하였습니다. 일리치는 현대 문명이 가장 귀중한 인간다운 삶을 망치고, 이에 대한 대가로 얻어 낸 것이라고 주장합니다. 가장 인간다운 삶은 무엇보다도 자유로운 자 생적 삶에서 비롯하는데, 현대에 이르러 전체주의 체제의 폭력으로 완전 히 파괴되고 말았다는 것입니다. 이러한 논리는 프로이트의 『문화 속의 불안(Das Unbehagen in der Kultur)』(1930)에서 개진된 입장과 일맥상통 하는 것입니다. 프로이트는 인간의 문명은 본능의 억압과 차단의 반대급 부로 탄생한 것이므로, 그 미래는 암울하고 부정적인 무엇이라고 진단을 내린 바 있습니다.

3. 일리치의 젠더 이론의 앞모습과 뒷모습: 그런데 그의 젠더 이론의 경 우, 성찰의 측면을 고려할 때, 어떤 문제점을 드러냅니다. 구체적으로 말 씀드리건대, 일리치의 서구 문명에 대한 비판적 시각은 날카롭고, 상당 부분 수용할 무엇을 포괄하고 있습니다. 특히 그의 비판은 교회, 학교 내지 병원 체제로 향합니다. 테오도르 아도르노와 루돌프 슈타이너를 제 외한다면 이반 일리치만큼 서구 문명의 전체주의적 성향을 통렬하게 비 판한 사람은 아마도 드물 것입니다. 그런데 일리치의 이론을 반성적으 로 성찰할 때, 우리는 부분적으로 어떤 취약점을 발견할 수 있습니다. 가 령 일리치의 찬란한 과거를 막연하게 동경하는 태도 그리고 여성의 체제 순응의 삶을 미화하려는 태도 등이 그것입니다. 이를테면 일리치의 젠더 이론은 현대 문명을 다각도에서 비판하므로, 그 자체 존재 가치를 지닙 니다. 그렇지만 반성적인 성찰의 측면에서는 어떤 취약점을 드러내고 있 습니다. 나중에 간파되겠지만, 논의를 개진하는 일리치의 시각이 주어진

현실로부터 멀리 떨어져 있습니다. 이를테면 그는 성과 젠더를 논의하면 서도 실제 삶으로 다가가지 않고 멀리서 관망하고 있습니다. 여성을 이 야기하면서도 여성의 구체적 삶에 근접하지 않는 태도는 가톨릭 사제를 방불케 합니다. 바로 이 점에 있어서 그의 책 『젠더』는 반성적 성찰의 측 면에서 어떤 문제점을 드러내고 있습니다.

4. 이반 일리치의 수업시대: 일단 일리치의 삶에 관해서 약술하기로 하 겠습니다. 이반 일리치는 1926년에 오스트리아의 빈에서 출생했습니다. 어머니인 엘렌 로제 일리치는 독일의 유대인 가문에서 자랐고, 나중에 기독교로 개종한 사람입니다. 혹자는 그미가 에스파냐에서 추방된 세파 르딤 족의 유대인이라고 말하기도 합니다. 그의 아버지인 피에르 일리치 는 로마가톨릭을 신봉하는 크로아티아 사람으로서 건설 엔지니어로 일 했습니다. 일리치의 집안은 지그문트 프로이트 집안과 교분이 있어서 어 린 시절에 프로이트의 집에 들락거렸다고 합니다. 일리치는 1941년 유 대인 출신이라는 이유로 빈에 있는 학교에서 제적당했습니다. 그래서 그 는 1943년에 이탈리아의 피렌체로 가서 특별 학생으로 대학 입학 자격 시험에 합격하였고, 이듬해에 피렌체 대학에서 화학과 역사 등을 공부하 였다고 합니다. 뒤이어 수사가 되기 위해서 피렌체 대학교와 로마 대학 교에서 신학을 집중적으로 공부하기 시작했습니다. 1951년에 로마가톨 릭 신부로 서품된 다음에 신학에 몰두하여 1962년에 잘츠부르크 대학교 에서 『토인비에 나타난 역사 서술의 철학적 토대』라는 제목의 논문으로 박사학위를 취득했습니다. 일리치는 1950년대에 미국과 푸에르토리코 등지의 가톨릭 사제 관청에서 일했습니다.

5. 이반 일리치의 편력시대: 1950년대 중엽까지 일리치는 제도권 내에서

사제로 인정받고 신앙생활을 영위하면서 학문에 몰두하는 성실한 지식인이었습니다. 그러나 50년대 중엽부터 체제 비판가, 종교 비판가 내지는 아나키스트의 길을 걷기 시작합니다. 이로써 일리치는 자신의 경력과 편안한 삶으로부터 등을 돌리고, 고난의 체제 비판가의 길을 걸어가게 됩니다. 그가 맨 처음 끔찍한 난제를 직시하게 된 곳은 푸에르토리코였습니다. 미국의 기술 관료주의는 로마가톨릭교회의 비호 하에 제3세계를 착취하기 시작했습니다. 이때 그는 레오나르도 보프(Leonardo Boff)와 같은 해방신학자의 입장에 동조하면서 제3세계의 가난한 사람들의 권익을 도모하는 일을 매우 중요하게 여겼습니다. 이로써 그는 서서히 거대 권력 집단으로서의 로마가톨릭교회로부터 등을 돌리기 시작했습니다. 로마가톨릭교회는 유럽에서 재정적 이유 때문에 히틀러의 파시즘을 직접적으로 비판하지 않았으며, 라틴아메리카의 부유한 자들의 신앙에만 관여했습니다. 이로 인하여 배제된 사람들은 돈 없고 힘없는 민초들이었습니다. 일리치의 비판은 종교 기관의 횡포를 지적하는 데 국한되지 않았습니다. 미국에 있는 거대한 병원은 가난한 병자들의 안녕을 도모하기는커녕 오로지 기술 개발, 의료 제품 생산과 실험에 기를 쓰고 있었습니다. 게다가 대부분의 현대 병원은 안락사를 원하는 환자의 요구를 처음부터 무시하고 있습니다(Illich 1995: 148). 일리치는 1981년 『의학의 네메시스(Die Nemesis der Medizin)』라는 책을 발표함으로써 가난한 병자들의 고통을 외면하고 돈벌이에 몰두하는 거대 병원을 신랄하게 고발했습니다. 일리치는 학교 체제에 대해서 신랄하게 비판하였습니다. 『학교는 죽었다』라는 책은 다음의 사항을 고발하고 있습니다. 즉, 학교 기관은 한편으로는 국가 이데올로기를 전달하면서, 다른 한편으로는 국가와 사회가 요구하는 무비판적인 기능인을 찍어 내고 있다는 것입니다. 이로써 그는 국가, 병원 그리고 학교라는 세 가지 기관을 억압적 도구로 규정합니다. 이로써 그는 현대사회의 전체적 구도를 비판하는 자로서, 모든 전체주의적 체제를 자유롭게 비판하는 아나키스트임을 분명히 하고 있습니다.

6. 비역사적 낭만주의의 관점: 이반 일리치는 지금까지 철저하게 비역사적 낭만주의의 관점에 입각하여 독자적으로 서구 문명을 비판해 왔습니다. 그가 발표한 책들은 놀라운 식견이 담긴 영역을 뛰어넘는 저작물임에 분명합니다. 이를테면 『학교는 죽었다(Schulen helfen nicht)』(1972), 『의학의 네메시스』, 『자기 제한(Selbstbegrenzung)』(1975) 등을 생각해 보세요. 이러한 일련의 저서들을 통하여 일리치는 엘리트의 전체주의적 사고 내지 정책에 의해 피해당하는 개인들을 지적하고 있는데, 이로써 오늘날의 세계가 결국에 가서는 몰락을 맞이하리라는 것을 신랄한 어조로 경고하고 있습니다. 체제 내지 기관들은 개개인의 이득 내지 관심사를 충분히 반영하는 게 아니라, 무엇보다도 권력 지향의 속성을 지닌다는 게 일리치의 지론입니다. 이것들은 일리치에 의하면 결국 개인의 안녕보다는 체제 내지 기관, 급기야는 국가의 안녕을 최우선적으로 간주하는 전체주의적 의향을 실천에 옮긴다고 합니다. 이를테면 교사, 의사 그리고 건축가 등과 같은 오늘날의 엘리트에 대한 일리치의 발언은 날카롭고 공격적이지만, 약간 과장된 면이 없지 않습니다. 그는 다음과 같이 예견합니다. "20세기 말에 이르면 우리가 알고 있는 학교는 역사에서 완전히 사라지게 될 것이다. 아이들은 힐턴 하이스쿨과 거대한 대학 건물의 폐허와 잔해 위에서 천진난만하게 뛰놀고 있을 것이다." 결과론이기는 하나, 일리치의 예견은 놀라운 설득력을 지니지만, 아직도 실행되지 않고 있습니다.

7. 원시성과 이국적인 것의 찬양: 이반 일리치의 『젠더』는 부분적으로 지나간 사회에 대해 놀라울 만큼 번득이는 통찰력을 보여 주지만, 하나의 치명적 하자를 드러내고 있습니다. 그것은 다름 아니라 이반 일리치가 모든 원시적인 것 그리고 이국적인 것을 동경하면서, 그것들을 암묵적으로 찬양한다는 사실입니다. 지금 여기로부터 오래되고 멀리 떨어져 있는 것일수록 더욱 단순하고 훌륭하다는 것입니다. 우리는 여기서 황금의 시대를 동경하는 고대인과 유사한 자세 내지는 미래 및 미래 사회에 대한 철저한 무관심 등을 읽을 수 있습니다. 일리치의 이러한 태도는 물론 부분적 사항에 있어서는 첨단 과학에 식상해 있는 현대인들의 심성을 자극하고, 때로는 즐겁게 하기도 합니다. 물론 그렇다고 해서 일리치의 이론이 이른바 시민사회의 염세주의적 학자들, 이를테면 페르디난트 퇴니스(Ferdinant Tönnies)와 오스발트 슈펭글러(Oswald Spengler) 등이 범한 역사 허무주의 내지 이른바 "눈물의 계곡"을 바라보는 가톨릭 사상가들의 현실에 대한 수수방관적 시각을 전적으로 보여 주는 것은 아닙니다. 그렇지만 최근의 논문집 『젠더』는 이전에 발표된 문헌들과는 달리 이러한 긍정적인 효과를 전혀 드러내지 않고 있습니다. 그의 논지는 흥겹지도 독창적이지도 않으며, 부분적으로는 물질문명의 풍요로움을 누리는 현대인의 마음속에 암울한 느낌을 안겨 줍니다. 왜냐하면 그의 논지 속에는 현대의 삶이 아니라, 원시적 삶의 생활 방식이 바람직한 것으로 미화되어 있기 때문입니다.

8. 젠더와 섹스: 『젠더』는 미리 말하자면 성과 젠더의 문제를 추적한 책입니다. 일리치는 젠더의 개념을 광의적으로 이해합니다. 다시 말해, "젠더"는 인간 종(種)으로서 성을 포괄하는 개념입니다. 그렇기에 그것은 남성성과 여성성이라는 생물학적 범주를 함께 아우르고 있습니다. 남성

성과 여성성은 젠더의 개념에 의하면 독자적이고 천부적이며 자연스러운 유형입니다. 이에 반해 그것들은 섹스의 개념에 의하면 강압적이고, 인위적이며, 부자연스러운 유형으로 설명될 수 있습니다. 남성과 여성을 구분하는 것 자체가 남성적 권력 지배를 합리화하는 수단으로 활용되어 왔습니다. 이에 관해서는 주디스 버틀러가 『젠더 트러블』 제1장에서 세밀하게 논한 바 있습니다(Butler: 27). 상기한 내용과 관련하여 일리치는 섹스를 남성과 여성의 똑같은 유형의 쌍을 찍어 내는 복합체로 이해하는 반면에, 젠더를 복제 불가능한 전체를 만들어 내는, 각자 고유한 유형을 지니고 있는 복합체라고 설명하고 있습니다. 문제는 일리치의 관심사가 역사의 과정에서 나타나는 "젠더의 상실"로 향한다는 사실입니다. 다시 말해서, 인간이 어떠한 이유로 그리고 어떠한 과정을 거쳐서 고유한 종(種)으로서의 젠더의 기능을 상실하고 성의 구분이 불분명한 섹스의 기능만을 행하게 되었는가 하는 문제를 비판적으로 구명하는 작업이 일리치에게 가장 중요합니다.

9. 인류 역사의 세 단계 (1): 일리치는 인간의 역사를 세 단계로 나누고 있습니다. 첫 번째 단계는 태고의 시대부터 11세기에 이르는 시기입니다. 이 시기는 일리치의 표현에 의하면 아무런 목표 없이 "역사에서 자발적으로 성장한 성"이 주도적으로 자리하던 시대입니다. 이 시기에는 남성은 막연히 남성답게, 여성은 막연히 여성답게 활동했습니다. 일리치에 의하면, 이 시기에는 인간에 관한 이념은 존재하지 않았다고 합니다. 이러한 초창기에 존재하는 것이라곤 오로지 "자생 경제(Subsistenzwirtschaft)"의 체제였습니다. 여기서 자생 경제란 어떠한 과잉 생산을 고려하지 않은 채 자신의 소비를 위해서만 재화를 생산하는 경제체제를 지칭합니다. 구체적으로 말해, 사람들은 남자의 경우 이른바

남성적으로, 여자의 경우 이른바 여성적으로 일하면서 자급자족해 왔다는 것입니다. 남자들은 밖에서 식량을 조달하고, 여성들은 집 안에서 빵을 썰어서 가족들의 배를 채우고 남편의 성적 욕구를 충족시켜 주었습니다. 자생 경제 체제에서 불필요하게 남아 있는 재화는 거의 없습니다.

10. 폴라니의 결혼의 기능 변화: 일리치의 이러한 입장은 경제 이론가, 칼 폴라니(Karl Polanyi)의 다음과 같은 견해에 근거하고 있습니다. 폴라니는 19세기 영국 사회를 예로 들면서, 거대한 사회적 변혁이 산업화로 인해서 비롯되었다고 역설한 바 있습니다. 다시 말해서, 사회 전체의 경제 체제, 국가의 특징 그리고 가족제도 등을 변화시키는 계기로 작용하는 게 바로 산업화라는 것입니다. 산업화는 대부분 인간의 노동조건과 임금에 압박을 가하고, 결국 그들로 하여금 물질적으로 궁핍하게 살게 하고 문화적으로 황폐하게 만든다고 합니다. 폴라니는 이를 "거대한 전환"이라는 용어로 설명합니다(Polanyi: 133). 인간의 행복은 폴라니에 의하면 가족의 제도에 기인하며, 섹스에 의해 파괴되지 말아야 한다고 합니다. 왜냐하면 섹스는 매춘 이상의 다른 기능을 지니지 못하기 때문입니다. 다시 말해, 자생 경제 시대의 남녀의 성관계는 화폐와 무관했는데, 자본주의가 도래함으로써 결혼조차도 하나의 상행위의 일환으로 취급되었던 것입니다. 이와 관련하여 일리치는 다음과 같이 주장합니다. 역사의 첫 번째 단계의 시대에 여성들은 여성적으로 사고하고, 그들의 고유한 언어를 사용하였으며, 그들만의 갈망을 지니고 있었습니다. 마찬가지로 남성들은 일리치에 의하면 그들만의 노동을 행했으며, 오로지 남성적으로 사고하고 꿈꾸었다고 합니다. 따라서 남성과 여성을 넘나드는 사고는 일리치에 의하면 자본주의 이전에는 존재하지 않았으며, 다른 성에 대한 질투와 시기도 존재하지 않았다는 것입니다.

11. 인류 역사의 세 단계 (2): 11세기 이후의 유럽에서는 한 가지 놀라운 변화가 발생합니다. 사람들은 상품생산을 극대화하기 위해서 여러 가지 유형의 생산도구를 발명하기 시작했습니다. 생산도구의 발명과 병행하여 화폐가 등장하였으며, 시장의 규모가 점진적으로 커지게 됩니다. 이러한 변화는 르네상스 시기를 거쳐서 근대, 보다 구체적으로 말하면 17세기까지 이어졌다고 합니다. 이반 일리치는 인류 역사의 두 번째 단계를 혼란스러운 "마법의 시대"라고 규정합니다. 이 시기는 일리치에 의하면 젠더를 차단시키고 섹스를 탄생시키는 과도기와 다를 바 없다고 합니다. 마치 인간의 노동을 수월하게 하고 극대화시킬 수 있는 기구들이 발명되었듯이, 질곡에 갇혀 있던 성은 이와 반비례하여 서서히 자유를 구가하게 되었다고 합니다. 이로써 차단된 남성과 여성의 구분은 찢겨져 완전히 와해되었습니다.

자본주의의 경제 발전 앞에서 가정은 그야말로 가부장이 다스리는 작은 체제로 변하였으며, 젠더의 기능은 약화되고, 대신에 섹스의 기능이 강화되었다고 합니다. 일리치는 17세기, 다시 말해 초기 자본주의 시기를 전후하여 인류 역사의 세 번째 단계가 시작되었다고 주장합니다. 고대에 온존했던 젠더의 구분이 와해됨으로써 남성성과 여성성이라는 구분은 사라지고, 모든 것은 자본주의 경제체제에 의하여 호모 에코노미쿠스라는 카테고리 속으로 편입되고 말았습니다. 달리 말하면, 자본주의는 시장의 제도를 도입하여, 궁극적으로 노동력, 토지 그리고 화폐 등을 상품화시켰던 것입니다. 이는 존재가치로부터 교환가치로의 이행으로 이해됩니다. 토지의 경우, 부자들은 자신의 사유지를 확장했습니다. 이러한 "폐쇄된 사유지(enclosure)"에 의해서 농민은 사유지 바깥으로 쫓겨나게 되었고, 과거에 공유지였던 목초지는 생산을 위한 사적인 자원으로 돌변하게 됩니다. 일리치는 이를 "자생 경제에서 희소성의 경제로의 변화"라고 규정합니다. 여기서 말하는 희소성이란 희귀성이 가치의 기준 내지 가치의 경제지표로 작용하는 경우를 가리킵니다.

일리치의 논리를 정리하자면 다음과 같습니다. 17세기 이후에 자본주의가 정착되었는데, 이것은 인간의 젠더를 모조리 장악하게 되었다고 말입니다. 왜냐하면 노동, 시장 그리고 화폐경제체제는 인간의 성적 구분을 약화시켰으며, 그야말로 완전히 무의미한 것으로 변화시켰다고 합니다. 일리치는 결국 다음의 견해를 표방합니다. 즉, 자본주의의 발전 과정은 인간학적 관점에서 고찰할 때 인간의 젠더를 장악하고 파괴시키며, 급기야는 파괴된 성을 깡그리 해체하기에 이른다는 것입니다. 이는 경제적 차원에서 다음과 같이 설명할 수 있습니다. 자본주의의 발전으로 인해 노동이 분화되고, 도구가 개발되며, 이로 인하여 분업이 발생합니다. 이러한 과정 속에서 중시되는 것은 더 이상 성의 구분이 아니라, 기껏해야 주인 의식을 상실한 노동하는 객체 그 자체라고 말입니다. 사실 자본주의 사회에서 노동자들은 잉여가치를 창출해 내지만, 이들의 잉여가치는 자본가들에게 빼앗기곤 합니다. 이러한 경제적 상황 속에서는 남성과 여성의 구분은 전혀 중요하게 부각되지 않습니다. 이로써 남성과 여성은 노동의 분화 내지 테크놀로지의 발전으로 인하여 더 이상 구분되지 않고, 상호 고립되지 않게 되었습니다. 자본주의의 이러한 현실적 조건 속에서 출현한 것은 일리치에 의하면 사람들 사이의 경쟁심, 질투 그리고 불만족이라고 합니다. 물론 산업이 발전할수록, 남녀 사이의 가시적 차이점이 사라지는 것이 사실입니다. 그렇지만 산업 발전으로 인한 문명화의 과정 속에서 여성에 대한 성폭력은 빈번하게 발생하며, 여성에 대한 차별은 더욱더 심하게 출현하게 된다고 합니다.

12. 찬란한 과거에 대한 동경, 혹은 과거지향의 반동주의인가?: 일리치는

인류 역사의 세 단계 중에서 첫 번째 단계를 가장 높이 평가하고 있습니다. 당시에는 젠더의 구분이 명확했고, 여성들은 자신의 성적 정체성을 자연스럽게 인지하고 실천했기 때문이라고 합니다. 일리치의 이러한 입장은, 곰곰이 고찰하면, 그다지 새롭지도 신선하지도 않습니다. 왜냐하면 1848년에 발생한 독일혁명 이후의 시민사회에 대한 일리치의 비판 뒤에는 이렇듯 찬란한 과거를 있는 그대로 미화하려는 보수주의 사상가의 의도가 은밀하게 숨어 있기 때문입니다. 이러한 시각에는 과거의 봉건사회가 더 멋있고 시적이었다는, 황금의 시대에 관한 시대착오적인 노스텔지어만이 교묘하게 착색되어 있을 뿐입니다. 과거 사람들은 자유라는 무거운 짐을 지지 않았으므로 더욱더 행복하게 살았다는 일리치의 견해를 생각해 보십시오. 그들은 계층적으로 구분되어 있었고, 남녀의 역할 역시 그런 식으로 철저히 분화되어 있었다는 것입니다. 마치 송충이가 솔잎을 먹고 살 듯이, 고대인들은 "만인에게 자신의 겻을 행하게 하라(suum cuique tribuere)"(플라톤)라는, 정해진 관습에 순응하며 살았으므로, 고대의 삶은 현대의 그것보다도 더 훌륭하고 찬란했다는 것입니다. 모든 계층은 천부적으로 주어진 것이었으므로, 아무도 이에 대해 의구심을 지니지 않았습니다. 마찬가지로 고대의 여성들에게는 스스로 무언가를 선택할 권한이 주어지지 않았습니다. 그들은 무언가 결정할 필요성을 느끼지 못했으므로 주어진 관습과 천혜의 계층적 신분에 순응하며 살았는데, 이것이 현대의 여성들의 삶에 비해서 더 행복했다는 것입니다. 이러한 견해는 분명히 문제의 소지를 안고 있습니다.

13. 젠더의 상실과 그림자 노동: 일리치의 이론에서 가장 중요한 관점은 자본주의와 시장의 발전으로 인한 "젠더의 상실," 바로 그것입니다. 자본주의의 발전은 인간을 돈과 자본의 노예로 만들고, 급기야는 남성과

여성의 고유한 일감을 차단시켰다고 합니다. 그리하여 젠더는 고유의 기능을 상실한 채 섹스의 개념으로 가치 하락하고 말았다는 것입니다. 일리치는 토착적인 젠더의 사회에서 경제적인 섹스의 사회로 이행되었다고 주장합니다(Illich 1983: 57). 특히 우리가 예의주시해야 할 사항은, 일리치가 인간의 노동 가운데에서 돈 가치로 환산되지 않는 "그림자 노동"의 의미와 그 가치를 발견했다는 사실입니다. 이를테면 여성들의 가사노동은 임금으로 지불받지 않습니다. 그렇다고 해서 그림자 노동이 여성의 일감에서만 출현하는 것은 아닙니다. 남자들의 경우에도 임금으로 할당되는 노동이 있는가 하면, 임금 노동에서 배제되는 노동이 부분적으로 존재합니다. 가령 머슴은 일 년에 한 번씩 품삯으로 새경을 받는데, 머슴은 이때 돈으로 보상받지 못한 노동을 의식하곤 합니다. 자본주의의 교환가치는 인간 삶에서 행해지는 모든 행위 가운데 다만 일부만을 재화로 보상해 주고 있습니다.

그렇기에 인간 삶에는 돈으로 환산되지 않는 놀라운 절대적 가치가 존재한다는 것을 일리치는 분명하게 지적합니다. 경제가 발전할수록, 그림자 노동은 증가하게 됩니다. 왜냐하면 생산력의 극대화를 위한 여러 가지 수단들(기계, 합리화 등)은 임금노동의 부분을 서서히 잠식하기 때문입니다. 임금노동은 시간이 흐름에 따라 그림자 노동의 빙산의 일각을 차지합니다. 문제는 이러한 그림자 노동의 범위를 넓혀 나가는 자본주의의 경제성장에 있습니다. 흔히 사람들은 경제성장을 통해서 남녀평등이 실현되리라고 기대하는데, 이러한 기대감은 일리치에 의하면 하나의 망상에 불과하다고 합니다. 문명이 발전할수록 빈부의 차이가 심화되는 까닭은 두 가지 사항으로 요약될 수 있습니다. 그 하나는 그림자 노동이 엄청난 규모로 커지기 때문이며, 다른 하나는 세계적 금융 산업의 확장으로 엘리트 계급이 얻는 엄청난 이윤 때문입니다(일리치 2013: 145). 토마 피케티(Thomas Piketty)의 『21세기 자본(Le Capital au XXIe siècle)』을 예로 들지 않더라도, 21세기에 이르러 부와 소득의 불평등은 이미 극에 달해 있습니다. 젠더의 상실을 피하고 남성과 여성 사이의 평등과 평화 공존을 달성하려면, 사람들은 경제 영역을 대폭 축소해 나가지 않으면 안 된다고 일리치는 역설적으로 주장합니다. 다시 말해서, 인간이 어떻게 해서든 자본주의의 이윤 추구의 생활방식으로부터 등을 돌릴 때 어떤 바람직한 평등의 구도는 서서히 성립될 수 있다는 것입니다.

14. 이반 일리치의 전근대적인 여성관: 어쨌든 우리는 이반 일리치의 여성관에서 참으로 구태의연한 요소를 발견할 수 있습니다. 가만히 고찰하면, 일리치는 고대로부터 중세 초기로 이어지는 인간의 삶의 방식에서 가장 바람직한 삶의 범례를 발견하려 합니다. 남자는 밖에서 농사를 짓거나 사냥하고, 여자는 집에서 가사 노동 아니면 아기를 키우면서 살아가는 것 — 이것은 일리치에 의하면 하나의 자연스러운 인간 삶의 방식이라고 합니다. 이러한 시각에는 현대적인 관점에서 젠더의 융통성이 결여되어 있습니다. 물론 자본주의가 사람들로 하여금 젠더를 상실하게 만든 것은 사실일 것입니다. 그렇지만 현대사회에서 이전 사회의 젠더의 부활을 위해서 현대 문명의 모든 사항을 인위적으로 포기할 수는 없을 것입니다. 오늘날 누구나 성의 구분 없이 자발적 의지에 의해서 어떤 노동에 종사할 수 있습니다. 여기에는 독점자본주의의 횡포라는 이데올로기만 작용하는 것은 아닙니다. 그럼에도 불구하고 일리치는 남성과 여성의 일감이 구분되고, 남성과 여성의 신분이 하늘로부터 정해져 있다는 것을 하나의 바람직한 보편성으로 규정하고 있습니다. 이러한 보편성 하에서 남성적 일감과 여성적 일감 그리고 구분된 남성성과 구분된 여성성이 바람직하다고 은근히 강권하고 있습니다. 이러한 입장은 오늘

날 고도로 전문화된 민주주의 사회가 답습해야 할 바람직한 덕목은 아닐 것입니다. 왜냐하면 현대의 첨단산업에서 필요한 인적자원은 무엇보다도 창의력을 발휘하는 사람들이어야 하는데, 사람들은 여전히 성 차이, 나이, 인종 등을 채용의 조건으로 내세우고 있습니다. 물론, 현대에 이르러 "임금노동"은 줄어들고 은폐되어 있던 "그림자 노동"이 재조명되고 있다는 점, 그리고 전 지구적 독점자본주의로 인한 "프레카리아트(Prekariat)"의 출현 등을 감안한다면, 일리치의 견해는 부분적으로 설득력을 드러내지만 말입니다.

한마디로 우리는 『젠더』에 나타난 일리치의 전체적인 입장이 아니라, 부분적으로 그의 전근대적인 시각을 비판해야 할 것입니다. 일리치의 책에서는 날카로운 체제 비판적 자세는 명시적으로 드러나지 않고 있으며, 오히려 가톨릭 고위 사제의 관점에서 여성의 삶을 추상적 사변에 의해서 기술할 뿐입니다. 그는 오늘날의 페미니즘에 대해 비판적 태도를 취했습니다. 가령 페미니스트들은 성 차별을 금지함으로써 여성의 개인적 지위를 높일 수 있다고 확신하는데, 일리치는 이러한 확신에 대해 노여움이 솟구친다고 말했습니다(일리치 2010: 208). 일리치의 논리는 기독교를 벗어난 제3세계의 실제적 정황을 모조리 포괄할 수는 없습니다. 이를테면 이스라엘에서 정통 유대교에 속한 여성들은 오늘날 얼굴을 감추어야 하고 대학에서 공부할 수도 없습니다. 이곳의 처녀들은 헛간에서 쪼그려 앉은 채 힘들게 빵을 굽는 반면에, 남성은 이들이 가져다준 음식을 즐기면서 기도하고 "토라(Thora)" 경전을 암송하는 것으로 소일합니다. 이들 앞에서 일리치가 여성의 본분을 외치면서 남녀의 구분을 설파하는 것은 이들에 대한 모독으로 여겨집니다. 일리치의 책을 읽고 나면 우리는 다음과 같은 물음에 봉착하게 됩니다. 즉, 과거 시대의 여성 문화는 과연 어떠한 척도에 의해서 보존되어야 하는가? 어떻게 하면 여성들도 차별당하지 않고 살아갈 수 있을까? 유감스럽게도 일리치는 이에 대한 해답 내지는 미래 사회를 위한 구체적 대안에 관해서 더 이상 사고를 개진하지 않습니다. 기껏해야 그는 생동감 넘치는 축제의 체제 내지는 기관을 존속시켜야 한다고 추상적으로 주장할 뿐입니다. 이는 물론 오늘날의 생태 공동체의 삶의 방식으로 이해될 수 있지만, 그의 비판은 새로운 대안을 위한 전제 조건으로서의 논의를 남기지 않고 있습니다.

　15. 일리치의 반유토피아주의: 일리치는 단순하게 다음과 같이 언급합니다. "나는 아무런 전략을 지니지 않고 있다. 어떤 가능한 처방에 관한 사변적 언급을 거부하고 싶다. 말하자면 나는 다만 과거에 무엇이 있었고, 현재에 무엇이 있는지를 독자에게 전할 뿐, 처음부터 미래에 관한 그림자를 설계하려고 하지는 않았다." 이러한 발언은 그가 실용주의의 전략가가 아니라는 점을 분명히 시사해 줍니다. 그런데 "과거의 사실을 한 치의 거짓 없이 전달하면 족하다"는 일리치의 말은 미래에 대한 발언의 무가치성뿐만 아니라, 미래를 논한다는 것 자체가 허구라는 것을 시사해 줍니다. 이는 다음과 같은 맥락으로 이해됩니다. 즉, 태초에 진리가 있었는데, 남은 것이라고는 이러한 진리를 실천하면 족할 뿐, 어떠한 다른 대안이나 가능성은 불필요하다고 확신하는 논리를 생각해 보십시오. 이것은 플라톤의 재기억(Anamnesis)의 사고에서 한 치도 벗어나지 않고 있습니다. 그 밖에 일리치는 공공연하게 다음과 같이 천명합니다. "미래 따위에는 관심이 없습니다. 그것은 사람을 잡아먹는 우상입니다. 제도에는 미래가 있지만, 사람에게는 미래가 없습니다. 오직 희망이 있을 뿐입니다"(Illich 2006: 18). 여기서 우리는 미래에 대한 기대감을 처음부터 포기하는 일리치의 불신을 분명히 인지할 수 있습니다.

　유토피아란 일리치에게는 더 이상 출현할 수 없는 인간의 망상이거나, 마치 파시즘 내지 스탈린주의와 같이 미래의 사람들을 눈 멀게 하여서 끔찍한 파국으로 몰아가는 전체주의적인 슬로건에 불과한 것으로 간주될 뿐입니다. 다시 말해서, 일리치에게 유토피아란 독재자들이 찬란한 미래를 설파하면서 인민들을 현혹시키는, 그래서 그들의 현재 삶을 자신의 뜻대로 악용하려는 술수에 불과할 뿐입니다. 가령 요아힘 페스트는 『파괴된 꿈. 유토피아 시대의 종말에 관하여』(1991)에서 현대에는 더이상의 유토피아에 대한 사고는 불필요하다고 설파하고 있습니다. 이러한 어조 속에서 유토피아는 대중을 미혹하여 자신의 이득을 챙기는 전체주의자들의 욕망과 직결되고 있습니다(Fest: 62). 유토피아에 대한 전체주의적 의혹 — 이것은 엄밀히 따지면 유토피아의 부정적 측면에 해당할 뿐입니다. 그것은 사람들을 망상으로 그리고 착각 속으로 나락하게 하는 허황된 천년왕국에 대한 비판일 뿐, 유토피아의 본질적 사고에 대한 비판으로 확장될 수는 없습니다.

16. 일리치의 과거지향적 시각: 일리치의 상기한 시각은 수미일관 과거로 향하여 걸어가려는 독일의 소설가, 귄터 그라스(Günter Grass)의 퇴행적 걸음과 결코 다르지 않습니다. 아니, 일리치는 자신의 시각을 직접 하나의 게걸음에 비유하였습니다. 그는 언젠가 역사학자이자 재즈 음악가인 루돌프 쿠헨부흐(Ludolf Kuchenbuch, 1939-)의 "게의 비유"를 인용하면서, 자신의 과거지향의 시각을 설명한 바 있습니다. 자고로 게는 눈 하나를 적에게 향한 채 뒷걸음질, 혹은 옆걸음질 칩니다(Grass: 47). 마찬가지로 역사가는 과거의 연구 대상을 뒤적거리지만, 그의 눈은 쿠헨부흐에 의하면 현재의 난제로 향하고 있다는 것입니다. 말하자면 과거에 대한 그의 관심사는 "현재의 문제점을 더욱더 낯설게 간파하기 위한 수단"이라는 것입니다(박경미: 155). 마찬가지로 일리치는, 마치 게가 그러하듯

이, 현재에 하나의 눈을 고정시킨 채 다른 눈은 과거를 향해 투시하고 있습니다. "현재의 낯섦"은 어떤 문제를 근원적으로 그리고 급진적으로 포착하기 위한 방편일 뿐, 더 나은 미래를 위한 구체적 대안을 찾기 위한 전초 작업은 아닙니다. 이와 관련하여 우리는 다음의 사항을 분명히 깨달을 수 있습니다. 그에게 중요한 것은 과거지향적 유토피아를 서술하는 일이지, 결코 남녀평등을 실천할 수 있는 구체적인 유토피아의 방안 내지 전략이 아니라는 점 말입니다. 일리치는 고대인들의 자생, 자활 그리고 자치를 찬양하는데, 여성들도 무언가를 결정하려는 욕구를 지니고 있었으며, 주어진 역할을 수행했다고 합니다.

17. 일리치의 이론에 담긴 최소한의 구체적 유토피아: 그렇다면 일리치는 어떤 긍정적 가능성으로서의 구체적 유토피아를 한 번도 의식하지 않았을까요? 그렇지는 않습니다. 일리치는 최소한 제도가 아니라 인간의 선한 마음에서 나름대로 하나의 해답을 찾으려고 합니다. 그는 신의 선물인 판도라의 상자에서 모든 재앙이 빠져나갔듯이, "희망" 역시 빠져나갔다는 신화를 자주 언급합니다. 다시 말해서, 판도라의 상자에서 빠져나온 것은 수많은 사악한 것들이었지만, 맨 마지막으로 빠져나간 것은 다름 아니라 희망이라고 합니다. 현대사회는 항상 사회적으로 거대한 기관의 이득을 위해서 개개인을 억압하고 착취하고 있습니다. 체제로서의 모든 국가기관과 단체들은 개별적 인간의 이득을 위하기는커녕 개인의 최소한의 자유마저도 빼앗는 데 혈안이 되어 있습니다. 이러한 거대한 전체주의 시스템이 휘두르는 이데올로기의 폭력 앞에서 현대인은 과연 무엇을 행할 수 있을까요? 그럼에도 불구하고 개별 사람들은 이러한 희망의 끈마저 포기해서는 안 된다는 게 일리치의 지론입니다. 만약 인간이 정치의 측면에서 전체주의 체제 그리고 경제적 측면에서 자본주의 경제

구도 등으로부터 자신의 삶을 일탈시킨다면, 만약 기독교 정신의 의미에서 "가난의 은총"을 자청해서 살아갈 자세가 되어 있다면, 인간은 어쩌면 부분적 측면에 한해서 마치 에피메테우스처럼 새롭게 부활할 수 있으리라고 합니다.

18. 일리치의 에피메테우스: 에피메테우스는 신화에 의하면 프로메테우스의 동생으로서 이전의 사항을 바라보는 자가 아니라, 나중의 사항을 바라보는 반신입니다. 적어도 에피메테우스는 문명 이후의 사회에서 살아가야 하는 인간형의 전형을 그대로 보여 줍니다. 그는 청렴을 자청하며, 자원을 아끼고 이웃을 사랑하며 살아가는 지혜로운 인간의 전형입니다. 이와 관련하여 일리치는 다음과 같이 말합니다. 전통 사회에서 가난이 "지혜로운 인간(homo sapiens)"을 탄생시켰다면, 현대사회에서 가난은 언제나 무언가 부족하다는 강박 내지 결핍감에 빠져 있는 "곤궁한 인간(homo miserabilis)"을 탄생시켰다고 합니다. 다시 말해서, 모든 전체주의 시스템의 간섭과 부자유의 질곡으로부터 떨어져 나온 자유로운 사람들은, 비록 처음에는 일부의 영역이기는 하지만, 소규모의 새로운 필라델피아 공동체 속의 자유를 맛보며 살아갈 수 있으리라고 일리치는 생각했습니다. 이는 완전 고용이 불가능한 현대사회에 대한 앙드레 고르(André Gorz)의 시각과 관련됩니다(Gorz: 295). 어쩌면 이러한 사고는 오늘날 생태학적 관점에서 현대인들이 수용하고 답습해야 할 바람직한 자세일 수 있습니다. 또한 생태학적 삶에 관한 가능성의 차원에서, 일리치의 무정부주의적 자생 이론은 우리에게 많은 유익한 사항을 제공하고 있습니다. 그러나 젠더의 상실을 극복할 수 있는 참신하고 구체적인 방안에 관해서 일리치는 여전히 침묵으로 일관하고 있습니다.

19. (요약) 일리치의 젠더 개념은 전근대적이다: 요약하건대, 일리치의 젠더 이론은 성 정체성을 확립하기 위한 시도이지만, 남성적 시각에서 출발하고 있습니다. 그것은 가톨릭 사제의 세계관을 충실히 반영하고 있으므로, 가장 중요한 한 가지 문제점을 생략하고 있습니다. 그것은 다름 아니라 주어진 사회질서에서 발생하는 문제점 내지 남성과 여성 사이의 성 평등에 관한 구체적 범례를 명징하게 제시하지 못한다는 점을 가리킵니다. 또 한 가지 문제점은 일리치가 호모 아만스의 탈구분의 유토피아를 간과하고 있다는 사항입니다. 일리치는 젠더 이론을 개진하면서 그저 젠더가 구분되던 과거의 시대를 수동적으로 찬양할 뿐, 현대인의 사랑의 삶에서 나타나는 고뇌에 관해서는 아무런 관심을 드러내지 않습니다. 이를테면 이성애를 넘어서는 동성애라든가, 인종 간의 사랑의 삶이라든가, 나이를 초월한 사랑에 관한 사회심리학적 패턴을 세밀하게 고찰하지 않고 있습니다. 그러한 한에서 일리치의 젠더 이론은 과거의 역사 속에 출현한 성 구분의 정체성의 관계만을 막연하게 찬양할 뿐, 현대인의 삶에서 출현하는 사랑과 성에 관한 문제, 다시 말해서 동성애, 페티시즘의 성향, 사도마조히즘, 성매매, 하룻밤의 사랑 등과 관련되는 여러 가지 사회심리학적 정황에 관해서는 침묵으로 일관하고 있습니다. 한마디로 일리치는 모든 원시적인 것, 이국적인 것을 그저 암묵적으로 찬양하는 사제의 시각에서 조금도 벗어나지 않고 있습니다.

참고 문헌

박경미(2013): 근대의 확실성을 넘어서, 실린 곳: 녹색평론, 통권 131, 7, 8월호, 152-

169쪽.

일리치, 이반(2010): 이반 일리치와 나눈 대화, 권루시안 옮김, 물레.

일리치, 이반(2013): 위기에 처한 산업 문명, 쓸모없는 경제학, 실린 곳: 녹색평론, 통권 131, 7, 8월호, 130-151쪽.

이반 일리치(2013): 과거의 거울에 비추어, 권루시안 옮김, 느린 걸음.

Bloch, Ernst(1985): Freiheit, ihre Schichtung und ihr Verhältnis zur Wahrheit in: ders. Philosophische Schriften, Frankfurt a. M., 573-597.

Butler, Judith(2006): Gender trouble, London.

Fest, Joachim(1991): Der zerstörte Traum. Vom Ende des utopischen Zeitalters. Berlin, Siedler.

Gorz, André(2010): Kritik der Ökonimischen Vernunft, Sinnfrage am Ende der Arbeitsgesellschaft, Zürich.

Grass, Günter(2004): Im Krebsgang. Eine Novelle, München.

Illich, Ivan(1983): "Genus. Zu einer historischen Kritik der Gleichheit"; Rowohlt Verlag, Reinbek bei Hamburg.

Illich, Ivan(1995): Die Nemesis der Medizin. Die Kritik der Medialisierung des Lebens, München

Illich, Ivan(2006): In den Flüssen nördlich der Zukunft. Letzte Gespräche über Religion und Gesellschaft mit David Carley, München.

Polanyi, Karl(1973): Politische und ökonomische Ursprünge von Gesellschaften und Wirtschaftssystemen, 8. Aufl. Frankfurt a. M.

11
성 윤리와 혼전 동거

인간관계는 생고무와는 다르기 때문에 한 번 틀어지면, 재접합이 불가능
하다. 그렇기에 연인들은 임을 위하여 끊임없이 노력해야 한다.

(우도 린덴베르크)

야수로서의 인간은 오로지 문화 속의 충동 구조가 근본적으로 뒤바뀜으
로써 인간적 존재로 거듭날 수 있다.

(마르쿠제)

'사적(privat)'이라는 말은 'privare'라는 동사에서 파생된 것인데, '다른
사람으로부터 빼앗다'라는 어원을 지니고 있다. 그래, 모든 사생활은 다
른 사람으로부터 빼앗은 것이다. 우리가 누리는 사랑과 성의 삶이 공공성
의 의미를 지니며, 정치적 파괴력을 안고 있는 까닭은 바로 그 때문이다.

(필자)

1. **들어가는 말:** 이 장은 순수 학문적 논의도 아니요, 그렇다고 해서 어떤 확정된 진실을 담고 있지도 않습니다. 오히려 나는 학문적이자 동시에 비학문적인 내용을 하나의 뒤섞인 가설로서 제시하고자 합니다. 여기서 다룰 내용은 젊은이들의 혼전 동거에 관한 사항입니다. 문제는 억압 이데올로기에 있습니다. 상류층 및 권력층에 속하는 사람들은 성의 해방을 죄악시함으로써 어떤 주어진 사회적 틀 속에 개개인의 사랑의 삶을 포괄하려고 합니다. 예컨대 징치가들에게 여러분들의 행복은 관심 밖이지요. 오히려 여러분들이 얼마나 일을 잘할까 하는 기능적 능력만을 고려할 뿐입니다. 그렇기에 상류층 사람들은 변화를 싫어하며, 사회의 주어진 관습, 도덕 그리고 법 등의 개선을 결코 원하지 않습니다. 그렇게 되면 성의 담론은 이를테면 결혼과 순결 의식을 미화시키도록 기능합니다. 그렇게 되면 대부분의 사람들은 성 윤리와 결혼 제도와는 다른 모든 유형의 사랑의 삶을 이른바 "부도덕한, 더러운 방종"으로 규정합니다. 미셸 푸코는 『성의 역사(L'histoire de la sexualité)』의 제1권에서 이를 언급한 바 있습니다. 18세기와 19세기의 프랑스에서는 성도착자, 동성연애자, 집시 등의 생활 방식은 모조리 패륜 내지 성도착으로 매도되고 부도덕한 것으로 질책당했습니다(푸코: 62). 필자는 성 윤리와 혼전 동거에 관한 논의를 비판적으로 다룸으로써 두 개념의 상관관계를 구명하려고 합니다.

2. **성 담론에 있어서의 세 가지 전제 조건:** 성 문제를 논할 때 우리는 일단 다음의 세 가지 사항을 전제로 해야 할 것입니다. 첫째로, 성 문제는 진지하게 논의되어야 합니다. 흔히 혹자는 성 문제를 단순히 음담패설로 간주하며 어색한 웃음을 터트리거나, 윤리적 잣대를 들이대곤 합니다. 이는 부자연스럽고 병적인 반응입니다. 학문적 용어로 말하자면, "부

차적 충동"에 해당되지요. 성에 대한 과잉된 수치심과 근엄함은 그 자체 다음과 같은 사실을 반증하고 있습니다. '지금까지 성이 얼마나 왜곡되어 있었고 감추어져 있었는가?'에 대한 해답 말입니다. 둘째로, 우리는 성에 관한 논의를 사치스러운 것으로 간주해서는 안 됩니다. 지금 북한 사람들은 굶주리고 있습니다. 그렇기에 혹자는 '뭐라고, 섹스라고? 무슨 그따위 배부른 소릴 지껄이느냐?' 하고 반박할지 모릅니다. 인간 동물의 삶에서 식욕을 해결하는 게 무엇보다 시급합니다. 그러나 인간 삶의 동인은 식욕, 성욕 그리고 여러 가지 유형의 명예욕으로 이루어져 있습니다. 성의 문제는 — 곧 자세히 말씀드리겠지만 — 사회 구성원들의 자신감과 존재 가치에 관한 신념, 민주화 운동 그리고 이른바 "감정의 페스트"라고 불리는 심리적 질병과 간접적으로 관련되고 있습니다.

셋째로, 성에 대한 논의는 오로지 자연과학적 입장에서 제기되어야 합니다. 인간 동물은 욕망의 하수인입니다. 혹시 여러분들은 스스로가 선한 인간이라고 믿고 있을지 모릅니다. 혹자는 자발적인 의지대로 행동한다고 생각하시겠지요. 그러나 이는 거짓입니다. 무척 자존심 상하는 이야기입니다만, 정신분석학의 차원에서 볼 때 우리는 무의식이라는 거대한 바다에 떠 있는 물방울 하나에 불과합니다. 다시 말해, 충동에 의해 움직이는 공 하나에 불과합니다. 과장되게 말하면, 우리는 걸어 다니는 폭탄으로 비유될 수 있습니다. 또는 작은 자극을 받아도 예리하게 반응하는 지진계라고나 할까요? 작은 일에도 상처입고 괴로워하는 인간 동물이 바로 우리 자신이 아닌가요? 어쨌든 다음의 사실은 명백합니다. 즉, 성을 논할 때 주어진 관습, 도덕 등이 외면되어서는 안 되겠지만, 이와는 다른 차원에서 개진되어야 합니다.

3. 양해의 말씀: 미리 한 가지 양해를 구할 게 있습니다. 원래 나는 프로

이트 좌파에 속하는 학자들의 입장에 관해서 강연할 계획이었습니다. 예를 들면, 빌헬름 라이히, 게자 로하임 그리고 헤르베르트 마르쿠제 등이 바로 프로이트 급진주의자들입니다. 이로써 나는 강제적 성 윤리를 고수하는 보수주의 학자들, 예컨대 필립 리프(Philip Rieff), 에리히 프롬 등의 입장을 거론할 계획이었지요. 학문적 제반 사항이 지식 그 자체로서 머문다면, 그게 과연 무슨 의미가 있을까요? 학문적 이론이 우리가 처해 있는 실제 삶을 건드릴 때 커다란 관심을 끌지 않겠습니까? 이 점을 고려하여 나는 이론을 그대로 소개하는 대신에, 혼전 동거의 문제를 논할까 합니다. 이때 라이히, 로하임 그리고 마르쿠제의 이론들은 간접적으로 언급될 것입니다.

4. **성의 억압과 사도마조히즘:** 혼전 동거에 관해 논하기 전에 일단 강제적 성 윤리와 관련된 문제를 논한 뒤에 고찰하려고 합니다. 성의 억압이 과연 인간 삶에 끔찍할 정도로 심각한 악영향을 끼치는 까닭은 무엇일까요? 성의 문제가 어째서 사회 구성원들의 자신감과 존재 가치에 관한 신념, 민주화 운동 그리고 제반 심리적 질병들과 관련될까요? 첫째로, 성의 억압은 단도직입적으로 말해서 비민주적인 인간형을 양산합니다. 무릇 인간 동물은 ― 동서고금 혹은 남녀노소를 막론하고 ― 자신의 성이 억압당할 때 심리적으로 자아 독립성을 잃어버린다고 합니다. 이로써 그는 심리적 소외감 내지는 말 못할 불안감에 휩싸입니다. 그는 거대한 권위적 체계 혹은 하나의 카리스마적 인물에게 예속되려고 애를 씁니다. 외향적인 사람은 권위주의적 정치 집단에, 내향적인 사람은 사이비 종교 집단에 가담합니다. 그리하여 그곳에서 윗사람에게 아첨하고, 아랫사람들을 윽박지르기도 하지요. 그렇기에 사도마조히즘의, 다시 말해 가학적이자 피학적인 변태 욕구는 비정상적인 행동으로 이전됩니다. 사도마

조히스트들이 많이 살고 있는 사회는 수직 구조의 사회입니다. 파시즘이 도래했던 독일을 생각해 보세요(라이히 1987: 103). 아니, 군대 조직을 상상해 보세요. 종적 구도로 이루어진 그러한 사회에서는 개개인들이 성숙된 주체로서 동등한, 다시 말해 평등 관계를 유지하지 못합니다. 오직 윗사람과 아랫사람이, 가해자와 피해자만이 존재할 뿐이지요. 권위주의적 사회에서는 온통 사디스트들과 마조히스트들만 살고 있습니다. 그들은 그저 남들에게 해악만을 끼치지 않으면, 남들로부터 상처만 입을 뿐이지요. 이들은 거의 공통적으로 타인에 대한 성적 질투심으로 가득 차 있습니다.

5. **변태성욕은 비정상적으로 이해되어야 하는가?**: 물론 사도마조히즘의 성향이 무조건 부정적으로 매도될 수는 없습니다. 왜냐하면 인간은 누구든 간에 어느 정도의 범위 내에서 공격 성향 내지 파괴 성향을 지니고 있기 때문입니다. 만약 사디스트 내지 마조히스트가 자신의 사랑의 삶에서 어느 정도의 폭력 내지 공격성을 지니고 있다고 해도, 그것이 비난의 대상이 될 수는 없습니다. 다만 사도마조히즘이 타자에게 극도의 괴로움을 주거나 심리적 압박감을 준다면, 이는 당연히 비난받아야 마땅하겠지요. 따라서 우리는 사도마조히즘을 무조건 병적인 성향으로 규정하면서 폄하할 게 아니라, 사도마조히즘의 폭력이 어느 정도의 범위에서 허용될 수 있는가 하는 문제를 구체적으로 다룰 필요가 있습니다. 왜냐하면 변태성욕은 정상적인 성욕과 일도양단 식으로 구분되는 게 아니며, 정상적인 성욕이 과연 정상적이고 자연스러운지 끝없이 의심해야 하기 때문입니다.

6. **성도착 증세**: 상기한 사항은 성도착 증세에도 그대로 적용됩니다. 이

를테면 심리학자는 모든 사람들이 상처 입을 수 있는 동물적 존재라고 간주하면서, 이른바 정상인(homo normalis)과 정신병자 사이에 명확한 한계선을 긋지 않습니다. 마찬가지로 우리는 성욕과 성도착 사이에 엄격히 구분되는 선을 그을 수 없습니다. 왜냐하면 누구든 간에 내면에 일정 부분 성도착의 욕구 내지 성향을 지니고 있기 때문입니다. 흔히 성도착 증세로서 사도마조히즘의 성향만 존재하는 것은 아닙니다. 그 종류는 무려 549종이 있다고 합니다. 그 가운데 몇 가지만 서술하도록 하겠습니다. 첫 번째로 우리는 어떤 특정한 물건에 대해 성욕을 느끼는 페티시즘 증세를 들 수 있습니다. 가령 어린아이들이 부모와 멀리 떨어져 있을 경우 어떤 특정한 담요를 감싸 안는 경우가 있습니다. 이 경우, 담요는 부모의 사랑에 대한 대용물로 기능하지요. 영국의 가수 잉글버트 험퍼딩크는 아름다운 여성의 수많은 팬티를 수집하는데, 이 역시 페티시즘의 전형적 범례입니다. 두 번째로 노출증을 들 수 있습니다. 남성들 가운데 이러한 사람들이 많은데, 젊은 여성들은 이러한 바바리맨 때문에 백주대낮에 곤욕을 치르기도 합니다. 세 번째는 관음증입니다. 흔히 사람들은 이를 "새 잡는다"고 표현하는데, 성적 억압이 포르노를 가까이하게 만들고 대리 만족을 느끼게 합니다. 네 번째는 "미성년자에 대한 성욕(Pädophobie)"을 들 수 있습니다. 이는 미성년에 대한 성적 학대로 이어질 수 있다는 점에서 참으로 커다란 문제가 아닐 수 없습니다. 다섯 번째는 수간(獸姦)을 들 수 있습니다. 이러한 변태적 성욕이 과연 어디서 비롯되는가 하는 문제에 대해서는 아직 밝혀진 게 없습니다만, 때로는 끔찍한 범행으로 이어진다는 점에서 예방 및 처방이 절실하게 필요한 영역이 아닐 수 없습니다.

7. 지배 구조와 성의 억압: 문제는 사회의 부유층과 지배층 사람들이 이

러한 변태성욕을 선호하고 있다는 점입니다. 이로써 대두되는 것은 지배 이데올로기입니다. 서두에서 말했듯이, 사회는 개인적 쾌락을 추구하는 사람보다 일 잘하는 사람을 더 낫게 평가하니까요. 사도마조히스트들은 얼마나 충실하게 복종하고, 얼마나 자신의 임무를 잘 수행하고 있습니까? 이에 관해 마르쿠제는 "실행 원칙" 내지는 "업적 원칙(Leistungsprinzip)"이라는 개념으로 설명한 바 있습니다. 이는 프로이트가 언급한 바 있는 "현실 원칙(Realitätsprinzip)"이라는 개념과 흡사한 것입니다. 마르쿠제에 의하면, 자본주의 사회는 인간 동물의 에로스의 기능을 의도적으로 생식기관에 국한시킨다고 합니다. 그러니까 사회가 신체의 다른 부분에서 에로스의 기능을 박탈시킴으로써 더 많은 노동력을 창출하려 한다는 것입니다. 문제는 사회 구성원이 잃어버린 에로스의 영역을 되찾고, 자본주의 사회가 노리는 억압 이데올로기로부터 벗어나는 일이라고 합니다. 마르쿠제는 — 라이히와는 달리 — 심지어 동성연애조차도 이른바 강제적 성 윤리에 대항하는 저항 행위라고 긍정적으로 평가했습니다(Marcuse 60: 38).

둘째로, 성의 억압은 인간 동물을 심리적으로 병들게 만듭니다. 세계보건기구의 발표에 의하면, 세계 인구의 10퍼센트가, 즉 7억에 해당하는 인구가 여러 가지 신경 정신 질환에 시달린다고 합니다. 이는 노동의 소외, 전체주의적 폭력, 몰인정한 경쟁 사회에서 비롯하는 현대인의 질병이라고 규정합니다. 그러나 제반 질환은 무엇보다도 개개인의 파괴된 성생활과 연관됩니다. 다시 말해, 개개인의 에로스의 실천 능력이 파괴됨으로써 나타나는 질병이지요. 이렇듯 자본주의의 경쟁 사회는 수많은 사람들을 실업자로 내몰고, 스트레스에 시달리게 만듭니다. 현대의 자본주의 문화는 젊은 세대가 자연스러운 사랑의 삶을 누릴 수 없게 만들고, 개개인에게 히스테리, 폭력 그리고 성도착의 증세를 견지하게 합니다. 이로 인하여 발생하는 것이 심리적 질병의 다양한 증후군이라고 말할 수 있습니다. 사랑의 감정과 성적 욕망 사이의 분열, 성에 대한 두려움과 수치심으로 인한 죄의식, 사디즘, 마조히즘과 같은 변태성욕, 성 이외의 다른 영역(돈벌이, 권력 추구 등)에서 대리 만족을 얻으려는 이른바 보상 심리 등이 그러한 증후군과 관계되지요. 라이히의 억압 가설에 의하면, 모든 심리적 질환은 개개인의 오르가슴 능력에 귀결된다고 합니다. 예컨대 노이로제는 전직으로 성 문제와 직결되지만, 정신분열증은 빈드시 그것과 직결되지는 않는다고 합니다. 그렇지만 여러 가지 정신 질환이 성과 무관하지 않다는 가설은 학문적으로 증명될 수 있다고 합니다.

8. 포유류의 포옹: 인간은 포유류에 속하는 동물입니다. 포유류 동물에게 위안을 가져다주는 가장 안정된 공간은 어미의 자궁 내지는 엄마(혹은 암컷)의 품이라고 합니다. 그런데 인간 동물은 어머니의 자궁에서 떨어져 나올 때 최초로 두려움을 느낀다고 합니다. 바로 이러한 단순한 사실에서 우리는 어떤 놀라운 진실을 발견할 수 있습니다(라이히 2005: 102). 게자 로하임이 인류학 연구에서 정신분석학자인 페렌치의 입장을 재확인한 바 있듯이, 성행위는 어머니의 자궁 속으로 되돌아가려는 무의식적 노력이라고 합니다. 심리학자들은 이를 "퇴행(Regression)"이라는 용어로 설명하였지요. 성행위는 특히 여성에게는 거세 콤플렉스가 완화되도록 기능한다고 합니다(Roheim: 222). 모든 동물이 어머니의 뱃속에서 떨어져 나온다는 것은 그 자체 바로 완전한 존재로부터의 일탈이며, 교접을 통해서 자기 소외를 떨칠 수 있는지 모릅니다(Robinson: 80). 그렇기에 성행위를 통해서 심리적 안정을 얻는 "모든 동물은 교접 후 쓸쓸함을 느낍니다(Omne animal triste post coitum)." (원래 갈레노스는 "여자와 동물을 제외하면 모든 동물은 교접 후 쓸쓸함을 느낀다Post coitum omne animal triste est, sive gallus et mulier"라고 말했는데, 이 말은 아리스토텔레스에게서 유래한다고 잘못 전달되었습니다.) 성적으로 억압된 인간 동물은 극심한 불안에 사로잡히며, 성에 대한 과잉된 수치심 내지는 성적 도착증을 얻게 됩니다.

9. 혼전 동거의 의미: "혼전 동거"는 말 그대로 "젊은 사람들이 결혼하기 전에 일정 기간 동안 함께 사는 생활 방식입니다. 따라서 그것은 "약혼"과는 달리 동거 생활의 방식을 지칭하지요. 동거 생활은 경우에 따라서는 결혼으로 이어지지 않을 수도 있습니다. 이 경우, 우리는 그냥 동거라고 표현하면 좋을 듯합니다. 여러 학자들의 견해에 의하면, 혼전 동거는 단점 및 장점 또한 지니고 있다고 합니다. 혼전 동거의 장점에 관해 말하자면, 젊은 남녀는 함께 생활함으로써 상대방을 인식하고 이해하며, 나중에 신뢰와 사랑으로써 결혼에 이른다고 합니다. 한마디로 젊은이들은 동거 생활을 통해서 파트너를 능동적으로 골라 함께 성생활을 영위할 수 있습니다. 따라서 혼전 동거에 관한 논의가 성의 해방 및 이로 인한 장단점과 관련되는 것은 당연할 것입니다.

10. 성의 해방과 금주법: 성의 해방은 미국에서 자동차 생산 및 보급 그리고 술 마시는 행위를 법적으로 규제하는 조처, 이른바 금주법과 병행해서 나타났습니다. 20세기 초에 미국의 젊은이들은 파티에 참석하여 자연스럽게 이성을 사귀게 되었고, 자동차를 타고 숲속에 가서 밀회를 즐겼습니다. 이러한 일이 전국적으로 확장되자, 미국의 기성세대들은 몹시 당혹스러운 느낌을 금치 못했습니다. 그들은 정부가 어떤 제재 조처를 내리도록 건의했던 것입니다. 그리하여 금주법이 제정되었지요. 당국은 이러한 조처로써 젊은이들의 이른바 문란하고도 방종한 생활이 차단

될 거라고 섣불리 판단했던 것입니다. 허나 아이러니하게도 금주법 제정 이후에 술주정뱅이의 숫자는 이전보다 훨씬 늘어났다고 합니다. "하지 말라"고 하면 더 행하는 게 인간 동물의 심리적 반발심이 아닌가요? 젊은이들은 교묘히 법망을 빠져 나오며 사랑을 나누는 일에 오히려 통쾌함을 느끼며 쾌재를 불렀습니다. 그러니까 금주법은 젊은이들에게 마치 사랑의 묘약과 같이 작용했던 것입니다. 그러나 당시 미국의 젊은이들은 스스로의 행동을 방종한 축제 놀음으로 간주하지는 않았습니다. 그들은 대부분의 경우 성과 사랑에 관해 진지한 자세로 고민하였고, 때로는 짝 사랑으로 인해 고통을 느끼기도 하였습니다. 더욱이 여성들은 임신과 성 병에 대해 몹시 전전긍긍하였으며, 마구잡이로 파트너를 바꾸지는 않았다고 합니다. 젊은이들의 밀회 행위를 "음란 축제"로 규정한 사람들은 오히려 그들의 부모를 포함한 기성세대였습니다.

11. 우애결혼: 문제는 젊은이들에게서 여러 가지 부작용이 출현했다는 사실에 있습니다. 수많은 젊은 남녀들이 자신들이 저지른 "행각"에 스스로 죄의식을 느꼈습니다. 심약한 성격의 소유자는 신경쇠약에 시달리기도 했지요. 더욱이 많은 젊은이들이 결혼 후에도 어떤 변태적 증세에 시달리곤 하였습니다. 이렇듯 습관은 인간의 행동에 의외로 놀라운 영향을 끼칩니다. 그들은 침실에서가 아니라, 다만 심야의 파티라든가, 어두운 골목길에서, 혹은 음침한 숲속에서만 성적으로 흥분할 수 있었던 것입니다. 이러한 문제점을 예리하게 통찰한 사람이 바로 벤 린제이(Ben Lindsey)라는 판사였습니다. 고심 끝에 그가 생각해 낸 것은 다름이 아니라 "우애결혼(companionate marriage)"이었습니다. 젊은이들의 성생활을 제도적으로 용인함으로써, 죄의식 대신 그들의 행복을 증진시키려고 했던 것입니다. 린제이의 우애결혼은 다음과 같은 내용으로 이루어져 있습

니다. 첫째로, 우애결혼을 행한 젊은 남녀는 피임 방법 등으로 당분간 아이를 낳지 말아야 한다. 둘째로, 두 사람은 (아이가 없다는 전제하에서) 상호 동의에 의해 곧바로 헤어질 수 있어야 한다. 셋째로, 헤어질 때 두 사람은 모두 위자료를 청구하지 말아야 한다. 그러나 린제이 판사는 이러한 안을 제시했다가 판사직에서 쫓겨나게 됩니다. 그러니까 미국의 극우파 집단인 KKK 단원들은 가톨릭교도들과 힘을 합하여, 판사를 파면시키도록 당국에 요구했던 것입니다. 이 일이 일어나기 전에는 두 집단 사이가 몹시 나빴다고 합니다.

12. 혼전 동거의 기능: 혼전 동거는 (법률적 용어로 말하자면 사실혼인데) 수십 년에 걸쳐 논의되고 이행되어 왔습니다. 동거 생활의 방식은 오늘날 유럽 및 북·남미에서 하나의 생활 관습으로 퍼지게 되었습니다. 이로써 결혼의 기능은 다만 "자식 낳는 일"(인구 정책)로 축소되었습니다. 과연 우리나라 젊은이들은 이러한 혼전 동거에 대해 어떻게 생각할까요? "질서가 허물어지고, 사회 전체가 방종하게 변화될 것이다"라고 윤리적으로 판단하고 있을까요? "부모로부터 경제적으로 독립하는 게 급선무"라고 생각할까요? "동거 생활을 통해서 손해 보는 사람은 여성"이라고 생각하고 있을까요? "나 원, 그걸 모르는 사람이 어디 있어. 다만 실천하기 어렵기 때문이지"라고 믿으며, 이에 관한 논의를 무시해 버릴까요? 나는 이 자리에서 혼전 동거 생활에 대한 옳고 그름의 여부는 각자에게 맡기겠습니다. 다만 나는 서로 대립되는 두 가지 입장을 부각시킴으로써 문제의 본질적 사항을 대비시키고 싶습니다. 즉, 혼전 동거에 대한 진보적 심리학자들의 긍정적 입장과 새로운 삶의 방식을 처음부터 부인하는 기성세대의 입장이 바로 그것입니다.

13. 혼전 동거의 장점: 혼전 동거에 관한 긍정적 입장은 어떻게 요약할 수 있을까요? 첫째로, 혼전 동거는 결국 성에 관대한 사회적 분위기를 조성하게 하며, 사회에 만연된, 성에 대한 변태적 성향 및 정신 질환의 발생을 미연에 방지하게 합니다. 이미 언급했듯이, 성의 억압이 가져다주는 폐해를 생각해 보십시오. 이를테면 많은 사람들이 포르노를 성과 동일시하곤 합니다. 성을 더럽고 추한 것으로 외면하면서도, 때에 따라서는 겸연쩍게 음탕한 이야기를 주고받습니다. 이는 엄밀하게 따지면 성도착의 초기 증상이라고 말할 수 있습니다(라이히 1997: 341). 성도착증 증세는 극한적 쾌락을 추구하려는 병적 탐욕과 제한된 성적 능력 사이의 갈등에서 비롯하니까요. 성도착증 증세는 일상생활에서 무수히 발견됩니다. 혹시 여러분들이 듣기 싫어할지 모릅니다만, 옷치장에 대한 젊은 남녀들의 과잉된 욕구 내지는 이에 대한 집착 역시 성도착증과 결코 무관하지 않습니다. 그것은 음부 노출증 내지 나르시시즘이 자기과시욕으로 변형되어 나타난 현상입니다. 유독 우리나라의 미혼 남녀들이 병적으로 패션에 집착하는 이유는 무엇일까요? 이는 그들이 자연스러운 사랑의 삶을 누리지 못하기 때문입니다. 누군가를 진정으로 사랑하는 사람은 자신의 외모를 가꾸는 대신에, 사랑하는 사람의 안녕을 위해서 무언가를 실천하려 하겠지요. 라이히의 주장에 의하면, 사랑의 방편으로서의 자연스러운 성과 부차적 충동으로서의 변태적 성은 분명히 구분되어야 합니다. 그리하여 전자가 강화되고 후자가 약화되어야 한다는 것입니다.

둘째로, 성적으로 만족을 누리는 사람은 더욱 일을 잘하고 학업 성과를 올린다고 합니다. 여기서 여러분들은 당연히 의구심을 지닐 것입니다. "쾌락의 시간은 노동시간을 빼앗아간다. 그렇기에 노동력 창출을 위해서는 성이 억압되어야 한다. 이로써 생겨난 것이 일부일처제와 같은 강제적 성 윤리가 아닌가?" 그러나 병적으로 성을 탐하지 않는 것을 전제로 한다면, 성과 노동은 대립되지 않는다고 학자들은 말합니다. 주말에 휴식을 취한 노동자가 연중무휴로 일하는 노동자보다 일을 더 잘 수행합니다. 최소의 노력으로 최대 효과를 얻는 성 경제학적인 차원에서 볼 때, 성생활은 오히려 노동의 효율성을 높일 수 있다는 것입니다. 셋째로, 혼전 동거는 근엄한 사회에서 만연되는 매춘과 성폭력 범죄를 어느 정도 줄일 수 있습니다. 무릇 권위주의 사회는 순결과 금욕을 강조합니다. 한국의 젊은이들에게 동년배 이성과 육체적 사랑을 나누는 것은 관습에 의해 금지되어 있습니다. 젊은 여성들이 의식적으로 그리고 무의식적으로 순결을 고수하기 때문이지요. 아주 껄끄러운 이야기입니다만, 성적으로 억압된 젊은 남자 가운데 일부는 홍등가를 찾기도 합니다. 그러나 사랑을 돈으로 해결하는 일은 그들의 마음속에 항상 불쾌감을 불러일으키지요. 이로써 싹트는 것은 사랑과 성에 대한 분열된 감정입니다. 왜냐하면 그들은 동일한 계층의 여성에게서 사랑의 연정을 느끼지만, 하류 계층의 창녀와 육체관계를 맺기 때문입니다.

만약 혼전 동거 생활이 실제로 행해지면, 매춘 사업이 어느 정도 범위에서 약화되고, 성폭력을 어느 정도 예방할 수 있을지 모릅니다. 버트란트 러셀은 자유연애만이 매춘을 근절할 수 있다고 주장했으나(러셀 149f), 유감스럽게도 이로써 매춘과 성폭력이 완전히 근절될 수는 없을 것입니다. 매춘의 역사는 고대로부터 계속 이어져 왔으며, 스웨덴과 같은 자유로운 국가에서도 드물기는 하지만 성범죄가 발생한다는 사실을 생각해 보십시오. 그렇기에 매매춘을 무조건 근절시킬 게 아니라, 이를 사회적으로 수용하고, 여기에 종사하는 사람들의 건강과 인권을 인정해 주는 정책을 고려하지 않을 수 없을 것입니다. 넷째로 혼전 동거는 유럽과 북미의 경우 일부일처제만을 정당화하는 근엄한 사회의 관습을 어느 정도 약화시켰습니다. 일부일처제는 인간 동물이 오랫동안 갈구해 온 이상입니다. 그러나 문제는 일부일처제가 법적 철칙으로 규정되어 있다는 데 있습니다. 어느 누군들 자신과 맞는 파트너와 오랫동안 교우하고 싶지 않겠습니까? 그러나 모든 사람들이 (단 한 번의 중매로 혹은 단 한 번의 연애로) 자신과 가장 적합한 파트너를 찾기란 무척 어렵습니다. 바로 이 경우가 문제로 부각됩니다. 급진적 학자의 견해에 의하면, 젊은 남녀들은 상대방을 이해하고 존중하면서 일단 함께 사는 게 중요하다고 합니다. 이를테면 고도로 발전된 후기 산업사회에서 "궁합"이라는 전근대적인 풍습이 아직도 효력을 끼치고 있다는 것은 무척 기이한 현상입니다. 물론 일부일처제 자체가 무조건 비난의 대상이 될 수 없지만, 그것이 절대적인 관습 내지 제도는 아닙니다. 문제는 일부일처제 내지 강제적 성윤리로 인하여 고통을 느끼는 인간 영혼들이 많다는 점입니다. 가령 이혼만 해도 그렇습니다. 대부분의 한국 사람들은 — 외국 사람들과는 달리 — 아직도 이혼을 나쁘게 생각합니다. 이로써 이혼 부부들은 한편으로는 사랑의 실패로 인하여, 다른 한편으로는 주위 사람들의 눈총에 의해 이중적으로 고통을 당합니다(민용태: 177). 혼전 동거는 바로 이러한 이중적 고통의 위험성을 사전에 차단시킬 수 있을지 모릅니다.

14. 혼전 동거의 단점 (1): 혼전 동거에 대한 비판은 다음과 같이 다섯 가지 사항으로 요약할 수 있습니다. 첫째로, 그것은 지금까지 통용되는 순결 정신에 위배된다고 합니다. 특히 여성의 순결은 가정의 평화와 성의 질서를 지켜 준다는 것입니다. 이는 부분적으로 타당합니다. 왜냐하면, 사회를 다스리는 자의 입장에서 볼 때, 혼란을 막을 수 있는 방편이기 때문입니다. 비유가 적당할지 모르지만, 신호등이 꺼진 교차로에 뒤엉킨 자동차들을 생각해 보십시오. 이러한 입장은 사회 전체의 시각에서 설득

력을 지니지만, 개인의 관점에서 어떤 하자를 드러낼 수 있습니다. 예컨 대 순결을 지켜야 한다는 의식은 때로는 인간 동물을 병들게 한다는 데 있습니다. 예컨대 순결은 성에 대한 왜곡된 의식을 낳고, 급기야는 '성 따로, 사랑 따로'라는 기형적 생활 패턴을 당연히 여기게 만듭니다. 무릇 남녀 모두 순결을 지키고 정조를 지키는 것은 자연스럽고도 아름다운 마음에서 비롯된 것입니다. 사랑하는 임을 위해 순결을 지키는 태도를 과연 누가 비난할 수 있을까요? 문제는 사랑하는 사람도 없는데 맹목적 으로 순결을 지키려는 자세에 있을 수 있습니다.

둘째로, 혼전 동거는 성적 무질서를 낳는다고 합니다. 이로써 사람들 은 방종한 삶을 해롭지 않은 것으로 간주하게 된다는 것입니다. 이러한 주장은 나름대로 설득력을 지니고 있습니다. 그런데 과연 혼전 동거가 성적 무질서를 낳고 사람들로 하여금 방탕한 생활을 하도록 작용하는 것일까요? 그럴 수도 있습니다. 그런데 라이히는 반드시 그렇지 않다고 대답합니다. 1920년대 소련에서 시민주의 가정 제도가 혁명으로 인하여 붕괴된 적이 있습니다. 낙태가 새로이 허용되었고, 비록 제한되었지만 새로운 성 윤리가 태어날 뻔했습니다. 당시에는 시민사회의 모든 강제 적 성 윤리가 도마 위에 올랐으니까요. 그렇지만 혼란 속에서도 성적 무 질서가 출현하지는 않았습니다. 오히려 그들은 제반 일과 놀이를 자율 적으로 수행했고, 자신의 행위에 대해 스스로 책임지게 되었지요. 그러 나 스탈린이 등장한 후에 강제적 성 윤리 및 시민주의 가정 제도가 다시 금 모습을 드러냈습니다. 낙태 행위가 도덕적으로 옳은가 그른가 하는 문제는 여기서 논외의 사항입니다. 다만 필자는 다음의 사실만을 지적하 고 싶을 뿐입니다. 가령 구서독에서는 낙태가 법으로 금지되어 있었다는 사실 말입니다. 여기에는 인구 감소를 차단하기 위한 정부 시책이 감추 어져 있었습니다. 그 대신 독일 정부는 아이를 낳은 모든 여성에게 육아비, 자녀 보조금을 지불합니다. 우리나라에서는 몇 가지 예외 조항을 두고 낙태가 금지되어 있습니다. 하지만 자녀를 낳은 부모에게 육아비 등을 지원하지도 않지요. 인구 증가로 고심하던 우리나라는 인구 억제 정책을 추진해 왔는데, 그 결과 이제는 출산율에 있어서 OECD 국가 가운데 최하위를 기록하고 있습니다.

15. **성적 무질서에 대한 반론**: 성적 무질서가 도래하리라는 발상은 — 라이히의 주장에 의하면 — 하나의 망상에 불과하다고 합니다. 예컨대 성적으로 흥분되기를 원하는 부부는 가급적이면 선정적이고 자극적인 상을 머리에 떠올리지요. 이는 병적이 아니라, 자신의 리비도를 자극시키기 위한 자연스러운 태도라고 합니다. 중요한 것은 이러한 선정적이고도 자극적인 상이 실제 현실이 아니라, 그야말로 하나의 상상에 불과하다는 점입니다. 이를 고려할 때 잔인할 정도로 음탕한 인간상은 특히 금욕 사회에서 기형적으로 상상해 낸 망상에 불과할지 모릅니다. 기상천외한 포르노의 장면은 자연스러운 사랑의 삶과는 전혀 다른 것입니다. 오히려 리비도는 프로이트의 말대로 유약하고 끈적끈적한 것입니다. 성적 만족을 누리는 신혼부부는 본능적으로 그리고 생리적으로 스스로의 욕망을 절제하게 됩니다. 그리하여 그들은 자기 조절로서의 성생활을 습관화시키지요.

16. **혼전 동거의 단점 (2)**: 셋째로, 사람들은 가정의 신성함에 위배된다는 이유에서 혼전 동거를 배척합니다. 혼전 동거가 용인되면, 가정을 고수하기 위한 현재의 결혼 제도 역시 고유의 기능을 상실하게 된다는 것입니다. 그렇게 되면 이혼이 속출하게 되고, 자녀 교육과 같은 난제 등이 사회적 골칫거리로 부각된다는 것입니다. 백 번 타당한 말입니다. 자

녀 교육 문제는 혼전 동거에 대한 반론 가운데 가장 타당성을 지니고 있는 논거입니다. 가정이란 무엇입니까? 가정은 가족 구성원이 행복함을 누리는 축복 받은 장소여야 합니다. 허나 실제 삶에 있어서 반목과 질시 그리고 갈등이 온존하는 가정이 있을 수도 있습니다. 그렇기에 우리는 가정의 신성함만 추상적으로 강요할 게 아니라, 천차만별의 가정생활을 개별적으로 구분해야 하며, 때로는 가정의 해체를 용인할 수 있어야 합니다. 이혼할 때 문제로 부각되는 것은 무엇보다도 자녀 양육이지요. 가정이 파괴될 때 가장 고통을 당하는 사람은 자식들입니다. 그렇지만 생각해 보세요. 언제나 싸우는 부모를 대하는 아이들보다, 부모 가운데 한명의 사랑을 받는 아이가 심리적으로 건강하게 자랍니다. 그러니 결손 가정이라고 해서, 이를 무조건 끔찍하게만 생각할 필요는 없겠지요. 따라서 혼전 동거는 경제적 이유 혹은 다른 이유로 인하여 자녀 출산을 전제로 하지 않는 경우에 한해서 용인될 수 있을지 모릅니다. 넷째로, 보수주의자들의 반론에 의하면, 혼전 동거는 미풍양속을 해치고 종교적 계율을 허물어뜨린다고 합니다. 그렇지만 혹자는 누구를 위한 미풍양속인가 하고 묻기도 합니다. 혜택을 입는 자에게는 그것이 더없이 좋은 풍속이겠지만, 그로 인해 고통을 당하는 자에게는 그것이 아름답고 좋은 것이 아니라 추하고 사악한 것일 수도 있을 것입니다. 우리는 다수 사람들의 행복에 그냥 박수를 보내는 일 대신에, 소수의 고통과 피해에 대해서도 애정 어린 관심을 기울여야 할지 모릅니다.

17. 종교적 계율과 사랑의 삶: 문제는 혼전 동거와 신앙과의 관련 여부입니다. 역사적으로 볼 때, 종교적 계율은 — 사람들은 때로는 변형된 것으로 해석했지만 — 완전히 파기된 적이 한 번도 없습니다. 그리스도의 죽음 이후 수많은 기독교 비판이 속출했는데도 기독교 정신은 사장되지

않았습니다. 라이히는 교회를 급진적으로 비판했지만, 그 역시 비록 비유적이기는 하나 예수의 위대성에 관해 언급한 바 있습니다(Reich 1983: 216). 한마디로 교회가 현대인들의 성생활에 대해 유연하게 대처할 때, 종교의 위대성은 더욱 빛을 발할 수 있을지 모릅니다. 아니, 기독교 교회는 가장 발전된 종교의 하나로서 오늘날 더 이상 개개인의 삶에 개입하지 않게 되었습니다. 대부분 진보적 성향의 교회는 무엇보다도 개인의 자기반성 및 성찰에서 제 기능을 찾고 있는 실정입니다. 물론 낙태와 결혼에 관한 가톨릭의 계율이 문제가 될 수 있습니다만, 우리는 개개인의 자기반성 내지 심리적 위안에서 종교의 기능을 발견해야 할 것입니다.

18. 혼전 동거의 단점 (3): 다섯째로, 혼전 동거를 반대하는 사람들은 "성병은 혼외정사에서 비롯한다"고 주장합니다. 그들은 문란한 성생활을 우려하며, 혼외정사를 용인할 수 없다고 말합니다. 이로써 "혼외정사는 바로 성병이다"라는 등식이 설정됩니다. 이러한 등식이 틀렸다고 말할 수는 없습니다. 왜냐하면 대부분의 성병은 실제 삶에 있어서 대체로 파트너를 자주 바꾸는 데에서 감염되기 때문입니다. 그런데 엄밀히 따지면 성병은 혼외정사에 의해서 감염되는 게 아니라, 병균에 의해서 감염됩니다. 성의 질병은 자유로운 성생활에서 비롯하는 게 아니라, 오히려 금욕을 강조하는 강제적 성 윤리에서 비롯된다고 말할 수 있습니다. 왜냐하면 그것은 유약한 심리 구조를 지닌 개개인들에게 엄청난 심리적 질병을 안겨 주기 때문입니다. 그렇다면 젊은이는 고분고분하게 주어진 틀 내지 성 질서를 추종해야 할까요? 그리하여 만인에게 사랑 받는 정상인으로 살아가야 할까요? 그게 아니라면 스스로 시행착오 및 위험을 감수하면서, 삶의 소용돌이에 뛰어들어야 할까요? 급진적 학자들은 다음과 같이 말합니다. 즉, 젊은이라면 (돈이나 권력이 개입되지 않은) 오로지 사랑

의 감정에서 나온 육체적 표현을 무조건 죄악으로 규정할 수 없다고, 오히려 순결과 동정을 고수하는 행위가 심리적 질병을 불러일으킬 수 있다고 말입니다.

19. 지배 구조와 사랑의 삶: 이제 결론을 맺겠습니다. 주어진 관습, 도덕, 법의 관점에서 볼 때, 혼전 동거는 항상 부정적으로 평가되어 왔습니다. 그러나 사회심리학 및 정신병리학의 차원에서 볼 때, 혼전 동거는 단점보다는 장점을 많이 지니고 있다고 합니다. 필자가 여기서 말하고자 하는 바는 혼전 동거의 옳고 그름을 따지는 게 아니라, 오히려 다음의 사항을 도출하고 싶을 뿐입니다. 즉, 우리나라에서 혼전 동거가 실천되기 무척 어려운 까닭은 무엇보다도 모든 젊은이들의 삶을 강압적으로 규정하려는 성 윤리에서 기인한다는 사항 말입니다. 참으로 대단한 힘을 지닌 성 윤리는 관습 및 법 규정과 합세하여 맹위를 떨치지요. 가령 근엄한 사회는 윤리와 도덕을 내세워 사랑하는 남녀들에게 동거 생활을 사전에 차단시키고 있을 뿐 아니라, 경우에 따라서는 법 조항을 내세워 아이러니하게도 결혼 대신 동거만을 강요하기도 합니다. 가령 동성동본 금지 조항 때문에, 동거할 수 있으나 결혼할 수 없었던 사람들이 많았지요. 만약 ─ 가치 유무와는 별개의 차원에서 말하건대 ─ 혼전 동거에 관한 논의가 한국에서 활발히 진행되려면, 다음과 같은 전제 조건들이 사전에 해결되어야 할 것입니다.

20. 성 논의를 위한 전제 조건: 첫째로, 혼전 동거의 논의를 위해서는 경제적 수준이 지금보다 향상되어야 합니다. 이러한 논의조차 불필요할 정도로 먹고사는 문제에 어려움을 겪는 하층민들을 생각해 보십시오. 옥에 갇힌 남자들 혹은 먹고살기 위해서 어쩔 수 없이 몸을 팔아야 하는

여자들을 생각해 보십시오. 복된 삶을 누리지 못하는 그들에게 일부일처의 결혼 윤리란 추상적 강령일 수밖에 없지요. 그들은 "비록 반분의 일부 반분의 일처 내지는 십 분의 일부 십 분의 일처라도 좋으니 제발 님이 자신을 떠나지 말았으면" 하는 기대감으로 살아가지요(신영복: 183 이하). 둘째로, 사회 전반에 성에 대한 관대하고 유연한 분위기가 조성되어야 합니다. 이는 사회적 관습, 도덕 그리고 법이 어떻게 인간 개개인의 심리 상태와 결부되어 있는가 하는 물음을 생각해 보세요. 이데올로기로서의 지배 구조가 강하면 강할수록, 인간 개개인의 심리는 병이 들고, 그럴수록 주어진 사회는 더욱더 완강하고 잔인한 체제로 변하여 고통 받는 개인의 사랑의 삶을 파괴합니다(Marcuse 88). 셋째로, 성을 무조건 부정적으로 이해하지 말아야 하며, 자연스러운 사랑의 실천을 유도하는 성교육이 필요합니다. 이를 위해서는 성교육을 담당하는 교사들의 의식 교육이 선행되어야 합니다. 대부분의 교사들은 순결을 최상의 상태로, 피임을 "피치 못할 응급 처치"로 간주하고 있습니다. 적어도 교사들이 인간 존재를 마치 물건처럼 간주하는 한, 성교육은 수박 겉핥기식밖에 되지 않을 것입니다. 청소년들도 어른과 마찬가지로 하나의 고결한 영혼입니다. 그들은, 적어도 생물학적 차원에서 고찰할 때, 자신의 성을 스스로 책임지고 스스로 관장할 능력을 지니고 있습니다.

넷째로, 여성의 순결을 맹목적으로 미화하는 사회적 통념이 사라지고, 여러 측면에서 남녀평등이 이루어져야 합니다. 그리하여 여성도 사랑의 대상물로 전락하지 않고, 스스로 능동적으로 파트너를 택할 수 있을 것입니다. 여성은 대상으로서의 자궁(uterus)이 아니라 동등한 주체이니까요. 시몬 드 보부아르는 『제2의 성』에서 "인간의 절반은 여성으로 태어나는 게 아니라, 여성으로 만들어진다(On ne naît pas femme, on le devient)"고 말한 바 있습니다(Beauvoir: 285f). 여성의 불감증은 생리적 현상 때문이 아니라, 여성이 처한 남성 중심적 사회의 상황 때문이라고 합니다(김종갑: 175). 다섯째, 부모들의 의식이 광범위하게 변화되어야 합니다. 아무리 자유주의적 사고를 지닌 부모라 하더라도 남을 의식하며 살아가니, 아마도 한국의 모든 부모들은 여전히 혼전 동거에 반대하는 실정입니다. 부모들은 자신에게 관대하고 자식에게 근엄할 게 아니라, 오히려 역으로 자신에게 근엄하고 자식 및 타인에게 관대하게 처신하는 법을 배워야 할 것입니다. 더욱이 자식은 독립된 인간 존재이며, 자식의 견해 역시 아무리 하찮은 것이라 하더라도 존중되어야 하지 않을까요? 어린 사람들은 어른 보기에 하찮은 일로 고민하다가, 도저히 감당하지 못할 경우에는 절망하여 목숨을 끊기도 합니다. 여섯째, 18세 이상의 젊은이들이 자연스럽게 만나서 교제할 수 있는 분위기가 조성되어야 합니다. 이를 위해서는 젊은이들이 독자적으로 생활할 수 있도록 만남의 장소 내지는 독자적인 거주 공간 등이 마련되어야 할 것입니다.

참고 문헌

김종갑(2014): 성과 인간에 관한 책, 문학과 예술로 읽는 섹슈얼리티의 역사. 다른.
라이히, 빌헬름(1997): 문화적 투쟁으로서의 성, 박설호 역, 솔.
라이히, 빌헬름(2005): 오르가즘의 기능, 윤수종 역, 그린비.
러셀, 버틀란트(1997): 결혼과 도덕에 관한 10가지 철학적 성찰, 김영철 역, 자작나무.
민용태(1997): 성의 문화사, 문학 아카데미.
신영복(1990): 감옥으로부터의 사색, 햇빛 출판사.
푸코, 미셸(1990): 성의 역사, 제1권 앎의 의지, 이규현 역, 나남.
Beauvoir, Simone de(1949): Le Deuxième sexe, Paris.

Marcuse, Herbert(1968): Trieblehre und Freiheit, in: des. Psychoanalyse und Politik, Frankfurt a. M.

Reich, Wilhelm(1983): Christusmord, Frankfurt a. M. 1983.

Robinson, Paul(1969). The Freudian Left: Wilhelm Reich, Géza Róheim, Herbert Marcuse. Harper and Row, New York.

G. Rohheim(1949): The Eternal Ones of the Dream, New York.

12

언어만이 능사인가?
자크 라캉의 이론

인간은 언제나 기만당하는 존재이다.

(라캉)

자아가 상상 속의 완전한 존재라면, 주체는 한 기표에 의해서 다른 기표로 제시되는 무엇이다.

(라캉)

라캉이 중요하게 여기는 기표로서의 팔루스는 마치 랑그(Langue)처럼 남성성과 여성성을 이해하는 데 적절하지 못하며, 구체적 사회 속의 인종과 계급의 정체성을 파악하는 데 도움이 되지 못하는 추상적 틀에 불과하다.

(프레이저)

1. 이론과 이론의 비교는 추상적 결론에 이르기 마련이다: 하나의 이론을 언급할 때 우리는 반드시 그 이론이 파생된 현실을 전제로 해야 할 것입니다. 자크 라캉(Jacques Lacan, 1901-1981)의 문헌도 마찬가지입니다. 그의 문헌은 난삽하고, 그의 이론 역시 심리학 전체의 영역에서 논란의 대상이 되고 있습니다. 라캉의 이론은 시간의 흐름에 따라서 일곱 단계로 의미 변화를 거듭하였습니다. 다시 말해, 라캉은 자신의 이론을 끝없이 수정하였는데, 이는 개별 환자의 이질성 그리고 주어진 현실적 토대의 다양성을 반영했기 때문으로 이해됩니다. 게다가 라캉의 이론은 치료의 메커니즘 속을 파고드는 데 전적으로 도움이 되지 않습니다. 상기한 두 가지 이유로 인하여 그의 정신분석 이론을 하나의 틀로써 요약하는 것은 사실상 무리에 가깝습니다. 필자는 라캉 이론의 개괄적 사항을 오로지 이해되는 범위에서 알기 쉽게 재구성하려고 합니다.

2. 주체는 그 자체 기표에 불과하며 타자에 의해 비쳐질 뿐이다: 라캉은 "인간의 모든 욕망은 다른 사람에게 향한다"라는 입장에서 출발합니다. 왜냐하면 그것은 본질적으로 어떤 인정받고 싶은 욕망으로 귀결되기 때문입니다. 타자를 전제로 하지 않은 인간의 사고는 그 자체 하나의 메아리 없는 착상으로 사라진다는 게 라캉의 지론입니다. 인간의 사고는 타자를 통해 부메랑처럼 자신에게 돌아와야 한다는 것입니다. 사실 무언가를 갈구하는 자는 자신과 동일한 무엇을 거울을 통해 처음으로 인지합니다. 그는 거울의 상을 자기 자신에게 전달 받음으로써 비로소 어떤 무엇을 인지하게 됩니다. 마찬가지로 주체는 내적인 것의 외적인 관계를 통해 하나의 육체로서 인식됩니다. 자신의 몸이 제3자로서의 객체에 의해서 인지되는 순간, 그 몸은 특정한 주체의 몸으로 이해되는 것입니다. 만약 자아가 타인에게 드러나지 않을 경우, 우리는 당연한 말이겠지만

자아에 관해 의식할 필요가 없습니다. 바로 이러한 까닭에 자아는 거울의 다른 형태의 상으로부터 이전됩니다. 다시 말해, 라이벌로서의 자아의 상은 주체를 벗어나게 됩니다. 라캉은 이를 주체의 추방이라고 말합니다. 자아는 고유한 자아의 존재 그리고 거울 속에 비친 타자로서의 자아의 존재로 구분됩니다. 따라서 "나를 이해하기(Me connaître)"는 항상 "오해하기(méconnaître)"를 지칭할 수밖에 없습니다(Renner: 111).

3. 거울 단계: 일단 주체의 기표가 어떻게 타자에 비치는가를 설명하기 전에 라캉의 몇 가지 용어를 살펴보는 게 좋을 듯합니다. 그것은 거울 단계, 주체, "팔루스(Phallus)" 그리고 성 차이 등과 관계되는 것입니다. 첫째로, 거울 단계는 제임스 마크 볼드윈(James Mark Baldwin)이 주장한 바에 의하면 생후 6개월에서 18개월 사이에 영아가 느끼는 첫 번째 자기애의 단계입니다(Lacan 2015: 110). 영아는 어머니, 혹은 자신이 애착을 느끼는 자의 표정을 인지하면서 쾌락을 느낍니다. 다시 말해, 영아는 상대방의 얼굴에 그려진 이미지를 자신의 모습으로 그대로 받아들입니다. 이때 영아의 몸은 파편화된 부분들로 인지되는 반면에, 어머니의 얼굴에 비친 자아의 상은 자신의 전체적인 면모로 인지됩니다. 영아는 바로 여기서 자아를 의식합니다. 영아는 놀랍게도 어머니의 표정 내지 애착을 느끼는 보모의 이미지를 자신의 모습이라고 상상하는 것입니다. 이것이 바로 거울의 상입니다. 거울의 상이라고 해서 실제 거울에 비친 상을 염두에 두면 곤란합니다. 거울의 상은 영아의 의식에 완전하게 통일된 이미지로 각인된 자아로서, 주체와는 처음부터 분명히 다릅니다. 영아는 실제 현실에서 자신의 존재, 즉 주체를 기껏해야 파편적이고 부분적으로 인지할 뿐입니다. 그렇기에 거울에 비친, 정확히 말해서 어머니의 얼굴이라는 거울에 비친 자아는 주체와 어긋나 있습니다. 실제 현실에서

소외되어 있는 주체는 상상 속의 자아와 일치되지도 않고 완전히 포괄하지도 않습니다. 바로 이 점이 라캉에 의하면 한 인간을 갈등 속에 빠져들게 한다고 합니다.

4. 무의식 그리고 언어: 프로이트는 무의식을 "완전히 인식되지 않는 미지의 영역"으로 생각했습니다. 다시 말해서, 무의식의 영역은 의식이라는 빙산의 수면에 잠긴 거대한 영역으로서 인간의 능력으로 완전히 밝혀낼 수 없는 무엇이라는 것입니다. 라캉에 의하면, 무의식은 마치 언어처럼 구조화되어 있다고 합니다. 언어가 특정 언어 체계를 지칭하는 "랑그(langue)"와 특정 발화 행위를 지칭하는 "파롤(Parole)"로 구조화되어 있듯이, 무의식도 그런 식으로 구조화되어 있다는 것입니다. 특정 언어는 페르디낭 드 소쉬르(Ferdinant de Saussure, 1857-1913)의 구조주의 언어학에 의하면 "기의(signifié)"와 "기표(signifiant)"로 나누어질 수 있습니다. 다시 말해서, 단어 속에는 의미를 지칭하는 부분인 "기의"와 단어의 의미 외적인 특징인 이미지 내지 뉘앙스를 지칭하는 "기표"의 특징이 도사리고 있다고 합니다(Pagel: 41). 이와 관련하여 라캉은 무의식을 타자의 담론으로 규정합니다. 즉, 무의식은 우리의 통제 너머에 있는 의미 작용의 구성 성분이자, 의미 작용의 과정에서 부분적으로 출현할 수 있다는 것입니다. 이를테면 언어는 하나의 거대한 타자로서 이해된다고 합니다. 인간은 언어 안에서 태어나고, 언어를 통해서 타자의 욕망이 조직화되며, 언어를 통해서 자신의 욕망을 드러내도록 강요받는다는 것입니다. 이를 고려한다면, 언어는 그 자체 타자로서의 거대한 상징계를 지칭합니다.

5. 주체 그리고 「도둑맞은 편지」: 라캉은 "주체란 그 자체 하나의 기표

로서 다른 기표에게 제시되는 무엇이다"라고 설명했습니다. 이것은 대체 우리에게 무슨 뜻을 전해 줄까요? 라캉은 에드거 앨런 포(Edger Allan Poe, 1809-1849)의 소설 「도둑맞은 편지(The purloined letter)」(1845)를 예로 들고 있습니다. 이 작품은 작가 자신이 술회한 바 있듯이 "가장 훌륭한 직관과 지성이 결합된 소설"입니다(Jens L: 495). 줄거리는 두 개의 장면에 바탕을 두고 있습니다. 첫 번째 장면은 프랑스의 왕궁입니다. 파리의 어느 왕궁에 편지 한 통이 당도합니다. 왕비는 기이한 편지를 받아들고 몹시 당혹해합니다. 바로 이 순간 왕이 등장하고, 뒤이어 장관 D가 모습을 드러냅니다. 이때 왕비는 아무런 일도 없었던 것처럼 편지를 황급히 테이블에 놓아둡니다. 왕은 이를 알아차리지 못했지만, 장관 D는 무척 혼란스러운 표정을 짓는 왕비의 모습을 목격하면서, 테이블에 놓인 편지 한 통을 예리하게 간파합니다. 장관은 왕이 이 편지를 읽게 되면 무척 난처한 일이 발생하리라고 추측합니다. 그래서 장관 D는 두 사람이 사라진 틈을 타 그 편지를 몰래 가지고 가서, 자신의 집무실 벽난로 아래의 편지꽂이에 꽂아 둡니다. 벽난로 아래의 편지꽂이는 만인에게 개방되어 있습니다. 이어지는 이야기의 배경은 장관의 집무실입니다. 왕비는 편지가 사라진 데 대해 무척 안타까워합니다. 편지의 분실을 몹시 걱정하면서, 그미는 아마 장관이 가져갔을 것이라고 추측합니다. 그래서 왕비는 파리 경찰국장 G에게 어떻게 해서든 그 편지를 찾아달라고 부탁합니다. 몇 달의 비밀 수사에도 아무런 성과가 나타나지 않습니다. 경찰국장은 이번에는 뒤팽에게 편지를 찾아달라고 청원합니다. 왕년에 수학자이자 시인으로 활동한 바 있는 뒤팽은 장관의 집 벽난로 아래의 편지꽂이에서 무언가를 예리하게 응시하는데, 이것이 바로 왕비가 찾는 편지, 바로 그것이라고 확신합니다. 원래 비밀스러운 물건은 으레 심처에 숨겨두는 법이기 때문에, 경찰은 지금까지 편지꽂이를 수색하지 않았던 것입니다. 다음 날 뒤팽은 가짜 편지를 한 통 써서, 다시 장관을 찾습니다. 그는 편지를 수중에 넣은 다음, 가짜 편지를 그 자리에 꽂아 둡니다. 뒤팽은 이 편지를 왕비에게 전달하게 함으로써 5만 프랑의 수고비를 수령합니다.

6. 편지의 내용은 중요하지 않다: 그렇다면 편지의 내용은 무엇일까요? 추측컨대 왕비가 비밀리에 내연의 남자로부터 사랑의 고백을 받았는지 모릅니다. 그러나 이는 하나의 가설에 불과합니다. 편지의 내용은 끝내 명확히 밝혀지지 않습니다. 에드거 앨런 포는 작품 집필 시에 극작품 한 편을 참고했습니다. 그것은 프랑스의 극작가 프로스퍼 J. 크레비용(Prosper Jolyot Crebillon, 1674-1762)의 비극 「아트레우스와 티에스테스(Atrée et Thyeste)」(1707)입니다. 작품의 내용은 별로 중요한 것이 아니지만 그래도 언급하는 게 라캉을 이해하는 데 도움이 될 것 같습니다. 작품은 그리스 신화에 바탕을 두고 있습니다(Vapereau: 545). 아트레우스 왕은 왕비의 편지를 훔쳐보게 됩니다. 편지는 왕의 형인 티에스테스에게 보내는 것이었습니다. 편지에는 어떤 비밀이 기록되어 있었습니다. 왕의 아들, 프리스테네스는 사실인즉 티에스테스의 친아들이라는 것이었습니다. 왕비는 왕의 형과 정을 통하여 프리스테네스를 출산했던 것입니다. 왕은 놀라운 사실을 접하고 한동안 고통스러워합니다. 왕은 약 20년 동안 질투와 분노를 삭이다가, 끝내 복수의 칼날을 갈게 됩니다. 그것은 프리스테네스로 하여금 자신의 친아버지를 죽이게 하는 계략이었습니다. 그렇지만 티에스테스를 살해하는 일은 그렇게 호락호락하지 않았습니다. 그러자 아트레우스 왕은 음험한 마음을 품고 자객을 보내어, 아들인 프리스테네스를 살해해 버립니다. 그런 다음 요리사로 하여금 프리스테네스의 인육으로 음식을 만들게 합니다. 왕비와 티에스테스는 자신의

아들의 육신인지도 모르고 기이한 맛을 풍기는 음식을 맛봅니다. 말하자면 티에스테스는 자신이 저지른 패륜의 대가로 친아들의 살코기를 먹어야 하는 기막힌 처지에 처하게 된 것이었습니다. 이러한 줄거리는 포의 작품에 등장하는 인물인 뒤팽이 직접 쓴 가짜 편지에 교묘하게 부분적으로 암시되어 있습니다.

7. 주체는 기표에 의해 포획되어 있다: 포의 작품에서 편지는 주체에 대한 객관적 상관물입니다. 라캉은 주체를 다음과 같이 정의 내립니다. 주체는 하나의 기표에 의해서 다른 기표에게 전달되는 무엇이라고 말입니다. 다시 말해, 주체는 "기의 없는 기표"로서 이해될 뿐입니다. (물론 라캉의 이러한 입장은 60년대에 이르러 대폭 수정됩니다.) 여기서 편지 속에 무슨 내용이 기술되어 있는지는 전혀 중요하지 않습니다. 중요한 것은 오로지 편지가 여러 사람에게 전달된다는 사실입니다. 편지는 처음부터 끝까지 기표에 의해 포획되어 있습니다. 그것은 왕비로부터 장관에게, 장관으로부터 뒤팽에게, 뒤팽으로부터 경찰국장에게, 경찰국장으로부터 다시금 왕비에게 전해지고 있습니다. 이렇듯 주체는 타자의 시각에 의해서 규정되고 그 존재가 밝혀질 뿐입니다. 여기서 우리가 주의 깊게 고려해야 하는 사항은 편지를 바라보는 세 개의 어긋난 시선입니다. 첫 번째 시선은 아무것도 바라보지 못하는 시선입니다. 가령 왕은 편지를 발견하기는커녕 편지의 존재조차 모르고 있습니다. 두 번째 시선은 경찰의 시선입니다. 경찰은 집 안 구석구석을 뒤지지만, 정작 벽난로 아래의 편지꽂이를 찾아내지 못하고 있습니다. 가장 잘 알려진 개방된 공간이 역설적으로 비밀을 감추는 데 최적의 공간이었던 것입니다. 경찰은 실재론자의 우둔함 때문에 편지의 위치를 알아차리지 못하는 우를 범하고 있습니다. 세 번째는 탐정 뒤팽의 시선입니다. 그것은 누구나 착각할 수 있도록 방치

된 무엇을 예리하게 발견해 내는 시선입니다. 이렇듯 주체는 세 가지 시선에 의해서 관찰되는 대상과 같습니다. 첫 번째 장면에서 편지는 왕, 왕비 그리고 장관 D에 의해 둘러싸여 있습니다. 그런데 두 번째 장면에서 편지는 경찰, 장관 그리고 뒤팽에 의해서 둘러싸여 있습니다. 이와 관련하여 라캉은 다음과 같은 가능성을 암시합니다. 만약 편지가 하나의 주체라면, 경찰, 장관 그리고 뒤팽은 제각기 다른 영역, 이를테면 실재계, 상상계 그리고 상징계를 지칭할 수 있다고 말입니다. 경찰이 실재계 속에서 주체의 위치를 가리킨다면, 장관은 상상계 안에 있는 주체의 위치를, 뒤팽은 상징계 안에 있는 주체의 위치를 시사해 줍니다(Pagel: 52). 요약하건대, 주체는 그 기표에 의해서 포획된 채 끊임없는 반복의 과정을 통해서 부수적 의미를 연상시키게 합니다. 편지는 주체의 이러한 의미작용에 대한 객관적 상관물과 같습니다.

8. 팔루스와 오이디푸스 콤플렉스: 이번에는 "팔루스(Phallus)"의 개념에 관하여 살펴보기로 하겠습니다. 팔루스는 흔히 남근으로 번역되지만, 남근과 동일시될 수 없는 개념입니다. 오히려 그것은 남근을 지니고 싶은 갈망, 다시 말해서 "남근 선망"이라는 의미와 관련됩니다. 일단 부모와 아이를 상정해 보기로 하겠습니다. 아버지와 팔루스 등은 현실에 존재하는 존재가 아니라, 결핍 내지는 소멸과 관련되는 기표 내지 은유로 이해됩니다. 남근이 실재하는 존재라면, 팔루스는 남근에 대한 결핍의 기표로 추론됩니다. 기표로서의 팔루스는 의미론에 있어서 영국 출신의 정신분석학자, 어니스트 존스(Ernest Jones)가 독창적으로 제시한 파기 내지는 소멸(aphanisis)과 밀접한 관련성을 지닙니다(Lacan 2014: 195). 이러한 소멸의 특성은 라캉에 의하면 수치의 여신, 아이도스(Aἰδώς)의 예에서 나타납니다. 여신은 그리스 신들의 비밀을 밝히는 과정에서 팔루스의

실체를 대들보로 활용했는데, 바로 이 대들보에 매달린 것은 디오니소스가 남긴 "혼혈의 자식들"이라는 기표였습니다(Lacan 2014: 201). 라캉은 이와 관련하여 "아버지의 이름"을 거론합니다. 아이는 어린 시절에 어머니와 애정적으로 결합되어 있습니다. 그런데 아버지의 이름이 등장함으로써 아이와 어머니 사이의 관계는 분할됩니다. 여기서 아버지의 이름이 반드시 남성일 필요는 없습니다. 아이는 어머니에게 어떤 사랑의 대상이 존재한다는 사실을 은연중에 알아차립니다. 그렇기에 "아버지의 이름"은 아이와 어머니의 결합을 떼놓게 하는 하나의 기표입니다. 그것은 아이로 하여금 욕망과 결핍의 상징 영역 속으로 들어가게 만듭니다. 이렇게 되면 초자아가 발생합니다. 초자아는 내재적으로 상징화된 아버지를 가리키게 됩니다. 흔히 오이디푸스 콤플렉스는 프로이트의 경우 아버지를 죽이고 어머니의 사랑을 차지하는 오이디푸스의 심리를 대변하는 말로 이해됩니다. 그런데 그것은 라캉의 경우 좀 더 복잡합니다. 왜냐하면 라캉은 오이디푸스 콤플렉스를 설명하는 데에서 여성의 관점 또한 적극적으로 반영하려 하기 때문입니다. 어느 아이는 "동성의 부모가 죽었으면 좋겠다"고 갈망할 수 있습니다. 이것은 이성의 부모에 대한 성욕에서 비롯된 갈망일 수 있습니다.

프로이트에 의하면, 3세에서 5세 사이에 자신의 동성의 부모에 대한 콤플렉스를 해소한다고 합니다. 4세에서 사춘기에 이르는 시기에 유아들은 어떤 성의 잠복기를 거친다고 합니다. 그런데 라캉에 의하면 유아들은 상상 속의 콤플렉스를 상징의 영역으로 이행시킨다고 합니다. 오이디푸스 콤플렉스는 유아 성욕의 남근기에 해당합니다. 사랑하는 어머니에 대한 욕망이 아버지의 존재로 인하여 차단되기 때문에 마음속에서 어떤 갈등이 출현하기 시작합니다. 그 이전에 유아들은 이를테면 자기 성애를 통해서 성적인 만족을 얻습니다. 기실 유아들에게는 성적 대상이 없습니다. 유아의 성욕은 성기 만지기, 항문 더듬기 그리고 손가락 빨기 등의 모습으로 출현합니다. 그런데 성인과 유아의 성욕에서는 결정적 차이가 있습니다. 유아기에는 남녀를 불문하고 하나의 성기, 즉 팔루스의 중요성만이 부각됩니다. 이를테면 남자아이들은 어느 정도의 나이에 이르기까지 여성이 음경을 지니지 않았다는 사실을 부인합니다. 그런데 어느 날 여성에게는 음경이 없다는 것을 인지합니다. 이로써 아이들은 여성을 거세된 남자로 이해합니다. 라캉에게 중요한 것은 여자아이가 음경을 지니고 있다고 생각하는가, 남자아이가 거세에 대한 두려움을 느끼는가 하는 물음이 아닙니다. 그에게 중요한 것은 오로지 팔루스가 성 차이의 기표로 기능하고 있다는 사실입니다. 이를테면 상상적 팔루스가 여기서 논의의 대상이 될 수 있습니다.

9. 상상적 팔루스: 아이들은 어느 날 어머니의 품에서 다음의 사실을 감지합니다. 즉, 어머니의 욕망이 오로지 자신에게로만 향하지는 않는다는 사실 말입니다. 어머니의 마음속에는 남편(혹은 애인)으로부터 사랑받고 싶은 욕구가 도사리고 있기 때문입니다. 어머니는 오로지 자신만을 사랑하는 존재가 아니라는 사실은 아이의 마음속에 처음으로 깊은 실망감을 안겨 줍니다. 그래서 아이는 어머니의 사랑을 전적으로 차지하기 위해서 노력합니다. 라캉은 아이들의 이러한 노력을 상상적 팔루스를 찾는 일로 설명합니다. 어머니를 만족시키기 위해서는 자신이 능동적으로 팔루스의 역할을 스스로 수행해야 한다고 믿습니다. 스스로 상실된 모성과 동일시됨으로써 자신이 어머니의 성욕을 채워 줄 수 있다고 확신합니다. 그렇지만 아이들은 실제 현실에서 자신이 상상의 팔루스를 소유하지 못하고 있음을 절감합니다. 남자아이의 경우 자신이 상징적으로 팔루스를 지닐 수 있다고 믿는 반면에, 여자아이의 경우 자기가 어머니의 팔루스

가 될 수 있다는 생각을 포기하고 맙니다. 즉, 여자아이는 스스로 상상 속의 팔루스와 동일하지 않다고 여기면서, 비로소 자신에게 남근이 없다는 것을 어쩔 수 없이 받아들입니다. 이로써 그미는 상징적 질서로서의 언어의 존재, 즉 팔루스 없는 자아를 은연중에 수용합니다. 여기서 말하는 상징화란 다음의 사항을 뜻합니다. 즉, 어머니의 욕망이라는 기표가 아버지의 이름이라는 다른 기표로 치환되는 과정 말입니다. 그렇게 되면 아버지의 이름은 다음과 같이 기능하게 됩니다. 즉, 어머니에 대한 근친 상간의 욕구가 이른바 금기라는 아버지의 법칙으로 변모되는 기능 말입니다. 멜라니 클라인(Melanie Klein)의 대상관계 이론에 의하면, 여자아이의 상상의 팔루스에 관한 라캉의 견해는 너무 과장되었다고 합니다. 실제로 아버지가 어머니의 육체 안에 있는 경우를 제외하고는 아버지의 영향력은 일상 삶에서 그리 크지 않기 때문이라는 것입니다(라이트: 455).

10. 욕망의 언어, 무의식은 하나의 언어로 구조화되어 있다: 이 명제는 라캉에게 매우 중요합니다. 라캉의 분석은 주체를 어떤 욕망의 언어 속으로 도입합니다. "첫 번째 언어(langage premier)"는 언어적 측면에서는 우주적이긴 하나, 욕망의 표출 내지 인간 행위의 측면에서 고찰할 때 주체의 급진적 특수성으로 이해됩니다. 라캉은 무의식의 영역을 (누군가 말을 꺼내려 할 때의) 언어 효과의 영역으로 간주하고 있습니다. 여기서 언어란 말하기와 동일하지 않고, 의사소통으로 축소되지도 않습니다. 왜냐하면 라캉이 생각하는 말하기는 주체와 타자 사이를 중개할 뿐 아니라, (표현 기능이 왜곡됨으로써 의사소통의 매개체로부터 일탈되는) 무의식적인 것을 표출하기 때문입니다. 무의식적으로 구성되는 것은 라캉에 의하면 오로지 (주체에게 자신의 신분을 부여하는) 말하기의 효과에 불과합니다. 따라서 무의식은 하나의 언어로 구조화되어 있으며, 이 경우 주체는 타자에 속

할 뿐이라고 합니다.

11. 언어 속에 도사리고 있는 소환의 기능: 라캉에게 중요한 것은 의사 소통 내지 정보 전달의 의미로서의 언어의 기능이 아닙니다. 오히려 의사소통과는 무관한, 정보 전달에 불필요한 언어의 부분이 라캉에게 중요합니다. 자고로 정보의 일원체로 측정될 수 있는 우주적 시스템으로서의 언어는 때로는 언어의 "부분적 파롤(parole particulière)"을 드러냅니다. 이것이 소환의 기능입니다. "정보 전달에 불필요한 언어적 부분(redondance)"이 의사소통의 과정으로부터 일탈되어 나옴으로써 언어는 인간 내면의 무엇을 불러낼 수 있습니다. 그러니까 언어는 여기서 정보 전달이 아니라, 은폐된 무의식의 욕망을 소환해 내는 기능을 지니고 있습니다. 은폐된 무의식의 욕망을 소환해 낸다면, 정신 치료의 과정에서 "완전히 말하기"라는 라캉의 개념은 본연의 소임을 다하게 됩니다. 그래, "완전히 말하기"란 주체의 진리를 실현시키는 매개체입니다. 환자는 완전히 말하기의 방식을 통해서 상상 속의 왜곡된 상을 부분적으로 드러냅니다. 여기서 왜곡된 상은 상징계의 강한 영향 때문에 얽혀 있는 고리일 수 있습니다. 그렇기에 그것은 정보의 전달이라는 언어의 기능에 의해서 밖으로 표출될 수 없는 무의식적 억압을 내포하고 있습니다. 이에 비하면 단순히 말하는 행위는 — 언어가 체계로서, 문화가 "선험적 무엇(a priori)," 다시 말해 익명성으로서 드러나고 있는 한에서는 — 그야말로 공허할 뿐입니다.

12. 현실의 영역, 상상의 영역: 문제는 우리가 인간의 존재를 두 가지로, 다시 말해서 원래의 존재와 상상 속의 존재로 구분해서 인지하는 데 있습니다. 이러한 구분을 통하여 우리는 자기 자신을 성숙시키게 됩니다.

이러한 "초기 성숙(Prämaturation)"은 무조건 좋은 것은 아닙니다. 가령 그것은 (동물과 구분될 수 없는) 상상적인 것을 분열시키게 작용합니다. 또한 그것은 인간으로 하여금 실제 영역과 상상의 영역 속에서 공생(共生)하도록 작용합니다. 바로 이것이야말로 의식의 분열을 가리킵니다. 인간은 라캉에 의하면 자아의 상 내부에서 자신의 소외된 단일성을 발견하지만, 욕망을 통해서 균열된 자신의 모습을 깨닫습니다. 현실의 영역에 존재하는 것은 포착될 수 없고, 발설될 수 없으며, 인위적으로 조절될 수 없는 무엇입니다. 이것은 프로이트가 말하는 이드(Id)와 유사합니다. 바꾸어 말해서 인간은 실제 현실에서는 자신의 관점에서 외부 세계로 향해 사고하지만, 상상의 현실 속에서는 어떤 초라한 자아와는 반대되는 자신의 존재 그리고 주체를 더 이상 억압하지 않는 안온한 세계가 엄연히 자리하고 있습니다. 인간은 무언가를 욕망하지만, 욕망은 충족되지 않으므로, 그 대신 하나의 안온한 가상 세계를 차선책으로 표상합니다. 이러한 안온한 가상 세계 속에서 인간은 스스로 갈망하는 자아와는 다른, 어떤 충족된 자아를 접하게 됩니다. 이러한 두 개의 자아야말로 균열된 자신의 모습입니다. 이는 "어떤 생물학적 비적응성"의 결과로서 표현될 수 있는데, 이 경우 상상의 자아는 언어를 통해 교묘하게 밖으로 드러날 수 있다고 합니다.

13. 상징의 영역: 무릇 외부 세계에 자신을 순응시키지 않으려는 태도는 고통을 동반하는 법입니다. 이는 어린이들의 장난과 유희에서 끝없이 반복되어 나타납니다. 가령 주체는 "자신의 고립화"를 모방하며, 어머니가 곁에 없다는 소외감을 어떻게 해서든 극복하려고 합니다. 놀이에 수반되는 소리 속에는 결핍을 명명하는 상징적인 것이 일차적으로 드러납니다. 바로 이러한 상징성이 상징계 내지 상징의 영역에 해당합니다. 이를테면

인간 존재는 "어머니를 잃었다"는 상징성 속에 바탕을 두고 있습니다. 원래 상징은 퍼스(Peirce)에 의하면 사회계약이라는 관습에 토대를 둔 무엇으로서, 특정 대상에 대한 사회적 합의에 근거한 고정된 의미를 지니고 있습니다(Peirce: 113ff). 그런데 라캉은 이를 뒤집고 상징을 법과 언어의 질서로 해석하고 있습니다. 그것은 담론 내지 언어의 질서이며, 아버지의 법칙으로서의 거대한 타자와 관련됩니다. 라캉은 상징에 관한 이론을 세 번에 걸쳐 변화시켰는데, 이에 관한 세부 사항들은 너무 복잡하므로 자세한 설명을 생략하기로 합니다(라이트: 666f). 어쨌든 상징은 담론의 질서이며, 국가 지배의 질서를 가리키기도 합니다. 상징적 질서는 때로는 경제의 질서이며, 때로는 부권의 법칙이기도 합니다. 라캉의 상징의 영역, 즉 상징계는 프로이트가 말하는 초자아(Super-Ego)의 특징을 부분적으로 지니고 있습니다. 그러나 상징계는 초자아의 특성 외에도 힘과 권력을 의식적으로 보유하고 있습니다. 요약하건대, 상징의 질서는 언어의 질서 내지 힘과 권력의 질서이며, 주체는 이에 언제나 종속되어 있습니다. 이와 관련하여 라캉은 "쾌락원칙을 넘어선 저편의 영역은 어떠한가?"라는 프로이트의 질문에 대해 대답합니다. 죽음 충동은 라캉에 의하면 직접적인 파괴 의지라고 합니다. 그것은 실제로 존재하는 모든 것을 깡그리 파괴하려는 열망을 가리키는데(Lacan 2014: 255), 실현되지 않은, 다시 말해 인정받지 못한, 무언(無言)의 상징적 질서로 향한다고 합니다. 죽음의 세계는 언어가 존재하지 않으므로 무언의 상징적 질서와 연결됩니다.

14. 치료는 상상 속에 엉켜 있는 심리적 상흔을 재현하는 작업이다: 따라서 라캉의 정신분석학에서는 언어, 다시 말해서 말이 가장 중요합니다. 왜냐하면 그의 정신분석학은 (이른바 상상적인 것이 상징화되어 있는) 말들을

서로 교환함으로써 수행되기 때문입니다. 그러니까 언어야말로 환자의 내면에 도사린 왜곡되어 있는 상징적 질서의 틀을 파괴시킬 수 있는 수단이라고 합니다. 정신분석학적 대화에 담긴 상상적인 것은 거짓된 상을 해체시키는 데 기여합니다. 라캉은 하나의 증상을 주체 속의 어떤 무언의 존재로서 파악하며, 이를 분석의 과제로 삼습니다. 라캉은 다음과 같이 말합니다. "우리는 말하면서 주체를 재집결시켜야 한다." 다시 말해서, 라캉은 환자와의 대화를 통해서 환자가 상상하고 있는 무엇 속에 도사리고 있는 왜곡된 흔적, 거짓된 흔적을 도출하는 게 무엇보다도 중요하다고 합니다. 바로 이러한 왜곡된 상 내지 상상 속에 엉켜 있는 심리적 상흔을 말로써 재현하는 작업 — 이것이야말로 라캉의 심리학이 지향하는 핵심 사항입니다. 이를 위해서 필요한 것은 환자로 하여금 스스로 자신의 내면의 모든 것을 완전히 발설하도록 유도하는 일입니다.

환자의 내면에 도사리고 있는 왜곡된 상징적 질서는 진리로 비유될 수 있는데, 이러한 진리를 발견하는 당사자는 의사가 아니라, "완전히 말하는" 환자 자신이라고 합니다. 라캉의 정신분석학은 한마디로 우주의 비밀을 찾아내려는 해석학이 아니라, 질병의 증상을 찾아내는 탐색 작업으로 끝납니다. 따라서 해석 속에서 의미를 찾아내려는 효과는 없으며, 오히려 증상 속의 의미심장함의 (모든 의미 내용 없는) 표현만을 추적할 뿐입니다(Lacan 1996: 83f). 라캉은 "말하기는 주체의 잘못 인식된 부분의 자궁이다"라고 주장합니다. 이때 라캉은 주체가 처음부터 끝까지 자신을 인식하고 있지 않는 것을 전제로 삼고 있습니다. 이 경우 주체가 말하는 게 아니라, 자신의 다른 상, 타자에 의해서 행해지는 언어가 발설되는 것입니다. 그는 말하기가 타자의 장소로부터 전해지는 것임을 확신하고 있습니다. 여기서 우리는 라캉이 정신분석학의 핵심적 수행 과정에 있어서 프로이트의 그것을 추종하고 있다는 점을 확인할 수 있습니다.

15. 대화 내지 발언 속에 엉켜 있는 고리, 보로매우스의 매듭: 말하기의 두 가지 양태는 때때로 서로 간섭하고, 의미 고리를 차단시킵니다. 이를테면 환자와 의사 사이의 대화가 중단되는 경우는 바로 그러한 교차점에 해당합니다. 라캉은 무의미한 내용 속에서 주체의 진리를 풀어헤치는 작업을 정신분석학의 과제로 삼고 있습니다. 대화 내지는 발언 속에 매듭 지어진 고리 속에는 어떤 숨겨진 의미가 도사리고 있다고 합니다. 이미 언급했듯이, 진리의 추적은 라캉의 경우 궁극적으로 "말하기"로 귀결됩니다. 말하는 행위의 고유한 특성은 토론 속에서가 아니라, 오히려 토론의 차단 내지는 방해 속에서 드러나고 있습니다. 라캉에게 중요한 것은 말하기 행위 내에서 토론의 한계를 벗어나는 무엇을 도출해 내는 일입니다. 왜냐하면 자신의 내적 언어를 표현하는 주체는 언제나 토론의 주체로부터 일탈되어 있기 때문입니다. 라캉에 의하면, 인간의 영혼은 상징계, 상상계 그리고 실재라는 세 가지 구조의 매듭 속에 자리하고 있습니다. 라캉은 이 공간을 보로매우스의 매듭이라고 명명합니다. 보로매우스의 매듭은 교묘하게 연결되어 있지만 서로 뒤엉킨 채 묶여 있는 것은 아닙니다(Evans: 65). 그것들은 제각기 하나씩 짝을 이룬 채 매듭을 형성하고 있습니다. 그렇기 때문에 그것은 사람들로 하여금 스스로 완전하게 안정시키지 못하게 하고 정착하지 못하게 합니다. 인간의 심리 구조가 마치 구름처럼 부유하는 까닭도 따지고 보면 보로매우스의 매듭이 서로 불안정하게 얽혀 있기 때문입니다.

16. 정신병자의 망상: 정신병자는 자신의 심리 구조가 파괴된 인간 유형을 가리킵니다. 그들은 자신의 붕괴된 보로매우스의 매듭을 어설프게 망상이라든가 환각 등으로 복구한 채 살아가고 있습니다. 이 경우, 망상과 환각은 서로 분리된 매듭을 어떻게 해서든 봉합해 활용하기 위해서 인

위적으로 만들어진 것입니다. 그들에게는 상상계가 아니라 상징계가 붕괴되어 있습니다. 따라서 그들의 심리 구조는 거짓 매듭의 형태를 드러냅니다. 여기에서 망상은 하나의 유사 상징계 속에서 가상적으로 떠올린 형상입니다. 다시 말해서, 정신병자의 상징계는 대체로 아버지의 영향권이 배척됨으로써 파괴되어 있는데, 그는 애써 상상계의 내용을 끌어내어, 상징계를 거짓 매듭으로써 인위적으로 채워 놓고 있습니다. 하지만 망상은 단순히 질병의 표현으로만 간주되어서는 곤란합니다. 망상은 무너진 상징계를 복원시킨 것으로서, 무너진 세계를 다시 세우려는 환자 나름대로의 어설픈 시도의 결과로서 나타나는 것이라고 합니다.

17. 성도착자의 경우: 이와는 달리 성도착자에게는 상징계가 아니라, 현실계가 붕괴되어 있습니다. 성도착자는 어떤 특정한 물건에 대해 심하게 집착하고 거기에서 성적인 흥분을 느끼는 사람입니다. 그들의 경우, 성적 흥분의 대상은 다른 사람, 혹은 어느 특정한 물건으로 이전되어 있습니다. 다시 말해, 붕괴된 실재의 고리는 하나의 신처럼 귀중한 물건으로 보완되어 있습니다. 주어진 특정 대상은 그들에게는 성적 흥분을 일으키는 신적 존재와 같습니다. 중요한 것은 성도착자들이 실제 현실에서 성적 차이의 구분을 의식적으로 혹은 무의식적으로 부인하고 있다는 사실입니다. 여기서 특정한 물건이 팔루스의 특성을 담고 있는가, 아니면 "바기나(Vagina)"의 특성을 지니는가 하는 물음은 부차적입니다. 중요한 것은 성도착자가 실제 세계에서 특정 사물을 신격화시킴으로써 이러한 차이를 봉합해 버린다는 사실입니다. 정신병자와 달리 성도착자에게 상징계는 파괴되지 않고 온존해 있습니다. 그렇기에 성도착자들은 세상의 질서, 권력 구조 등을 분명히 의식하는 경향을 드러냅니다. 바로 이러한 까닭에 성도착자에게는 정신병을 야기하는 파괴적 심리 구도가 자리하지

않습니다.

18. 신경증자의 경우: 신경증 환자는 라캉에 의하면 증상을 통해서 상징계의 고리를 하나 더 만들어 놓고 있습니다. 성도착자, 정신병자와 달리 신경증자는 상징계, 상상계, 현실계의 세 범주 모두를 지니고 있습니다. 하지만 신경증자는 내면의 결핍과 불확실성을 스스로 감내하지 못합니다. 그렇기에 신경증 환자는 일상에서 무엇이 중요하고 무엇이 부차적인 일인지 분명하게 결정을 내리지 못합니다(Schneider-Harpprecht: 293). 그는 실재(혹은 상상계)와 상징계의 연결을 보다 확실히 하기 위해 네 번째의 고리를 필요로 합니다. 신경증 환자의 경우, 두 개의 상징 고리로써 보로매우스의 매듭의 이른바 위태로운 속성이 어느 정도 완화됩니다. 이전과 달라진 점으로, 상징계의 고리가 두 개가 됨으로써 상징계의 위치가 고정되었음을 우리는 지적할 수 있습니다. 세 개의 원을 가진 매듭에서는 어떤 특정한 원을 상징계 혹은 상상계 혹은 실재라고 고정적으로 정할 필요가 없었으나, 이제 네 번째 원이 도입됨으로써 상징계의 위치가 고착되었고, 보로매우스의 매듭 내부에 '내적 이질성'이 생겨납니다. 그리하여 보로매우스의 매듭의 서로 어긋나게 연결된 특징이 약화됩니다. 네 개의 원 중에서 상징계에 속하는 두 고리는 직접 연결되어 있는데, 두 개로 나뉜 상징계의 매듭을 하나의 매듭으로 간주할 때, 이 매듭과 다른 매듭 — 상상계 — 도 직접 연결되어 있다고 할 수 있습니다. 즉, 상징계의 특징인 비고정성이 상상적으로 고정되어 있으며, 이 상상계를 매개로 상징계와 실재 간의 연결이 더욱 규정화되어 있습니다.

19. 네 번째 매듭과 오이디푸스 콤플렉스: 라캉은 네 번째 고리를 증상, 오이디푸스 콤플렉스, 심리적 실재, 아버지의 이름이라고 부릅니다. 이렇

듯 60년대 이후의 시기에 라캉은 아버지의 이름이 증상 혹은 오이디푸스 콤플렉스의 역할을 할 수 있다는 것을 위상학적으로 보여 주었습니다. 순수한 이름으로서의 아버지가 사물에 이름을 부여하는 지식을 가진 신비적 아버지로 기능할 때, 그것은 증상이 됩니다. 상상적인 아버지, 안다고 가정되는 주체를 상정함으로써 신경증자는 언어를 통해 드러나는 순수 차이를 메우고, 실재와 상징계를 굳게 결합시킵니다. 결정적 하자는 네 개로 이루어져 있는 보로매우스의 매듭의 견고함에서 발견됩니다. 자고로 무엇이든 강하면 부러지는 법입니다. 인간의 심리 구조는 생동하는 인간 생명의 유동성 내지 탄력을 지녀야 합니다. 리비도는 유약하고, 끈적거리는 것이며, 마치 흐르는 물, 움직이는 에테르와 유사합니다. 만약 그것이 네 개의 고리에 의해서 차단되거나 경직되면, 원래의 유연하고 유동적인 기능을 행하지 못하게 되는 것은 당연합니다. 정신 질환자들 가운데에서 특히 신경증 환자가 유독 오르가슴 능력을 상실하는 까닭은 바로 여기에 있습니다.

20. 라캉 이론의 문제점: 라캉은 무의식을 말하기 행위로써 도출해 내어, 이를 동일한 차원에서 고찰하려고 했습니다. 그런데 라캉의 이러한 태도는 몇 가지 취약점을 드러내고 있습니다. 예컨대 무의식의 공간은 언어 영역 내의 의사 전달에 불필요한 부분이 아니라, 오히려 언어 이전의 여백으로 설명될 수 있습니다. 이를테면 한 인간이 정치적인 이유로 인하여 혹은 심리적 이유로 인하여 말로써 모든 것을 발설하지 못하는 경우를 생각해 보십시오. 자고로 성에 관한 사항을 타인에게 발설하는 것은 참으로 껄끄러운 법입니다. 그것은 언어의 기표만으로써 해명될 수 없을 정도로 언어로부터 멀리 떨어져 있습니다. 자신의 성을 발설하지 못하는 수치심은 어쩌면 오랫동안 사회적 터부로 작용했기 때문인지 모

룹니다. 여기에는 심리적 차단 외에도 사회적 억압 구도가 작용할 수 있습니다. 독재와 억압이 횡행하는 곳에서는 무언의 침묵이 오히려 진리의 내용에 가깝습니다. 비트겐슈타인은 『논리철학 논고(Traktatus)』에서 다음과 같이 말했습니다. "말할 수 없는 무엇에 관해서 우리는 침묵을 지켜야 한다"(Wittgenstein: 7). 비트겐슈타인의 언어철학이 무시한 것은 바로 이러한 언어 여백의 장이라고 말할 수 있습니다. 비트겐슈타인은 언어로 표현될 수 없는 무엇에 관해서는 더 이상 언어철학적인 논의를 개진할 필요가 없다고 단언한 셈입니다. 한편, 라캉은 언어의 전달 기능이 차단된 곳에서 인간 심리의 이상 증세가 발견된다고 주장했습니다. 한 사람은 비언어의 영역을 논의에서 차단시켰고, 다른 사람은 언어로 의식될 수 없는 영역이 언어적 기표 등으로 부분적으로 도출될 수 있다고 믿었습니다. 어쨌든 두 사람 모두가 (제스처, 표정 등이 포함된) 육체 언어 내지 비-언어의 영역을 일차적으로 등한시하고 있습니다. 그러나 성의 문제는 언어의 기호학적인 측면이 너무나 피상적이라는 점에서 결코 언어를 통해서 완전히, 혹은 충분하게 발설되거나 해명될 수는 없을 것입니다.

이미 언급했듯이, 라캉은 "무의식은 마치 언어처럼 구조화되어 있다"고 주장합니다. 그러나 엄밀히 따지면 무의식은 언어의 저편에 자리한, 언어로 완전히 표현될 수 없는 영역입니다. 무의식 속에는 인간의 언어로 표출될 수 없는 상당히 많은 부분의 전의식 내지 무의식의 욕망이 도사리고 있습니다. 이러한 욕망 체계는 오로지 인간의 언어만으로써 드러날 수 없는 경우가 허다합니다. 언어는 그야말로 인간의 사상과 감정의 빙산의 일각만을 보여 주지 않습니까? 물론 라캉 역시 이를 인정하고 있습니다. 라캉에 의하면, 무의식의 기능 속에서 존재적인 것은 "갈라진 틈"이라고 합니다(이종영: 86). 라캉이 대화의 단절, 머뭇거림에 주의력을 집중하는 것도 바로 그 때문입니다. 다시 말해, 라캉은 대화 속에서 말이 차단되는 순간 내지 소통의 차단에서 무의식 내지 질병의 단초를 발견할 수 있다고 표현했는데, 이러한 주장 자체가 바로 무의식의 언어 표현의 가능성을 부정하는 처사입니다. 그렇지만 인간의 사상과 감정은 전체적으로 고찰할 때 검열의 사회적·심리적 터부 속에서 비언어적 행동 양상(제스처, 표정 등의 육체 언어)으로 은밀하게 표출될 수 있습니다. 특히 그가 말하는 상징계는 너무 고착되어 있어서, 수많은 인간 유형의 사랑의 패턴을 전적으로 포괄할 수 없습니다. 가령 성 소수자의 사랑의 삶은 라캉의 경우 거의 고려되지 않고 있으며, 모든 것은 오로지 하나의 명징한 구조주의의 틀 속에서 해명되므로, 예외적 사항은 추상적 논리의 카테고리 속에서 거의 질식 상태에 처해 있습니다. 물론 라캉이 말년에 특히 여성성과 관련되는 "타자의 주이상스" 개념을 통해서 무의식의 저편의 여운을 암시했지만, 이 역시 이전의 이론적 틀을 저버려야 진정한 설득력을 지니게 될 것입니다. 자고로 이론 속에 부분적인 결함이 연이어 속출하면, 그 이론을 끊임없이 내재적으로 수정할 게 아니라, 그 이론 자체를 파기해 버려야 마땅합니다.

라캉과 라캉주의자들은 팔루스의 개념을 남근에 해당하는 페니스와 구분함으로써 프로이트의 거세 콤플렉스 내지 남근 선망의 시각 속에 도사린 하자 내지 불완전성을 비켜 가려고 의도했습니다. 이로써 팔루스 개념은 해부학적 실제에 대한 모든 구체적 토대를 벗어나 있습니다. 여기에는 라캉주의자들이 남성의 신체 기관에서 팔루스의 상징성을 도출해 내어서, 이를 남성뿐만 아니라 여성에게 무차별적으로 적용하려고 하는 의식적 내지 무의식적 의도가 도사리고 있습니다(Wilden: 271). 이와 관련하여 주디스 버틀러는 팔루스가 특권적 기능을 차지할 권한은 하나도 없다고 주장했습니다. 만약 남근이 인간성의 생물학적 기원이라는 사

실이 불충분하다면, 남근은 페니스의 기표가 아니라 무한정 떠도는 기
표에 불과하다는 게 버틀러의 지론입니다(Butler: 88). 아니나 다를까 라
캉은 팔루스를 주어진 현실에 존재하지 않는, 이념의 영역에 속하는 변
증법적 현실 속의 개념으로 환치시킴으로써 이를 가능하게 만들었습니
다(임옥희: 76). 여기서 드러나는 남근 선망에 대한 은폐 이론은 나중에
"타자의 주이상스"라는 개념과 접목되어 남성 중심주의의 지배적 역할
을 당연한 것으로 인정하고 있습니다.

결론적으로 말해서, 라캉은 처음부터 프로이트의 이론에 구조주의의
그물을 드리워서, 생물학의 내용을 심리학의 그것으로 대치시켰습니다.
또한 그는 사회적으로 활동하는 특정 사람들의 인종적, 문화적, 경제적
토대를 외면하면서, 그들의 심리 구조를 어떤 비가시적 패러다임 속으로
편입시켰습니다. 이로 인하여 찾아낸 것은 주어진 현실과 생명 존재로서
의 인간의 제반 심리 사이의 관련성이 아니라, 예컨대 기표로서의 팔루
스, 상징계의 질서 등과 같은 예지적이며 추상적인 담론의 전문용어들이
었습니다. 라캉이 말하는 팔루스는 특정 사회 내의 남성성과 여성성의
토대를 밝히는 데 적절하지 못하며, 인종, 사회 그리고 특정 계급 등의
정체성을 파악하는 데 거의 도움을 주지 않는 하나의 추상적 얼개에 불
과합니다(프레이저: 205). 따라서 라캉의 팔루스 개념과 상징 질서를 둘러
싼 담론은 심리적 증상과 질병의 완화 내지 치료에 최소한의 도움도 주
지 못하며, 이른바 기표로서의 팔루스 내지 상징 질서를 대신할 수 있는
페미니즘의 사상적 단초를 찾는 데에도 도움을 주지 못합니다.

21. 라캉을 넘어서: 라캉은 심리학 연구 분야뿐 아니라, 프랑스 후기 구
조주의에 지대한 영향을 끼쳤습니다. 이를테면 알튀세르는 라캉의 타자
에 입각한 심리학을 이데올로기의 문제와 관련시켰습니다. 마치 라캉이

프로이트로 돌아가야 한다고 설파했듯이, 알튀세르는 다시 마르크스의 사상으로 환원해야 한다고 주장했는데, 이때 라캉의 타자에 관한 논의는 마치 이데올로기에 대한 대정부 질문과 같이 활용된 바 있습니다. 철학자 미셸 푸코는 알튀세르의 철학적 논쟁을 접하면서, 라캉의 이론을 근거로 전체주의 국가에 대한 전면적 도전을 구상하기도 하였습니다. 그의 책, 『성의 역사』는 정신병자, 동성연애자 내지 변태성욕자 등에 대한 국가의 집요한 폭력을 분명히 밝히고 있습니다. 특히 우리가 기억해야 하는 것은 슬라보예 지젝(Slavoj Žižek, 1949-)의 라캉 정신분석학의 수용입니다. 그는 라캉의 이론을 한편으로는 유럽 철학사에 대입하여 주체의 빈틈을 예리하게 천착하였으며, 다른 한편으로는 정신분석학적 결론을 현대의 대중문화에 적용하였습니다. 매트릭스, 히치콕 그리고 사이언스 픽션 속에는 인간의 욕망 충족의 흔적이 깊이 뿌리내리고 있다는 것입니다(Žižek: 97f). 라캉의 제자인 줄리아 크리스테바는 정신분석학을 역사적 유물론의 관점과 페미니즘의 관점에서 확장하고 심화시켰습니다. 이때 그미는 라캉의 이론을 도입하면서도 그것을 부분적으로 비판했습니다. 특히 라캉이 중요하게 생각하는 언어는 화용론의 측면에서 주어진 역사와는 너무 동떨어진 채 추상적인 의미 기능을 담당하고 있다고 말입니다.

참고 문헌

라이트, 엘리자베트(1997): 페미니즘과 정신분석학 사전, 고정갑희 외 역, 한신문화사.

이종영(2012): 내면으로. 라깡, 융, 에릭슨을 거쳐서, 울력.

임옥희(2008): 젠더의 조롱과 우울의 철학, 주디스 버틀러 읽기, 여이연.

프레이저, 낸시(2017): 상징계주의에 대한 반론, 실린 곳: 낸시 프레이저, 전진하는 페미니즘, 임옥희 역, 돌베개, 195-221쪽.

호머, 숀(2005): 라캉 읽기. 정신분석과 미학 총서 2, 김서영 역, 은행나무.

Butler, Judith(1993): Bodies That Matter: On the Discursive Limits of "Sex," New York

Evans, Dylan(2002): Wörterbuch der Lacanschen Psychoanalyse, Wien.

Kupke(2007): Kupke, Christian (hrsg.), Lacan — Trieb und Begehren. Berlin.

Jens(2001): Jens, Walter (hrsg.), Kindlers neues Literaturlexikon, München.

Lacan, Jacque(1996): Vier Grundbegriffe der Psychoanalyse, Weinheim.

Lacan, Jacque(2015): Schriften I. Vollständiger Text, Berlin und Wien.

Lacan, Jacque(2014): Schriften II. Vollständiger Text, Berlin und Wien.

Pagel, Gerda(1989): Jacques Lacan. Zur Einführung, Hamburg.

Peirce, Charles Sanders(1955): Philosophical Writings of Peirce, New York.

Renner, Rolf Günter(1995): Lexikon literaturtheoretischer Werke, Stuttgart.

Schneider-harpprecht, Ulrike(2002): Mit Sympomen Leben. Eine andere Perspektive der Psychoanalyse Jacques Lacans mit Blick auf Theologie und Kirche, Münster.

Wilden, Anthony(1968): The Language of the Self, in: Anthony Wilden, Lacan and the Discourse of the Other, Baltimore, pp. 157-318.

Vapereau, Gutave(1876): Dictionaire universel des Littératures, Paris.

Wittgenstein, Ludwig(1963): Tractatus logico-philosophicus, Frankfurt a. M.

Žižek, Slavij(1991): Liebe Dein Symtom wie Dich selbst!. Jaques Lacans Psychoanalyse und die Medien, Berlin 1991.

13

성 차이는 없다.
페미니즘과 정신분석

제발 한번만 살女주세요/어차피 당신 살아男잖아요

　　　　　　　　　　　　　　　　　(「강남역 10번 출구」에 적힌 글귀).

새로운 성 정치의 가능성은 플롯(plot)을 바꾸는 일이다. 구성(plot)을 바꾸는 일, 땅(plot)을 바꾸거나 떠나는 일 그리고 음모(plot)를 드러내는 일 말이다.

　　　　　　　　　　　　　　　　　　　　　　(고정갑희)

1. 성 차이는 없다: 이 장에서는 페미니즘의 정신분석 이론을 논하도록 하겠습니다. 지금부터 약 100년 전에 게오르크 지멜은 여성성과 남성성의 차이를 사회학적으로, 정확히 말하자면 사회심리학적으로 밝히려고 했습니다. 지멜에 의하면, 남성의 사고는 자기중심적, 분업적 그리고 수직적 특성으로 이루어져 있으며, 여성의 사고는 "우리" 중심적, 전인적, 수평적 특성으로 구성되어 있다고 합니다. 그래서 남성의 경우 대체로 자의식이 강하고, 정의로우며, 저항적이라는 장점이 발견되지만, 사고의 편협성, 갈등 그리고 굴복이라는 태도가 어떤 단점으로 드러난다고 합니다. 여성의 경우, 배려, 화해 그리고 평온함이라는 장점이 발견되지만, 자기 부정적이고 불분명한 견해, 체제 안주적 생활 습관과 같은 단점이 발견된다고 합니다(짐멜: 156). 그렇지만 100년이 지난 21세기에 지멜의 이러한 구분은 시대착오적이며 진부하다는 생각이 듭니다. 왜냐하면 오늘날 호모 아만스는 사회적으로 그리고 "인상학(Physiognomie)"의 측면에서 남성과 여성이라는 일도양단적인 이분법으로 구분될 수 없습니다. 필자는 성 차이의 무의미성에 근거하여 논의를 개진할까 합니다.

2. 페미니즘에 입각한 정신분석: 이미 언급했듯이, 정신분석학은 약 150년의 전통을 지니고 있습니다. 흔히 지그문트 프로이트를 이 학문의 선구자로 지목합니다. 그런데 이 시기의 정신분석에 관한 모든 사항들은 대부분의 경우 남자의 시각에서 서술되었습니다. 여기서 문제시되는 것은 주로 남근 선망에 관한 프로이트의 이론이었습니다. 이를테면 멜라니클라인(Melanie Klein)은 자신의 대상관계 이론을 통해서 남근 선망 대신에 자궁 선망의 견해를 내세웠습니다(Klein: 180). 이를테면 여아가 처음에 어머니에게 반항하다가 나중에 아버지에게 반항하는 까닭은 클라인에 의하면 남근의 결핍 때문이 아니라, 유방의 결핍 때문이라고 합니

다. 불완전한 자아는 어머니라는 대상 앞에서 프로이트가 주장한 것처럼 "구강기, 항문기 그리고 남근기"를 거치는 게 아니라, 편집 분열, 우울 등의 관점을 포괄적으로 느낍니다. 따라서 여아의 리비도는 시기적으로 변천하는 게 아니라, 공시적으로 어머니와의 관계 속에서 여러 형태로 병존할 수 있습니다. 그 밖에 우리는 카렌 호르나이(Karen Horney)의 이론을 예로 들 수 있는데, 프로이트의 남근 선망의 이론은 호르나이에 의하면 그야말로 반혁명적 주장이라고 합니다. 호르나이는 자궁 선망을 염두에 두면서 프로이트의 남성적 나르시시즘을 신랄하게 비판하였습니다(Gay: 520). 어쨌든 페미니즘의 관점에서 인간 심리를 고찰한 경우는 라캉 이후의 심리학자들에 의해서 서서히 제기되었다고 해도 과언이 아닙니다. 따라서 우리는 라캉의 정신분석에서 고려된 여성적 시각을 중심으로 논의를 시작하려고 합니다. 논의의 핵심은 여성의 시각에서 어떻게 오이디푸스 콤플렉스를 해명할 수 있는가, 그리고 성 차이의 문제점은 어떻게 구명될 수 있는가 하는 물음입니다. 뒤이어 페미니즘에 입각한 세 권의 정신분석 문헌을 언급할까 합니다. 여기서 언급하려고 하는 세 문헌은 뤼스 이리가레(Luce Irigaray, 1930-)의 『다른 여성의 검시경(Speculum de l'autre femme)』(1974), 엘렌 식수(H. Cixous, 1937-)와 카트린 클레망(C. Clément, 1939-)의 공저, 『새롭게 태어난 여인(La Jeune Née)』(1975) 그리고 토릴 모이(T. Moi, 1941-)의 『성/텍스트 정치학(Sexual/Textual Politics)』을 가리킵니다.

3. 라캉이 고찰한 오이디푸스 콤플렉스: 맨 처음 프로이트는 거세와 남근 선망의 이론을 내세웠는데, 이는 오로지 남성적 관점에서 기인하는 것이었습니다. 그런데 라캉은 이러한 이론을 결여의 기표로서의 팔루스의 이론으로 이전시켜 놓았습니다. 라캉의 팔루스의 이론에 관해서는 앞 장에

서 이미 설명했으므로, 부연 설명을 생략하기로 하겠습니다. 프로이트는 오로지 남자아이의 입장에서 오이디푸스 콤플렉스를 설명했습니다. 그렇다면 여자아이의 경우 그것은 어떠한 영향을 끼치는 것일까요? 일단 다음의 사항을 살펴보기로 하겠습니다. 여아는 자신과 어머니에게 남근이 없다는 것을 어느 순간 깨닫습니다. 다시 말해서, 그미는 남근 선망의 단계에서 자신의 사랑을 아버지에게 이전시킵니다. 뒤이어 여아는 어머니가 별로 가치 없다고 생각하면서 자신에게 음경을 부여하지 않은 어머니를 전-의식적으로 질책하고 원망합니다. 남자아이의 경우, 거세에 대한 두려움으로 인하여 죄의식을 느끼고 자신의 모든 욕망을 스스로 차단시킵니다.

4. 여아의 콤플렉스: 이에 비하면 여아에게는 거세에 대한 두려움이 처음부터 없습니다. 왜냐하면 어릴 적부터 자신에게 음경이 없다는 것을 어쩔 수 없이 수긍해야 하기 때문입니다. 어머니와 여아의 관계는 동일하면서도 이질적인 개체로 설명될 수 있습니다. 그것은 나와 타자의 분화 과정에서 파생되는 생존과 파괴라는 분명히 역설적인 특성을 지니고 있습니다. 어머니가 자식의 요구를 받아들여 스스로를 소멸시키면, 어머니는 존재 가치를 상실합니다. 이와는 반대로 타자, 즉 어머니의 요구가 강하면 여자아이는 이를 어머니가 자신에게 가하는 하나의 보복으로 간주합니다(임옥희: 157). 그렇다면 여자아이는 어떠한 과정을 거쳐서 사랑의 대상인 아버지를 포기하고 어머니와 동일시될 수 있을까요? 이것이 바로 논의의 핵심 사항입니다. 여아는 자신의 욕망을 어머니에게 이동시키기 위해서 자신에게 음경이 없다는 것을 받아들여야 하는데, 이는 어떤 보상 없이는 불가능합니다. 여아들이 느끼는 보상 심리는 아버지의 아이를 갈망하는 것으로 상상 속에 채워집니다. 다시 말해서, 여아의 오

이디푸스 콤플렉스는 거세에 대한 공포가 아니라, 아버지로부터 받을 수 없는 선물인 자식을 열망한다는 데에서 재출현하게 됩니다. 여아들은 사랑의 대상인 타자를 완전히 포기할 수 없습니다.

5. (부설) 모성과 시적 언어는 체제 파괴성의 출구인가?: 줄리아 크리스테바 역시 상기한 사항과 관련하여 라캉처럼 추론하면서 다음과 같이 언급한 바 있습니다. 여자아이는 어머니와의 근친상간이 하나의 금기라는 사실을 인지함으로써, 어머니에게 연결된 애정의 탯줄을 끊어 낸다고 합니다. 이로써 여자아이의 마음속에는 슬픈 감정이 솟아오르지만, 어머니와의 애정의 절단은 나중에 자신이 어머니가 됨으로써 극복하게 된다고 합니다. 다시 말해서, 어머니에 대한 사랑의 상실의 감정은 나중에 자신이 스스로 어머니가 됨으로써 모성의 심리를 다시 돌려받게 된다는 것입니다. 이러한 논조로 크리스테바는 모성과 시적 언어를 추적하고 있습니다. 모성과 시적 언어는 근본적으로 아버지의 법칙에 대항하는 체제 파괴적인 특성을 지닐 수밖에 없다는 것입니다. 여성의 동성애는 크리스테바에 의하면 어머니와의 관계에서 나타난 절망적 우울로 인하여 발생한다고 크리스테바는 주장합니다(Butler: 123f). 여성의 동성애의 열망은 자신의 이러한 우울을 떨치기 위한 강한 충동의 발로라는 것입니다. 현대에 이르러서도 레즈비언의 사랑은 여전히 사회적으로 인정받지 못하고 있습니다. 아니, 동성애는 사회적으로 여전히 금기시되고 있는 실정입니다. 그렇기 때문에 모성과 간주관적 텍스트로서의 시적 언어는 체제 파괴적인 출구로 머물고 있다는 것입니다. 크리스테바의 이러한 견해에 대해 주디스 버틀러는 1990년에 발표된 『젠더 트러블(Gender Trouble)』에서 다음과 같이 비판하고 있습니다. 크리스테바는 법 앞에 위치한 억압당하는 여성에서 논의를 출발하고 있다는 것입니다. 주어진 현실에서 억

압당하는 무엇을 찾느니, 차라리 법의 조건들에서 사고를 개진하는 게 급선무라고 합니다. 왜냐하면 실정법의 규정들이 이치에 어긋나면, 법은 차제에 지속적으로 수정될 수 있기 때문입니다. 이처럼 버틀러는 주어진 편견과 맞서는 노력보다, 갈등 내지 몰이해를 파생시키는 관습, 도덕 그리고 법의 변화 과정에 더 큰 비중을 두려고 했습니다. 페미니즘에서 중요한 사항은 버틀러에 의하면 원시시대로 되돌아가는 일도 아니고, 원초적 욕망을 극대화시키는 일도 아니며, 오로지 개방된 미래에 여성이 문화적으로 풍요롭게 살 수 있는 가능성을 탐색하는 일이라고 합니다 (Butler 141).

6. **주이상스:** 라캉이 언급한 "주이상스(jouissance)"는 독일어로 "향유 (Genuß)"와 "성욕(Lust)"이라는 의미를 동시에 지니고 있습니다. 그것은 도발, 순종, 조롱 등과 같은 역겨움 내지 법적으로 위반되는 행위를 포괄하고 있습니다. 그렇기에 주이상스는 어떤 도발적인 뉘앙스를 처음부터 강하게 드러내는 단어입니다. 그것은 성도착으로 분류되기는 하지만, 흔히 생각하는 변태성욕과 관련되는 부정적 개념은 아닙니다. 라캉에 의하면, 여성은 상징계에 자리하지 않습니다. 왜냐하면 상징계를 가득 채우는 것은 라캉에 의하면 기표로서의 팔루스이기 때문입니다. 흔히 사람들은 라캉의 이러한 주장이 여성을 모독했다고 주장하는데, 이는 라캉의 책을 잘못 읽은 결과입니다. 라캉에 의하면, 팔루스는 상징계에 자리하고 있지만, 남근에 대한 기표이며, 그 자체 결여를 함축할 뿐 어떤 다른 명확한 내용을 포괄하지 않습니다. 나아가 여성이라는 기표 역시 어떠한 긍정적·경험적 의미를 지니지 않습니다. 라캉은 그 이유를 다음과 같은 두 가지 사항으로 설명합니다. 첫째로, 사람들은 여성이라는 개념을 떠올리며, 하나의 환영 내지 상상계에 속한다고 믿습니다. 여자가 존

재한다고 여긴다면, 이는 상징계에 속하는 팔루스의 영역에 여성들이 자리한다는 자가당착의 주장과 같다고 합니다. 왜냐하면 상징계는 전적으로 팔루스의 특성만을 지니고 있기 때문입니다. 둘째로, 말년의 라캉은 자신의 견해를 수정하면서, 여성의 주이상스를 하나의 가능성으로 열어두었습니다. 여자는 그 자체 "비-전체성"으로 설명될 수 있습니다. 그것은 결코 여자가 불완전하고 남자가 가진 것을 지니지 못한 결핍된 존재라는 뜻이 아니라, 팔루스의 기표에 완전히 구속당하거나 종속되지 않고 있다는 사실을 가리킵니다.

7. 성 차이, 혹은 남성성과 여성성: 라캉은 자신의 정신분석학적인 입장을 조금씩 수정해 나갔습니다. 라캉의 수정된 입장은 특히 성 차이에서 분명히 나타납니다. 50년대 말까지 그는 팔루스의 기표에 주의를 기울였습니다. 그런데 60년대 이후에 라캉은 남성성과 여성성이 팔루스의 관점에서가 아니라, 각자의 위치에서 획득하는 주이상스의 유형을 통해서 설명될 수 있다고 주장합니다. 남성성은 팔루스의 주이상스로 설명됩니다. 이를테면 팔루스의 주이상스는 남자를 끝없이 실망시키는 무엇입니다. 그것은 지속적으로 욕망으로 솟구치지만, 남자로 하여금 언제나 실패를 맛보며, 아쉬움을 느끼게 합니다. 이렇듯 남성적 성욕으로서의 팔루스의 주이상스는 완전히 성취되지 않습니다. 그런데도 사람들은 완전한 쾌감을 맛볼 수 있으리라는 갈망을 단 한 번도 저버리지 않습니다. 물론 팔루스의 주이상스는 오로지 남자에게만 해당하는 것은 아닙니다. 요약하건대, 팔루스의 주이상스는 "실패로 특징지어지는 무엇"입니다. 이에 비해 여성성은 타자의 주이상스 내지는 "잉여 주이상스(jouissance supplémentaire)"로 설명될 수 있습니다. 타자의 주이상스는 말로 표현될 수 없는 무엇입니다. 인간의 언어란 그 자체 팔루스적이고 상징계와 연

관되기 때문입니다. 여성에게는 거세에 대한 불안 내지 위험이 없기 때문에, 타자의 주이상스는 그 크기에 있어서 무제한적으로 광활하다고 합니다.

8. **여성성, 타자의 주이상스:** 라캉은 타자의 주이상스를 설명하기 위해서 지오반니 로렌초 베르니니의 조각품 〈성 테레사의 희열〉을 예로 듭니다. 조각 작품은 오늘날 로마의 산타마리아 델라 비토리아 성당의 코르나로 예배 공간에 설치되어 있습니다. 공중의 천사가 성 테레사에게 화살을 쏘는데, 그미는 사랑의 화살을 맞고 마치 꿀 먹은 벙어리처럼 황홀경에 빠져 있습니다. 성 테레사가 느끼는 종교적 황홀은 그야말로 말로 표현할 수 없는 엑스터시라고 말할 수 있습니다(Restivo: 35). 바로 이러한 황홀경이 타자의 주이상스일 수 있다고 라캉은 70년대에 이르러 해명합니다. 성 테레사의 성스러운 엑스터시는 팔루스 주이상스 그 이상이라는 점에서, 라캉은 프로이트의 남근 중심적인 시각을 극복했다고 말할 수 있습니다. 타자의 주이상스 내지 잉여 주이상스는 라캉에 의하면 무의식을 넘어서 있으므로 무의식의 바깥에 위치한다고 합니다. 물론 라캉은 남녀 모두 타자의 주이상스를 부분적으로 경험할 수 있다고 첨가하였습니다.

9. **성관계는 없다:** 마지막으로, 라캉의 한 가지 입장을 언급하려고 합니다. 그것은 성관계는 없다는 말입니다. 구체적으로 말해서, 남자와 여자는 완벽한 배우자를 찾아서 자신과 합치되는 다른 반려자와 완전한 오르가슴을 느끼고 싶어 합니다. 그러나 이러한 욕망은 그 자체 하나의 환상에 불과하다고 합니다. 왜냐하면 남자는 상대에게서 "대상 a"를 바라보려고 하고, 여자는 수수께끼 같은 어떤 곳을 쳐다보기 때문이라고 합

니다. 말하자면 남성과 여성이 추구하는 대상은 서로 다릅니다. 물론 호
모 아만스는 완전한 사랑, 완전한 결합을 끝없이 기대하면서 살아갑니
다. 그렇지만 그가 완전한 주이상스를 느끼는 일은 라캉에 의하면 일시
적이거나 착각에 불과하다고 합니다. 인간은 라캉에 의하면 결코 완전
히 하나가 될 수 없습니다. 남자와 여자의 "신비적 합일(unio mystica)"은
현실에서 출현하지 않는, 하나의 갈망의 상이라는 것입니다. 정신분석학
이 할 수 있는 일은 기껏해야 남녀, 혹은 동성애를 포함한 연인들의 완벽
한 사랑의 삶 내지 신비로운 결합이 불가능하다는 사실만을 학문적으로
밝혀내는 일이라고 합니다. 어쨌든 라캉은 타자의 주이상스와 관련하여
호모 아만스의 내적 동인으로서의 욕망, 다시 말해서 "불가능한 무엇의
가능한 욕망"을 찾으려고 했습니다. 그것이 사랑의 허상으로서 영혼을
갈구하는 것인지, 아니면 여러 가지 유형의 불가능한 무엇의 가능한 욕
망인지에 관해서는 앞으로도 끊임없이 숙고해야 할 것입니다.

10. 뤼스 이리가레의 『다른 여성의 검시경』: 지금까지 우리는 페미니즘과
관련된 라캉의 이론을 간략하게 살펴보았습니다. 이번에는 뤼스 이리가
레의 책을 다루어 보기로 하겠습니다. 왜냐하면 그미는 『다른 여성의 검
시경』(1974)을 통해서 라캉의 심리학을 계승했을 뿐 아니라, 페미니즘
의 시각에서 이를 비판했기 때문입니다. 브뤼셀 출신의 페미니스트인 이
리가레는 60년대 초에 파리로 가서 심리학과 정신병리학을 공부하였으
며, 벨기에와 프랑스를 오가면서, 학문적 수업을 쌓아 나간 학자입니다.
이리가레는 1968년에 언어학 연구로 뱅센 대학교에서 박사학위를 취득
했습니다. 그의 이력에서 특이한 사항은 개인의 사생활을 일체 언급하지
않고 있다는 사실입니다. 심지어 사람들은 그미가 몇 년도에 출생했는지
도 정확히 알지 못합니다. 이리가레는 추측컨대 동성연애의 삶을 살아가

는, 자신의 감정에 충실한 호모 아만스에 틀림이 없습니다. 대표작으로 『성 차이와 윤리학』(1991)이 있습니다. 이 장에서 다루려고 하는 이리가 레의 책은 1974년 파리에서 처음 발표되었습니다. 여기서 그미는 페미니 즘 이론을 정립하기 위하여 남성 중심의 서양 철학사를 대폭 수정하려고 하였습니다. 제목인 다른 여성의 검시경은 여성성을 가리킵니다. 구체적 으로 말하자면, 여성성은 남성성을 그냥 비추어 주는 검시경처럼 취급되 어 왔다는 것입니다.

11. 가부장적인 철학의 역사 비판: 이리가레는 지금까지의 철학사를 한 마디로 가부장적 역사로 규정합니다. 그미의 견해에 의하면, 프로이트 의 성 이론에도 이미 가부장적인 입장이 은밀히 엿보인다고 합니다. 프 로이트는 학문적 논의 과정에서 성의 중립성을 취하고 있는데, 이는 거 짓이라고 합니다. 프로이트의 성적 중립성은 의식적이든 아니든 간에 궁 극적으로 남성의 주관성 내지 남성의 성을 절대화하고 있다는 것입니다. 이로써 프로이트 이후의 학자들은 이리가레에 의하면 지금까지 여성성 을 배제하고 착취해 왔다고 합니다. 그럼에도 이리가레는 헤겔과 마르크 스 외에도 방법론적으로 정신분석학을 도입하고 있습니다. 왜냐하면 무 의식이라는 이론적 논거 자체가 이미 정신분석학이 관여하는 시스템에 대한 비판을 가능하게 하기 때문입니다(Irigarey: 62). 가령 정신분석학자 라캉의 후기 구조주의적인 이론서들은 그미의 핵심적 논거로 작용하고 있습니다.

12. 여성은 항상 외면당했다: 이리가레는 남성들의 학문적 논의에서 파 괴된 부분, 모순점 그리고 맹점 등을 찾으면서, 다음과 같이 주장합니다. "여성은 (프로이트, 플라톤, 아리스토텔레스, 플로티노스, 데카르트, 칸트, 헤겔

그리고 현대의 해체적인 텍스트의 저자들과 같은) 남성들의 철학적, 정신분석학적 논의에서 한 번도 본연의 자리를 차지하지 못했다"는 것입니다. 따라서, 비록 뒤늦은 감이 있지만, 여성의 삶의 토대는 새롭게 재구성되어야 한다고 합니다. 이리가레의 관심사는 상기한 텍스트 속에 기초하고 있는 "현실의 의미를 구조적으로 재구성하는 작업"으로 향하고 있습니다. 가령 인간은 유아기에 성적 반응, 현실 감각을 익히며, 출생과 죽음을 서서히 체득해 나간다고 합니다. 이러한 체험은 상상적인 것의 무의식적 공간을 마련해 줍니다. 이는 남녀 모두에게 하나의 무의식적 잠재근원으로 작용합니다. 이로써 이리가레는 여성의 잠재적 근원으로서의 여성성을 추적하기 시작합니다. 이를테면 이리가레는 여성의 "잉여 주이상스"를 부정적으로 이해하지 않고, 주이상스가 여성에게 고유하게 주어진 성적 욕망이라고 설명하고 있습니다. 이를 정확하고 공정하게 이해하기 위해서는 인간의 무의식적 선입견 속에 도사린 남성 중심적 우월성이 해체되어야 한다고 합니다. 이는 가부장적 가정 질서의 타파를 통한 페미니즘의 혁명을 주창한 술라미스 파이어스톤(Shulamith Firestone)의 견해와 일맥상통합니다(Firestone: 14). 생물학적으로 고찰할 때, 가부장의 우월성은 존재하지 않는 것으로 확인되었습니다. 인종 생물학에 의하면, 남성과 여성 사이의 차이는 개별적으로 드러날 뿐이지, 전체적 차원에서 고찰할 때 생식기관의 차이를 논외로 한다면 발견되지 않습니다. 그럼에도 불구하고 여성은 사회적 편견에 의해 열등한 존재로 각인되어 왔습니다.

13. 남성 이데올로기, 반복 학습 효과: 문제는 인간이 주어진 사회 속에서 이에 어떻게 대응해야 하는가를 부모를 통해서 배운다는 사실입니다. 부모가 가르치는 것은 개인적 체험을 사회적으로 순응시키는 방식입니다.

부모는 은연중에 자식들에게 남성 이데올로기를 가르칩니다. 이로 인해서 사람들은 남녀 가리지 않고 인간의 잠재적 근원을 가리키는 무의식적 공간을 부정하게 됩니다. 남성적 주체는 나르시시즘의 토론을 통해서 인간의 잠재적 근원을 무시해 왔습니다. 그리하여 남성적 주체는 고착된 이념을 공고히 하는 창조자 내지 지배자로 군림해 왔다는 것입니다. 종래의 모든 토론은 가부장적 권위에 바탕을 두고 있었습니다. 토론하는 자들은 주체의 기본적인 중점을 "모친-물질(mater-materia)" 속에 차단시키고 이를 무시해 왔다는 것입니다(Renner: 356). 남성적 주체는 자신이 유일자에서 비롯된 것임을 강조하고, 자기 자신의 아성을 굳건히 쌓았다고 합니다. 이는 자연뿐 아니라 여성에게도 해당됩니다. 자연과 여성은 삶을 보호하는 어떤 에너지자원 내지 남성적 주체에 대한 어떤 부정적 거울로 이해되었던 것입니다.

14. 글쓰기와 여성성: 이리가레는 수사학과 비유법 등의 분석을 통해서 여성성의 고유한 영역인 "상상적인 것"의 작용을 설명합니다. 그미가 시도하는 해명 작업은 낯선 글쓰기 작업과 관련됩니다. 낯선 글쓰기 작업은 원래 남성 사회를 비판할 수 있는 텍스트의 내적 입장에 바탕을 둔 것입니다. 여기서 말하는 남성 사회에 대한 비판은 이리가레에 의하면 전통적인 자명한 토론 방식이 아니라, 생략법으로 응축된 정교한 함축의 방식으로 개진될 수 있다고 합니다. 이러한 글쓰기 방식을 통해서 여성 작가는 가부장주의를 공고히 하는 제반 이데올로기를 하나씩 허물어 나가야 합니다. 어떻게 하든 간에, 여성 작가는 남성 중심주의라는 이데올로기가 사회 제반 영역에서 뿌리내리지 못하도록 노력해야 한다는 것입니다.

15. 거울의 단계: "검시경(Speculum)"은 자의적 은유로 이해될 수 있습니다. 거울은 어떤 전체적 의미의 장을 개방시킨다고 합니다. "엿보는 행위(speculatio)"를 생각해 보십시오. 여성의 글쓰기는 여성 자체가 수동적으로 엿보이는 들러리가 아니라, 이제 능동적으로 행동하는 주체임을 분명히 해 줍니다. 모든 것을 능동적으로 바라보고 적극적으로 엿보며 살아야 하는 자는 더 이상 여성 혼자여서는 안 된다고 합니다. 남성 역시도 창조적으로 글을 쓰는 여성의 모든 행위를 엿볼 수 있다는 것입니다. 이것이야말로 라캉이 말하는 평면거울(flat mirror)과는 다른 거울, 즉 검시경을 가리킵니다(Lacan: 64). 검시경은 평면거울과는 달리 오목거울입니다. 여성이 능동적으로 행동하고 남성이 수동적으로 엿볼 수 있는 상황이 많으면 많을수록, 남성과 여성은 검시경의 단계에 도달하게 됩니다(김남이: 226). "검시경의 단계"란 남성과 여성의 동등한 상을 반영하는 평등의 상태를 가리킵니다. 그것은 지금까지 인정받지 못했던 여성적 주체가 남성적 주체와 함께 어떤 상상적 동일성을 획득하는 단계입니다. 이는 "상호주관적 변증법"으로 이해될 수 있지요. 여기서 말하는 상호주관적 변증법이란 페미니즘의 관점에서 이해되는 개념입니다. 그것은 남성과 여성의 분화된 자아를 극복하고, 큰 자아, 다시 말해서 영혼의 합일을 갈구하는 노력의 과정으로 정의될 수 있습니다.

16. 비판의 단초: 이리가레의 이론은 페미니즘 문예학에서 많은 논쟁을 불러일으켰습니다. 이리가레는 여성적 글쓰기의 새로운 파괴성을 강조한 바 있습니다. 그렇지만 많은 페미니스트들은 그미의 성적 차이에 이의를 제기하였습니다. 즉, 이리가레가 파악하고 있는 남성성과 여성성의 차이는 생물학적으로, 존재론적으로 강력하게 분화된 무엇이라는 것입니다. 인간 삶에 있어서 젠더의 근원으로 이해되는 남성성과 여성성은

섹스의 근원으로 이해되는 남자와 여자 사이의 철저한 구분으로 해명될 수는 없다는 것입니다. 그 밖에 이리가레는 자신의 이론을 통해서 페미니즘 운동에 남성이 참가할 작은 가능성조차도 처음부터 차단시키고 있다는 것입니다. 카를 구스타프 융의 예를 든다면, 아니무스는 여성의 무의식 속에 일부 잠재되어 있고, 아니마는 남성의 무의식 속에 부분적으로 은폐되어 있습니다. 페미니즘에 관한 논의가 있기 전에도 인간 사회에서는 여성적인 남자, 남성적인 여자 등이 드물게 존재해 왔는데, 이리가레는 이 점을 그다지 중시하지 않았습니다. 그미의 관심사는 정신분석학의 팔루스 중심주의 내지 남성적 관점으로 향하고 있었기 때문입니다.

17. 두 번째 문헌의 저자들: 엘렌 식수는 1937년 알제리에서 태어난 소설가 겸 정신분석학자입니다. 어머니는 독일의 아슈케나짐의 후예이며, 아버지는 에스파냐 출신의 세파르딤 유대인이었습니다. 식수는 1968년 「제임스 조이스의 망명, 혹은 제자리 찾기의 유형(L'exile de James Joyce ou l'art du remplacement)」이라는 논문으로 박사학위를 취득했습니다. 식수는 시와 소설을 발표하였고, 정신분석에 관한 글을 많이 집필하였습니다. 다른 저자인 카트린 클레망은 1939년 프랑스의 불롱 비앙쿠에서 태어났습니다. 그미의 선조는 가톨릭을 신봉하는 유대인들이었습니다. 1960년대 말부터 소르본 대학교에서 정신분석학과 문학을 공부하였으며, 약 14년에 걸쳐 소르본 대학교에서 철학을 가르쳤습니다. 카트린 클레망 역시 창작에 몰두하여 소설 작품을 발표하기도 했습니다. 1987년부터 프랑스 대사인 남편을 따라 인도, 오스트리아의 빈, 세네갈의 다카르에서 살았으며, 델리의 네루 대학과 빈 대학 그리고 다카르의 셰이크 안타 디오프 대학에서 각각 영어와 프랑스어, 철학을 가르쳤습니다. 현재 케 브랑리 민중 대학을 운영하고 있으며, 여러 잡지에서 문학비평가

로도 활동하고 있습니다. 대표작으로는 『아가베의 여성들(Les Dames de l'agave)』(1998), 『마르틴과 한나(Martin et Hannah)』(1999) 등이 있습니다.

18. 『새롭게 태어난 여인』: 엘렌 식수와 카트린 클레망이 공동으로 저작한 『새롭게 태어난 여인』은 1975년 파리에서 처음 발표되었습니다. 책은 세 개의 장으로 이루어져 있습니다. 제1장, 「죄지은 여인(La Coupable)」에서 클레망은 지금까지 "마녀" 혹은 "히스테리의 여자" 등으로 비하된(남성적 시각에 의한) 잘못된 적대적 여성상을 체계적으로 분석합니다. 중세부터 근대에 이르기까지 의술을 익히고 다른 사람들을 구제하려고 애를 썼던 영리한 여성들은 언제나 마녀로 취급당하며 화형당해야 했습니다. 오늘날에도 사우디아라비아와 파푸아뉴기니에서는 여성들이 마녀로 몰려 처형당하고 있습니다. 이를테면 사우디아라비아에서는 여성의 자동차 운전이 금지되어 있습니다. 이로써 가부장주의 이후의 사회에서 "새롭게 태어날 여인"에 관한 모델을 제시하고 있습니다. 제2장, 「출발점들(Sorties)」에서 식수는 (이제 페미니즘의 역사 비평 내지 사회 비평의 패러다임으로 변한) "팔루스 권력적(phallokratisch)"인 세계 질서의 많은 양상들을 하나하나 세부적으로 열거하고 있습니다.

19. 여성들은 열등하다고 교육받았으므로, 열등하게 보일 뿐이다. 혹은 타란텔라의 춤: 제3장, 「교환(Echange)」은 식수와 클레망의 대화로 이루어져 있습니다. 여기서 그들은 "권력과 지식에 대한 남성적 독점권"을 비판합니다(Renner: 188). 예컨대 여성들이 역사에서 무기력하거나 광적인 객체 내지 하찮은 대상으로 전락한 것도 모두 상기한 남성적 독점권과 무관하지 않습니다. 이로써 여성에 대한 탈계몽적인 이데올로기의 과정

이 역사 속에서 전개되었던 것입니다. 예컨대 남성 학자들은 여성의 히스테리와 같은 병적 구조를 거론하면서, 여성의 이른바 열등성을 은근히 드러내려고 했습니다. 사실, 히스테리라는 병적 증상은 남녀 모두에게 공통적으로 도사리고 있는 기형적인 정서로서, 질투, 시기 그리고 미움에 근거하는 기이한 행동 양상을 가리킵니다. 그런데도 사람들은 이러한 증상에다 "자궁(ὑστέρα)"이라는 명칭을 부여했습니다. 이로써 히스테리는 으레 노처녀와 결부된 기형적 증상으로 확정되곤 하였습니다. 가령 프로이트와 같은 고전적 정신분석학자들은 "다른 성"을 하나의 객체 내지 타자의 성으로 이해하면서, "여성"을 처음부터 "쾌락과 고통의 존재"로 규정했던 것입니다. 여성은 가부장주의 사회에서 태어날 때부터 열등한 존재로 취급받았으며, 이로 인하여 스스로 자신의 위대한 가치를 최대한 발휘하지 못했습니다. 식수와 클레망은 남자와 여자를 생물학적으로 우열을 가릴 수 없다고 단언하고 있습니다. 식수와 클레망은 (유럽 문화와 역사에서 나타난) 여성들의 침묵에 대해 열정적으로 저항의 목소리를 높입니다. 그들은 여성들에게 여성적 언어 및 육체의 경직성으로부터 황홀하게 뛰쳐나와서 자유롭게 글 쓰고 과감하게 행동하기를 요구합니다 (Cixous: 172). 가령 "타란텔라"의 비유는 상징적으로 나타납니다. 타란텔라는 지중해 지역에 사는 여자들의 춤인데, 이는 부자유의 질곡에서 벗어나려는 역동적이고도 숨 가쁜 동작이기도 합니다. 타란텔라의 제식은 육체적·정신적 자기 해방을 위해 꼭 필요한 상으로서 이해된다는 것입니다.

20. 여성은 문헌과 사고로부터 배제되어 왔다: 식수와 클레망은 역사적으로 억압된 여성성, 무의식 그리고 성(性)을 비판적으로 기술합니다. 논의의 대상으로 거론되는 작품은 아이스킬로스의 「오레스테스(Orest)」

(BC. 458), 카프카의 『소송(Der Prozess)』(1925)에 나오는 「법 앞에서 (Vor dem Gesetz)」, 호메로스의 『일리아스(Illias)』(BC. 750-700), 조이스의 『율리시스(Ulysses)』 등입니다. 그리하여 식수와 클레망은 이른바 모권이 붕괴되는 고대 시대, 가부장주의가 붕괴되는 현대에 주의를 기울입니다. 그들의 책에 많은 영감을 부여한 작품은 헨리쿠스 인스티토리스(Henricus Institoris)와 야콥 슈프렝거(Jakob Sprenger)의 『마녀의 망치(Malleus Maleficarum)』(1487), 브로이어와 프로이트의 『히스테리에 관한 연구(Studien über Hysterie)』(1895) 등의 서적입니다. 상기한 서적에서 여성들은 놀랍게도 "악마 내지는 히스테리 환자로서의 타자(他者)"들로 묘사되고 있는데, 두 저자들은 이들을 새로운 여성의 상으로 격상시키고 있습니다(Mackay: 120). 이들의 전형적인 인물은 독일의 극작가 하인리히 폰 클라이스트의 극작품 「펜테질레아」(1808)에 나오는 여주인공이라고 합니다. 펜테질레아는 작품 내에서 아킬레우스를 사랑하지만, 결투를 통해서 그를 무찔러야만 합니다. 그미는 이러한 뒤엉킴 속에 처한 채 아무런 제한 없는 직접적 본능을 순수하고도 필연적으로 요구합니다. 그러나 그미의 갈망은 남자들에 의해서 이른바 여성 특유의 광기로 오해되어 왔다고 합니다.

　21. 오르가슴의 쾌락: 한마디로 식수와 클레망은 (남자가 아닌) 남성과의 성적·사회적 타협을 철저히 거부하고 있습니다. 그들은 리비도와 성의 서술을 통해서 "이론의 타란텔라," 히스테리, 즉 자궁을 찬양하는 산문을 완성시키고 있습니다. 지금까지 여성성을 상징하는 개념이 병적 질병의 용어로 활용된 것은 여성 탄압의 사례를 상징적으로 보여 주고 있습니다. 이 책에서는 수많은 조어들이 사용되는데, 이는 언어 관습과 윤리적 전통을 파기시키고, 오이디푸스 이전의 혼돈의 시기가 돌아오기를

바라는 방법론적 시도라고 할 수 있습니다. 이를테면 라캉은 상기한 혼돈의 개념을 "모성의 열망(Désir du mére)"으로 표현한 바 있습니다. 라캉이 언급한 "상상적인 것의 영역" 속에는 주이상스라는 복합적인 (육체적·심리적) 행복이 지배하고 있습니다. 오르가슴의 쾌락은 혁명적 페미니즘 이론의 핵심 용어입니다. 그것은 상실한 쾌락을 다시금 획득하는 일뿐 아니라, 어떤 해방된 성 경제학 내지 사회 경제학의 잉여가치를 암시해 주고 있습니다.

22. 『새롭게 태어난 여인』의 문헌학적 가치: 식수와 클레망의 책은 놀라울 정도로 혁신적인 내용을 담고 있지만, 프랑스 (후기) 구조주의 내지 해체주의의 영향 없이는 생각할 수 없는 문헌입니다. 레비스트로스의 구조주의 인류학, 롤랑 바르트의 열망의 시학, 데리다의 오성 중심적 수사학의 문제 설정 그리고 라캉의 "타자"의 특권화 등이 바로 그것들입니다. 가령 식수는 팔루스 중심의 그리고 남성의 시각 중심의 세계관에 대항하는 유토피아적 설계로서 "어머니의 창조적 자궁"인 히스테리의 원칙을 내세웁니다. 이제 히스테리는 더 이상 질병의 특성과 같은 부정적 개념으로 활용될 수는 없습니다. 식수에 의하면, "소리는 자궁"이라고 합니다. 물론 식수는 오로지 청각에서 여성성의 모든 것을 발견하려 하는 것은 아닙니다. 그렇지만 우리는 여기서 남성적 특성이 시각에 의한 것이라면, 여성성은 시각과 다른, 청각의 특성과 연관되고 있음을 얼마든지 추론해 낼 수 있습니다. 부언하건대 클리토리스의 언어화, 자궁의 의식화 작업은 말하자면 크리스테바의 페르제포네를 지칭하는 코라 구상안, 이리가레의 "히스테리 모델"에 등장하는 것과 공통되는 사고입니다. 이는 어쩌면 플라톤의 동굴의 비유를 새롭게 해석하려는 시도라고 말할 수 있습니다.

23. (부설) 플라톤의 동굴에 대한 페미니즘의 해석: 동굴의 비유는 대화체로 기술된 플라톤의 문헌, 『국가(Politeia)』에 수록되어 있습니다. 플라톤은 "인간이 얼마나 세상의 겉만 바라보는 맹목적 우둔함을 지니고 있는가?" 하는 점, 인간의 인식의 한계성 내지 인간의 인식 자체의 제한성등을 지적하기 위해서 동굴을 하나의 비유로 들고 있습니다. 그런데 플라톤은 주지하다시피 여성을 비하하는 철학자의 전형이었습니다. 그는 『티마이오스(Τίμαιος)』에서 여성의 자궁을 어떤 기이한 신체 기관으로 묘사한 바 있습니다. 여성의 자궁이란, 플라톤에 의하면, 만약 여성이 임신을 원하지 않을 경우에는 여체 구석구석으로 돌아다니면서 기이하게 작용하는 생명 조직이라는 것입니다. 고대사회 사람들은 자궁이 해부학적으로 어떠한 기관인지 정확히 알지 못하였습니다. 뤼스 이리가레는 이와 관련하여 플라톤의 동굴을 다음과 같이 재미있게 해명하고 있습니다. 플라톤의 동굴은 세상의 부정적인 메타포로 사용되고 있다는 것입니다. 동굴 속에 부자유의 수인(囚人)들이 갇혀 지내는 것을 고려할 때, 동굴이 결코 세상의 긍정적인 장소로 이해되지 않는다는 것입니다. 플라톤은 이리가레의 견해에 의하면 다음의 사실을 인지하지 못했다고 합니다. 즉, 동굴 자체가 가부장적으로 해석되는 "자궁(Uterus)"이라는 사실 말입니다. 이리가레의 견해에 의하면, 동굴로 향하는 길은 터널로 이루어져 있는데, 이는 여성의 질(膣)과 다를 바 없다고 합니다(Irigaray: 301-321). 현대 생물학은 남녀의 유전자가 공히 후세에 영향을 끼친다는 사실을 확인하였습니다. 오히려 이후 자손들에게 영향을 끼치는 사람은 남자보다는 여자일 확률이 더 높습니다. 왜냐하면 태아는 십 개월 동안 어머니의 자궁 속에서 영양을 공급받기 때문입니다. 그럼에도 불구하고 동서양의 모든 사람들은 아버지를 "씨"를 선사하는 존재로, 어머니를 "씨"를 키우는 수동적인 "밭"과 같은 존재로 취급해 왔습니다. 플라톤 외에도 이후

의 많은 철학자들이 항상 남성 중심적으로 사물을 규정했다고 합니다. 이를테면 하이데거의 존재와 현존 사이의 차이는 남성과 여성의 차이로 비유되었다고 합니다. 하이데거의 경우, 남성이 이를테면 "고체로서의 돌," "존재"를 가리키는 영구적 사물로 비유될 수 있다면, 여성은 "기체로서의 에테르," "현상"을 가리키는 일시적 사물로 간주되는 경우를 생각해 보세요.

24. **토릴 모이의 문헌:** 영국 출신의 토릴 모이는 『성/텍스트 정치학(Sexual/Textual Politics)』을 1985년 런던과 뉴욕에서 처음으로 간행했습니다. 토릴 모이는 1953년에 노르웨이에서 태어난 영국인으로서, 듀크 대학교에서 페미니즘 이론을 가르쳤습니다. 우리가 다루려는 책 『성/텍스트 정치학』은 영미권의 페미니즘 문학 이론을 구명하고 있습니다. 이는 어느 나라에서보다도 영국에서 주도적으로 행해진 문학으로 간주되는 것입니다. 특히 후기 구조주의의 좌파 입장에서 여성 문학과 페미니즘의 입장을 피력하고 있습니다. 모이의 견해에 의하면, 지금까지 페미니즘 운동에서 결핍되어 있는 것은 무엇보다도 여성들의 정치적인(다시 말해, 정치 참여의) 자의식이라고 합니다. 따라서 그미는 미적 카테고리의 (때로는 무의식적인) 정치적 의미와 예술 이론의 정치적 증거에 관한 함축적인 미적 발언 등을 집중적으로 거론하고 있습니다.

25. **여성 억압 이데올로기의 정립이 시급하다:** 모이에 의하면, 영미 페미니즘 문학 이론은 이론적으로 깊은 성찰 없이 개진되었으며, 정치와 미학 사이의 상호작용을 인식할 능력이 없었다고 합니다. 모이가 보여 주려는 것은 다음과 같습니다. 즉, 많은 영미권의 페미니스트들의 작업은 전통적인 인본주의적 카테고리들(이를테면 미적 전체성, 작가의 권위, 현실에

대한 직접적인 반영으로서의 문학의 개념)을 증명 사항으로 원용하고 있습니다. 여성 비평가들은 이러한 카테고리들을 남성적 가부장주의와 연결시켜 공격한다고 합니다(Moi: 156). 그렇지만 페미니즘 문예 이론의 정립 작업에서 전통적인 인본주의적 카테고리 자체가 도마 위에 오를 게 아니라, 오히려 (여성의 문학적 참여를 가로막던) 여러 가지 유형의 사회적 관습, 도덕 그리고 법 등이 여성 억압의 이데올로기라는 구도가 명확하게 밝혀져야 한다는 것입니다(Renner: 343). 모이는 이에 대한 예로서 밀레트(Milett)의 초기 작품 『성의 정치학(Sexual Politics)』이라든가, 메리 엘만(Mary Ellmann)의 『여성을 생각하기(Thinking about Women)』(1968) 등을 들고 있습니다. 모이는 나중에 저술한 책들 중에서, 앤솔로지인 『크리스테바 읽기(The Kristeva Reader)』(1986), 『페미니즘 이론과 시몬 드 보부아르(Feminist Theory and Simone de Beauvoir)』(1990)라는 전기(傳記), 『시몬 드 보부아르: 지적인 여성 만들기(Simone de Beauvoir: The Making of an Intellectual women)』(1994) 등의 문헌을 프랑스 페미니즘의 주요 관심사로 규정하고 있습니다.

26. 사회적으로 조건화된 상 차이를 극복하는 게 급선무이다. 모이의 비판: 또한 모이는 상기한 서적을 부분적으로 비판하기도 합니다. 예컨대 모이는 식수/클레망의 『새롭게 태어난 여인』에 기술된 입장에 전체적으로 동조하면서, 여성적 판타지에 긍정적인 의미를 부여합니다. 그렇지만 모이는 식수의 입장을 부분적으로 다음과 같이 비판합니다. 즉, 식수는 성과 텍스트를 하나의 차원에서 결합시키고 있는데, 이는 문제가 많다고 합니다. 글쓰기에 대한 식수의 생물학적 입장은 사회적으로 조건화된 여성들의 차이점을 간과하고 있다는 것입니다. 예컨대 식수가 파악하지 못하는 물음은 다음과 같습니다. 특정한 사회 내의 여성의 역할이 어떻게

특정하게 정해지며, 이를 극복하기 위한 대안으로서의 글쓰기는 주어진 사회적 관습, 도덕, 법 등의 구체적 규범에 의해서 달리 진척될 수 있는가 하는 물음 말입니다. 이와 유사하게 모이는 뤼스 이리가레의 프로이트 비판 그리고 이리가레의 여성에 대한 개념 정의에 대해 이의를 제기하고 있습니다. 이리가레는 다만 프로이트가 『히스테리에 관한 연구』를 집필했다는 이유만으로 여성 비하의 심리학적 견해를 견지했다고는 말할 수 없다고 합니다. 또한 이리가레는 모이의 견해에 의하면 가부장적 권력이 어디서 기인하며, 역사적·경제적 제반 조건들은 이러한 물음에 대해 어떻게 작용하고 있는가 하는 물음을 집요하게 추적해야 옳았다고 합니다.

27. 성 차이를 극복한 양성 인간, 그 가능성과 비판: 모이의 정치적 이상은 누구보다도 줄리아 크리스테바(Julia Kristeva)의 그것과 가깝습니다. 즉, 모성과 시적 언어라는 독자적 고유성을 찾아서 이를 문학 속에 원용하는 방식이 바로 그것입니다. 실제로 크리스테바는 예술 작품의 유물론적·역사적 영역을 동시에 고려하면서, 여성성과 남성성 사이의 양극성을 주변적 존재와 가부장주의 사이의 어떤 긴장 관계로 대치시키고 있습니다. 이로써 나타나는 것은 사회 관습적으로 탄생할 수 있는 양성 인간, 다시 말해서 양성구유(兩性具有)의 인간형입니다. 그런데 양성구유, 다시 말해서 남성성과 여성성을 동시에 지닌 인간형은 크리스테바에 의하면 무조건 하나의 이상으로 수용될 수 없다고 합니다. 왜냐하면 양성구유의 인간형 속에는 남성 속의 여성성을 부각시킬 뿐, 여성 속의 남성성을 은폐하기 때문이라고 합니다. 다시 말해서, 양성구유의 인간형은 주로 페니스 달린 여성으로 각인될 뿐, 여성의 음부 달린 남성을 전혀 고려하지 않고 있다는 것입니다(Kristeva: 73). 따라서 양성구유의 인간형은

한마디로 은폐된 팔루스의 여성으로 투시되고 있을 뿐이라는 것입니다. 가령 에르퀼린 바르뱅(Herculine Barbin)과 같은 양성구유의 인간형은 20세기 사이언스 픽션에서 간간이 묘사되기도 했습니다(조현준: 180). 가장 중요한 것은 여성과 남성의 관계에서 권력과 지배라는 영향성이 배제되는 경우일 것입니다. 양성구유의 인간형은 남성과 여성 사이의 이항 대립적인 관계를 극복하고, 팔루스를 무시하고, 어머니의 공간을 두려워하지 않는 호모 아만스를 상호 인정한다는 점에서 페미니즘의 유토피아를 담고 있습니다.

28. 페미니즘의 유토피아와 환경 운동과 생명 중심주의: 결론적으로 말해서, 페미니즘의 유토피아는 성 차이와 성차별을 극복하고 성의 평등을 실현하려는 갈망을 내재하고 있습니다. 그런데 19세기 이후부터 이러한 문제는 사회적·경제적 난제와 교묘하게 결부되어 있습니다. 이를테면 자본주의의 경제적 양식은 빈부 차이를 양산시킨다는 점에서 여성뿐 아니라 무산계급의 인간다운 삶의 가능성을 처음부터 차단시키고 있습니다. 이와는 다른 관점에서 지구의 생태계 문제를 생략할 수 없습니다. 생태계 파괴에 즈음하여 우리는 휴머니즘이라는 인간 본위주의의 사고를 수정해 나가야 할 것입니다. 이를 고려할 때 당면한 갈등은 삼겹살, 즉 세 겹의 살(殺)에 해당하는 자본주의, 인간 본위주의 그리고 가부장주의를 극복해야만 해결될 수 있는 성질의 것입니다. 가령 고정갑희 교수는 이와 관련하여 "적녹보라의 협동적 운동"을 제안한 바 있습니다. 이를테면 페미니즘 운동, 환경 운동 그리고 생명 운동은 때로는 개별적으로, 때로는 연대 운동으로, 다시 말해 다양한 방법으로 전개되어 나가야 한다는 것입니다(김경연: 102). 이러한 다양한 운동을 통해서 페미니즘의 유토피아는 서서히 조금씩 실현해 나갈 수 있으리라고 여겨집니다.

참고 문헌

고정갑희(2016): 페미니즘은 전환이다. 이론과 문학 다시 쓰기. 북코리아.

김경연(2017): 페미니즘의 귀환, 혹은 반란의 정치에 부쳐 — 지금 이곳의 여성 혐오
　　와 그 잉여를 읽다, 실린 곳: 오늘의 문예비평, 2017년 봄호, 84-104쪽.

김남이(2016): 뤼스 이리가레, 정신분석을 정신분석하다, 실린 곳: 임옥희 외, 페미니
　　스트 정신분석 이론가들, 여이연, 200-231쪽.

식수, 엘렌 외(2008): 새로 태어난 여성, 이봉지 역, 나남.

이리가라이, 뤼스(2000): 하나이지 않은 성, 이은민 역, 동문선.

이리가레 외(2007): 성적 차이와 페미니즘. 공감 이론 신서 6, 권현정 역, 공감.

임옥희(2016): 제시카 벤자민, 지배, 인정, 상호 주체성, 실린 곳: 여성문화이론연구소
　　정신분석 세미나 팀, 페미니스트 정신분석이론가들, 여이연, 132-166쪽.

조현준(2014): 젠더는 패러디다. 주디스 버틀러의 『젠더 트러블』 읽기와 쓰기, 현암
　　사.

짐멜, 게오르크(1993): 여성 문화와 남성 문화, 김선 역, 이화여대 출판부.

Butler, Judith(2006): Gender Trouble, London.

Cixous, Hélène e. Clement Catherine(1975): La Jeune Née, Union Générale
　　d'Éditions Paris.

Gay, Peter(1989): The Freud Reader, New York.

Firestone, Shulamith(1970): The Dialectik of Sex, New York.

Irigaray, Luce(1980): Speculum. Spiegel der anderen Geschlechts, Frankfurt a.
　　M..

Klein, Melanie(1988): Envy and Gratitude, in: dies., Envy and Gratitude and
　　Other Works 1944-1963, London, pp. 176-235.

Kristeva, Julia (1989): Geschichte der Liebe, Frankfurt a. M.

Lacan, Jacque(2015): Das Spiegelstadium als Bildner der Funktion des Ichs, so
　　wie sie uns in der psychoanalytischen Erfahrung offenbart wird, in ders.,
　　Schriften I, Wien/Berlin, S. 109-117.

Mackay, Christopher S.(2006): Mackay, Christopher S. (hsrg.), Henricus
　　Institoris o. p. and Jakobus Sprenger o. p.: Mallereus maleficarum, Bd. 1,

Cambridge, PP. 103-121.

Moi, Toril(2002): Sexual/Textual Politics: Feminist Literary Theory (New Accents), Taylor & Francis Ltd; Auflage: 2 Rev ed., Oxford.

Renner Rolf Günter(1995): Renner Rolf Günter (hrsg.), Lexikon literatur-theoretischer Werke, Stuttgart.

Restivo, Gustavo(2013): Jouissance & the Sexual Reality of the (two) Unconscious, Aukland.

14
정서적 능력,
성 소수자에 대한
불편한 시각

인간 소외의 근원은 무엇보다도 '뿌리 뽑힌 상태(déracinement)'에서 발견된다.

(에릭 에릭슨)

이따금 우리에게 심적으로 고통을 가하는 무엇은 세 부류로 나누어진다. 첫째는 반려자로서의 호모 아만스, 둘째는 과거의 기억, 셋째는 미래에 대한 불안이다.

(필자)

미쳐버린 세계는 어떻게 치유될 수 있는가?

(푸코)

1. 들어가는 말: 인간의 정서적 능력에 관해서 개괄적으로 논의한다는 것은 참으로 어려운 일입니다. 왜냐하면 "지금 여기," 다시 말해 21세기 초의 남한 사회만을 염두에 두면, 우주적인 학문적 객관성을 상실하게 될 것이고, 과거의 유럽의 현실을 모조리 도입하면, 논의 방향이 추상적으로 흐를 공산이 크기 때문입니다. 그럼에도 불구하고 필자는 일차적으로 감성 지능에 관한 사항을 우리의 현실과는 별개로 논의하려고 합니다. 뒤이어 21세기 한국 사회를 고려하여 정서적 능력을 간략하게 말씀드리겠습니다. 이 장에서 필자가 의도하는 바는 다음의 두 가지 사항입니다. 그 하나는 호모 아만스의 개별적 정서가 주어진 사회로부터 얼마나 많은 영향을 받으며, 얼마나 크고 작은 영향력을 끼치는가 하는 물음이며, 다른 하나는 심리적 질병에 있어서 정상과 비정상의 구분이 불명확하며, 이러한 구분 자체가 어째서 질병 치료와 예방에 있어서 빙산의 일각에 불과한가 하는 물음입니다. 그렇기에 이 장에서 서술하려는 내용은 산만하고 추상적일 수밖에 없다는 점을 양해 바랍니다.

2. 두 가지 사항: 첫째로, 인간 동물의 슬픔, 분노, 질투와 시기 그리고 두려움의 충동은 한 개인의 문제에 국한되는 것은 아니며, 좋든 싫든 간에 주위 사람들에게 영향을 끼치며, 자신에게 이상 증후군 내지 심리적 질병을 안겨 주기도 합니다. 예컨대 부모에 대한 히틀러의 증오심 내지 배반감은 그의 내면에 왜곡된 사도마조히즘의 정서를 안겨 주었으며, 먼 훗날 수백만의 목숨을 앗아가게 하였다는 것을 생각해 보세요. 그렇기에 한 인간의 심리 구조는 결코 사적인 차원에 국한되는 질병으로 규정될 수 없습니다. 그것은 주위 환경과 사회 전체에 엄청나게 큰 영향을 끼치는 작은 동인과 같습니다. 둘째로 우리는 호모 아만스를 단순히 "정상인(homo normalis)"과 "비-정상인"이라는 기준으로 구분할 수 없습니

다. 왜냐하면 인간 동물은 언제 어디서나 상처 입을 수 있는 존재들이기 때문입니다. 호모 아만스는 누구든 간에 과거의 끔찍한 기억으로 인하여 고통당할 수 있으며, 미래에 도래할 충격을 떠올리며 엄청난 고통에 시달릴 수 있습니다. 또 한 가지 지적해야 할 사항은 이른바 정상인 가운데 사회적으로 잘 적응하고 이기적으로 처세하는 속물들이 의외로 많다는 사실입니다. 이들에 비하면 내향적인 사람들은 주위 사람들로부터 상처를 입거나 심리적 질병에 시달리는 경우가 허다합니다. 그 이유는 이들이 자신의 오욕칠정의 아픔을 바깥으로 배출시키지 않고, 속으로 끙끙 앓기 때문입니다.

3. 감성 지능의 중요성: 그렇다면 인간의 감성이 인간의 지적 능력을 보완하고 긍정적으로 혹은 부정적으로 자극하는 요인으로서 어떻게 기능할까요? 1995년 미국의 의사인 대니얼 골먼(Daniel Golemann)은 임상 심리 내지 자연과학의 개론서를 간행하였습니다. 『감성 지능: 어째서 그것은 지능지수보다도 더 중요한가(Emotional Intelligence: Why It Can Matter More Than IQ)』라는 책이었습니다. 이 책을 통하여 골먼은 폭넓은 독자층을 형성하였을 뿐 아니라, 교육심리학에서 감성 지능의 중요성을 인정받게 되었습니다. 나아가 개성심리학 연구자, 존 D. 마이어(John D. Mayer)와 피터 살로비(Peter Salovey)는 90년대에 감성 지능에 관한 이론적 구상을 학문적으로 발전시켰습니다. 이들에 의하면, 감성 지능은 개인의 직업적 목표 달성과 개인의 삶의 행복에 엄청나게 커다란 작용을 가한다고 합니다. 정서적 자기 인지에 있어서 가장 중요한 것은 무엇보다도 자기 정체성의 확립입니다. 그 다음에 인간은 사회성을 계발할 수 있습니다. 가령 주위의 낯선 사람과 조화로운 관계를 쌓는 일을 생각해 보세요. 여기서 문제가 되는 것은 자아와 타자 사이의 공존 내지 사랑과

우정에 관한 사항입니다.

4. 뿌리 뽑힌 상태, 혹은 자기 정체성의 확립과 사회성: 인간의 정서 발달과 감성 지능을 논할 때 에릭 에릭슨의 이론이 생략될 수 없습니다. 흔히 임상 치료 분야에서 밀턴 에릭슨(Milton Erickson)의 최면 치료를 언급하는데, 에릭 에릭슨(Erik Erikson, 1902-1994)은 그와는 다른 사람입니다. 에릭슨은 인간 소외의 근원을 "뿌리 뽑힌 상태(déracinement)"에서 찾으려고 했습니다. 다시 말해서, 누구든 간에 자신이 살던 터전을 빼앗길 때 고향 상실이라는 참혹한 비애를 맛보게 됩니다. 가령 미국에 거주하던 인디언들이 그들의 삶의 터전을 잃고 강제로 보호구역에 갇힌 채 살아가던 경우를 생각해 보세요. 에릭슨 역시 보호구역에 살던 인디언들의 심리적 상태를 연구하기도 했습니다(Erikson 1939: 122). 주어진 사회에서 특정 인간의 고립과 차단이 당사자뿐 아니라, 외부에서 사는 사람에게 얼마나 기형적인 악영향을 끼치는가 하는 것이 바로 에릭슨 연구의 관건이었습니다. 사실 에릭슨만큼 자아와 고향 상실 사이의 상관관계를 추적하여 개인의 심리적 고립 상태를 병리학적으로 예리하게 서술한 학자는 없을 것입니다. 자기 정체성에 대한 깊은 숙고와 타인과의 관계 문제는 에릭 에릭슨의 심리학적 방향성을 공고히 해 주었습니다. 그의 뿌리 찾기는 마치 독일의 반고전주의 작가 가운데 한 사람인 장 파울(Jean Paul)의 소설 『거인들(Titan)』(1803)의 주인공, 알바노의 그것과 유사했습니다. 소설의 주인공 알바노는 우여곡절 끝에 타인을 부모로 착각하고 살다가, 나중에 비로소 자신의 정체성을 찾아갑니다. 주위의 사람들은 시대의 거인들로서 주인공의 올바른 성장을 음으로 양으로 방해합니다. 그럼에도 알바노는 모든 역경을 극복하고 자유인으로서의 주체성을 확립해 나갑니다. 에릭슨 역시 심리학을 연구함으로써 자신의 고유한 정

체성을 찾고, 정신분석학에 하나의 커다란 족적을 남겼습니다.

   5. 정서적으로 활동하는 뇌: 인간의 감정은 인간 삶의 진화를 통해서 나타난 결과로 이해될 수 있습니다. 역사적으로 고찰할 때, 인간 삶의 진화는 언제나 서서히 전개됩니다. 이에 비하면 사회의 변화는 비교적 신속하게 변모합니다. 다시 말해, 인간의 인식 내지 감정들은 시대의 변화보다도 느리고 더딘 양상으로 드러날 수밖에 없습니다. 현실의 변화가 진척된 다음에, 사람들은 이러한 변화에 대해서 그제야 반응하곤 하니까요. 철학자 헤겔(Hegel)의 말대로, 미네르바의 올빼미는 황혼 무렵에 비로소 날개를 펼칩니다(Hegel: 14). 인간의 감정은 인간의 새로운 행동을 촉구시키는 자극의 정수와 같습니다. 이를테면 분노는 공격 성향으로 출현하고, 두려움은 도피의 충동을 낳게 합니다. 놀라움은 당사자로 하여금 무언가를 떠올리게 만들고, 혐오는 당사자로 하여금 상대방의 얼굴에 침을 뱉고 싶은 욕망을 끓어오르게 합니다. 슬픔은 잃어버린 무엇을 안타깝게 여기게 하고, 때로는 내면에서 삶의 새로운 방향을 설정하게 합니다. 인간의 감정을 언급하려면 우리는 뇌의 기능에 관해서 약간의 지식을 쌓아야 할 것입니다. 인간의 행동은 오성과 감성에 의해서 자극을 받는다고 합니다. 두 가지는 밀접한 관련성을 지니고 있습니다. 신경학적으로 고찰할 때, 인간의 다양한 감정들은 "뇌의 시상하부 내부의 시스템(limbisches System)"을 작동하게 합니다. 이에 비하면 오성은 발전사적으로 고찰할 때 뇌의 "신-피질(Neo-cortex)"을 자극합니다. "시상하부 내부의 시스템"과 "뇌의 신-피질"이라는 두 시스템의 관계는 매우 복잡합니다. 감정에 대한 감정 내지 감정의 복합체는 바로 신-피질과 함께 발전하기 시작합니다.

6. 인지 이전의 정서: 발전사적으로 고찰할 때, 인간은 처음에 공포 내지는 도주 등과 같은 감정을 느낍니다. 이러한 감정은 자신의 순간적 돌발 행동에 대한 의미심장한 척도를 마련하게 합니다. 이를테면 인간의 여러 감정은 "시상하부 내부의 시스템" 속의 "편도체(Amygdala)"를 작동시킵니다(Feinstein: 271). 여기서 말하는 편도체는 정서를 관장하는 이른바 보초의 기능을 담당하는데, 뇌 속에서 당사자에게 하나의 경고를 보냅니다. 편도체의 이러한 기능은 오성이 직동하기 이전에 민첩하게 활동하기 때문에 위기를 맞이하는 인간의 행동은 처음에는 결코 오성적 태도를 취하지 못합니다. 혹자는 이를 "인지 이전의 정서(präkognitive Emotion)"라고 말합니다. 인간은 급작스러운 위기를 맞이하면, 상황을 제대로 파악하기 전에 마치 동물처럼 돌발적으로 행동합니다. 편도체는 대체로 혼란스럽고도 무질서하게 반응합니다. 가령 어떤 끔찍한 상황과 유사하게 보이지만 끔찍하지 않은 경우에도 동일한 경고의 메시지를 보내는 게 바로 편도체입니다.

7. 편도체의 기능: 편도체는 외부에 비상사태가 발생했을 때 마음을 조절하고 반응하며, 어떤 감정을 느끼게 합니다. 평상시에 전두엽의 피질의 기능은 신속하게 향상되거나, 편도체와 함께 작동됩니다. 이 경우, 그것은 편도체가 홀로 작동하는 경우보다도 훨씬 느릿느릿하게 작동됩니다. 그렇기에 전두엽의 피질은 평상시에는 감정을 섬세하게 조절하는 핵심적 역할을 수행합니다. 왜냐하면 평상시에는 감정이 사고와 함께 맞물려서 작동되기 때문에, 주로 더 복잡한 감정을 위한 전제 조건으로 기능합니다. 그렇기에 우리는 다음의 사항을 분명히 파악해야 합니다. 즉, 대부분의 교육의 과정 속에서 전두엽의 피질은 편도체와 함께 기능하므로, 감정 내지 정서를 동반한 교육은 오성의 학습 능력을 위한, 결코 포기할

수 없는 전제 조건이 된다는 사항 말입니다.

8. 정서적 자기 인지: 흔히 말하기를 인간의 행동 양상에 관한 기준은 부모로부터 답습하거나 유전적 요인에 의해서 결정된다고 합니다. 그러나 개별적 행동의 패턴은 대체로 인간의 경험적 습관에 기인합니다. 인간은 누구나 자신의 경험에 입각하여 습관적으로 행동합니다. 그렇기에 어떤 사안에 대해 반응하는 정도는 개인마다 조금씩 편차를 드러냅니다. 여성은 대체로 남성보다 더 자신의 감정에 의존한다고 합니다. 개인에 따라서는 감정을 인지하고 그것을 제어하는 능력이 없는 경우도 있습니다. 정서적 인지라고 해서 무조건 감정만을 받아들이는 것은 아닙니다. 어떤 감정을 사고 내지 판단력으로 인지하는 행위 역시도 이 경우 얼마든지 작동될 수 있습니다. 정서적 자기 인지는 정서적 자기 조절 내지 충동을 제어하는 기초적 전제 조건과 같습니다. 어떤 무엇을 선택할 경우에, 인간은 지적 판단만을 고려하는 게 아니라 심리 상태 내지 육체적 기능 역시 배제하지 않습니다. 따라서 오로지 합리성만이 인간 행동의 모든 것을 결정한다고 생각한다면 그것은 오산입니다.

9. 정서적 자기 조절: 불쾌한 감정을 스스로 약화시키는 능력이야말로 기본적 삶의 능력 가운데 하나입니다. 인간은 자신에게 솟구치는 감정을 처음부터 차단시킬 수는 없습니다. 그렇지만 그러한 감정이 얼마나 오래 지속되는지 그리고 어떻게 첨예하게 커지는지에 관해 영향을 끼칠 수는 있습니다. 이를테면 분노가 커지는 것을 막기 위한 예방 수단은 비교적 일찍 작동될 수 있습니다. 이를테면 우리는 분노에 대한 잠재적 자극을 미리 차단시키곤 합니다. 나아가 인간이 궁핍한 상태를 미연에 방지한다면, 근심으로 인한 고통 역시 어느 정도의 범위에서 사전에 완화

시킬 수 있습니다. 슬픔과 우울 역시도 이와 유사한 방식으로 대처할 수 있습니다. 슬픈 정조가 지속되면 인간은 우울한 상태에 깊이 빠지게 됩니다. 이러한 상태는 우울증 환자가 아닐 경우 기분 전환의 방식으로 대처하면 어느 정도 조절이 가능하게 됩니다. 가령 연민이란 타인의 고통에 동화하는 경향을 가리키는데, 타인의 아픔을 인지하는 순간 우리는 고통당하는 사람을 긍휼히 여기고 스스로 자신을 추스르곤 합니다(서요성: 210).

10. 자기 자신에 대한 동기 유발과 보상의 자극: 감성 지능은 교육을 통해서 계발할 수 있는 메타 능력입니다. 여기서 메타 능력으로 표현한 까닭은 감성 지능이 다른 지적 능력을 얼마든지 도와주고 보완할 수 있기 때문입니다. 분노, 두려움, 근심 그리고 슬픔 등이 커지면, 이것들은 인간의 지적 수행 능력을 현저하게 약화시킵니다. 그렇지만 감정이 한 인간의 수행 능력 내지 성공 등을 근본적으로 약화시키는 것은 결코 아닙니다. 오히려 그 반대일 수 있습니다. 이를테면 열광의 감정을 생각해 보십시오. 열정과 끈기 등은 대부분의 경우 성공을 보장해 줍니다. 대학에서 지적 능력을 발휘하고, 예술적으로 그리고 스포츠 등의 영역에서 놀라운 성과를 발휘하게 하는 것은 어떤 열광적 열정이라고 말할 수 있습니다. 어느 정도의 근심 또한 어떤 일에 대한 동기를 유발할 수 있습니다. 인간의 성취 욕구와 열등의식은 알프레트 아들러에 의해서 논의되었는데, 우리는 본서 제2장에서 언급한 바 있습니다. 자신을 망각할 정도로 열심히 노력하려는 자세는 자극을 조절하고, 일에 대한 대가를 기대하는 것과 병행해서 나타납니다. 희망, 낙관주의 그리고 자신감 등은 일에 대한 수행 능력을 얼마든지 부추길 수 있습니다.

11. 타인을 인정하는 욕구, 배려의 기능: "배려"는 다른 사람의 감정을 인지하는 능력입니다. 이러한 감정은 대부분의 경우 언어와는 무관하게 소통되는 것입니다. 배려는 타자에 대한 연민과 관련되는데, 근본적으로 자기 인식에 바탕을 두고 있습니다(Golemann: 127). 중요한 것은 인간이 자신의 고유의 감정에 얼마나 개방적인 태도를 취하는가에 달려 있습니다. 자신의 고유한 감정을 잘 투시하는 사람은 나중에 다른 사람의 감정을 더욱더 정확하고도 세심하게 읽을 줄 알게 됩니다. 이는 정서적 감염을 가리킵니다(채연숙: 281). 라캉 식으로 말하면, 주체는 타자의 의식에 비치고, 타자에 대한 이해와 관심은 거울에 비친 자신의 감정과 결합됩니다. 인간이 얼마나 많은 배려의 마음을 발전시키는가 하는 사항은 에릭슨에 의하면 한 인간이 유년기에 부모의 사랑을 얼마나 많이 받았는가 하는 물음에 달려 있습니다. 인간은 젖먹이 아기 때부터 배려의 심리적 특징을 배워 나갑니다. 배려는 편안하고 조용한 마음에서 출발하며, 격앙된 감정을 전제로 하지는 않습니다. 남을 배려하는 사람은 정서적으로 균형이 잡혀 있습니다. 그는 사람과의 접촉을 좋아하고, 주위 사람들로부터 사랑받으며, 이성을 다루는 능력을 지니고 있습니다. 배려와 공감의 능력은 에릭슨에 의하면 지적 능력과는 직접적인 관련성은 없습니다. 그렇기에 그것은 학문적 성공을 그저 간접적으로 이끌어 줄 뿐입니다. 왜냐하면 선생들은 배려하는 마음을 지닌 학생을 좋아하기 때문입니다. 배려하는 마음은 이타주의와 선량한 인성을 형성시켜 줍니다.

12. 사회적 능력: 우리는 아우르며 살아가는 사회에서 과연 얼마나 많은 행복감을 느끼고 성공을 달성할까요? 원하든 원하지 않든 간에 우리는 그것을 위해서 다른 사람들과 공동의 행동을 취할 때가 많습니다. 상기한 물음은 자신이 얼마나 여러 감정들을 훌륭하게 다루는가 하는 물

음에 달려 있습니다. 사회성의 기초는 타인의 감정에 관여하고 개입하는 능력을 가리킵니다. 이러한 능력을 발휘하기 위해서는 우리는 우선적으로 자기 자신을 조절해야 하고, 주어진 상황 속에서 올바른 감성을 표현해야 할 것입니다. 물론 여기서 올바른 감성이 무엇을 의미하는가 하는 물음은 주어진 사회의 문화적 정황과 관련됩니다. 인간의 감정은 사회관계 속에서 거의 핵심적 역할을 수행합니다. 그것은 주위의 사람들에게 쉽사리 영향을 끼칠 수 있기 때문입니다. 흔히 공감을 전달하고 편안함을 주위 사람들에게 퍼뜨릴 수 있는 사람은 사랑스럽고 멋진 인간으로 각인되곤 합니다. 이러한 능력은 "대인 관계 지능(interpersonale Intelligenz)"이라고 명명되곤 합니다(Lammers: 38). 대인 관계 지능은 모든 개별적 능력의 총체로 이해될 수 있습니다.

13. 호랑이와 카멜레온: 협동적 과업은 팀 내지 그룹을 형성하고, 어떤 사안을 결정하며, 팀원들에 의해서 정해진 결론을 관철시키는 일을 가리킵니다. 리더십은 자신의 고유한 견해를 타인에게 전달하고 그들을 설득하는 능력과 관련됩니다. 실제로 리더는 임원들과 해결 방법을 모색하고, 갈등을 최소화하며, 개인적 인간관계를 돈독히 할 줄 알아야 합니다. 나아가 그는 주어진 사안 외에도 임원들의 감정을 헤아리고, 모티프와 근심거리를 인지하고 이해해야 합니다. 다른 사람의 마음을 살피지 못하고 자기중심적으로 행동하는 사람들은 인간관계에서 자주 마찰을 일으킵니다. 이러한 유형의 사람들과 편안한 관계를 유지하는 것은 거의 불가능합니다. 그렇기 때문에 자기중심적인 외골수는 단체 생활에서 조화롭게 처신하지 못합니다. 우리는 이러한 유형의 사람과 함께 행동할 때 많은 주의를 필요로 합니다. 외골수의 인간형은 호랑이에 비유될 수 있습니다. 이러한 유형은 남을 의식하지 않고 홀로 살아가기를 즐겨합니

다. 또 한 가지 문제를 지닌 인간형으로서 우리는 사회적 카멜레온을 들 수 있습니다. 카멜레온의 인간형은 다른 사람과 마찰 없이 잘 지내지만, 자기 자신의 욕구를 억누르고 언제나 타인의 비위만을 맞추다 보니 내적 갈등을 일으키곤 합니다. 이러한 유형은 특히 배우, 법률가, 상인, 외교관, 정치가 그리고 종교인 등에서 유형적으로 드러나는 특징이기도 합니다.

14. 억압 속의 도피, 혹은 스톡홀름 신드롬: 그런데 심리적으로 스트레스를 많이 받는 사람은 호랑이 유형이라기보다는, 오히려 카멜레온의 유형일 수 있습니다. 자신의 주장을 꺾고 상대방의 감정에 따라 대응하기 때문에, 내적으로 고통을 느끼는 자는 카멜레온입니다. 이들은 어떤 한계상황에 직면하게 되면, 어떻게 해서든 위험으로부터 도피하려고 작심합니다. 주어진 한계상황에 스스로를 순응시킴으로써 스트레스를 가식적으로 해방시키고자 합니다. 가령 스톡홀름 신드롬을 생각해 보세요. 이것은 인질로 잡힌 한 인간이 경찰보다도 인질범에게 더 애착을 지니는 병적 현상을 가리킵니다. 위험으로부터 벗어나고 싶은 과도한 욕구가 도피적 순응이라는 행동으로 출현하는 것입니다(Köthke: 80). 이러한 성향은 마치 주인에게 꼬리치고 낯선 자에게 컹컹 짖는 개처럼 의식의 보수성 내지 내향성에 기인하는 것입니다.

15. 사회적 삶 그리고 결혼: 이제 인간의 사회적 삶에 관해 논의를 계속해 보도록 하겠습니다. 현대사회에서는 결혼이 전적으로 외부적 강요에 의해서 행해진다고 단정할 수는 없습니다. 왜냐하면 결혼 조건과 부모의 영향도 중요하게 작용하지만, 혼인의 결정은 현대에 이르러 대부분의 경우 당사자의 자발적 판단에 의해 결정되기 때문입니다. 이를 고려할 때,

부부의 감성 지능은 결혼의 성패와 공동 삶의 안정 내지 불안정에 지대한 영향을 끼칩니다. 만약 사랑하는 남녀 사이에 정서적 자기 인지, 자기 조절의 능력, 상대방에 대한 배려 그리고 나와 다른 사람을 달랠 수 있는 능력 등이 결핍되어 있을 때에는 앞으로 이어질 결혼 생활은 십중팔구 파탄을 맞이하게 됩니다. 특히 정신분열증 환자들이 정상적인 결혼 생활을 영위하지 못하는 까닭은, 이를테면 그들의 코가 석 자라서 사랑하는 임을 배려할 심리적 여유가 결핍되어 있기 때문입니다. 분열증 환사들은 자신에게 고통을 가하는 어떤 무엇과 심리적 전쟁을 치르고 있기 때문에, 그들에게 가족과 주위 사람들을 배려해 줄 마음이 자리할 리 만무합니다.

 16. **대화 연습, 혹은 인간에게는 두 개의 귀가 있다:** 중요한 것은 우리가 공감과 배려의 자세 역시 학교에서 배울 수 있다는 사실입니다. 소년 소녀들은 정서적 상호 교류에 있어서 각자 다른 경험을 쌓습니다. 그렇기 때문에 그들은 나중에 결혼하여 성격상으로 동일하지 않는 성향을 드러냅니다. 사랑하는 사이일 경우에도 마찬가지입니다. 고전적 이론에 의하면, 대체로 여성이 남성에게 더 많은 소통과 능동적 행동을 요구하는데, 남성이 이러한 요구를 거부하는 경우 이별의 빈도수는 높다고 합니다. 감정의 소통이 원활하지 못할 때, 한 사람은 공격적 태도를 취합니다. 왜냐하면 우리는 대화 도중에 상대방의 잘못된 특정한 행동을 탓하는 게 아니라, 화가 나서 무의식적으로 상대방을 공격하고 경멸감을 표명하기 때문입니다. 여기서 잘잘못을 따진다든가, 견해 차이를 드러내는 것은 주어진 갈등을 해결하지 못합니다. 문제는 상대방에 대한 심리적 비난, 경멸 그리고 상처 입히는 발언 등으로 당사자 사이에 더 깊은 오해와 불신의 골이 파인다는 사실입니다. 그렇게 되면 당하는 사람은 무의식적으

로 자신이 동원할 수 있는 모든 심리적 방어기제를 활용합니다. 예컨대 상대방의 말을 듣지 않거나 무시하는 게 바로 그것입니다. 이는 해리 설리반(Harry S. Sullivan)의 대인 관계론에서 언급되는 용어를 빌리자면 "병렬적 왜곡현상"으로 이해됩니다(노안영: 166). 이를테면 아버지와 아들의 권위적 관계는 나중에 고용주와 피고용인 사이의 종속 관계에 은밀하게 전이됩니다. 이러한 심리적 방어 자세는 대화의 단절을 초래할 뿐 아니라, 문제 해결에 전혀 도움이 되지 않습니다.

17. 갈등과 긴장 관계의 해소: 부부 혹은 애인들은 서로 파탄을 맞이할 정도로 심각한 관계 속에서도 상대방의 나쁜 성격을 비난하고 끈덕지게 어떤 무엇을 요구하는 경우가 있습니다. 만약 두 사람이 친절한 마음과 협동적 자세를 취하지 않을 경우, 이러한 요구의 행동들은 교정 불가능합니다. 그렇게 되면 당사자는 애정 관계에서 더 이상 아무것도 얻을 게 없다고 확신하게 됩니다. 이러한 행동을 계속 관찰하면 우리는 두 사람의 갈등 속에서 어떤 염세주의적인 기본적 기대감을 읽을 수 있으며, 감정의 폭발을 발견할 수 있습니다. 어쨌든 이러한 갈등과 긴장 관계를 줄일 수 있는 가장 좋은 방법은 상대방으로 하여금 감정의 폭발로 인한 흐느낌을 듣게 하는 일입니다. 히스테리의 왜곡된 정서는 은폐되지 말아야 하고, 외부로 향해 격정적으로 분출되어야 합니다. 그렇게 되면 당사자는 상대 파트너의 마음을 이해하려는 배려의 자세를 서서히 조금씩 인지하게 됩니다. 물론 대화를 나누는 자는 얼마든지 화를 낼 수 있습니다. 그런데 이러한 울화로 인하여 상대방의 인격을 건드려서는 절대로 안 됩니다. 오히려 상대방에게 다음의 사실을 인지하게 하는 게 급선무입니다. 즉, 해결되지 않는 문제가 두 사람 관계에서 얼마나 중요한가 하는 사실 말입니다. 대화 도중에 지나간 잘못에 대한 자신의 책임을 수긍하

고 받아들이는 태도 역시 사태를 해결하는 데 커다란 도움이 됩니다.

18. 직업의 삶: 직업의 삶에서도 갈등과 오해 그리고 대화 단절은 치명적으로 작용할 수 있습니다. 사업상의 특별한 도전을 위해서는 세 가지 특징이 요청됩니다. 효과적인 팀워크를 위한 사회적으로 조화로운 행동, 고객, 동료 그리고 사업 파트너를 대할 때의 관대한 마음, 비판을 수용하는 자세 등이 그것들입니다. 예컨대 동료들의 실적은 사업적 성공에 하나의 커다란 자극제로 작용합니다. 나아가 동료들 사이에 상대방의 행동을 비판해야 할 경우도 발생합니다. 이 경우, 비판의 화살이 특정 개인의 인성으로 향해서는 곤란합니다. 비판이 하나의 효과를 거두려면, 그것은 오로지 사업을 향상시키기 위한 전망이라든가 사업 행위에 국한되어야 할 것입니다(Fuchs: 179). 상사의 능력을 비판한다거나 인간적 결함을 추궁하는 것은 사안을 해결하는 데 전혀 도움을 주지 않습니다. 사업의 손실을 더 이상 다른 무엇으로 대체하지 못하면, 마치 엎질러진 물처럼 어떠한 비판 내지 질책도 소용이 없습니다. 한편, 많은 사람들은 비판당할 경우 이를 힘들게 여깁니다. 비판당한 사람은 사안만을 받아들여서 자신의 행동에 실수가 있었다고 인정하는 게 아니라, 자신의 기본적 능력에 문제가 있다고 과도하게 망상할 수 있습니다. 이 경우, 자신의 능력이 제대로 행해지지 못한 정황을 애타게 여기고 자학하는 경우가 종종 발생합니다. 이 경우, 비판당한 사람은 언제나 방어적 자세를 취하면서 상상하다가 대화를 단절시키는 벽을 쌓으며, 혼자서 모든 책임을 떨치려고 끙끙 앓기도 합니다. 그럴수록 그는 상사 내지 동료들과 문제점을 놓고 허심탄회하게 이해를 촉구하는 대화를 시도해야 할 것입니다.

19. 감정과 건강: 직업적 삶에서 그리고 가정생활에서 자신의 감정을 잘

다루는 사람들은 이에 상응하는 결과를 거둘 수 있습니다. 이를테면 다음과 같은 질문을 생각해 봅시다. 자신의 감정을 잘 조절하는 사람은 어떠한 이유에서 육체적으로도 균형 잡힌 삶을 누리게 될까? 문제는 삶에 있어서 긍정적인 마음 자세가 모든 질병을 치유하는 데 도움이 된다는 사실입니다. 물론 특정한 심리 상태가 모든 병적 증상을 치유하는 데 직접적으로 도움을 주지는 않습니다. 그렇지만 감정과 건강 사이에 밀접한 관련성이 도사리고 있는 것은 분명한 사실입니다. 인간의 감정이 얼마나 커다란 면역 체계를 형성시키는가에 관해서 의학적으로 완전히 밝혀진 바는 없습니다. 그럼에도 불구하고 스트레스와 암울한 감정이 한 인간에게 병적인 징후를 가져다주는 것은 사실입니다. 스트레스와 우울증은 당사자의 몸에 여러 가지 병인의 침투를 가능하게 합니다. 노여움, 스트레스 그리고 만성적 우울증은 때에 따라서 심장병, 반신마비 등을 유발하기도 합니다. 정서적 인정을 통한 조화로운 인간관계는 몸과 마음의 병을 예방하며, 병든 몸 상태를 호전시키는 요인으로 작용합니다. 따라서 인간관계에서 나타나는 동정심과 배려는 의학에 있어서도 엄청나게 중요한 심리적 자세라고 합니다.

20. 부모 교육: 감성 지능은 어린 시절 유년기에 부모와의 관계에서 정해집니다. 정서적으로 안정되고 이해심 많은 부모들은 자식들의 감성 지능을 높이는 데 크게 기여합니다. 그렇지 않은 경우, 아이들은 정서적으로 많은 문제점들을 드러내곤 합니다. 가령 정서적으로 자신의 감정을 통솔할 줄 아는 어머니는 아이들을 잘 가르치고, 타인에 대한 행동을 어떻게 해야 하는지를 제대로 교육시킵니다. 그들은 자식의 견해를 존중하고, 그들의 행동이 경우에 어긋난다고 판단할 경우에는 이에 대해 적절하게 제재를 가합니다. 이런 식으로 교육받은 아이들은 스스로 마음

을 안정시킬 수 있습니다. 그렇기에 부모와 관계를 원만하게 유지하는
자는 타인에 대해서도 따뜻한 마음을 전할 줄 압니다. 이러한 유형의 아
이들은 자신의 영향을 잘 알고 있으며, 흥미, 목표 의식, 자기 조절 그리
고 다른 친구들과의 관계에서 잘 소통하고 협동합니다. 그러나 부모가
없다고 해서 자식의 성장이 잘못된다고 속단해서는 곤란합니다. 가정교
육에 있어서 부모의 유무가 중요한 게 아니라, 어떠한 유형의 부모인가
하는 물음이 중요합니다. 가령 장-자크 루소에게는 다섯 명의 아이들이
있었습니다. 그는 시끄럽게 떠든다는 이유로 아이들을 고아원에 보냈습
니다. 이렇게 이기적으로 행동한 루소는 교육서 『에밀, 혹은 교육에 관
해서(Émile ou De l'éducation)』(1762)를 완성했습니다. 그 밖에 그는 「언
어의 기원론」에서 타인의 고통에 공명하려는 측은지심을 설파했습니다
(Rousseau: 306). 부모의 사랑과 관심이 결여될 경우, 자식들은 외롭고 힘
들게 자라지만 강인한 독립심을 견지합니다. 이와는 반대로 부모의 사랑
과 관심이 과다할 경우, 자식들은 온실 속의 화초처럼 유약하고, 매사에
타인 의존적으로 행동합니다.

  21. 트라우마: 감성 지능은 트라우마의 극복에 도움을 주는 심리적 척
도입니다. 우리는 "기억 속에 도사린 정신적 외상으로 이해되는" 트라우
마를 신경 심리학과 정서의 차원에서 서술할 수 있습니다. "시상하부 내
부의 시스템"이 대대적으로 변화되고, 이러한 조직과 엔도르핀 호르몬의
유기적인 작용이 방해 받게 되면, 어떤 특정한 정서적 증상이 출현하게
됩니다. 뇌에서 작동하는 신경전달물질인 뉴런은 심한 충격을 받게 되면
사멸하거나 시냅스 전달을 위한 채널을 닫아 버리는 경향이 있습니다.
게다가 뉴런은 한 번 손상이 되면 다시금 재생되지 않습니다(김진환: 46).
자연재해, 인질극, 성폭력, 대형 사고, 테러 등의 사건을 생각해 보세요.

이러한 사건을 직접 접하게 되면, 대부분의 사람들은 끔찍한 충격과 극도의 스트레스를 받습니다. 주위 환경에서 나타나는 경미한 사건에 대해서도 과도할 정도로 예민하게 반응하고, 불안을 드러내는 경우를 생각해 보십시오(Fidler: 56). "외상 후 스트레스 장애(PTSD)"를 앓는 사람에게는 한 가지 증세가 있습니다. 즉, 몹시 우스꽝스러운 정황 속에서도 미소 짓거나 웃음을 터뜨리지 않는다는 것이 바로 그 증세입니다. 외상 후 스트레스 증후군에 시달리는 사람은, 2013년 미국 통계에 의하면, 무려 일반인의 8%에 해당한다고 합니다. 미국에서 활동하는 소방관, 의사, 경찰 그리고 군인의 50%가 이러한 증세로 고통을 받고 있습니다.

22. 트라우마의 극복: 심리학적으로 끔찍한 공포를 체험한 인간이 이에 대한 반응을 지속적으로 떠올리는 경우를 생각해 보세요. 자라에 물린 적이 있는 자는 솥뚜껑을 보고도 깜짝 놀란다는 속담이 있습니다. 다른 사람들이 아무렇지 않게 여기는 자그마한 사건에도 어떤 심리적 외상을 겪은 사람은 경미한 두려움조차도 견뎌내지 못하지요. 가령 우리는 자연재해 내지 끔찍한 인위적 살육의 행위를 예로 들 수 있습니다. 문제는 끔찍한 인위적 살육 행위가 천재지변보다도 인간의 심리적 건강에 더 해롭게 작용한다는 데 있습니다. 왜냐하면 인위적 살육 행위는 우연에 의해서가 아니라 사악한 목표로 인하여 나타나는 현상이기 때문입니다. 그래서 그것은 전-의식적으로 인간에 대한 신뢰감을 약화시키고, 인간관계의 개선에 커다란 악재로 작용합니다. 트라우마를 극복하려면, 당사자는 포괄적인 방식으로 심리 치료를 받아야 합니다. 치료의 경우, 새로운 학습 과정을 필요로 합니다. 그렇게 되면 아무런 의미도 없는 자극에 대해서 끔찍하게 놀라지는 않게 될 것입니다. 외상 후 스트레스 장애를 앓는 사람들은 무엇보다도 심리 치료에 의존할 수밖에 없습니다. 중

요한 것은 환자가 과거의 끔찍한 충격을 조심스럽게 그리고 조금씩 다시 떠올리는 일이 급선무입니다. 가령 치료사는 트라우마를 일으킨 충격적 장면과 비슷하지만 강도가 약한 장면을 선택해서 환자에게 보여 줄 수 있습니다. 이것은 트라우마 상응 치료인데, 뮌헨 의대 교수인 빌리 부톨로(Willi Butollo)에 의하면, 통합적인 꿈의 치료 내지 최면 치료와 병행해 나가는 것도 좋은 방법일 수 있다고 합니다(Butollo: 59f).

  23. 감정 교육: 감정 교육의 사회적 범위는 어쩌면 속속들이 열거할 수 없을 정도로 광활합니다. 다시 말해서, 감정 교육은 사회 구성원 모두에게 절실하게 필요한 과업인 셈입니다. 감정 교육을 통하여 우리는 다음과 같은 문제를 분명하게 접하며, 때로는 해결할 수 있습니다. 학교 폭력, 청소년 범죄, 비밀스럽게 자행되는 폭력, 사회적 왕따 행위, 성적 부진과 가출, 청소년 임신, 에이즈 감염, 마약 중독, 심리 장애, 우울증, 거식증, 자살 충동 등이 이에 해당합니다. 물론 모든 사항은 문제를 일으키는 자의 심리적 측면 외에도 가정적, 사회적, 경제적 요인이 한꺼번에 결부되어 있습니다. 이때 어떠한 개인이 어떤 위험에 피해 입는가 하는 물음은 궁극적으로 개인 내면의 탄력적 자세에 의해 결정됩니다. 그렇기 때문에 인간의 심리가 잘못된 방향으로 발전되기 전에, 우리는 미리 교육을 통해서 아이들의 정서를 안정시켜야 할 것입니다. 감정 교육이라는 이름하에 자기 치료, 자기 개발, 삶의 기술, 정서의 트레이닝과 같은 다양한 용어가 존재하는 것은 사실입니다. 그렇지만 감정 교육의 중요한 목표는 정서적 교육을 통해서 아이들을 심리적으로 그리고 지적으로 바르게 성장시키는 데 있습니다.

  24. 개인의 감성 지능과 사회의 건강성: 지금까지 개인의 정서적 능력과

건강 지수에 관해서 일반적인 논의를 개진해 보았습니다. 그런데 한 가지 해결되지 않은 사항이 있습니다. 그것은 정상인과 비정상인의 구분에 관한 문제 그리고 사회적 건강의 척도에 관한 문제입니다. 여기서 중요한 것은 개인심리학적 문제가 아니라, 사회 전체의 건강에 관한 문제에 관한 관심사 내지 구명 작업일 것입니다. 본서의 제5장과 제7장에서 살펴본 바 있듯이, 남한 사회의 관습, 도덕 그리고 법은 다른 지역의 그것들에 비해서 더 완강한 일부일처제의 강제적 성 윤리에 바탕을 두고 있습니다. 이러한 경향은 유교적 가족 중심의 생활 방식에 의해서 더욱 강화되어 온 것은 사실입니다. 구체적으로 말하면, 가족 내지 결혼 내의 모든 사랑의 삶은 용인되고 미화되지만, 다른 유형의 사랑의 삶은 완강하게 거부당하는 실정입니다. 21세기 사회는 첨단 과학기술의 구도에 의해서 빠른 속도로 변화되고 있지만, 사회적 관습은 여전히 조선시대의 유교적 풍습에서 크게 벗어나 있지 않습니다. 한국인들의 남존여비를 중시하는 풍조, 이혼을 부정적으로 생각하는 시각, 특히 성 소수자에 대한 불편한 시각 등은 반드시 지적되어야 할 것입니다.

25. 성 소수자에 대한 불편한 시각들: 성 소수자에 관한 사회적 편견을 다시금 고찰하고 싶습니다. 사회의 성숙도는 결혼과 이혼에 대한 사람들의 입장 그리고 달리 살아가는 호모 아만스에 대한 일반 사람들의 견해가 얼마나 유연하고 관대한가 하는 물음에 따라 측정될 수 있습니다. 물론, 오늘날 한국인들은 미혼모, 국제결혼 부부 그리고 트랜스젠더에 관해서 어느 정도 온건한 태도를 취하며, 그들을 가급적이면 이해하려고 노력하고 있습니다. 그렇지만 백인을 좋아하고 흑인을 싫어하는 편견, 매춘을 철저하게 법으로 금지하고 단속한다든가, 동성연애를 죄악시하는 경향은 남한 사회에 여전히 온존합니다. 가령 한국인들은 부치와 팸,

가죽 족 같은 동성연애자들에 대해 노골적으로 거부감을 표명합니다. 동성연애자들의 항문 성교와 손가락 성교 등을 혐오하고, 이를 무조건 더러운 변태라고 비아냥거리곤 합니다. 나아가 사도마조히즘의 행위를 무조건 위험하게 생각하고, 성적 차원에서의 폭력과 채찍 행위를 무조건 성도착이라고 매도합니다. 물론 사도마조히즘의 행위를 통해서 목숨을 잃는 사람도 더러 있습니다. 그렇지만 성애를 위한 약간의 매질을 자그마한 자극 정도로 이해하는 태도는 과연 불가능한 것일까요? 우리는 이러한 사랑의 삶을 일차적으로 거부하기 전에 이들의 삶에 관한 많은 구체적 사항을 접해야 할 것입니다.

26. 섹스, 정치 그리고 이데올로기: 가장 끔찍한 것은 성 소수자를 일차적으로 배제하고, 이들의 사랑의 삶을 백안시하며 하나의 죄악으로 취급하는 사회 전체의 근엄한 태도에 도사리고 있습니다. 따라서 우리는 이성애에 근거하는 결혼 제도를 유일한 가치로 인정하는 관습 속에 개개인의 삶을 간섭하고 조종하는 이데올로기, 푸코 식으로 말하면 "성-장치(Sex-Dispositif)"가 숨어 있음을 솔직히 인정해야 할 것입니다. 한국 사회는 20세기 중엽까지 오랫동안 금욕을 강조하는 유교적 가부장주의를 표방해 왔습니다. 물론 이러한 유교적 관습 자체가 하나의 특징일 뿐 무조건 비난의 대상이 될 수는 없을 것입니다. 가까운 친구와 가족 들과 정을 나누는 풍습이 나쁘다고 말할 수 있을까요? 그렇지만 이러한 습관은 무의식중에 끼리끼리 모여 패거리를 형성하며, 모든 것을 비합리적으로 자기 집단의 이익을 위해 행하는 집단 이기주의의 생활 방식을 은연중에 정착시키게 만듭니다. 그런데 가장 심각한 문제는 근엄한 도덕 내지 일부일처제의 가족 중심주의로 인하여 수많은 영혼들이 심리적 이상 증상에 시달리며 살아간다는 사실입니다. 그럼에도 유교주의에 근거한

가부장적 성도덕은 수많은 아픔을 헤아리거나 이해하기는커녕, 일부일처제와는 다른 유형의 삶을 비정상이라고 매도합니다. 사회적 건강성은 대부분의 경우 성에 관대한 태도가 뿌리를 내릴 때 비로소 실현될 수 있습니다.

27. 주어진 사회가 미쳐 있다면, 광기의 사회는 어떻게 치유될 수 있는가?:
마지막으로 한 가지 사항을 첨가하려고 합니다. 지금까지 심리학의 관심사는 대부분 개인의 심리 치료로 향하고 있었습니다. 어쩌면 우리는 미셸 푸코와 같이 다음과 같은 질문을 던져야 할지 모릅니다. 만약 주어진 사회가 비정상적으로 병들어 있다면, 이 사회는 어떻게 극복될 수 있을까요? 일단 사회의 건강과 관련하여 개개인들에게 질병을 불러일으키는 사회 구조에 주의를 기울일 필요가 있습니다. 독점자본의 신자유주의는 국가로 하여금 국가 이기주의의 정책을 추진하게 하였고, 몇몇 엘리트 중심의 지배 경제체제를 더욱 공고히 하게 하였으며, 황금만능주의를 가속화시켰습니다. 이로 인한 폐해는 고스란히 프레카리아트의 신분으로 전락한 민초들 그리고 가난한 예술가들의 몫으로 남아 있습니다. 특히 예술가들은 불안한 미래로 인하여 엄청난 스트레스를 받을 뿐 아니라, 찢어지는 가난 속에서 창작에 몰두하곤 합니다. 어디 그뿐일까요? 어린이, 여자, 노인 그리고 사회적으로 적응하지 못하는 사람들은 엄청난 심리적 압박감에 시달리다가 급기야 심리적 질병에 걸리게 됩니다. 개인이 정신분열증에 시달릴 경우, 뇌 속의 도파민 분비를 억제하는 향정신성 약물을 복용하면 개별적인 증세는 어느 정도 완화되겠지만, 재벌 엘리트의 광기가 번득이는 사회는 어떻게 치유될 수 있을까요? 시인 프리드리히 횔덜린의 친구이자 시인이었던 카시미어 울리히 뵐렌도르프(Casimir Ulrich Boehelendorff)는 19세기 초에 독일과 러시아를 방랑하면서, 어떻게 하면 세계가 도덕적인 존재로 거듭날 수 있을까 하고 고민하였습니다. 결국 더 나은 자신의 삶과 더 나은 세계의 가능성을 발견하지 못한 채 그는 권총 자살로 삶을 마감하고 말았습니다. 인간의 품위를 지키면서 살아가는 시인 그리고 미적 감식 능력과 섬세한 예술적 감각을 지닌 자 등이 천대받는 세상이 과연 건강한 사회일까요? 시인 이정주는 무명 시인의 자기비판의 탄식으로써 이를 역으로 비판하였습니다. "내가 뭘 아나/이렇게 사는데…"(이정주: 72). 우리 스스로 병든 사회의 치유 가능성에 대한 답을 찾기 전에 주어진 현실의 사회적 조건이 정상의 범위를 넘어선다는 것을 인지해야 할 것입니다.

참고 문헌

김진환(2012): 심리학의 이해, 4판, 학지사.

노안영, 강영신(2002): 성격심리학, 학지사.

서요성(2015): 가상 현실 시대의 뇌와 정신. 의식세계에 개입하는 과학과 새로운 인문학적 사유, 산지니.

이정주(2014): 아무래도 나는 육식성이다, 천년의 시작.

채연숙(2015): 형상화된 언어, 치유적 삶, 통합 문학 치료학 총서 1, 교육과학사.

콜브, 브라이언 외(2012): 뇌와 행동의 기초, 김현택 외 역, 시그마프레스.

Butollo, Willi(2014): Dialogische Traumatherapie, Stuttgart.

Decety J. & W. Ickes(2009): The Social Neuroscience of Empathy. Cambridge.

Degen, Rolf(2007): Nervenbrücke zwischen du und ich? Bild der Wissenschaft Heft 11, S. 30-33.

Erikson, Erik(1939): Observations on Sioux education, in: Journal of Psychology, vol 7, pp. 101-156.

Fiedler, Peter(2001): Dissoziative Störungen und Konversion. Trauma und Traumabehandlung. 2. Auflage. Beltz, Weinheim.

Goleman, Daniel(2009): Emotional Intelligence: Why It Can Matter More Than IQ, Kindle.

Fuchs, Katharina Anna(2014): Emotionserkennung und Empathie: Eine multimethodale psychologische Studie am Beispiel von Psychopathie und sozialer Ängstlichkeit, Wiesbaden.

Häusel, Hans Georg(2008): Brain View, Freiburg.

Hegel, Georg Friedrich(1972): Grundlinien der Philosophie des Rechts, Frankfurt a. M.

Heise, Irene(2012): Einführung in eine Theologie der Empathie: Aus Theologie, Philosophie, Psychologie und Mystik und empathische Problemanalyse, Hannover. Wien.

Köthke, Rolf(1999): Das Stockholm-Syndrom: eine besondere Betrachtung des Verhältnisses von Geiselnehmer und Geisel, in: Praxis der Rechtspsychologie 9, S. 78-85.

Rousseau, J. J.(1998): Essay on the Origin of Languages and Writings Related to Music. The Collected Writings of Rousseau. Dartmouth College Press.

Schulze(2006): Schulze, Ralf, u. a. (Hrsg.), Emotionale Intelligenz. Ein internationales Handbuch. Göttingen.

Sullivan, Harry S.(1953): The interpersonal Theory of Psychiatry, New York.

15
나오는 말:
생태 공동체와 사랑의 삶

나는 너니까/우리는 自己야/우리 마음의 地圖 속의 별자리가 여기까지/
오게 한 거야

(황지우의 「나는 너다」)

주체란 관계 속에서 형성되는 허상이지만, 자기가 공(空)하다고 함으로
써, 타인을 생성시키고 타자의 아픔에 공감하며 자기 안의 부처, 곧 인간
다운 본성을 형성하는 눈부처-주체다.

(이도흠)

나의 몸은 세계 속의 타자다.

(메를로퐁티)

1. **미래의 가능성:** 우리는 "물질 추구 이후의 시대"에 살고 있습니다. "물질 추구 이후의 시대"란 20세기 중엽에 이르러 정치적 유토피아가 종언을 고한 시점에서 언급될 수 있는 표현입니다(Heyer: 142). 이는 평화 운동, 여성운동 그리고 생태 운동과 관계되는데, 20세기 중엽부터 출현한 전-지구적 제반 문제와 직결되는 용어라고 여겨집니다. 이 문제는 현재 한반도에서 21세기를 살아가는 우리의 당면한 과제와 관계될 수밖에 없습니다. 이와 관련하여 필자는 다음의 순서대로 언급하려고 합니다. (1) 자본주의 및 금력으로 인한 계층 사회의 문제, (2) 성 평등의 유토피아 내지 사랑의 삶과 결혼 제도 (3) 긍정적 "헤테로피아(Heteropia)"로서의 생태 공동체, (4) "아트만(大我)"의 삶과 관련되는 대아 유토피아 등에 관하여 약술하려고 합니다.

2. **자본주의 체제는 어떻게 극복되어야 하는가?:** 현재 우리는 독점자본주의의 메가 시스템이 작동되고 있는 사회에서 살고 있습니다. 부자와 가난한 자 사이의 계급 갈등은 국가의 영역을 넘어서서 잘사는 나라와 못사는 나라 사이의 경제적 수준 차이로 퍼져 나갔습니다. 이로써 FTA와 신식민주의의 폐해는 보이지 않는 이윤 추구의 구조를 통해서 심화되고 있습니다. 20세기 말에 기존 사회주의 국가의 실험이 실패로 돌아갔지만, 대부분의 사람들은 자본주의의 생산양식이 역사의 최종 단계를 장식할 만큼 가치가 있지는 않다는 사실을 잘 알고 있습니다. 왜냐하면 돈으로 인하여 "인간이 인간에 대한 늑대"로 살아가는 사회를 어느 누구도 탐탁하게 여기지 않기 때문입니다. 일단 자본주의 생산양식의 사회구조를 어떻게 극복해야 할 것인가 하는 문제로 고심할 필요가 있습니다. 에릭 올린 라이트(Erik Olin Wright)는 『리얼 유토피아(Envisioning Real Utopias)』(2010)에서 자본주의를 극복할 세 가지 방안에 관해서 언급하

였습니다. 첫 번째 방안은 혁명적 사회주의를 추구하는 "단절적 변모"를 가리키고, 두 번째 방안은 무정부주의를 지향하는 "틈새적 변모"를 지칭합니다. 세 번째 방안은 대체로 사회민주주의자들이 추구하는 "공생적 변모"를 가리킵니다. 첫 번째 방안의 경우, 우리는 계급투쟁을 통해서 부르주아를 물리치는 무력 운동을 생각할 수 있습니다. "만국의 노동자들이여, 궐기하라!"라는 슬로건은 얼핏 보기에는 진부한 것 같으나, 현대의 정보 산업 사회에서도 여전히 유효합니다. 두 번째 방안의 경우는 부르주아를 무시하고 새로운 생태 공동체의 네트워크를 결성하는 운동을 가리킵니다. 그렇기에 이 방법은 자본주의의 틈 사이에서 자치, 자활 그리고 자생을 추구하는, 작지만 활용 가치가 높은 대안으로 이해될 수 있습니다. 세 번째 방안은 노동자계급으로 하여금 부르주아와 타협하여 노동조합의 성과를 달성하는 일을 지칭합니다. 이것은 투쟁과 타협이라는 전략을 통해서 자본가들과의 공생 관계를 추구한다는 점에서 공생적 변모로 명명될 수 있습니다(라이트: 421).

우리에게는 미래에 대한 예견 능력이 주어져 있지 않습니다. 그렇지만 라이트도 수긍한 바 있듯이, 자본주의를 극복할 수 있는 방안 가운데 왕도(王道)란 존재하지 않습니다. 분명한 것은 첫 번째 "단절적 변모"의 노선이 기존 사회주의 국가의 몰락으로 인하여 거의 실패를 맛보고 말았다는 사실입니다. 현재 국제 정세를 고찰하면, 전문가들은 사회주의 국가가 더 이상 강력한 힘을 얻게 되지 못하리라는 것을 확신하고 있습니다. 따라서 우리가 기대해야 할 방향은 두 가지 변모일 것입니다. 그 하나는 공생적 변모이며, 다른 하나는 틈새적 변모입니다. 비록 마르크스가 1875년 「고타 강령 비판(Kritik des Gothaer Programms)」에서 라살 등이 추진한 사민당의 "노동조합(Trade Union)" 운동을 여러 가지 이유에서 신랄하게 비판한 바 있지만, 그럼에도 우리는 21세기의 개발도상국가와 제3세계를 고찰할 때 노동조합 운동에 대한 기대감을 결코 저버릴 수는 없을 것입니다. 왜냐하면 노동조합 운동은 자본가의 만행을 부분적으로 저지하고 노동자의 권익을 도모할 수 있는 마지막 방법이기 때문입니다. 그럼에도 자본주의 극복과 관련하여 가장 중요한 것은 필자의 견해로는 "틈새적 변모"라고 여겨집니다. 그것은 개개인들로 하여금 자치, 자활 그리고 자생을 위한 경제체제를 받아들여서 거대한 자본주의 메가 시스템으로부터 최소한의 자유를 구가할 수 있는 빈틈 내지 여지를 마련해 주기 때문입니다. 특히 생태계 파괴가 극심한 21세기 지구 전체의 상황을 고려하면 생태 공동체 운동의 활성화는 거의 필연적이라고 말할 수 있습니다.

3. 21세기 삶의 세 가지 경향 (1): 상기한 내용과 관련하여 21세기에 출현할 세 가지 유형의 삶을 신중하게 논의해 볼 필요가 있습니다. 첫 번째 삶은 생태주의 유토피아와 관련되는 것입니다. 이미 언급했듯이, 21세기의 가장 중요한 화두는 지구 전체로 확장된 독점자본주의의 메가 시스템입니다. 이로 인하여 가진 자와 못 가진 자의 간극은 부유한 나라와 가난한 나라의 간극으로 변했으며, 빈곤층은 아프리카 외에도 아시아와 라틴아메리카 지역으로 널리 퍼지게 되었습니다. 물론 우리는 IS와 같은 급진 이슬람 테러 세력의 확장, 테러와 난민의 문제 그리고 이와 병행하여 급물살을 타게 될 유럽 내의 인종 갈등에 관한 문제 등은 정치-경제적 차원에서 해결되어야 할 심각한 현안이라는 것을 잘 알고 있습니다. 인종 갈등으로 인한 크고 작은 전쟁, 시리아 사태 및 유럽 전역에 퍼져나갈 "외국인에 대한 혐오," 즉 제노포비아의 성향 등은 정치적 전략의 차원에서 해결되어야 할 당면한 과제이므로, 자본주의의 극복과 관련된 사항으로서 별도의 논의를 필요로 할 것입니다. 우리는 에너지, 인구

그리고 생태계 파괴에 유념할 필요가 있습니다. 가령 체르노빌과 후쿠시마 사태에서 나타났듯이, 21세기 사회에서 원전을 둘러싼 문제는 뜨거운 감자로 인지되기 때문입니다. 한마디로 핵은 헤시오도스의 표현을 빌면 판도라의 상자 속에 담긴 "아름다운 죄악(καλὸν κακόν)"에 근거한 "신의 선물"인데, 차제에 다시금 참혹한 파국을 안겨 줄지 모릅니다. 현대의 수많은 작가들이 핵 문제를 다루고 있는 것은 원자력 에너지의 개발이 오늘날 얼마나 인간 삶에 위험한 요인으로 작용하고 있는지를 반증해 준다고 할 수 있습니다. 나아가 인구의 증가 속도는 엄청나게 빨라졌습니다. 가령 거대한 중국의 경제성장은 마치 제어할 줄 모르고 달리는 고속 기차를 연상시킵니다. 중국은 자원 개발과 기술 발전을 통해서 순식간에 경제 대국으로 거듭나고 있습니다. 문제는 중국의 신장과 내몽고 자치구의 많은 땅이 사막으로 변화된다는 사실입니다. 생태계의 변화가 기후변화를 초래하여 미래의 삶에 얼마나 크고 작은 영향을 끼칠지 아무도 예측할 수 없습니다.

핵과 에너지 문제와 관련하여 일련의 사이언스 픽션 작품들은 자연과학의 발달과 자연과학자의 눈먼 연구를 다루곤 하였습니다. 가령 어슐러 르 귄의 『빼앗긴 자들. 어떤 모호한 유토피아』에 묘사된 행성 유토피아는 바로 이러한 지구상의 제반 문제점과 관련하여 설계된 것입니다. 그렇지만 달에서 살아가는 가능성이라든가, 우주를 개발하여 그곳에서 생활 터전을 마련하는 일은 아직도 요원합니다. 우주 개발에 관한 낙관적 미래주의는 현재 상황을 놓고 볼 때 현대사회에 주어져 있는 근본 문제를 그저 비켜 가는 것 같아 보입니다. 그렇기에 우리는 싫든 좋든 간에 (지구 중심적인) 프톨레마이오스의 관점을 포기할 수는 없습니다. 요약하건대, 21세기의 지구촌의 제반 현실을 염두에 둘 때, 우리는 과거의 정치적 유토피아의 기능이 완전히 소진하지 않았다는 점 그리고 생태학의 차원에서 어떤 새로운 유토피아의 기능이 요청된다는 점 등을 확인할 수 있습니다. 이와 관련하여 우리는 국가 중심의 제반 행정 체제 그리고 위로부터의 정책 이행을 비판적으로 주시해야 할 것입니다. 다시 말해서, 자본주의 시장경제를 고수하는 국가와 기존 사회주의의 틀을 고수하는 권위주의 국가 체제 자체가 21세기에 살아가는 개개인의 기본적 자유를 억압하는 요인이 되고 있습니다. 나중에 언급되겠지만, 생태 공동체의 발전 내지 확산 가능성은 국가의 권위주의적 전체주의 정책을 어느 정도의 범위에서 제동을 걸거나 제어할 수 있는 사회적 틀을 마련해 줄 것입니다. 물론 생태 공동체 운동은 어떤 거대한 힘을 지닌 것은 아니지만, 차제에는 반드시 "국가와 비-국가 사이의 투쟁"으로 나타날 수밖에 없을 것입니다(아감벤: 118).

21세기에 출현할 두 번째 삶은 이른바 남녀평등과 직결되는 성 평등의 유토피아와 관련됩니다. 흔히 사람들은 사랑의 삶과 가족제도에 관한 문제가 정치적 제도의 문제와는 아무런 상관이 없다고 지레짐작합니다. 그러나 이는 엄청난 착각입니다. 인간 삶에 있어서 가장 내밀한 사랑과 성이라는 내적인 영역은 근본적으로 국가의 가장 작은 규모의 정치체제라는 외적 영역의 배후와 동일합니다. 빌헬름 라이히와 주디스 버틀러 (Judith Butler) 등이 "성-정치(Sex-Politic)"라는 용어를 서슴없이 사용한 까닭은 사랑과 성이라는 문제가 사적인 영역을 넘어서서, 사회정치적인 함의를 포함하기 때문이었습니다. 그런데도 우리나라에서는 결혼, 사랑, 가족, 여성 등에 관한 문제는 정치와는 무관한 사적인 고민거리로 치부되고 있습니다. 이러한 기현상은 무엇보다도 지배 이데올로기의 농간 때문입니다. 지배 이데올로기는 모든 영역을 폐쇄적으로 구분해 놓았습니다. 현재의 대학 입시 제도는 젊은이의 미래를 학벌로써 결정 짓게 할 뿐 아니라, 학문을 폐쇄적으로 구분하는 데 일조하였습니다. 모든 영역이 폐쇄적으로 분할되어 있는 사회에서는 정치가 오로지 정치가의 전유물로 되어 있습니다. 가령 한국 사람들은 정치 행위가 경제와 무관하고, 문학과 예술이 실물경제라든가 사회적 문제를 포괄하지 못하며, 국어는 수학과 무관하고, 사회는 과학과 아무런 상관이 없다고 가르칩니다. 사랑과 성, 성과 결혼, 결혼과 출산의 문제는 개인의 사적인 사항이며, 사회와 국가가 담당해야 할 몫이 아니라고 단언합니다. 그러나 낙태의 문제, 매춘의 문제 그리고 이혼의 문제는 당사자 개인의 문제가 아니라, 사회에 커다란 파장을 불러일으키는 사안입니다. 세상의 모든 일은 거의 대부분 상호 관련성을 지닙니다.

4. 지배 이데올로기로서의 성: 예컨대 일부일처의 삶은 인간의 영원한 이상과 다를 바 없습니다. 한 인간이 자신의 유일무이한 배필과 오랫동안 함께 살아가는 이야기는 호메로스의 『오디세이』에서 입센의 「페르귄트」에 이르기까지 지속적으로 이어졌으며, 문학작품을 통해서 아름답게 칭송되었습니다. 그런데 문제는 이러한 이상으로서의 결혼 제도가 오늘날에도 주어진 관습 내지 도덕과 결부되어 하나의 근엄한 법칙으로 활용되고 있다는 데 있습니다. 이로 인하여 성 소수자의 사랑의 패턴은 무조건 비난의 대상이 되고, 이혼은 바람직하지 못한 일로 치부됩니다. 일부일처제는 비록 수천 년 전부터 전해져 내려오기는 했으나, 그 자체 절대적인 것은 아닙니다. 이를테면 20세기 초 슬라브족의 "자드루가(Zadruga)" 공동체는 세금 징수의 문제를 해결하기 위해서 일부다처의 제도를 한시적으로 시행했으며, 일본에서는 수많은 사무라이들이 목숨을 잃자, "형사취수(兄死取嫂)"의 제도를 도입하기도 했습니다. 기원후 7세기부터 이슬람 종교가 일부다처의 제도를 도입하게 된 것은 수많은 과부들의 경제적 난관을 해결해 주기 위한 의도에서 기인합니다. 그런데

일부일처제가 오랜 기간 동안 존속된 까닭은 그것이 가부장적 남성 중심 사회의 질서를 공고히 하는 데 도움이 되기 때문입니다. 가령 "가정(family)"이란 말은 말 그대로 "농부(famulus)"의 예속물에서 비롯한 것입니다. 가장인 농부는 위로부터 내려온 명령을 아래로 하달하는 자로서, 마치 군대의 상사처럼 행동합니다. 실제로 가부장주의의 가정은 동서고금을 막론하고 계층 국가의 위계적 질서를 튼실하게 하는 하위 그룹으로 기능해 왔습니다.

5. 사랑의 삶에서 절대적인 제도는 없다: 대부분의 사람들은 일부일처제의 문제점을 인지하면서도 이에 대해 이의를 제기하지 않습니다. 왜냐하면 일부일처제 속에는 누구든 간에 오랫동안 진정으로 사랑하는 한 분의 임으로부터 사랑 받으려는, 인간의 원초적 갈망이 도사리고 있기 때문입니다. 일부일처제에 대한 비판적 발언이 오늘날에도 방종으로 곡해되는 등 엄청난 심리적 반발을 불러일으키는 것도 그 때문입니다. 일부일처제의 가부장주의 사회의 경우, 이혼한 여성들이 새로운 남자를 만날 수 있는 장치는 거의 제한되어 있습니다. 게다가 남성 중심의 가족 구도 하에서는 매춘이 은밀하게 퍼져 있어서, 특히 남성들이 성매매에 관여할 가능성이 매우 큽니다. 여성들이 부당한 대우를 받거나 차별당하는 사례들은 지금도 세계 곳곳에서 발견됩니다. 그러나 한편으로 일부다처제라고 해서 무조건 좋다고 말할 수는 없습니다. 여성 공동체의 삶의 방식의 경우, 성에 관한 강제적 윤리가 존재하지 않습니다. 개개인은 마음만 먹으면 여러 명의 성적 파트너를 거느릴 수 있습니다. 예컨대 일부다처제를 용인하는 이슬람 사회에서는 남자들은 여러 명의 여성을 거느리지만, 여성들은 이러한 권리(?)를 누리지 못하는 경우가 허다합니다. 예컨대 "일부다처(Polygamie)"의 방식에 비해 "다부일처(Polyandrie)"의 방

식이 동·서양의 역사에서 드물게 나타난 것을 고려해 보십시오. 어떠한 제도든 간에 여성들은 피해당하면서 살아가므로, 여성 공동체라고 해서 무작정 남녀평등의 삶에 기여하는 것은 아닙니다. 게다가 결혼을 전제로 하지 않는 여성 공동체의 경우 아이들과 아버지 사이의 유대 관계가 없기 때문에, 아버지가 배제된 미성년 교육에 어떤 치명적 취약점이 드러날 수 있습니다. 여성 공동체에서 아버지의 존재는 마치 암사자 무리를 배회하는 털북숭이 수사자처럼 "낯선 이방인" 내지 "무서운 타자"라는 인식이 팽배할 수 있습니다. 여기서 사랑의 삶에 있어서 어떠한 제도가 좋은가 하는 물음은 깊이 숙고할 필요가 없는 추상적 질문일 것입니다. 이보다 더 중요한 것은 한반도에서의 사회적 삶과 사랑의 삶에 있어서 수십 년간 내려온 유교 중심의 가부장적 권위주의와 이로 인한 폐해를 어떻게 약화시킬 수 있는가 하는 물음입니다. 이는 한반도의 통일 문제 그리고 금력으로 분화된 현대의 계층 사회 구조의 타파와 함께 시급하게 해결되어야 할 난제가 아닐 수 없습니다.

6. 일부일처제, 혹은 가정 없는 여성 공동체: 상기한 사항과 관련하여 우리는 사랑의 삶의 패턴 가운데 두 가지 성향을 약술한 바 있습니다. 그 하나는 일부일처제의 결혼 제도를 중시하는 경우이며, 다른 하나는 결혼이 사유재산에 대한 욕망을 부추긴다는 이유로 혼인을 통한 가정의 체제를 인정하지 않는 경우입니다. 후자의 경우, 가족이라는 체제는 없고, 오로지 아이들과 여성들이 함께 살아가는 여성 공동체의 체제만이 존재할 뿐입니다. 이를테면 모어, 안드레애, 윈스탠리, 모렐리, 슈나벨, 메르시에 그리고 카베 등은 일부일처제를 통한 가정 구도를 하나의 바람직한 제도로 채택한 반면에, 플라톤, 캄파넬라, 푸리에, 데자크 그리고 로시 등은 혼인을 통한 가족 체제 자체를 거부하면서, 가정이 없는 여성 공

동체가 오히려 좋은 대안이라고 강력하게 주장하였습니다. 그렇지만 두 가지 모두를 채택한 경우도 있는데, 이에 대한 예는 레티프 드 라 브르톤느(Restif de la Bretonne)의 소설에서 발견됩니다. 우리가 염두에 두어야 하는 것은 다음의 두 가지 사실입니다. 첫째로 사랑의 삶에서 행복을 누리는 방법은 일부일처제 하나만은 아니라는 사실이며, 둘째로 가족 중심의 삶의 방식은 — 캄파넬라가 주장한 바 있듯이 — 또 다른 사적 차원의 가족적 집단 이기주의로 이어져서, 급기야 사회와 국가의 안녕과 중요성을 망각하게 할 수도 있다는 점입니다.

7. 21세기 삶의 세 가지 경향 (2): 셋째로, 21세기에 출현할 세 번째 삶의 방식은 소규모의 코뮌으로 이해되는 생태 공동체의 면모로 나타날 수 있습니다. 이는 노동조합 운동과 병행하여 전개되어야 할 운동으로서, 국가 중심의 자본주의 사회에 대한 하나의 대안으로 이해될 수 있습니다. 실제로 사람들은 오래 전부터 국가 중심이 아니라, 비-국가 중심의 크고 작은 코뮌 운동을 지속적으로 활성화시키려고 했습니다. 이미 언급했듯이, 21세기의 가장 커다란 문제점은 무엇보다도 전-지구적으로 확산된 자본주의의 폭력일 것입니다. 이에 대항하기 위한 대안으로서 국가적 차원의 사회주의 운동은 대부분 사람들이 생각하듯이 더 이상 빛을 발하지 못할 것 같습니다. 거대한 국가 체제로서의 제2의 소련은 더 이상 탄생하지 않을 공산이 큽니다. 그러나 우리는 전 지구적으로 확산되는 생태 공동체 운동에 최소한의 기대를 걸 수는 있을 것입니다(조영준: 45). 왜냐하면 사회생태학자 머레이 북친(Murray Bookchin)도 암시한 바 있지만, 생태 공동체의 자치, 자활 그리고 자생의 운동은 작은 범위에서나마 거대한 국가 사이의 무역과 독점자본주의의 경제에 약간의 제동을 가할 수 있기 때문입니다.

비록 작은 노력이지만, 상부상조하고, 공동체로부터 기본 소득을 받으며, 자원을 아껴 쓰고, 자급자족하는 공동체의 삶은 자본주의 사회에서 소외된 개개인들을 함께 아우르게 만들 것입니다. 그렇게 되면 공동체들은 국가 중심의 거대한 자본주의 메가 시스템으로부터 거리를 두며, 위로부터의 정치적·경제적 폭력에 피해당하지 않을 것입니다. 우리는 에스파냐에 있는 "몬드라곤 협동조합(Mondragón Corporación Cooperative)"이라든가, 마이클 앨버트(Michael Albert)가 구상하는 파레콘(Parecon) 공동체에서 많은 것을 배울 수 있습니다. 이를 위해서는 기존의 국가 중심의 불균등한 부의 분배 체계를 과감하게 파기하고, 새로운 공동체의 삶을 실험하려는 정신이 필요할 것입니다. 생태 공동체라고 해서 반드시 시골에 결성되어야 할 필요는 없습니다. 만약 이웃 사이에 작은 문제를 해결하기 위해서 혈연과 무관하게 하나의 공동체 내지 대가족이 형성된다면, 이는 생태 공동체 운동의 출발로 이해될 수 있습니다.

8. 유럽과 남한의 생태 공동체: 생태 공동체는 자본주의로 인한 계층 사회의 타락상을 극복할 수 있는 공간으로 형성될 수 있습니다. 그것은 이를테면 디즈니랜드와 같은 감시와 상행위로 이루어진 타락한 유토피아의 공간이 아니라, 인간답게 살아갈 수 있는, 이른바 틈새의 장소를 일컫는다는 점에서 매우 중요합니다. 생태 공동체 운동은 하나의 작은 장소를 전제로 한다는 점에서 토머스 모어의 유토피아와 궤를 같이 합니다(하비: 222). 이 경우, 모어의 유토피아를 낯선 섬에서의 "공간적 유희(jeux d'espaces)"라고 명명한 루이 마렝(Louis Marin)의 지적은 설득력을 지닙니다. 왜냐하면 생태 공동체 운동은 새로운 도덕적 질서를 개편하는 하나의 독자적 공간을 전제로 하기 때문입니다. 일단 유럽과 남한의

생태 공동체에 관하여 간략하게 비교해 보기로 하겠습니다. 첫째로, 유럽과 남한의 생태 공동체를 염두에 둘 때, 생태 공동체의 결성의 이유와 계기는 ― 약간의 편차는 존재하겠지만 ― 서로 다를 수 있습니다. 유럽인들이 생태 공동체를 통하여 공동의 삶을 영위하는 까닭은 무엇보다도 핵가족 사회에서 출현하는 고독과 소외감을 떨치기 위함입니다. 이에 비하면 남한 사람들은 농촌 살림과 생명 살림에 처음부터 관심을 기울이며 생태 공동체를 결성합니다. 다시 말해서, 사회보장제도가 완진히 정착되지 않고 빈부 차이가 극심한 남한에서, 시대에 역행하며 살아가려는 사람들의 모임이 바로 생태 공동체의 실상입니다. 사람들은 더 이상 자본주의의 먹이 피라미드에서 상부 지향적으로 생활하지 않고, 겸허한 자세로 시골로 내려가서, 가난한 이웃과 더불어 살아가려고 결심합니다. 그렇기에 남한의 생태 공동체에서는 생존을 위해서 회원들 사이에 더욱 강한 결속력이 요청됩니다.

둘째로, 유럽의 생태 공동체는 정도 차이는 있지만 사회보장제도로 인하여 경제적으로 심각한 어려움을 겪지는 않습니다. 그들은 시 당국으로부터 경제적으로 지원을 받고, 생태 친화적으로 공동체를 운영하며, 자원을 아끼며 생활합니다. 그들에게 중요한 것은 외로움과 소외감을 극복하고 서로 의지하며 공동의 삶을 살아가는 일입니다. 놀라운 것은 일부 공동체가 생태 친화적인 건물을 건설하고, 고도의 과학기술을 실생활에 응용한다는 사실입니다. 예컨대 중세의 목조 가옥을 과감하게 짓는가 하면, 태양광 발전기를 설치하여 에너지를 자체적으로 조달하기도 합니다. 유럽의 생태 공동체에 비하면 남한의 생태 공동체는 경제적으로 중앙정부와 시 정부로부터 어떠한 보조도 받지 않습니다. 그렇기에 남한의 생태 공동체는 특수한 물품을 생산하여 이익을 극대화하지 않으면, 처음부터 경제적으로 파산할 위험에 처해 있습니다. 그렇기에 공동으로 생산한 특정 농산물을 자급자족해야 할 뿐 아니라, 공동체를 위해서 외부에 판매하여 최소한의 이윤을 남겨야 합니다. 자체적으로 생산하지 않는 물품의 경우, 필요하다면 외부에서 구입해야 합니다. 만약 생태 공동체에서 생산해 낸 농산품과 공산품이 외부로 팔려 나가지 않으면, 남한의 생태 공동체는 경제적으로 치명타를 입을 수밖에 없습니다. 한편, 놀라운 것은 남한의 생태 공동체가 유럽의 생태 공동체 사람들보다 더 깊고도 절실한 생태 의식을 실천하고 있다는 사실입니다(전춘명: 284). 영성의 삶과 생태 의식에 관한 한, 남한의 생태 공동체는 감히 말씀드리건대 유럽의 그것에 한발 앞서 있습니다. 이는 아마도 남한의 생태 공동체가 대체로 시골과 오지 마을의 사찰 근처에 위치하고 있으며, 불교의 생명 사상을 자연스럽게 받아들여서, 생태 친화적이고 영성적인 삶을 자발적으로 수월하게 실천할 수 있기 때문입니다.

셋째로, 유럽의 생태 공동체의 경우 사랑의 삶에서 상처 입은 사람들이 많습니다. 가령 전통적 가족 체제 속에서 파트너를 잘못 만나 불행하게 살던 사람들은 새로운 공동체에서 자신의 개인적 삶의 고통을 극복하려고 합니다. 이에 비하면 남한의 생태 공동체는 대체로 전통적 가족 구도를 고수합니다. 남한의 공동체들은 명상과 극기를 통해서 자신을 부자유스럽게 살게 만들던 자아의 구속 상태를 떨치려고 애를 씁니다. 말하자면, 에고에서 해방되는 게 삶의 근심으로부터 벗어나는 지름길입니다. 올더스 헉슬리는 말년의 작품 『섬(Island)』(1962)에서 불교의 명상과 마약 그리고 자유로운 성을 동시에 구가하는 팔라 섬사람들을 묘사한 바 있는데, 이는 실제로 극동 지역의 생태 공동체에서 거의 출현하지 않는 가상적인 판타지에 불과합니다. 한국의 생태 공동체는 가족의 해체와 같은 실험을 실천하기에 앞서서, 경제적 난관을 일차적으로 극복해야 합니다. 그 밖에 유럽과 남한의 생태 공동체는 한 가지 공통되는 일을 추진합니다. 그것은 교육 프로그램과 관련되는 사항입니다. 가령 생태 공동체는 교육 프로그램을 활성화시켜서, 주말마다 특정한 테마로써 세미나를 개최합니다. 그렇게 하면 도시의 각박한 현실에서 살아가는 일상인들은 주말에 시골의 생태 공동체를 방문하여, 특정한 테마의 교육을 받고, 휴식을 취하면서, 약간의 여유를 즐길 수 있습니다. 남한의 생태 공동체의 경우, 도농 교류에 관한 사업, 신토불이 장터 등과 같은 프로그램을 만들어 방문객들에게 향토 음식과 잠자리를 제공할 수 있습니다. 공동체는 이러한 경제적 수입으로 농촌 경제에 활력을 불어넣을 수 있을 것입니다.

9. 유럽의 생태 공동체: 현재 유럽 전역에는 생태 공동체가 퍼져 나가고 있습니다. 독일의 경우, 80년대 말부터 생태 공동체가 확산되었는데, 사람들은 구동독 지역에 산재해 있는 땅과 가옥을 헐값으로 매입할 수 있었습니다. "지벤 린덴(Sieben Linden)"이 이의 대표적 예라고 말할 수 있습니다. 독일 정부는 인구 분산 정책의 일환으로 생태 공동체 운동을 장려했습니다. 공동체에 속하는 사람들은 경제적 차원에서의 생산과 소비를 가급적이면 자체적으로 해결하려고 합니다. 생태 공동체 내에서는 시장도, 화폐도 존재하지 않습니다. 물론 공동체 내에서 조달할 수 없는 것들을 외부에서 조달하고, 공동체 내에서 생산된 물품들을 외부로 판매하기도 합니다. 놀라운 것은 지벤 린덴 공동체 사람들이 달걀 등 육류 제품을 섭취하지 않고 대부분 채식주의를 표방한다는 사실입니다. 모든 것은 자치적으로 조달하지만, 부족한 물품의 경우 외부로부터 구매합니다. 생태 공동체가 지방의 중요한 문화 운동으로 뿌리내리기 위해서는 공동체 근처에 거주하는 이웃들과 밀접하게 교류해야 하며, 그들과 대립하거나 마찰을 빚어서는 안 됩니다(박영구: 439). 그렇기에 공동체는 결

코 계층적으로 구분되지 말아야 합니다. 그렇게 해야만 남녀노소를 막론하고 모두가 평등하게 살아갈 수 있기 때문입니다. 결혼 제도도 없으며, 모든 재화가 공동 소유이기 때문에 도둑이 없습니다. 모든 방에 열쇠가 없는 경우도 많습니다. 일부 공동체는 대안 화폐를 도입하였습니다. 이 경우 대안 화폐는 오로지 물품 교환권의 의미를 지닙니다.

공동체 전반에 관한 문제점은 함께 모여 토론하고 결정합니다. 사람들은 돌아가면서 특정 분야에서 일합니다. 분업을 통한 노동의 소외를 극복하기 위해서 사람들은 각자 여러 가지 일을 번갈아 행합니다. 사람들은 행정의 영역에서도 순번제를 도입하여 교대로 일합니다. 그렇게 함으로써 공동체는 기존 사회에서 출현하는 엘리트들의 횡포를 사전에 차단할 수 있습니다. 어떤 무엇을 결정할 경우, 공동체 사람들은 모두 모여서 "야단법석(惹端法席)"의 회의를 치릅니다. 이를 통해서 풀뿌리 직접민주주의가 실천될 수 있습니다. 개별 공동체는 주어진 여건 내지 크기에 따라 자신의 고유한 특성을 개발할 수 있습니다. 어떤 공동체에서는 농사를 짓는 등 특정 물품을 생산하는 데 주력하기도 하고, 어떤 공동체에서는 교육 프로그램을 개발하여 주말마다 찾아오는 사람들에게 숙식과 함께 그것을 제공하여 일상의 피로를 씻도록 합니다. 이러한 프로그램은 한국의 사찰에서 행해지는 템플스테이와 유사한 것입니다. 이 경우, 공동체는 방문객이 낸 숙박비와 식비를 받아서 공동체 수입으로 활용합니다. 유럽의 공동체 사람들은 나무와 짚 그리고 흙만으로 생태 가옥을 건축하기도 합니다. 생태 공동체에는 여러 가지 유형이 있지만, 누구나 가담할 수 있으며, 누구나 탈퇴할 수 있습니다. 이 경우, 가입과 탈퇴 비용은 필수적으로 처리해야 할 사항입니다. 유럽의 생태 공동체는 지금도 갈등을 겪는 등 실험에 실험을 거듭하고 있습니다. 작은 아나키즘 공동체 운동은 거대한 메가 시스템으로서 자본주의의 경제 질서를 단기간에 무너뜨릴 수는 없겠지만, 노동조합 운동과 함께 자본주의 사회 구도에 대한 어떤 마이신의 역할을 수행할 수 있을 것입니다. 이는 작은 범위에서 이전에 동구 사회주의 국가가 부분적으로 행하던 비판의 기능이 아닐 수 없습니다. 생태 공동체들이 전 지구상의 네트워크로 연결된다면, 생태 공동체의 영향력은 서서히 커져 나갈 게 분명합니다.

10. 생태 공동체 운동의 필요성: 21세기를 살아가는 우리는 생태 친화적인 에너지 및 산업 개발에 고심해야 하고, 건강한 먹을거리를 제공할 수 있는 농·수산업 그리고 축산업의 중요성을 인정하는 방향으로 생태 공동체 운동을 활성화시켜야 할 것입니다. 공동체 운동은 일견 "자연으로 돌아가라"는 전근대적이고 반역사적인 회귀의 운동으로 오인될 소지를 안고 있습니다. 그러나 그것은 과거에 끊임없이 시도되었던 생명 살림의 코뮌 운동을 이어 가는 운동일 수 있습니다. 생태 공동체 운동은 국가 중심의 모든 정치적, 경제적 정책에 간접적으로 제동을 걸 수 있는 대안적 삶의 방식이기도 합니다. 지금까지 국가들은 자본주의의 생산력 신장을 추구하면서 산업 발전을 지속시켜 왔습니다. 이로 인하여 모든 산업은 개별 국가의 경제력 성장을 가져다주었지만, 한편으로 개개인의 건강을 해치는 방향으로 발전되어 왔습니다. 방사능을 논외로 하더라도, 수많은 화학제품 속에는 암을 유발하는 물질이 내재해 있으며, 제초제와 살충제는 인간의 몸에 여러 가지 유형의 암세포를 자라나게 합니다. 대부분의 위정자들은 인구 증가를 대비하여 유전자 조작 식품(GMO)을 개발할 수 있다고 호언장담하지만, 이에 대한 부작용에 관해서는 침묵으로 일관하고 있습니다. 이를 고려한다면, 현대인들은 생태 공동체가 생산해 낸 환경 친화적인 농산품을 도농 교류 사업, 주말 생태 체험 학습 등을 통해서 자신의 식탁에 올릴 수 있을 것입니다. 나아가 개별 공동체

들이 재생 가능 에너지를 자체적으로 개발하여 전기를 생산해 내는 것도 좋은 방안일 것입니다.

생태 공동체는 일부일처제의 가부장적인 가정 제도의 폐단을 어느 정도 극복할 수 있을 것입니다. 물론 생태 공동체 운동이 빠른 시일 내에 전통적 가족제도를 혁파하고, 대가족제도라든가, 가족 없는 여성 공동체를 만들어 내지는 못할 것입니다. 공동체 내에서 일부일처의 부부 관계를 원하는 사람들은 얼마든지 그것을 고수해도 무방할 것입니다. 다만 우리가 주장하는 것은 일부일처제의 가족제도 속에 남아 있는 가부장의 비민주적인 권위주의만큼은 파기되어야 한다는 점입니다. 전통적인 가부장 중심의 가족제도는 무엇보다도 국가의 요구 사항들을 비판 없이 답습하게 합니다. 가장은 가족 구성원들에게 국가의 강령을 명시적으로 그리고 묵시적으로 전달합니다. 우리는 생태 공동체 운동을 통해서 이러한 가부장주의의 통솔 방식이라든가 국가 중심의 권위주의를 약화시켜 나가야 할 것입니다. 생태 공동체 속의 삶의 방식은 전통적인 가족의 구도와는 다른 공동의 안녕을 도모하는 것입니다. 그렇기에 그것은 남녀노소를 막론하고 인간의 소외와 갈등 문제를 어느 정도 해결할 수 있으며, 다양한 사랑의 삶의 방식을 실천하는 사람들, 이를테면 싱글, 동성애자, 트랜스젠더 등을 물심양면으로 도울 수 있을 것입니다.

11. 협동과 상호부조를 통한 "큰 자아(Atman)"의 추구: 기실 인간은 경제적으로 그리고 심리적으로 언제나 이기적 태도를 취하는 동물입니다. 왜냐하면 인간이라면 누구나 제각기 더욱더 많은 행복을 지속적으로 추구하기 때문입니다. 그러나 이러한 경제적, 심리적 이기주의를 극복하지 않으면, 공동체 내에서의 사랑의 삶의 시도는 사회적 삶의 시도와 마찬가지로 결국 실패로 판명되고 말 것입니다. 왜냐하면 인간은 타인에게 상처

를 줄 때보다 오히려 상처를 받을 때, 두 배 이상의 커다란 고통을 느끼기 때문입니다. 어쨌든 인간이 주어진 사회적 틀 속에서 타인에게 피해를 가하지 않고 최대한 자신의 행복을 누리는 일은 어렵고도 험난한 여정일 것입니다. 왜냐하면 인간은 누구나 혼자서는 살기 어렵기 때문입니다. 자신의 행복 추구는 때로는 주위 사람의 불행을 감수해야 하는 경우가 많습니다. 물론 인간의 행복이 타인의 안녕과 행복을 통해서 찾아오는 경우도 예외적으로 존재합니다. 그러니 대체로 인간의 경제적, 심리적 욕구는 성생활에서 그리고 경제적인 관계 속에서 사랑하는 임, 혹은 주위 사람들과의 관계 속에서 충족되거나 충족되지 못하곤 합니다. 그렇기에 자신의 행복 수치는 주위 사람들과의 관계 속에서 측정되는 경우가 허다합니다.

12. 제도냐, 의식이냐?: 상기한 이유로 인하여 우리는 어쩌면 서양의 제도가 아니라 동양의 의식에 대해 어떤 더 큰 의미를 부여하지 않을 수 없습니다. 대아 유토피아 역시 인간의 의식과 직결되는 개념입니다. 그것은 전체주의적 권력의 횡포에 대해 개개인이 자신의 고유한 권리를 지키려는 노력에서 출발합니다. 사람들은 지금까지 사회주의 체제를 통하여 개개인의 권리가 사회적으로 용납되기를 갈구하였습니다. 개인의 권리가 사회로 확장되면, 사회는 보편적 권리를 개인에게 환원하리라고 성급하게 믿었습니다. 그러나 이러한 노력은 동구의 사회주의 실험에서 드러났듯이, 실패로 돌아갔습니다. 여러 가지 원인이 있겠지만, 가장 큰 이유는 소수의 엘리트 관료들이 국가의 거대한 시스템을 인위적으로 작동시켰기 때문일 것입니다. 어쩌면 대아 유토피아는 어떤 공동체 내지 코뮌의 운동으로써 해결될 수 있을지 모릅니다. 더 큰 자아의 안녕을 추구하는 사고는 개개인 사이의 협동과 상호부조를 통하여 실천될 수 있을 것

입니다.

13. 개인주의와 계약의 한계: 서구에서 주체의 개념은 너무 잘게 나누어져 있습니다. 서양에서의 개인은 말 그대로 "더 이상 나누어지지 않는 존재(Individuum)"로 표현되지 않습니까? 이는 서양의 철저하게 분할된 소유관계에서 기인합니다. 문제는 수많은 자아들이 자신의 개별적 권리를 요구하고 이를 관철시키려는 데 있습니다. 작은 주체 내지 작은 자아들이 제각기 자신의 권한을 요구할 때에는 필연적으로 크고 작은 갈등이 출현합니다. 서양 사람들은 개인의 자기 권리를 법적으로 확정하기 위해서, 다른 한편으로는 개개인 사이의 갈등을 해소하기 위해서 무엇보다도 계약에 바탕을 둔 실정법을 강화시켰습니다. 최초의 실정법은 개인의 자기 권리를 고수하기 위해서 만들어진 것입니다. 이를테면 로마법이 확정된 근본적 계기가 채권자의 소유권을 분명히 규정하기 위함이라는 점을 고려해 보십시오(블로흐: 53). 자고로 계약은 올바른 법 규정을 필요로 합니다. 그러나 아무리 법 규정이 바람직하게 규정되어 있다고 하더라도, 개개인 사이의 알력과 마찰은 필연적으로 출현할 수밖에 없습니다. 그 이유는 다음과 같습니다. 첫째로, 민법이 제 아무리 상세하게 분화되어 있다고 하더라도 인간의 모든 삶의 문제점을 포괄할 수는 없습니다. 둘째로, 개체의 권리는 전체의 권리로 확장되고, 전체의 권리는 개체의 그것으로 환원되어야 하는데, 계약의 조건 하에서는 제반 갈등이 완전히 해결되는 게 아니라, 서로 조정될 뿐입니다. 다시 말해서, 대립하는 견해들이 제각기 소멸되는 게 아니라, 합리적 방식으로 그냥 분할될 뿐입니다.

14. 자아, 영혼 그리고 대아: 대부분의 사람들은 자아에 대한 집착을 버

리지 않고 있습니다. 자아에 대한 집착은 자유에 대한 의식을 부추기고 자극하지만, 때로는 자신의 권리에 대한 끝없는 요구 사항으로 이어질 수도 있습니다. 그런데 자아에 대한 집착은 때로는 인간의 심리를 해치곤 합니다. 이에 반해서 영혼은 어떠한가요? 개별적 자아는 구분되지만, 개별적 영혼은 엄밀하게 구분되지 않습니다. 사랑과 우정은 자아의 개념으로 이해될 게 아니라, 믿음, 영혼 등을 지닌 대아의 개념으로 이해될 수 있을 것입니다. 이를테면 누군가를 사랑하는 자는, 비록 몸이 사랑하는 임과 떨어져 있지만, 마음만은 사랑하는 임과 함께 있다고 믿는 경우를 생각해 보십시오. 이렇듯 자아는 개체로 분할되어 있지만, 개별적 자아의 영혼은 친구, 임, 지인들과 심리적으로 깊은 인연으로 연결되어 있습니다. 더 큰 자아를 위해서 우리는 자아에 대한 집착을 떨쳐야 하며, 그 대신 영혼의 힘을 찾아내야 할지 모릅니다. 그렇게 하면 우리는 의식 내지 영혼의 차원에서 개인주의를 극복할 수 있는 더 큰 자아를 도모하는 마음을 견지하게 될 것입니다. 이는 결국 협동적이며 이타주의적인 생활관으로 이어지게 될 것입니다. 그 밖에 우리는 메를로퐁티가 추구하는 타자로서의 나의 몸에 관한 사고를 생각해 낼 수 있습니다. 만약 영혼이 인간과 인간을 연결시키는 가교로서 충분하지 못하다면, 우리는 현상학의 차원에서 몸의 기능을 떠올릴 수 있을 것입니다(Merleau-Ponty: 16). 왜냐하면 나의 몸은 나의 소유이기에 앞서서, 타인에게 사회적 존재로 의식되는 무엇 내지 세계 내에서 소통하는 존재일 수 있기 때문입니다. 어쨌든 개인을 극복할 수 있는 공동체에 관한 의식과 사고는 기존의 국가 체제 대신에 작은 소규모의 공동체를 위한 사회 토대 속에서 발전될 수 있습니다.

15. 생태 공동체 운동의 전제 조건: 인간의 의식은 마르크스도 언급한 바

있듯이 주어진 현실적 처지에 의해서 좌우됩니다. 한 인간의 경제적 토대가 그의 의식을 규정하게 되는 법입니다. 이와 관련하여 마르크스는 『헤겔 법철학 비판(Zur Kritik der Hegelschen Rechtsphilosophie)』 서언 (1843)에서 다음과 같이 말했습니다. "사고가 현실을 추동하는 것만으로는 충분하지 못하며, 현실 자체가 사고를 추동해야 한다"(Marx: 386). 따라서 중요한 것은 주어진 현실이 얼마나 하나의 변화를 위해서 무르익고 있는가 하는 물음입니다. 만약 개인이 이기심을 저버리고 더 큰 자아의 삶의 방식을 실천하려면, 이를 뒷받침해 줄 수 있는 사회경제적 토대를 마련하는 일이 급선무일 것입니다. 이를 위해서는, 21세기의 현실적 특성을 고려할 때, 소규모의 공동체 운동이 적절합니다. 왜냐하면 국가구도의 자본주의 계층 사회에서 살아가는 개개인들은 어떤 경우에도 경쟁 및 이윤 추구의 노동에서 벗어날 수 없기 때문입니다. 요약하건대, 개개인이 더 큰 자아, 다시 말해서 "우리"로 의미론적 확장을 이루려고 한다면, 일차적으로 하나의 제도적 장치, 구체적으로 말하자면 새로운 삶을 실천하려는 공동체의 틀을 갖추어야 할 것입니다. 기존의 관습, 도덕 그리고 법의 구속에서 자유로울 수 있으려면, 인간은 일차적으로 경제적으로 독립된 영역을 지녀야 합니다. 그렇게 된 연후에 자신과 뜻을 같이하는 사람들과 함께 공동체를 결성할 수 있을 것입니다.

16. 대아 유토피아, 인간은 협동하고 아우르며 살아가는 영혼의 생명체이다: 지금까지 많은 사람들이 철학, 사회학 그리고 심리학의 영역에서 인간과 인간학에 관하여 연구했습니다. 이 자리에서 여러 학설을 방만하게 소개하는 것은 아마 무의미할 것입니다. 다만 확실하게 말할 수 있는 것은, 인간은 예나 지금이나 결코 혼자 살아갈 수 없으며, 타자와 함께 공존하며 살아가야 한다는 사실입니다. 가령 유기질의 세포를 생각해 보

세요. 세포들은 개별적 개체들이지만, 상호 영향을 끼칩니다. 만약 조직체 전체가 건강하고, 외부로부터의 위협이나 압력이 없는 경우, 유기적으로 서로 아우르고 협력합니다. 마찬가지로 개개인 역시 상호성의 관점 하에서 서로 돕고 협동할 수 있습니다. 그러나 외부로부터 어떤 근본적인 압력을 받거나 경제적 차원에서 이윤 추구의 경제 구도의 악영향을 받게 되면, 유기질 내부에서 생동하는 세포들은 제각기 고립화되어 아포(芽胞)의 상태로 응축되고 맙니다. 인간 또한 마찬가지입니다. 바로 이러한 까닭에 이도흠 교수는 주체를 "상호 생성자(inter-becoming)"의 개념으로 설명합니다. 그것은 "관계 속에서 형성되는 허상이지만, 자기가 공(空)하다고 함으로써, 타인을 생성시키고 타자의 아픔에 공감하며 자기 안의 부처, 곧 인간다운 본성을 형성하는 눈부처" 바로 그분이라는 것입니다(이도흠: 35쪽). "인간-눈부처"가 공감하고 연대하는 존재일 수밖에 없는 까닭은 바로 그 때문이라고 여겨집니다. 그렇게 된다면, 자본주의 경쟁 사회에서 아집, 독선 그리고 편견을 견지하며 깍두기로 살아가는 사람들은 새로운 공동체에 합류하여 공생의 삶을 추구할 수 있게 될 것입니다.

17. 실천을 위한 은유로서의 유토피아: 자본주의 체제에서 인간의 만남은 고객과 직원의 마주침, 즉 당구공과 당구공의 부딪침, 그 이상도, 그 이하도 아닙니다. 따라서 자본주의 사회의 인간관계는 종횡으로 단절되어 있습니다. 우리가 사랑과 우정, 평등과 자유를 찾으려고 노력하기 위해서는 자본주의의 모든 질서로부터 등을 돌리고, 새로운 구도 속에서의 협동적 삶을 추구해 나가야 할 것입니다. 이는 바로 대아의 삶을 실천하는 길이기도 합니다. 경제적, 심리적 갈등을 떨치려면, 우리는 각자 자아에 대한 집착을 버려야 하고, 새로운 공동체의 결성 가능성을 모색해 나

가야 할 것입니다. 그것은 공동체를 결성하여 평등한 삶을 추구하는, 함께 연대하면서 "소욕지족(少欲知足)"의 삶을 실천하는 일을 가리킵니다. 이때 중요한 것은 인간의 의식을 바꾸는 일만이 아니라, 체제 내에서 어떤 제도를 개선하는 일입니다. 생태 공동체 운동은 남한의 경우 지방자치와 관련된 풀뿌리민주주의, 공생 공존에 기여할 수 있습니다. 비록 그것이 서양의 경우처럼 가족주의를 해체하고 새로운 사랑의 삶의 실험이 아니라고 하더라도, 함께 아우르는 공동의 삶은 여전히 시도해 볼 만한 가치를 지니고 있습니다. 비록 현재에는 아직 부족한 면과 갈등이 온존하지만, 생태 공동체의 운동은 언젠가는 여러 가지 문제점을 극복하고, 어떤 다른 환경·평화 운동과도 접목될 수 있을 것입니다. 그것은 차제에 풀뿌리민주주의, 평화통일 그리고 남녀평등 등과 같은 거창한 과업에도 크고 작은 영향을 끼칠 게 확실합니다. 마치 돌멩이 하나 빼내는 작은 일이 거대한 저수지의 썩은 둑을 무너뜨릴 수도 있듯이, 나사렛 출신의 그리스도가 믿음을 위한 작은 행동으로써 거대한 로마제국을 붕괴시키는 계기를 마련했듯이. 생태 공동체 운동은 엘마르 알트파터(Elmar Altvater)가 말한 바 있듯이, 하나의 "태양의 협동 사회"를 위한 대안으로서(Altvater: 14), 나중에 전-지구적으로 확산된 자본주의의 메가 시스템에 어떠한 크고 작은 영향을 끼칠지, 현재로서는 아무도 모릅니다.

참고 문헌

라이트, 에릭 올린(2012): 리얼 유토피아, 좋은 사회를 향한 진지한 대화, 권화현 옮김, 들녘.

박영구(2005): 독일 생태 공동체의 체험 학습 및 문화 프로그램, 실린 곳: 국중광 외, 새로운 눈으로 보는 독일 생태 공동체, 월인, 425-442쪽.

블로흐, 에른스트(2011): 자연법과 인간의 존엄성, 박설호 역, 열린책들.

아감벤, 조르조(2014): 도래하는 공동체, 이경진 역, 꾸리에 북스.

앨버트, 마이클(2003): 파레콘, 김익희 역, 북로드.

이도흠(2015): 인류의 위기에 대한 원효와 마르크스의 대화, 자음과 모음.

전춘명 (2007): 생태공동체 확산을 위한 기반 제도, 실린 곳: 국중광 외: 한국 생태공동체의 실상과 전망, 월인, 275-302쪽.

조영준(2017): 자연에 대한 지배에서 자연과의 연합으로. 셸링과 블로흐의 생태 담론과 그 극복을 중심으로. 실린 곳: 공윤경 외, 생태와 대안의 로컬리티, 소명출판, 20-49쪽.

하비, 데이비드(2009): 희망의 공간, 세계화, 신체, 유토피아, 최병두 외 역, 한울.

황지우(2015): 나는 너다, 문학과 지성사.

Altvater, Elmar(2005): Ende des Kapitalismus, wie wir ihn kennen, Münster.

Bookchin, Murray(1985): Die Ökologie der Freiheit. Wir brauchen keine Hierarchien, Weinheim/Basel.

Buckminster Fuller, Richard(2009): Ideas and Integrities: A Spontaneous Auto-biographical Disclosure (Series Editor Jaime Snyder), Lars Müller Publishers, Baden/CH,

Heyer, Andreas(2006): Die Utopie steht links!. Ein Essay. Berlin.

Marcuse, Herbert(1967): Das Ende der Utopie, Berlin.

Marx, Karl(1875): Zur Kritik der Hegelschen Rechtsphilosophie. Einleitung, in: MEW, Berlin 1953.

Marx, Karl(1968): Kritik des Gothaer Programms, in: MEW Band 19, S. 13-32.

Marin, Louis (1973): Utopiques: Jeux d'espaces, Paris.

Merleau-Ponty, Maurice(1974): Phénoménologie de la perception (독어판) Phänomenologie der Wahrnehmung, (hrsg.) Rudolf Boehm, Berlin.

Rinpoche, Sogyal(2004): Das tibetische Buch vom Leben und vom Sterben — Ein Schlüssel zum tieferen Verständnis von Leben und Tod. Fischer-Taschenbuch-Verlag, Frankfurt am Main,

인종, 성, 나이의 구분은 없다

사랑의 삶의 패턴이 바뀌면, 사회정치적 삶에 관한 의식도 변화될 것이다. 그러나 이보다 더 시급한 것은 경제적 삶의 토대를 안정시키는 일이다.

(필자)

아담이여, 우리는 그대에게 확고한 거주지도, 고유한 얼굴도, 특별한 재능도 부여하지 않았노라. 그대 스스로 갈망하고 결정하는 대로 가옥을 짓고, 그대의 면모를 가꾸며, 스스로의 재능을 자발적으로 개발하기를 원했기 때문이다.

(피코 델라 미란돌라)

영원히 유효한 진리는 없다. 분명한 것은 인간 동물이 스스로 변모하면서, 세계를 변화시키려고 노력한다는 사실이다. 따라서 미래는 호모 아만스에게 개방되어 있다.

(필자)

1. 사랑에 관한 오류들

1: 심리적 질병에 관한 한 정상인과 장애인의 구분은 흐릿한 것이다. 세상 어디에도 장애의 요인을 조금이라도 지니지 않은 인간은 한 명도 없다. 반대로 세상 어디에도 더 이상 조금이라도 심리적으로 호전될 수 없는 환자는 한 명도 없다.

2: 호모 아만스는 마음속 깊은 곳에 자리한 애호의 감정을 감히 발설하지 않으려 한다. 그래서 깊은 사랑은 당사자로 하여금 꿀 먹은 벙어리로 만든다. 깊은 곳에 고여 있는 사랑의 묘약은 말문을 닫게 만드는 것이다. 아, 사실을 거짓으로, 거짓을 사실로 뇌까리는 청개구리의 습성은 바로 그 때문에 생겨나는 것일까?

3: 말과 언어는 우리의 마음을 속이거나 감추는 "불충족한 소리의 옷"(김광규)이다. 깊은 곳의 무의식적 욕구는 최상의 경우 언어적 표현을 통해서 어떤 암호로 표출될 수 있을지 모른다. 언어를 통해서 무의식을 밝힐 수 있다고 주장하는 프로이트와 라캉의 시도에 동의할 수 없다. 세상에는 비-언어의 영역이 얼마나 광대무변하게 펼쳐져 있는가?

4. 라캉에 의하면, 무의식은 마치 언어처럼 구조화되어 있다고 한다. 그렇다고 하더라도 언어를 통해 무의식을 밝혀낼 수 있다는 그의 선언에는 오류가 담겨 있다. 무의식은 언어 뒤편의 여백으로 이해된다. 그것은 말로 표현될 수 없는, 언어로 표출될 수 없는 마음속의 영혼이기 때문이다. 누구든 간에 마음속 깊은 곳의 상처와 갈망을 타인이 속속들이 들여다보는 것을 허락하지 않는다.

5. 어쩌면 전설적 인물 돈 후안(Don Juan)은 세상에서 가장 불행한 사내인지 모른다. 그는 평생 1,003명의 여자를 유혹하여 겁탈하였다. 이렇듯 그는 자기중심적으로 방황하는 나쁜 남자의 전형이었다. 돈 후안에

비하면, 실존 인물 카사노바(Casanova)는 끔찍할 정도로 사악한 자는 아니었다. 물론, 성폭력을 저지른 것은 결코 용서받을 수 없지만, 카사노바는 조우하는 여성들에게 온갖 사랑의 봉사를 아끼지 않았다.

6: 인간의 사랑 뒤에는 항상 이별이 따른다. 검은 머리 파뿌리 될 때까지 백년해로하는 것을 하나의 이상으로 생각하지만, 인간은 어떠한 경우에도 죽음으로부터 벗어날 수 없다. 그렇기에 다음의 발언은 그 자체 유효하다. 즉, "사랑이란 죽음 앞에서 이별을 연습하는 격정적 트레몰로"(블로흐)라는 발언 말이다.

7: 인간의 영원한 사랑을 가로막는 것은 죽음이다. "시간은 모든 것을 갉아먹는다(Tempus edax rerum)." 인간의 사랑은 언제나 시간적으로 제한되어 있지만, 그 강도는 역설적으로 엄청나게 크다. 바꾸어 말하면, 불가능한 사랑일수록 그 강도는 크고 강렬하다. 그러나 사랑의 열정을 희석시키고 중화시키는 것은 무심히 흐르는 시간이다.

2. 이론에 관한 오류들

8: 흑인과 백인을 구분하는 것은 잘못된 선입견의 발로이다. 피부색은 달라도 인간의 피는 모두 붉다. 늙으면, 흑인, 백인 그리고 황인의 머리칼은 모두 하얗게 변한다. 중요한 것은 호모 아만스의 냉철한 머리와 따뜻한 가슴이다.

9: 모든 이론은 처음에는 가설로 성립된다. 그런데 그게 하나의 진정성을 획득하기 위해서는 "지금 여기"라는 현실적 조건이 첨부되어야 한다. 당연한 말이겠지만, "지금 여기"의 전제 조건 하에서 타당성을 인정받은 학문적 이론이라고 하더라도, 시간이 흐르면 그 이론은 더 이상 유효하

지 않다.

10: 심리학의 경우, 특정한 현실적 조건 하에서 학문적 정당성을 획득한 보편타당한 이론이라고 하더라도 그 현실적 조건 하에서 무조건 적용될 수는 없다. 왜냐하면 심리학의 관심사는 처음부터 다른 학문과는 달리 개별적 특수성에 자신의 방향을 설정하고 있기 때문이다.

11: 하나의 이론은 인간 삶의 모든 범례들을 빠짐없이 포괄하지 못한다. 이론은 특정 현실에 적용될 수도 있고, 적용되지 않을 수도 있다. 그렇기에 우리는 이론의 한계성을 처음부터 용인해야 하며, 동시에 이론의 적용에 있어서 조심스럽게 행동하지 않으면 안 될 것이다.

12: 우리에게는 변용의 기술이 요청된다. 예컨대 모든 단상은 하나의 원론에 불과하다. 힘없고 가진 것 없는 호모 아만스의 개별적 아픔과 슬픔을 과연 어떻게 다른 방도로 헤아릴 수 있을까? 문제는 원론을 적용하는 기술을 익히는 일이다. 이게 문제 대처 능력이 아닐까?

13: 학문은 그게 사회심리학이라 하더라도 구체적으로 어디 사는 누구와 직결되는 정답을 내릴 수 없다. 누가 어떠한 변용의 기술을 특정한 상황에 응용할 것인가에 관해서는 각자의 몫이다.

14: 인간의 모든 삶이 어떤 특정한 이론에 포함되지 않는 것은 어쩔 수 없다. 이는 책과 문헌이 인간의 삶의 비밀을 모조리 말해 주지는 않는 것과 같다. 바로 이러한 까닭에 오늘날 끊임없이 글이 쓰이고 책이 출판되는지 모른다.

15: 문학은 문제 대처 능력을 계발할 수 있는 놀라운 영역이다. 문학 작품 속에는 인간이 접할 수 있는 수많은 삶의 조건들이 서술되어 있다. "그것은 너에 관한 이야기를 들려주고 있다(De te fabula narratur)." 문학 작품이야말로 우리에게 변용의 기술을 은근히 가르쳐 주는 매개체이다. 왜냐하면 우리는 문학적 상황 속에서 다른 시대, 다른 장소, 다른 인물로

세계를 바라볼 수 있기 때문이다.

3. 심리학에 관한 오류들

16: 심리학의 역사는 150년 전부터 시작되었다면, 문학과 철학의 역사는 이미 2500년 전부터 시작되었다. 가령 19세기 중엽에는 심리학 연구가 아직 개진되지 않았다. 모든 심리학적 사항은 과거에는 신화 속에, 문학작품 속에 그리고 철학적 이념 속에서 때로는 흐릿하게, 때로는 명시적으로 반영되어 왔다. 심리학을 공부하는 젊은이들이 문학과 철학을 병행하여 공부해야 하는 이유는 바로 그 때문이다.

17: 1890년대 오스트리아 빈의 정신분석연구소의 문 앞에는 다음과 같은 팻말이 붙어 있었다. "개와 거지는 출입을 금합니다." 프로이트와 그의 제자들에게 굶주림은 심리학의 대상이 되기에는 너무나 자명한 충동에 불과했는지 모른다.

18: 프로이트는 오스트리아에서 살아가는 넥타이 유대인이었다. 그는 유럽 시민사회 사람들의 관습 그리고 리비도 이론에 대한 그들의 비난을 감당하지 못해서 자신의 이론을 철회하고 승화 이론과 죽음 충동을 내세웠다. 유대인들은 언제나 사회적 손님으로 살아야 했다. 프로이트의 이론은 그만큼 이방인의 학설이다.

19: 주인으로 인정받지 못하고 사회적으로 손님처럼 취급당하는 자는 슬프다. 문제는 난민에게 있는 게 아니라, 텃세를 부리는 주류, 바닥나기, 터줏대감들에게 있다. 왜냐하면 이들은 항상 주인으로 행세하면서, 이방인, 타인, 낯선 인종들을 배척하기 때문이다. 세상에 땅의 주인이 어디 있는가? 우리는 다만 살아 있는 동안만 주인으로 행세하다가 생을 하

직할 뿐이다. "땅은 어느 누구에게도 속하지 않으나, 그 열매는 만인의 것이다"(John Ball).

20: 프로이트 좌파 우파를 구분하는 결정적인 기준은 두 가지로 요약된다. 첫 번째는 프로이트의 초기 리비도 이론을 비판하는가, 그렇지 않은가 하는 물음이며, 두 번째는 전통적 가족제도를 바람직한 사랑의 공동체로서 인정하는가, 그렇지 않는가 하는 물음이다.

4. 욕망에 관한 오류들

21: 호모 아만스의 욕망은 식욕, 성욕 그리고 명예욕으로 요약된다. 그런데 여기서 명확히 밝혀지지 않고 있는 것은 명예욕이다.

22: 식욕은 에른스트 블로흐에 의하면 "가장 긴급히 채워 넣어야 하는 램프 속의 기름"과 같다. 왜냐하면 일주일 이상 굶으면 목숨을 잃기 때문이다.

23: 성욕이 충족되지 않더라도 인간은 사망하지 않는다. 대신에 인간의 심리 구조가 왜곡되는데, 이는 비정상적인 행동으로 이어지거나 감정의 페스트를 야기한다.

24: 식욕, 성욕 그리고 명예욕 가운데에서 명예욕을 해명하기가 가장 어렵다. 왜냐하면 호모 아만스는 개별적으로 다른 일을 행하면서 각자 다른 세상에서 삶의 이질적인 가치를 추구하기 때문이다.

25: 분명한 것은 명예욕이 이웃, 사회 그리고 국가 등을 전제로 한다는 사실이다. 세상에서 혼자 살아가게 되면, 명예욕이란 아마도 존재하지 않을 것이다.

26: "정상인(homo normalis)"과 정신 질환자 사이에는 뚜렷한 한계선

이 없다. 그 이유는 인간 동물 모두가 크든 작든 간에 상처 입을 수 있는 존재이기 때문이다. "정신적 외상(trauma)"이 극복되지 않을 정도로 인간의 뇌와 마음에 상처를 입으면 누구나 정상과 비정상의 경계선을 넘어서게 된다.

5. 질병에 관한 오류들

27: "문제점(Problem)"이라는 단어는 어원을 고려할 때 "비난과 조우하다(pro + blamage)"라는 의미를 지닌다. 누군가 (심리적·사회적) 문제를 안고 있을 때, 그 당사자는 어떤 타자 혹은 어떤 대상으로부터 비난을 당하고 있다.

28: 독일의 명의 후페란트(Hufeland)에 의하면, 건강의 묘약은 잠과 희망이라고 한다. 혹자는 이에 대해 이의를 제기하며, 식사와 운동을 내세울 것이다. 어쩌면 삶과 건강에 대한 의지가 한 인간의 육체를 건강하게 할 수 있는지 모른다.

29: 사람들은 몸이 아프면 의사를 찾는다. 그러나 마음이 많이 아플 경우, 소수의 사람들만이 두려운 마음으로 신경정신과 의사를 찾는다. 그러나 마음의 상처가 덧나기 전에 아픔을 해결해 줄 수 있는 사람은 작가나 인문학자들이다. 왜냐하면 이들은 삶의 정황에 대한 모든 가능성을 문학적 상상을 통해서 미리 설정해 놓고 있기 때문이다. 그런데도 세상은 인문학자들의 보이지 않는 노고를 대가 없이 빼앗으며, 그들을 불필요한 자들이라고 매도한다.

30: 노이로제는 말 그대로 신경의 병이다. 신경계의 움직임을 알려면, 지렁이의 꿈틀거리는 반응을 관찰하면 족하다. 노이로제는 쾌감의 차단

에서 비롯한다. 따라서 건강을 되찾기 위해서는 쾌감을 극대화시켜야 한다. 신경을 위축시키거나 강박증을 불러일으키는 자신의 스트레스를 찾아내어 이를 제거하는 일이 중요하다. 말하기는 쉽지만, 실천하기는 어렵다.

31: 감정의 페스트, 정신분열증(조현병)은 정신과 치료에서 가장 난해한 질병으로 알려져 있다. 그러나 정신과 의사들의 오랜 노력으로 일부 환자들은 오늘날 치료가 가능하게 되었다. 완치를 위해서는 병원뿐 아니라, 본인, 가족 그리고 사회 전체가 환자를 끊임없이 도와주어야 한다.

32: 유년기의 정신적 외상들은 뇌 속의 뉴런의 연결을 차단시킨다. 이러한 외상들이 반복되거나 더 강한 상처를 받게 된다면, 뇌 속에 여러 가지 매듭으로 뒤엉키게 된다. 라이히는 시신경이 위치한 후두엽 아랫부분에 뒤엉킨 부분을 수정하면, 정신분열증을 완치시킬 수 있다는 가설을 내놓았다. 오늘날 누가 인간의 말랑말랑한 뇌에 메스를 가하여, 바로 그 부분을 잘라낼 수 있겠는가? 그러나 언젠가는 가능할지 모른다.

6. 문학 치료에 관한 오류들

33: 프란츠 마르크(Franz Marc)는 그림 그리기가 다른 시대, 다른 장소에서 태어나는 연습이라고 말했다. 다른 세상을 관음하는 일 — 이것이 문학의 즐거움일지 모른다. 인간은 문학을 통해서 다른 세상에서 다른 사람의 삶을 은밀히 관음할 수 있다. 문학적 상상은 우리를 수백 번 이상의 혁명과 사랑을 경험하게 할 것이다.

34: 문학 치료는 약물 치료만으로 해결할 수 없는 기능을 행할 수 있다. 그것은 특정인으로 하여금 자기 자신의 문제를 인지할 수 있도록 자

극하는 예방 효과를 지니며, 치료의 방법으로 활용될 수 있다.

35: 문학 치료의 강점은 의사를 대신하여 문학작품을 통해서 특정 환자의 심리적 (이상) 구조를 스스로 인지하게 해 준다는 점이다. 처음부터 치료를 거부하는 환자의 의식적, 무의식적 저항을 생각해 보라. 문학은 치료의 동반자로서 환자와 동행하는 매개체일 수 있다.

36: 질병을 치료할 때, 때로는 의사보다 오히려 간호사의 역할이 더욱 클 때가 있다. 문학 치료사는 환자를 치료해 주는 의사가 아니라, 치료 과정에서 함께 협력하는 동반자로 행동해야 한다. 치료(Therapie)는 "동행하다"라는 의미를 지니고 있다. "기쁨과 고통을 함께 나누고 교감할 수 있는 누군가의 존재는 정신적 외상을 치유시킨다"(페렌치). 세상에서 묵묵히 의사들을 보조하며 환자를 돌보는 간호사들의 위상이 높아지기를 바란다.

37: 사랑과 성에 관한 문학작품은 "예방의학(preventive medicine)"의 차원에서 도움이 된다. 왜냐하면 사랑을 상실할 경우 찾아드는 슬픔은 우리를 우울하게 하고, 욕망을 가로막는 주위 여건과 타자들에 대한 노여움은 그들에 대한 극도의 증오심을 불러일으키기 때문이다. 전자는 당사자의 마음을 극도로 피폐하게 만들어 자살하게 하고, 후자는 광기의 분노를 끓어오르게 하여 타인을 살해하게 할 수 있다. 만약 문학작품 속에 언급되는 이야기가 독자로 하여금 이러한 슬픔과 노여움을 다스릴 수 있도록 도움을 준다면, 문학 치료는 어느 정도의 성과를 거둘 것이다.

38: 과거의 의사들은 환자의 병을 치료한 다음에 기도를 빠뜨리지 않았다. 의사, 그것도 명의의 진심 어린 기도는 환자로 하여금 자신의 병을 이겨낼 수 있는 의지력과 긍정적 마음을 유발시키기 때문이다. 문학 치료 역시 환자에게 병의 고통을 직접 고칠 수는 없지만, 어째서 병이 도래하였는지, 어떻게 하면 질병을 아우르면서 극복할 수 있는지, 간접적으

로 도와줄 것이다.

39: 신화, 전설 그리고 문학작품 속의 이야기는 호모 아만스의 경험의 폭을 배가시켜 줄 것이다. 우리는 문학작품을 통해서 창녀의 상황에 처해 볼 수 있고, 혁명가의 정황에 빠져 볼 수 있다. 이러한 경험은, 비록 간접적이지만, 우리의 상상력과 판단의 유연성을 더욱더 단련시켜 줄 것이다.

40: 이야기 치료의 근본적 텍스트는 아무래도 천일야화, 즉 아라비안 나이트일 것이다. 젊은 여인 세헤라자데는 여동생과 함께 사산 왕조의 왕을 치유하기 위하여 죽음을 각오하고 노력한다. 그것도 스토리텔링이라는 놀라운 방식으로. 아, 이는 얼마나 스릴 넘치는 치유의 과정인가?

7. 호모 사피엔스에 관한 오류들

41: 호모 아만스는 자구적으로도 강력한 저항의 의미를 지니고 있다. 왜냐하면 그는 자신의 사랑과 성을 충족시키려고 노력하기 때문에 사회적·국가적 강령을 전적으로 추종하지 않기 때문이다. 이로써 호모 아만스는 인내와 저항의 자세, 때로는 아나키즘의 태도를 고수할 수밖에 없다.

42: "호모 사피엔스(homo sapiens)"는 네발짐승으로서의 "직립원인(homo erectus)"과는 구분되는 명칭으로 이해될 뿐이다. 그것은 20세기 초반까지 가부장적인 시민사회에서 이성만을 강조하다 제 역할을 다한, 시대착오적인 개념이다. 생태주의를 고려할 때, 호모 사피엔스는 진부한 개념일 수밖에 없다.

43: 개별적 인간 동물은 무의식의 대양에서 이리저리 유동하는 충동의

물방울이다. 아니, 호모 아만스는 걸어 다니는 시한폭탄과 같다. 물론 인간의 행동에 이성이 작용할 수 있지만, 인간을 움직이게 하는 것은 가슴과 발이다. 전자는 감동하게 하고, 후자는 우리로 하여금 어디론가 이동하게 하지 않는가?

44: 강제적 성 윤리가 불필요한 시점인 오늘날에 호모 사피엔스의 역할을 과도하게 맹신하는 태도 역시 그야말로 경직된 편견을 고집하는 몽니에 해당할 뿐이다.

45: 호모 사피엔스가 기능상으로 우리에게 불충분한 의미를 가져다주는 까닭은 인간이라면 누구든 간에 이성과 본능을 동시에 지니고 있기 때문이다. 식욕을 위해서 빵과 밥이 중요하다면, 성욕을 위해서는 사랑과 성이 충족되어야 한다. 왜냐하면 인간의 삶에서 중요한 것은 주지하다시피 정치적 · 경제적 토대이기 때문이다. 당연한 말이지만 식욕이 성욕보다 더 절실하다. 그렇지만 식욕 다음으로 중요한 것은 사랑과 성이다.

46: "호모 아만스(homo amans)"는 가장 정치적인 의미를 표방한다. 그것은 성 정치의 필요성을 강화시킨다. 그 이유는 다음과 같다. 인간의 가장 사적인 삶에 관한 영역, 사랑, 결혼, 출산 등은 주어진 특정한 사회의 정치, 경제, 사회 그리고 문화 등의 토대 하에서 유기적 관련성을 지니기 때문이다.

47: 사생활(私生活)은 사회생활(社會生活)과 겉보기에는 반대되나, 기능적 의미를 고려할 때 상호 엄청난 영향을 끼친다. "사적(privat)"이라는 말은 라틴어에 의하면 "타인으로부터 빼앗은(privare)"이라는 의미를 지니고 있다. 행복한 사생활을 누린다는 것은 그만큼 사생활을 누릴 수 없는 사람의 삶의 가치를 빼앗기 때문에 가능한 것이다. 이를 고려할 때, 사랑과 성의 문제는 우리 모두의 문제이며, 그렇기에 가장 정치적 사안

과 관련될 수밖에 없다. "성-정치(Sex-Politik)"는 그 자체 모든 것을 말해 주고 있다.

48: 모든 심리학의 관점은 사회경제적 문제를 함께 고려하지 않을 때 이른바 임상 실험이라는 좁은 영역의 아포리아를 절대로 벗어나지 못할 것이다.

49: 사랑과 성에 관한 도덕적 관습은 다른 공간, 다른 시간 등을 전제로 할 때 절대적인 게 아니라, 언제나 상대적 의미를 지닐 뿐이다. 만약 절대적으로 유효한 성도덕이 지구상에 존재한다고 주장한다면, 이는 어떤 주어진 관습과 도덕이라는 이데올로기의 영향을 용인하는 처사나 다를 바 없다.

50: "지금 여기"의 성도덕은 엄밀하게 고찰하면 "과거, 혹은 다른 지역"에서의 그것과는 다르다.

51: 어떤 연애소설이 내용이나 주제 상으로 오로지 인간의 사랑과 성만을 다룬다면, 그 작품은 통속적 "키치(kitsch)"와 같다. 하나의 소설이 정치적, 사회적 이슈를 포괄하거나 암시한다면, 의미심장한 수준작으로 인정받을 수 있다.

8. 영혼에 관한 오류들

52: 소년 소녀 가장 한 명씩을 친구나 자식으로 삼을 수는 없을까? 그러나 인간은 그냥 내버려두어도 자신의 길을 찾는다.

53: 영혼은 사랑과 우정으로 인간 개체를 연결시켜 주는 연결고리이다.

54: 예컨대 사랑하는 두 인간은 자아의 개념을 고려할 때 별개의 존재

이다. 그러나 영혼의 개념을 고려할 때 그들은 어떤 전제 조건 하에서는 영혼의 "신비적 합일(unio mystica)"을 통해서 하나의 동일한 존재로 이해될 수 있다.

55: 영혼은 때로는 주체의 개념을 확장시키기 위한 촉매로 활용될 수 있다. 현대에 이르러 주체의 개념은 대부분의 경우 개인, 즉 "나누어지지 않는 존재(in + dividuum)"로 고착되고 말았다. 인간의 소외 현상 역시 고립된 개인의 삶과 무관하지 않다. "대아(Atman)"의 삶은 무엇보다도 인간의 정이라는 영혼의 아우르기를 통해서 실천될 수 있을지 모른다.

56: 인간은 한편으로는 생물학적 조직체로 본능에 의해서 움직이지만, 다른 한편으로는 도덕에 이끌리곤 한다. 개개인은 자신의 고유한 욕망과 쾌락을 추구하지만, 언제나 사회적 관계 속에서 자신의 행동을 조절하지 않으면 안 된다. 이로 인하여 여러 가지 종교적, 정치적, 사회적 규범이 생겨나게 되는 것이다.

57: 사회가 발전할수록 인간과 인간 사이를 결속시켜 주는 관계의 그물망은 더욱더 느슨해지는 법이다. 관계의 그물망은 그게 어떤 것이든 장단점을 지닌다. 만약 그게 질기고 단단하면, 구성원들의 결속력은 강화되지만, 때로는 그들을 구속하는 악재로 작용할 수도 있다. 가족도 마찬가지이다.

58: 영혼은 근대에 이르러 무가치한 것으로 치부되었다. "합리성 (Ratio)," 남성적인 것 그리고 합리적인 것이 득세하고, 감성, 여성적인 것 그리고 영혼적인 것은 서서히 무시되었다. 자연신, 자연 주체의 개념, 질적 자연은 사람들의 관심 밖으로 내몰렸다. 그러나 영혼은 주체 속에 차단되어 살아가는 개별적 인간의 개념을 확장시킬 수 있다. 사람과 사람을 이어 주는 역할을 담당하는 것은 영혼이다.

59: 영혼의 무게는 과연 얼마나 될까? 1907년에 미국 매사추세츠 주

의 의사 던컨 맥더걸(Duncan Macdougall)은 실험을 통해서 인간의 영혼
의 무게가 21그램이라고 주장하였다. 그는 수십 명 환자의 몸무게를 살
았을 때와 죽었을 때를 비교해 본 결과 그러한 결론에 도달했던 것이다.
그 후에 네덜란드의 의사, 찰베르크 반 첼스트(Zaalberg van Zelst)와 J. L.
W. P. 마틀러(J. L. W. P. Matler)는 영혼의 무게가 69.5그램이라는 것을 밝
혀내었다. 중요한 것은 영혼의 무게가 얼마인가 하는 물음이 아니라, 영
혼이 무게로 측정될 수 있다는 사실이다. 생명체는 그게 "에테르-개체
(Äther-Körper)"이든 아니면 "아스트랄-개체(Astral-Körper)"이든 간에
그 자체 무게를 지니고 있다.

9. 소유와 성범죄에 관한 오류들

60: 아무리 반성하더라도 가해자는 결국 피해자가 겪은 고통의 10분
의 1도 채워 주지 못한다. 아, 가해자가 감지하는 양심의 가책은 어째서
그토록 경미한 것일까?

61: 인간은 목숨을 부지하기 위해 동식물에게 죄를 짓는다. 생태계 파
괴 현상을 고려할 때, 차제에는 인간 본위주의는 비난당해야 마땅하다.
성공의 기준 역시 바뀌어야 할 것이다. 가령 사대부, 말보로를 물고 있는
미국의 카우보이, 혼자 성공을 거둔 석유 회사 재벌 등은 더 이상 호모
아만스가 추구해야 할 바람직한 인간형이 아니다. 21세기에 이르러 성공
의 개념은 변화되었다. 자신의 사랑을 부끄러움 없이 실천하며, 만인의
평등에 근거한 협동심, 배려를 실천하는 자가 성공을 거둔 자이다.

62: 윤노빈의 말대로 "사유(思惟)는 사유(私有)가 아니"듯이, 사유하는
인간은 소유의 대상이 아니다. 호모 아만스는 자신과 동일한 존재를 소

유할 수 없고, 그에 의해서 소유당할 수도 없다.

63: 여성 혐오는 오랜 역사를 지닌다. 그것은 예컨대 조신한 여성을 무조건 좋게 생각하고 이른바 "고삐 풀린 계집"을 마치 화장실 변기통처럼 생각하는 남성 중심적 사회 풍토의 결과이다. 여성 혐오는 여성의 성기에 대한 증오 내지 매춘부에 대한 멸시에서 극에 달하고 있다. 포르노그래피는 엄밀히 말해 "부도덕한 갈보," "암소" 그리고 "보지에 대한 적나라한 묘사"라는 의미와 일치한다. 성 노동자들을 인간으로 존중해 주지 않고, 여성의 성기에 대한 부정적인 시각이 사라지지 않으면, 여성 혐오는 결코 이 세상에서 사라지지 않을 것이다.

64: "나를 건드리지 마라(Noli me tangere)." 부활한 예수는 마리아 막달레나에게 그렇게 말했다고 한다. 이는 다석 류영모의 표현에 의하면 그리스도의 정신으로서의 "얼나"를 육신으로서의 "몸나"보다 더 소중하게 여기라는 뜻으로 이해된다. 다석 류영모의 사고는 오늘날의 기준으로 고찰할 때 무조건 타당한 것은 아니다. 왜냐하면 호모 아만스의 경우 "얼나"와 "몸나"는 공히 소중하기 때문이다. 육체와 정신은 게슈탈트 심리학에 의하면 서로 관여하고 생명과 유기적 관련성을 맺고 있다.

65: 혹자는 "누군가를 사랑하면, 반드시 사랑을 쟁취하라"고 충고한다. 그러나 인간은 인간의 소유물이 아니지 않는가? 그런데 대부분의 성도착자는 인간을 소유물로 간주한다. 사랑스러운 임의 뒤를 쫓는 스토커는 자신의 애틋한 연정을 마치 물건처럼 숭배한다. "물신주의(Fetischismus)" — 이것은 오래 전부터 이어져 온 집착(Obsession)에 대한 물적 증거이기도 하다.

66: 매일 신문에는 치정 살인이 보도된다. 진정한 사랑이란 사랑하는 임을 쟁취하려는 마음이 아니라, 임의 행복을 위해 노력하다가, 임이 다가올 때 이에 대해 화답하는 행위이다. 이를 깨닫는 자는 아마 소유욕과

집착으로 인한 살인을 저지르지 않을 것이다.

10. 성의 역사에 관한 오류들

67: 미셸 푸코도 언급한 바 있듯이, 유대인, 집시, 성도착자 그리고 동성연애자 등에 대한 탄압은 성적 무질서에 대한 기득권의 두려움 때문에 비롯된 것이라기보다는 수직적 가부장주의의 틀을 고수하기 위한 이데올로기에서 유래한 것이었다. 이는 "권력/지식의 장치(Power/Knowledge Dispositif)"로써 현대인들의 성을 차단시키고 묶어 버렸기 때문에 가능했다.

68: 서구의 역사는 — 고대사회를 제외한다면 — 근엄한 관습, 도덕 그리고 법의 완화 과정으로 설명될 수 있다. 물론 그 발전 과정에서 지그재그 식으로 방향 감각을 일시적으로 상실할 때도 있다. 그래도 역사의 방향은 인간이 자신의 자유를 구가할 수 있도록 주어진 관습, 도덕 그리고 법을 완화시켜 나갔다.

69: 중세에 아벨라르(Abälard)는 자신의 제자, 엘로이즈를 임신시켜 아들을 낳게 했다는 이유로 잔악하게 거세를 당했다. 오늘날 더러의 사람들은 — 비록 동성이라고 하더라도 — 법적으로 결혼할 수 있다. 레즈비언들이 딜도(인공 페니스)를 사용하든, 게이들이 손가락 성교를 즐기든 간에, 그들이 자청해서 이를 행한다면, 어찌 불법으로 매도될 수 있겠는가?

70: 21세기에 이르러 사회적 금기 조항은 나라마다 다르게 되었다. 네덜란드 사람들은 길가에서 대마초를 구매할 수 있지만, 인도네시아에서 그것을 소지하면 사형선고를 받는다.

71: 우리가 중요하게 고려해야 하는 개념에는 호모 에코노미쿠스뿐 아니라 호모 아만스도 있다. 식욕이든 성욕이든, 욕망을 차단시키는 것보다 욕망을 해방시키는 게 육체적·정신적 건강에 도움이 된다.

11. 일부일처제에 관한 오류들

72: 오디세우스는 꿈에 그리던 아내 페넬로페를 만나기 위해서 17년 동안 이리저리 방황하였다. 여기서 중요한 것은 그가 애틋한 마음으로 페넬로페를 만나려고 오랜 시간 애타게 갈구했다는 사실이지, 그미와의 재회 자체는 아니었다. 왜냐하면 임과의 재회는 감정의 크기에 있어서 임에 대한 갈망보다 미약하기 때문이다.

73: 두 연인이 오랫동안 오순도순 관계를 지속하는 모습은 보기에도 좋다. 왜냐하면 우리의 이러한 반응 속에는 일부일처제에 대한 은밀한 갈망이 도사리고 있기 때문이다. 세상의 누군들 자신에 맞는 임과 행복하게 살아가고 싶지 않겠는가? 완전히 영원한 사랑은 자크 라캉도 말한 바 있지만 하나의 환상인지 모른다. 그럼에도 불구하고 우리는 그것을 끝없이 갈구한다. 어쩌면 영원히 완전한 사랑을 꿈꿀 게 아니라, 최소한의 필수적인 사랑의 요건을 상실하지 않도록 행동하며 사는 게 오히려 현실적인 태도인지 모른다. 통일을 애타게 갈구하는 나라는 분단 상태에 처해 있는 반면에, 두 개의 국가를 인정하고 서로 돕는 나라는 빨리 통일을 실현하곤 한다.

74: 문제는 일부일처제가 좋은가, 나쁜가 하는 추상적 도덕에 관한 물음이 아니다. 오히려 일부일처제 하에서 자유롭게 살아가며 사랑할 수 없는 불행한 영혼들을 달리 도울 방법이 있는가 하는 물음이 더 중요하

다. 일부일처제에 관한 논의가 대부분 장님 코끼리 더듬는 식의 탁상공
론으로 끝나는 이유는 주어진 정황과 개인차를 고려하지 않기 때문이다.

75: 성의 억압은 호모 아만스의 생명에 직접 위협을 가하지는 않는다.
그러나 그것은 심리적으로 인간 동물을 병들게 하고, 사회적으로는 사
도마조히즘의 인간형을 양산시킨다.

12. 결혼에 관한 오류들

76: 남녀에게 혼전 순결을 강요하는 것은 강제적 성 윤리에서 비롯한
억압 이데올로기이다. 그런데 이를 지키려는 젊은이들을 무조건 비난할
수는 없다.

77: 여성 비하의 시각은 "현모양처"의 이상 속에도 은밀하게 숨어 있
다. 어느 여인인들 자식 앞에서 현명하게 처신하고, 남편에게 어질게 행
동하고 싶지 않겠는가? 문제는 현모양처의 미덕 속에 처음부터 한 개의
삶의 패턴만이 올바른 것으로 설정되어 있다는 데 있다. 즉, 여성은 반
드시 결혼해야 하고, 아이를 낳아야 하며, 남편을 받들고 모셔야 한다는
것이다. 그 밖에 현모양처 속에는 한 여성이 노예로, 타인의 도구로 살아
가야 한다는 요구 사항이 숨어 있다. 남편과 자식도 엄밀히 말하면 타인
이다. 한 인간이 어찌 평생 이타적으로 살아갈 수 있단 말인가?

78: 결혼의 의미는 20세기 초의 서구 가부장적 시민사회에서는 부부
의 합법적인 성생활을 인정받기 위한 관문으로 이해되었다. 그러나 혼전
동거가 활성화된 21세기 초의 서구 사회에서, 결혼이란 부분적으로 출
산 및 육아를 위한 형식적 절차로 간주되고 있다.

79: 사랑의 결정권은 동물 세계에서는 주로 암컷에게 있다. 가부장적

시민사회에서 사랑과 성을 자의로 선택하는 자는 겉보기에는 남성인 것
같지만, 실제로는 대체로 여성들일 경우가 많다. 남자는 자신의 결혼 조
건을 내세우며 그저 구애할 수 있을 뿐이다. 여성에게는 — 예외적 사항
이지만 — 최소한 거절할 권한이 주어져 있었다.

80: 자본주의 체제가 지속되는 한 가부장적 가족 구도는 결코 사라지
지 않을 것이다. 왜냐하면 가부장적 가족 구도야말로 경제학적으로 그
리고 성-경제학적으로 가장 편리한 시스템이기 때문이다. 그러나 편리
하다고 해서 유일한 해결책이라고 단정하면 곤란하다. 먼 훗날에 이르면
가족과는 다른 공동체가 출현하여, 미래 인간의 사랑의 삶은 훨씬 다원
화될 것이다.

81: 생태 공동체 운동은 자본주의 체제 속에서 일부일처제의 가족 구
도를 허물지는 못하겠지만, 최소한 다원주의의 시각에서 상대적인 체제
로 수용하도록 바꾸어놓게 될 것이다. 미래에 살아갈 호모 아만스는 자
본주의를 전적으로 파기하지는 못할 것이다. 그렇지만, 자본주의 속에
거의 정례적으로 확정되어 있는 가부장주의의 가족 구도를 어느 정도 상
대화할 수는 있을 것이다.

82: 통일이 무조건 좋고, 분리 독립이 무조건 나쁘다고 단언할 수는
없다. 구체적인 현실적 정황이 통합과 분리를 결정할 것이다. 마찬가지
로 결혼이 무조건 기뻐해야 할 일이고, 이혼 내지 졸혼이 무조건 슬퍼해
야 할 일은 아니다.

83: 서구에서의 결혼은 개인과 개인의 만남으로 형성되는 공동의 삶이
다. 그러나 동양(특히 타이완과 남한)에서 결혼이란 가문과 가문의 만남으
로 형성되는 공동의 삶이다. 그렇기에 동양 사람들은 결혼 시 부수적인
문제(혼수 등)로 골머리를 앓지만, 이혼 시 심적 고통, 상대방에 대한 질
투심, 자신에게 다가올지 모르는 불행에 대한 방어적 자세로 인하여 상

대방 가족들에게 심리적으로 온갖 상처를 가한 다음에 마지막으로 헤어진다.

84: 헤어지면 남이라는 생각은 이혼하는 남녀들로 하여금 상대방에 대한 도의를 지키지 않게 만든다. 이별할 때, 사람들은 자신이 겪은 수모와 질투로 인한 고통을 되갚아 주기 위해서 때로는 상대방에게 온갖 치욕을 안겨 주곤 한다.

85: 서양에서 싱글들이 다시 임을 만나 사랑을 나눌 경우, 그(혹은 그미)는 자신이 과거에 겪었던 슬픈 이야기를 모조리 털어놓는다. 그러면 상대방은 대부분의 경우 이를 경청하면서, 상처를 씻어 주겠노라고 임을 위로한다. 그런데 남한에서 남녀가 만나서 재결합할 때, 특히 여성은 과거의 연애 경험을 시시콜콜 발설하지 말아야 한다. 왜냐하면 대부분의 남성들은 과거는 과거일 뿐이라고 대수롭지 않게 여기지만, 의처증을 지닌 몇몇 남성들은 임의 과거사를 기억하고 질투와 노여움으로 앙갚음하려고 하기 때문이다.

13. 일부다처제, 혹은 동성애에 관한 오류들

86: 일부일처제에 대한 비판적 논의가 시기상조라고 생각하는 분들이 많다. 옳은 말씀이다. 왜냐하면 한반도의 현실적 정황을 고려할 때, 한반도 통일, 가난을 해결하는 문제 그리고 학교와 병원을 둘러싼 사회보장 시스템에 관한 논의와 실천이 우선적으로 다가오기 때문이다.

87: 일부다처제는 대체로 특권층의 남자들이 행하던 삶의 방식이었다. 왕이 여러 명의 왕비를 거느려도 아무도 이에 대해 비난하지 않았다. 코카서스의 자드루가 공동체는 세금 징수 문제를 완화시키기 위해서 일부

다처제를 시행하였다. 그런데 문제는 많은 여자들을 거느린 남자가 사랑하는 임들에게 정조를 강요하면서, 오로지 자신만을 사랑할 것을 요구한다는 데 있다.

88: 인간 동물을 남성, 여성으로 엄격하게 구분하여 서로 이질적이라고 해명하는 일은 전근대적이다. 호모 아만스는 생식기관과 근육량에 있어서 성의 차이를 드러낼 뿐이다. 종으로서 상호 우열을 가린다는 것은 불가능하다. 다만 개인 대 개인 사이의 차이가 어느 정도 주어져 있을 뿐이다. 성을 이원론으로 구분하는 것은 마그누스 히르쉬펠트(Magnus Hirschfeld)에 의하면 터무니없는 선입견이다. 왜냐하면 호모 아만스는 개별적으로 서로 조금씩 다르며, 제각기 어느 정도 다른 남성성과 여성성을 지니고 있기 때문이다.

89: 일부 사람들은 일부다처제의 관습을 부도덕한 것으로 매도하곤 한다. 그 논거로서 사람들은 다음의 사항을 열거하곤 한다. 이른바 간통한 남자는 아내에게만 죄를 짓지만, 간통한 여자는 남편은 물론이고 자식들에게도 죄를 짓는다는 것이다. 그러나 이것은 이조시대에서나 통용될 수 있는 진부한 사고이다. 왜냐하면 첨단 의학이 발달한 시대에 자식 낳기는 얼마든지 인위적 조절이 가능하기 때문이다. 여성을 씨받이 존재로 매도하는 태도는 악랄한 팔루스 중심의 사고에서 비롯된 것이다.

90: 프랑스 작가 모니크 위티그(Monique Wittig)는 남자와 여자 사이에 생물학적 차이 외에 다른 차이란 존재하지 않는다고 말했다. 간통죄가 폐지되고 자연과학이 발전한 시대에 성의 차이를 강조하는 것은 시대착오적이다. 어쩌면 동성연애자들도 새로운 평등 사회에서 자유롭게 살아갈 수 있어야 할 것이다.

14. 남녀평등, 다르게 살아가는 사람들에 관한 오류들

91: 과거의 가부장적 시민사회에서는 남성이 결혼 대상인 여성을 선택하지만, 여성에게는 최소한 결혼의 거부권이 존재하였다. 이는 여성에게 주어진 최소한의 권한이었다. 그러나 가부장적 시민사회가 지나가면 여성은 공공연하게 남성이든 여성이든 사랑의 파트너를 자발적으로 선택할 수 있을 것이다.

92: 개개인의 육체적 특성, 성격 그리고 심리적 열망은 제각기 부모로부터 물려받은 것이며, 학습을 통해서 전적으로 변화된다고 말할 수는 없다. 게다가 제3의 성, 주어진 틀을 벗어나는 성의 패턴은 반드시 존재한다.

93: 남한의 정치가들은 출산율 저하를 염려한다. 왜냐하면 그것은 노동인구의 감소를 뜻하기 때문이다. 미혼모에게 육아비를 지원하는 제도는 필요하고도 바람직한 제도인 것은 분명하다. 그렇지만 보다 큰 시각에서 물구나무선 먹이 피라미드를 고려할 때 세계 인구는 서서히 감소되어야 한다.

94: 호적에 아버지의 이름을 기록하게 하는 규정은 가부장주의의 편견에서 비롯한 악습이다. 19세기 유럽에서 여성은 자식을 낳을 경우 자신의 호적에 올려서 자식으로 하여금 자신의 성을 따르게 할 수 있었다.

95: 다른 유형의 사랑의 삶을 자식 없는 부부, 편부 슬하의 자식, 편모 슬하의 자식, 부모 없이 자라는 아이들, 돌아온 싱글 등을 생각해 보라. 이러한 가족 구도는 결코 이상하지 않다. 오히려 "부모와 자식이 함께 살아가는 일반적 가족 구도만이 올바르다"고 확신하는 사회적 편견이 오히려 병적이다. 자식 없는 부부, 편부 슬하의 자식, 부모 없이 자라는 아이들 그리고 싱글들은 의외로 행복하게 살아갈 수 있다. 다만 자신의

사적 삶에서 경제적으로, 심리적으로 어려움을 겪지 않는다면 말이다.

96: 미래에는 다양한 공동체의 시스템이 공존하게 될 것이다. 레즈비언이 존재하는 것 자체가 여성이 남성의 노예로 세상에 태어나지 않았다는 사실을 반증해 준다.

97. 정신분열증은 뇌 속에서 분비되는 도파민이라는 신경전달물질이 과도하게 넘치기 때문에 발생하는 병이다. 이를 제어하기 위해서 의사들은 환자의 몸속으로 향정신성 약물을 투여하여 말랑말랑한 뇌에 자극을 가함으로써 치료를 끝냈다고 자족하고 있다. 병의 치료는 부분적으로 가능하지만, 병을 발생시킨 요인에 관해서 그들은 거의 속수무책일 수밖에 없다. 왜냐하면 주어진 사회 구조 전체가 이미 병들어 있을 수 있기 때문이다.

98. 한국에서 가장 많이 사용되는 외래어는 스트레스라고 한다. 주어진 사회는 개개인에게 엄청난 크기의 심리적 압박을 가한다. 신자유주의 사회의 폭력을 생각해 보라. 첨단 과학기술의 사회에서 모든 정책은 몇몇 엘리트에 의해서 영위되고 있다. 프레카리아트로 떠밀려 있는 사회구조 속에서는 모두가 생존하기 위해서 돈에 혈안이 되어야 한다. 민초들은 서로 돈과 상품을 주고받으면서, 마치 당구공들처럼 서로 부딪쳤다가 떨어져 나간다.

99. 황금만능주의가 횡행하는 약육강식의 사회에서 스트레스를 감당하지 못하는 사람들은 어린이, 여자 그리고 노약자뿐 아니라, 사회에서 적응하지 못한 자들이다. 그들을 정신질환자들이 되도록 자극하는 것은 광기의 세상이다. 그러니 정신과 치료에는 어차피 한계가 있다. 어떻게 하면 미친 세상의 뇌에 향정신성 약물을 투여할 수 있는가? 이를 위해서 필요한 것은 — 세력이 크든 작든 간에 — 민초들의 단합된 행동과 다른 방식의 대안적 삶일지 모른다. 예컨대 생태 공동체의 삶의 방식은 어떤

대안일 수 있다.

　100: 자고로 오류라고 지적한 것 속에도 오류가 도사리고 있을 수 있다. 앞의 단상들은 차제에 공론화되지 않을 정도로 당연한 견해로 수용되면 좋겠다. 필자는 인간 삶의 조건이 향상되기를 갈구하기 때문이다.

찾아보기